RELIQUIA

Gustavo Drago

RELíQUIA

Caminhos de um Templo Egípcio

VOL 1

Rio de Janeiro
3ª Edição - 2017

DRAGO
EDITORIAL

RELÍQUIA

Caminhos de um Templo Egípcio

Autor: Gustavo Drago

Co-autoria & Revisão: Nana B. Poetisa

Projeto de Capa: Denis Lenzi

Diagramação, Arte Final &Ilustrações: Gustavo Drago

Editores Responsáveis: Patrícia F. Drago & Deise Ribeiro

Direção: Gustavo Drago

Dados de Catalogação

Drago, Gustavo

Relíquia: Caminhos de um Templo Egípcio vol 1/Gustavo Drago

3ª edição – Rio de Janeiro, RJ – Drago Editorial – 2017.

ISBN: 978-85-9596-049-7

1 – Romance, 2 – Aventura, 3 – Literatura Brasileira

www.dragoeditorial.com
Drago Editorial LTDA
contatos@dragoeditorial.com

Sumário:

À minha filha
Maria Eduarda
R. Drago Rocha

Te amo!

Prefácio:

Alguns lugares e civilizações são simplesmente fascinantes e, mesmo que inconscientemente, acabamos hipnotizados por suas histórias e mistérios. É o que acontece, por exemplo, com os tão conhecidos gregos, com os romanos, os incas, maias e astecas. Quem não se fascina com seus deuses, arquitetura, estilo de vida...? Quando nós nos damos conta, parecemos em transe, levados pelas suas culturas repletas de riquezas.

Um autor com talento, boa pesquisa e imaginação encontra aí uma fonte inesgotável para suas histórias. Tanto é que a quantidade de filmes, livros, quadrinhos etc. do gênero é enorme, misturando fantasia com realidade de tal forma que perdemos a noção... o limite entre uma e outra.

Exatamente isso, é o que acontece com um povo que viveu entre o período de 3200 a.C. a 30 a.C., às margens do tão famoso e imensurável rio Nilo. Quem nunca se perguntou sobre as pirâmides, tão perfeitas... a Esfinge, tão enigmática... as múmias, tão intrigantes e sombrias... deuses, tão curiosos, e suas histórias, tão cheias de fascínios? Os egípcios antigos deixaram de existir há muitos e muitos anos, mas o impacto que conseguiram causar na História da humanidade foi tão grande que sempre serão lembrados como o incrível povo que, de fato, foram.

Desde crianças aos mais idosos, a magia do Egito Antigo nos captura, sem distinção. Ela nos traga involuntária ou voluntariamente e nos apresenta esse mundo deveras magnífico, criado por pessoas simples que mumificavam os seus mortos e que acreditavam em deuses com corpos que misturavam homens e animais. Afinal, o que seria lenda? O que realmente aconteceu? Essas perguntas ficarão para sempre... jamais serão respondidas, por mais que se esforcem os arqueólogos e egiptólogos modernos.

Diante de tamanha lacuna e tamanho esplendor, é claro que a arte não poderia deixar o Egito Antigo de fora. Como eu disse antes, um escritor com talento, boa pesquisa e imaginação encontra aí um poço infindável de influência; uma base firme, sólida e capaz de gerar uma história riquíssima. É exatamente o que acontece com Gustavo Drago e com este livro que está em suas mãos agora, Caro Leitor. O autor foi do Egito Antigo ao Egito Moderno, com uma trama verdadeiramente surpreendente, tensa, repleta de suspense e que prenderá você do início ao fim.

Sei disso, porque eu tive o privilégio de lê-lo bem antes de sua publicação. Confesso que sou muito crítico com o que se diz respeito a textos em prosa, talvez, por ser escritor também. Assim, são raros os livros para os quais eu tiro o chapéu... E o *Relíquia* conseguiu. Eu tiro o meu chapéu para esse livro!

Acompanhei alguns dos muitos e muitos anos de pesquisa e trabalho duro que o autor gastou para que, não só esse livro, mas o segundo livro também, atingissem merecido patamar. Note o texto bem feito em uma leitura que flui, os detalhes do enredo e a influência mais do que positiva de histórias como *Tomb Raider*, *Indiana Jones* e *Relic Hunter* (Caçadora de Relíquias). São inúmeras as obras baseadas no Egito, mas, a meu ver, sem dúvida alguma, a saga *Relíquia* merece destaque. Sei que, ao iniciar a leitura, Caro Leitor, você concordará comigo.

Conselho de amigo? Ao ler esses dois primeiros volumes, não hesite em mergulhar de cabeça... Eu lhe asseguro que será uma jornada inesquecível.

Boa viagem pelo Egito!

João Paulo Balbino
(autor: — *Eu, assassino?*)

Prólogo

Ano de 2597 a.C.

Egito. Planície de Gizé.

I

Naquela época, o desejo de se obter a vida de além-túmulo ou "descanso eterno" era tão excessivo que, antes mesmo de ascender ao poder, Quéops já planejava a construção da grande pirâmide. Realização que, obviamente, depois da sua morte, viria a ser o seu "túmulo nobre". Os arquitetos, então, após o início do seu reinado, aguardaram apenas o envio de determinada mão-de-obra, para transformarem aquele projeto audacioso e imponente em realidade. Mão-de-obra que seria mandada pelas aldeias, através da corveia[1], para a região da obra ou para as pedreiras, enquanto que os depósitos reais forneceriam tudo aquilo que fosse necessário, como ferramentas, roupas e outros utilitários.

Agora, precisariam encontrar o local certo para a construção da subestrutura do túmulo. Por sorte, uma ampliatiforme elevação de pedra que se erguia acima do nível do deserto encaixou-se perfeitamente nos planos do faraó. Logo, o lugar fora demarcado pelos agrimensores, de modo que a base da pirâmide formasse um quadrado perfeito. Após concluída essa fase, alguns arquitetos coordenaram turmas para talhar terraços, parecidos com degraus, nos lados irregulares do monte. Ali, seria a fundação para todos os blocos de pedra serem assentados. A parte mais complicada desse trabalho viria quando precisassem nivelar a obra, pois tinham que evitar que toda a sua estrutura colossal saísse torta. Então, em torno da sua base, abriram uma vasta rede de valas cheias d'água e, em seguida, com o nível da água como guia, puderam nivelar enfim determinado local, de cinco hectares de extensão. Um trabalho tão perfeito que, recentemente, por uso de instrumentos modernos, peritos

---

[1] – *Obrigação de prestar serviços gratuitos em obras públicas.*

apuraram que o canto sudeste da grande pirâmide era somente um centímetro mais alto que o canto noroeste.

Assim, com tudo devidamente preparado, os blocos, com mais de duas toneladas cada, seriam retirados da Cadeia Arábica por um árduo trabalho nas pedreiras. Tão árduo quanto transportarem determinados blocos de pedra por tamanha distância. E olha que eles ainda lidavam com a existência dos blocos de granito, os quais aumentavam o sacrifício. Esses blocos, além de serem infinitamente mais pesados, ainda traziam outro grave problema, pois, por serem muito duros, suas talhadeiras e serras de cobre sequer eram capazes de fazerem neles mossas. Fator que os obrigou a raciocinar de uma forma brilhante e astuta, mesmo que primitiva. Com o uso de martelos especiais de dolomita, eles criavam medianas fendas nas paredes laterais da pedreira e adaptavam cunhas de madeira nessas fendas. As encharcavam d'água e a madeira se dilatava, desprendendo esses pedaços de pedra que, depois de serem retirados, por intermédio de rampas, e arrastados, junto com os blocos de pedra calcária, sobre roliços troncos de madeira, eram transformados a martelo em blocos toscos.

Os blocos, em geral, ainda seriam pintados com diversas marcas da pedreira, como: "esse lado para cima", ou com o informar dos seus destinos, representados por inscrições do tipo: "turma vigorosa" ou "turma resistente". Isso, fora algumas mensagens, deixadas pelos mais engraçadinhos, como: "o nosso rei deve estar bêbado". Somente após e devidamente supervisionados pela guarda do faraó, que os blocos seriam acomodados em um tipo de trenó e levados, por intermédio de um trilho formado pelos mesmos troncos, até a margem do rio Nilo. Pouco mais de uma dezena de operários puxavam os blocos por resistentes cordas, enquanto outros os empurravam, vindo de trás. O esforço era tão monstruoso que eles ainda necessitavam de mais dois trabalhadores para auxiliar na locomoção, usando uma espécie de alavanca, feita por uma longa vara de madeira.

Seus destinos, após navegarem mansamente sobre barcas pelas águas do Nilo, era a Planície de Gizé, situada a quilômetros e quilômetros de distância. Mas, apesar dessa distância absurda, o calor conseguia ser o maior dos obstáculos, já que o límpido céu egípcio era dominado por um sol abrasador, queimando impetuosamente sobre todos. Sorte deles, seus trajes se basearem em leves tangas, pois só assim conseguiam suportar as horas mais quentes do dia, que poderiam ultrapassar os cinquenta graus centígrados. Rampas ainda eram construídas juntas, como se fizessem parte da estrutura externa da grande pirâmide, uma seguindo a outra e começando em cada canto seu, sendo três delas de subida e a última de descida, com todas se encerrando no atual topo da obra. Elas serviam para que fosse humanamente possível erguerem os seus blocos, rumo ao topo. Então, quando alcançassem finalmente o vértice, de cento e quarenta e sete metros, os pedreiros cortariam os blocos daquelas rampas e assim moldariam os lados lisos e inclinados da pirâmide do faraó.

— Vamos... precisamos prosseguir com nossas obrigações! — bradava Anairda, um dos soldados da guarda, apontando para o alto da inacabada pirâmide, local onde o próximo bloco de pedra deveria repousar.

Estrangeiro, mas titular de um lote de terra que o prendia ao serviço do faraó, Anairda, assim como boa parte dos soldados, pertencia a uma casta instruída e prestigiada, graças à importância que tinha a sua missão, tocando dessa forma todos os sacerdotes. Infelizmente, devido a essa enorme importância que possuíam como servidores do estado, além de serem também depositários dos segredos das ordens e do poder, eles geralmente eram servis e zelosos com os seus chefes — os escribas[1] —, mas imperiosos e arrogantes diante do povo, abusando de tamanha autoridade.

— Segurem as cordas com firmeza e preparem-se para puxá-lo rampa acima! — seguia ordenando ele. Anairda checou pessoalmente as amarras, refeitas naquele instante, e então, todos os operários reiniciaram o transporte daquele bloco. Seus gemidos ecoavam à distância... também pudera, os que iam na frente puxavam tal bloco como se fossem burros de carga, enquanto os que iam por último o empurravam com imensurável esforço.

Agora, já que aqueles troncos roliços, responsáveis pela locomoção dos blocos, não ficariam parados no piso íngreme das rampas de ascensões, outro grupo de "funcionários do rei" se encarregava de colocá-los, no momento exato de serem usados, e de retirá-los, logo após. Então, eles davam a volta, carregando o mesmo tronco, e repetiam a operação, inúmeras vezes, até que o bloco a ser transportado alcançasse o seu devido lugar. Cansativo, porém, necessário, já que eles não possuíam nenhum modelo de guindaste ou qualquer equipamento semelhante.

---

[1] – *Eram os doutores da lei, que tiveram como chefe durante a dinastia do faraó Quéops, Wep-em-nefret.*

— Vamos, seus molengas, preguiçosos... só mais treze blocos e vocês poderão descansar! — bradava ele, trajado a caráter: descalço, com uma combinação simples de tanga e peruca, tendo, em uma das mãos, um escudo, marcado por conflitos passados, e na outra mão, uma imponente lança de batalha.

E Anairda acompanhava de perto aquele bloco, rumo ao seu destino, dezenas de metros pirâmide acima. Assim, enquanto alguns arquitetos já imaginavam como seria seu interior, esboçando com uma longa vara de madeira nas areias do deserto os seus prováveis corredores, passagens, condutos de ventilação, a Grande Galeria e a Câmara dos Reis, os operários partiam para encaixar mais um daqueles seus futuros e abrutalhados dois milhões e trezentos mil blocos de pedra.

A Câmara dos Reis, local onde descansaria eternamente o corpo do faraó, por exemplo, seria coberta por enormes lajes de granito e, entre cada uma delas, ainda existiria uma câmara de descarga para poder aliviar o peso. Quanto à Grande Galeria, bem... segundo constava na planta, ela seria, na verdade, um íngreme corredor, uma espécie de rampa, com quarenta e cinco metros de comprimento e oito metros e meio de altura, que terminaria lá na entrada da Câmara dos Reis. O plano programado para esse setor era, usá-lo para ajudar no lacramento do seu túmulo, quando dada a morte de Quéops. Três blocos de pedra, iguais àqueles retirados da Cadeia Arábica, seriam postos no alto dessa rampa e largados lá de cima, deslizando rumo à sua entrada e selando assim toda a sua vida de "além-túmulo". Por fim, provando que eram mesmo excelentes profissionais, eles esboçariam por onde sairiam, depois da galeria ter sido lacrada: todos desceriam por um poço e, em seguida, subiriam pelo corredor descendente, que seria omitido do conhecimento dos demais.

Agora, os trabalhadores já estavam lá em cima, preparando aquele bloco para fazerem o contorno da primeira das quatro quinas da inacabada pirâmide. Se posicionaram para manobrá-lo à esquerda da rampa e, de repente, devido ao lapso de um dos operários, deu-se início uma sequência de fatos catastróficos. Os seus olhos, lacrimejantes, irritados pela areia que se erguia com o vento do Deserto Ocidental, proporcionaram-lhe uma visão turva e imprecisa da rampa a qual suplantava, induzindo-o a apoiar o pé além daquela lateral.

— Ops! — sibilou ele. E aquele funcionário só parou de cair quando chegara de encontro ao solo, após rolar por aproximados trinta e seis metros de altura pirâmide abaixo. O desastrado operário ainda conseguiu desequilibrar mais alguns felás[1] que, instantes depois da sua queda, acabaram caindo também, um puxando o outro, permitindo que o enorme bloco de pedra ficasse a derivas e despencasse junto, com trenó e tudo, piorando bastante o acidente, transformando-o em uma tragédia. Agora, surgiam inúmeros mortos e feridos... incluindo os atingidos pelo bloco, durante a queda. O sangue por mais uma vez marcava as construções, derramando-se na areia clara e escaldante da região.

— Eu não acredito! — bramiu Anairda, revoltado com aquele incidente. Não que ele estivesse preocupado com os mortos ou com os feridos, mas sim, com um possível atraso nas obrigações. — Que merda... será que vocês não aprendem?! Será que vocês nunca vão conseguir fazer nada direito?!

Agora, Maneah Sahid, quem desencadeou a confusão, não sentia mais as suas pernas... ele estava estirado ao solo árduo da região, com a coluna fraturada. O seu estado era tão grave que já escorria um filete de sangue pela sua boca. O osso de um dos antebraços havia quebrado e lhe perfurado a pele, causando uma dor insuportável. Entretanto, apesar da violenta queda e dos ferimentos que sofrera na cabeça, ele ainda encontrava-se em estado consciente. Sabia que estava morrendo... era desesperador. Por isso, apertava na palma da mão um punhado de areia, pego do solo, reunindo forças para um último manifesto.

— Prossigam sem mim... — murmurou ele — precisamos honrar o nosso faraó.

O regime político no Egito Antigo era a "teocracia", sendo o faraó adorado como um deus, o que explicava aquela atitude. Sua mão então se abriu, derramando a areia, por alguns instantes nela contida, sinalizando a sua morte. Logo, o silêncio reinara, permitindo que o correr das águas do Nilo, mesmo à distância, fosse ouvido, como um triste choro a lamentar o seu último suspiro. Estava decretada a sentença: Maneah morrera no segundo mês da estação da inundação, em seu sétimo dia. E para os que o amavam e o admiravam como aquele ser respeitoso e gentil que era, só restara mesmo a dor da sua perda. Uma dor multiplicada por quinze, o número de vítimas fatais espalhadas pelo deserto.

---

[1] - *Eram os camponeses presos ao campo do faraó, do templo ou do oficial, sujeitos à corveia ou à requisição para trabalhos de interesse coletivo.*

II

Já era noite e a lua-cheia pairava majestosa e soberana. Porém, nem isso ou mesmo a tragédia, impedira os operários de seguirem firmes e fortes com suas obrigações. Agora, eles trabalhavam ininterruptamente sob a luz acolhedora das tochas que tremeluziam no ar gelado da noite. Cortavam... poliam... demarcavam... transportavam... erguiam e encaixavam os blocos em seus devidos lugares. Aconteça o que acontecer, não possuíam o direito de descanso, enquanto não cumprissem com a cota diária de blocos a serem transportados. Mas, pelo menos, tinham pão e água à vontade... cerveja, também! Até porque, seus superiores sabiam que, sem u-ma alimentação e hidratação de qualidade, além de um certo incentivo, ninguém conseguiria suportar aquela longa e desumana jornada de trabalho.

— Pronto... por hoje, basta! Amanhã continuaremos, podem descansar! — Era Hemiunu, o vizir[1] do faraó Quéops, seguido do mesmo.

Então, aquelas centenas de trabalhadores deixaram os materiais de serviço largados ao solo e se ajoelharam, em sinal de veneração e respeito ao deus-faraó. Foi uma tremenda surpresa, Quéops também a-parecer por lá, para averiguar o andar da construção de sua pirâmide. Mas, obstante, como surgiu se retirou — ele não era nada simpático mesmo. O importante era que aquela maldita cota diária tinha sido enfim cumprida, liberando os pobres e injustiçados felás para descansarem até a manhã do dia seguinte.

Quanto a Hemiunu, ele era o comandante dessa construção. Mas a sua aparência diferenciava-o grotescamente dos demais, pois — segundo dizem alguns estudiosos — a essência do Antigo Egito era a "alegria de viver", representada por homens e mulheres jovens, vigorosos e esbeltos, visando sempre uma existência produtiva e prazerosa, o que nada tinha a ver com Hemiunu, já que, apesar de demonstrar autoridade e autoconfiança como o administrador do reino, ele era obeso, abrutalhado e muito... muito feio.

---

[1] – *Primeiro-ministro.*

III

Logo, o sol voltou a reinar. Ele refletia-se contra a superfície do Nilo, fazendo-o brilhar de extremo a extremo. Mas algo acontecia na planície de Gizé, manchando aquela manhã tão bela. A morte de Maneah, junto com a morte de mais quatorze trabalhadores, havia gerado um grande protesto nas imediações da obra. A maioria era amigos e familiares daqueles que se acidentaram, obrigando ao vizir de Quéops a se deslocar rapidamente até o local. Só ele poderia dar um jeito na situação, pois a revolta fervia mais do que o calor de meio-dia no sangue de todos os camponeses ali presentes.

Gritos de dor e ódio ressoavam em tons ameaçadores, reivindicando alguns direitos. Isso, quando alguém, que não estava na sua sã consciência, atirou uma pedra contra o próprio Hemiunu. Ele, que havia acabado de chegar e postava-se soberbamente no primeiro andar da rampa de pedra número dois da grande pirâmide, por pouco não fora atingido. Aquele mediano pedaço de granito passara zunindo em seu ouvido, ricocheteara contra o que já havia sido erguido da pirâmide de Quéops e caiu de volta lá embaixo, no meio da multidão, silenciando-a, causando um clima de puro suspense e terror.

Clima que logo foi quebrado pelo imponente e arrogante vizir do faraó.

— EU QUERO QUE A TRAGAM PARA MIM!!!!! — vociferou ele, soltando fumaça pelas ventas. O seu dedo indicador apontava para uma pobre garotinha, encardida e maltrapilha. Alguém que desafortunadamente acabara sendo dedurada pela própria pedra a qual arremessou, já que aquele pedaço de granito voltara justo contra si, parando bem diante dos seus pés. Foi graças a isso que Hemiunu conseguiu localizá-la, ordenando que alguns membros da guarda fossem até lá buscá-la.

Logo, a multidão covardemente se abriu, demarcando com uma linha reta o caminho dos soldados ao alcance da jovem felá. Ela que, mesmo apesar da raiva que sentia, não conseguiu resistir quando dois dos enviados a ergueram pelos braços e começaram a carregá-la até o vizir do faraó. A garota se debatia inutilmente, na esperança de que conseguiria fugir, indignada com todo aquele sacrifício que era submetido o seu povo, quando voltado ao agrado do faraó. Pirâmide de Quéops? Que nada! Justiça seja feita ao menos nesse ponto: foram os camponeses e supostos escravos, os verdadeiros responsáveis por esse feito histórico.

Sem eles, não haveria um só templo, palácio ou pirâmide de pé ao longo de todo o Egito!

— Me ponham no chão, seus animais! — prosseguia ela, a protestar, mesmo apesar de contida pelas autoridades. — Anda... vão... soltem-me, seus trogloditas, brutamontes! Seus miseráveis... filhos de uma égua!

— Por que tu fizestes isso, minha jovem?! — inquiriu furioso o vizir do faraó, enquanto os seus soldados a levantavam pela lateral da rampa.

Mas ela não deu resposta alguma. Muito pelo contrário, calou-se, encarando Hemiunu com garra e coragem.

— Eu vou perguntar só mais uma vez! — Hemiunu aguardou-a ser posta bem à sua frente e, com ela ainda segura pela guarda, voltou a inquirir, em um tom muito mais agressivo que da vez anterior: — Por que tu fizestes isso, garota?!

— O que você faria, se eu matasse o seu pai?! — enfim propugnou aquela menina. — Hein... seu crápula, repugnante e fedorento!

Apesar daquela resposta ter realmente tocado o primeiro-ministro, a ofensa que viera em seguida tirou-o definitivamente do sério. Então, sabendo que fora enviado até lá justo para conter os excessos do povo, Hemiunu, com a parte posterior da sua pesada mão, esbofeteou o rosto daquela garota indefesa, antes presa nos braços rudes da guarda e agora, jogada por sobre a rampa de pedra do túmulo real. Uma cena grotesca e violenta!

E como cada ação provoca uma reação... armados de paus e pedras, e também de alguns instrumentos de trabalho, os camponeses, ainda mais revoltados, partiram para cima dos soldados, que se viram obrigados a revidar. Infelizmente, Hemiunu não pensara nas consequências daquela sua atitude arrogante e primata. Tal reação, se somente admoestadora, não o deixaria inferiorizado mediante a multidão e ainda permitiria que tudo terminasse em questão de tempo. Todavia, Hemiunu precisava era mesmo de uma boa exibição, o que acabou agravando de vez a rebelião.

Assim, a pancadaria se espalhou pela planície de Gizé. Mas não durou sequer um minuto, pois o deserto, mancomunado com uma terrível ventania, se revoltara contra todos, dando um basta à tamanha estupidez com uma abrupta e violentíssima tempestade de areia. O desespero foi tanto que esqueceram até da rebelião. Por incrível que pareça, não lembravam nem mais se estavam batendo ou apanhando... matando ou sendo mortos. Só gritavam e corriam feito loucos, à procura de abrigo. Ninguém mais era fraco ou forte, pobre ou nobre... passaram a ser todos iguais: reles indefesos, em busca da própria sobrevivência! Dádiva essa que Hemiunu logo alcançara, quando se protegeu entre alguns blocos de pedra que próximos estavam. Sorte sua ser tão gordo e pesado, porque grande parte dos soldados, posicionados também sobre a grande pirâmide, acabara arremessada para longe, pelo fortíssimo vento que soprava diabólico.

— Droga... não temos para onde correr! — gritava Anairda, indefeso, ainda de pé no meio do nada. Ele olhava ao redor e via um morrendo atrás do outro, das piores formas possíveis. Então, cravou sua lança no deserto como se ferisse a um animal gigante, se a-garrou firmemente a ela, na esperança de que a tempestade não tivesse força suficiente para arrancá-lo dali, protegeu-se com o seu escudo de tudo aquilo que era arremessado contra e lá ficou, sobrevivendo a tal provação.

Mais alguns segundos de desespero extremo e parte do deserto cedeu, engolindo alguns camponeses e membros da guarda. Enquanto isso, outros eram pisoteados ou atingidos por paus, pedras e coisas do gênero. Não conseguiam enxergar um palmo além do nariz, devido àquela intensa cortina de areia e terra que havia se formado com o vento. Corriam por puro instinto e prosseguiam gritando alucinados... mas quando eram arrastados para longe, se entregavam, ficando à mercê da vontade dos deuses. O caos tinha tomado conta das construções da pirâmide do faraó Quéops! O céu havia se tornado negro, raios e relâmpagos riscavam por entre as nuvens, enquanto que os trovões ribombavam demoníacos terra abaixo.

De repente, a tempestade cessou e toda a areia despencou ao seu lugar de origem, como se satisfeita por ter castigado aqueles que julgara merecer. Havia sido como se o mais devastador dos furacões resolvesse simplesmente deixar de existir! Todavia, Rannya Sahid — a jovem que enfrentara Hemiunu —, agora jazia morta, com aquele seu frágil corpinho de menina semi-submerso nas areias escaldantes do deserto. Grande parte dos soldados de Quéops e dos camponeses a-li presentes também acabara vencida... e mortos, espalhados pelo solo sem-vida, misturavam-se uns aos outros, sem que alguém fosse melhor do que o outro.

Bem... agora que tudo se acalmara, os que sobreviveram a tal provação respiravam aliviados, achando que tamanha desgraça tinha chegado ao fim... acreditando que aquele terrível acidente, mais a rebelião e a tempestade de areia, bastaram! Porém, o tempo dirá que não. Ninguém sabia, mas o pior ainda estava por acontecer. Os mortos tiveram foi sorte, pois os amaldiçoados foram aqueles engolidos pelo deserto. Entretanto, isso só será revelado em um futuro distante e que só será possível, graças à decifração dos Hieróglifos... fato ocorrido, depois de aproximados cinco mil anos de evolução histórica. Um período deveras conturbado, tanto que a humanidade se perderá entre sabedoria e ignorância. Mas conseguirá provar que, algum dia, ainda será capaz de cultivar a paz e o amor... nem que para isso, precise da intervenção direta de Deus!

Quando Quéops morreu, no Palácio Real, anos mais tarde, seu corpo foi transportado através do Nilo rumo à planície de Gizé, onde determinada obra já estava pronta. Seu corpo foi preparado para o sepultamento no Templo do Vale, localizado ao Sul do monumento. E em seu dia de enterro, os sacerdotes iniciaram uma marcha pela grande calçada, que hoje pouco resta. Aí, enquanto alguns trabalhadores puxavam a barca funerária com o sarcófago mumificado do rei, outros vinham atrás, carregando barcos prontos para navegarem no além-túmulo... esses que seriam enterrados nos poços, juntos à sua magnífica e assombrosa pirâmide.

Ano de 1997.

Suécia. Estocolmo.

I

Pela sombria e silenciosa recepção do antigo prédio da P.B.A.C.E. (Primeira Biblioteca de Arqueologia da Cidade de Estocolmo) irrompia Andréia Rosselly: uma belíssima e elegante brasileira, possuidora de cabelos cor de chocolate, pele clara e olhos tão verdes quanto a mais inestimável das esmeraldas. Logo, ela divisou, parado de pé atrás do balcão de atendimento, um senhor, de cabelos grisalhos, magro e de altura média, trajando um velho paletó negro. Então, a nossa personagem se dirigiu ao encontro dele.

— Bom dia — disse ela.

— Bom dia, *mademoiselle* — respondeu o próprio, com uma voz serena. — Você deve ser a Srta. Rosselly, enviada pela Universidade de Toronto para me auxiliar nas pesquisas sobre Aldheron.

— Exatamente — assentiu aquela mulher. — Eu mesma!

— Meu nome é Thommas Hudson e sou o fundador de tudo isso... desse verdadeiro império cultural que está tendo a honra de conhecer — se apresentou ele, estendendo-lhe a mão cordialmente. — Muito prazer!

— O prazer é todo meu! — disse Andréia. Então, ela apertou a sua mão, tentando transmitir confiança, e finalmente parou para observar ao redor, admirando a misteriosa decoração daquele *hall*, enorme e enriquecido por genuínas peças egípcias.

Algumas daquelas peças haviam chamado mais a sua atenção do que outras, como por exemplos: uma plaqueta, feita em bronze, de Ramsés III liquidando com bravura um líbio; uma pequena esfinge, esculpida em alabastro, de nariz perfeito; e uma imagem do deus Hórus — o "Sol Nascente" (corpo de homem, cabeça de falcão) —, feita em papiro e protegida dentro de uma vitrine qualquer. Artefatos raríssimos que incrementavam aquelas empoeiradas estantes, repletas de livros referentes às maiores civilizações que já habitaram a face da Terra.

Thommas Hudson era um dos maiores historiadores da Europa. Eu disse era, porque, há alguns anos, quando ele se envolveu com o mercado negro de peças egípcias, perdera todo esse conceito. Envolvimento que fez Andréia acreditar que, fazê-lo uma visita, poderia render informações referentes ao paradeiro de uma estátua mística, desaparecida alguns meses atrás, denominada: "O Deus das Areias Árabes". Uma relíquia valiosíssima, provavelmente roubada por essa máfia que devastava a cultura egípcia. Foi exclusivamente devido a isso que ela saíra do Canadá, rumo ao norte da Europa. Andréia nunca esteve interessada em Aldheron ou em qualquer assunto relacionado a essa sua lenda. Tanto é que, sua indicação para ajudá-lo naquelas pesquisas, feita pela Universidade de Toronto, não passava de um disfarce seu, elaborado em conjunto com a própria universidade, para que pudessem investigar melhor o caso.

— Bem... chamei você aqui, acima de tudo, pois tenho algo a revelar que certamente comprovará a existência de Aldheron — comunicou o senhor, passando certo temor. — Mas... venha comigo, *mademoiselle*. Nos falaremos melhor em meu gabinete.

E assim que Thommas Hudson gesticulou, pedindo para ser acompanhado, Andréia não teve outra opção, a não ser, segui-lo em direção a uma das portas daquele amplo *hall* onde se encontravam. Ela aproveitou para limpar discretamente uma das mãos na calça que vestia, pois tinha sujado-a de pó quando o cumprimentou. Impaciente, Andréia ajeitou a gola do seu blusão de seda e, depois de atravessar tal porta, irrompeu ao lado do enigmático senhor por um dos inúmeros corredores daquela antiga construção.

II

Eles caminhavam lado a lado, de repente Andréia colocou as mãos na boca e espirrou. Reclamou um pouco da poeira que empesteava o ar e perguntou:

— Mas, afinal... que revelação é essa?

— Ahn... nós encontramos um manuscrito, no mínimo intrigante, esquecido, trancado na gaveta de uma escrivaninha que arrematamos em um desses leilões de antiguidades — explicou o venerável senhor, antes que parasse mediante a uma das infindas portas de madeira da biblioteca. — Lamentavelmente, não podemos precisar quem foi que o escreveu. Mas, tudo bem... o importante é que ele se refere, com clareza, à antiga lenda de Aldheron.

— Bem... apesar de estar aqui para auxiliá-lo nessas pesquisas, gostaria que soubesse que eu nunca acreditei em nada disso — duvidou a Srta. Rosselly. — E digo mais... provavelmente, vou continuar não acreditando. Mesmo depois de ler quinhentas milhões de vezes esse manuscrito!

— Ah... eu duvido muito — completou Thommas, confiante, enquanto destrancava o seu escritório. — Duvido muito mesmo, *mademoiselle!* Você não tem a menor noção, do que essa descoberta representa para o mundo da arqueologia. É a primeira prova incontestável, sobre tudo o que aconteceu naquela época.

Eles haviam percorrido um longo corredor, repleto de salas fechadas a cadeado e vigiadas por câmeras de vídeo. E o porquê de todos aqueles olhos robóticos, estava atiçando em muito a curiosidade de Andréia. Tanto que ela já se imaginava, invadindo aquelas dependências, em busca das mais esplendorosas relíquias. Quiçá, viesse a encontrar até, a estátua responsável por essa sua ida repentina à Europa. Afinal... qual seria o grau de envolvimento daquele velho caquético e fantasmagórico com o mercado negro? Mas, lamentavelmente, naquele momento, era só isso o que ela poderia fazer... sonhar! Até porque, Andréia não sabia como inquiri-lo a respeito e, muito menos, como averiguar tal possibilidade. Ela estava meio perdida diante da situação e assim, deixava tudo fluir naturalmente.

Aquele local que entraram também estava bastante empoeirado e possuía mais alguns artefatos antigos que, com certeza, celebravam milênios de existência. Eram poucos, porém de valores incalculáveis, como: uma réplica em miniatura do Ataúde do Menino-Rei Tutancâmon, toda feita em ouro, igual às em exibição no Museu do Cairo. Havia também peças da realeza, principalmente objetos de arte. E uma belíssima estatueta, feita em alabastro, do Faraó mais importante do Médio Império: Amenemés III. Ele que se destacou por cuidar do bem-estar do povo, mandando construir açudes e canais de irrigação ao longo de suas terras. Estava na cara que a prioridade daquela biblioteca era a riquíssima e fabulosa arte egípcia!

— Fique à vontade... *mademoiselle* — disse o Sr. Hudson, mediante tamanho basbaque. — Vai... admire o quanto quiser cada peça!

— Obrigado.

Logo, Andréia pegou a imagem de Amenemés nas mãos e, graças aos seus nobres conhecimentos, traduziu alguns Hieróglifos, inscritos na base. *"Em meu tempo o povo não padeceu fome nem sede"*, dizia aquela inscrição, evidentemente que fazendo uma referência ao seu reinado, quando também controlou as revoltas da nobreza. Satisfeita, Andréia deixou a estátua acomodada onde estava e partiu de encontro ao mini-ataúde de Tutancâmon, que chegava a reluzir com a luz do sol que entrava por algumas janelas abertas.

— Incrível! — exclamou a sábia senhorita, antes que lhe perguntasse algo referente à peça, exposta sobre uma antiga escrivaninha do século passado. — Como vocês conseguiram essa esplendorosa relíquia?

— Pra ser sincero... nem eu sei — mentiu ele, com um risinho sem-graça.

— E essa é a escrivaninha que o senhor se referiu? — perguntou ela, fazendo de conta que acreditou.

— Exatamente... mas isso não tem a menor importância.

— Não... ok... eu perguntei mesmo, só por perguntar. Curiosidade minha — tergiversou ela. Andréia, então, se calou, aguardando que ele seguisse com o assunto a ser tratado. Ela acabava de ter certeza que acertara em cheio, quando decidiu procurá-lo para dar sequência às suas investigações.

— Bem, *mademoiselle*... continuando com o que eu ia dizendo. Nós o encontramos trancado dentro dessa escrivaninha.

— Mas... afinal... cadê esse bendito manuscrito?

— Um momento, que vou buscá-lo — disse o historiador.

Thommas, então, se precipitou até um canto da sala, pegou um escadote de alumínio, levou-o até diante de uma grande estante e subiu vagarosamente os seus degraus, metendo as mãos por entre algumas prateleiras. Ele pegou um livro lá de cima. Thommas sorriu para si mesmo e, após descer aqueles degraus, que rangiam como se estivessem prestes a se partir, se dirigiu de novo àquela bela mulher. Por fim, o historiador abriu o livro e, para a surpresa de Andréia, tirou o manuscrito lá de dentro. Tal livro era falso, tinha um compartimento secreto dentro dele. Porém... o manuscrito parecia bem autêntico. Ele estava enrolado e amarrado com um laço de seda vermelho.

Logo, Thommas entregou-lhe o manuscrito, dizendo:

— Aqui está. Esse pergaminho, escrito detalhadamente a bico de pena, poderá mudar o destino da humanidade. Minha cara, você pode até continuar não acreditando... mas estamos mesmo diante da primeira prova capaz de confirmar a existência de Aldheron. Uma joia maligna... demoníaca! E que, não custa nada relembrar, está resguardecida por um inaudito santuário, perdido submerso em algum lugar do deserto, repleto de armadilhas mortais e tomado por uma fortuna incalculável, constituída em ouro e pedras preciosas!

Andréia, após recebê-lo das mãos dele, desenrolou-o, até com certa apreensão, dando-se ao direito de ler em voz alta uma parte, bem destacada, daquele manuscrito:

— *Il existe enterré dans le incommensurable désert égyptien un temple mystérieux, plein de pièges et de secrets. La retraite d'une pierre démoniaque, qui contient la puissance du mal... le côté obscur entier de L'univers.*

— E então, *mademoiselle*... o que você me diz? Tenho ou não razão.

— Talvez...

— Seja sincera.

— Achei-o interessante... tenho que admitir, muito interessante. Principalmente, a parte que eu acabei de ler. Mas... — ela fez uma pausa — nada, além disso.

— Bem... continuamos, então. Em relação a esse texto, que você se referiu... — disse Thommas Hudson, postando-se timidamente ao lado dela — ele foi transcrito de uma inestimável plaqueta de ouro. Um artefato deveras fabuloso, perdido pela Europa! Provavelmente, o que motivou tal historiador a escrever o pergaminho. — Ele demonstrou desânimo e concluiu: — Contudo... o mais surpreendente vem agora... segundo Jean-François, essa inscrição ainda está incompleta, devido ao pedaço que falta da plaqueta de ouro... ao que consta, nunca visto antes.

— Ahn... você disse... Champollion? — sobressaltou-se a Srta. Rosselly, devolvendo-lhe aquela inscrição. — Jean-François Champollion...?! O decifrador dos Hieróglifos...?!

— Exatamente... o próprio! — disse com veemência o Sr. Hudson, voltando a amarrar o pergaminho com o seu laço de seda. — Especula-se que essa parte da plaqueta de ouro tenha sido descoberta pelo sábio historiador, em meados de 1822. Aliás... o provável autor desse manuscrito.

— Meu Deus... se for, então, isso tem mesmo um valor incalculável! — Andréia suspirou, tentando se manter lúcida. Ela começou a andar de um lado para o outro da sala, incrédula. — Mas é difícil de acreditar que Champollion tenha encontrado algo assim, enquanto pesquisava a plaqueta de Roseta e os cartuchos do período ptolemaico[1] e romano!

— Compreendo a sua descrença, *mademoiselle* — disse Thommas, sorridente. — É algo fantástico demais... mas é verdade. Acredite em mim... encontrar o templo e sua respectiva joia, será uma consequência natural dos fatos. Uma mera questão de tempo... basta apenas procurar!

Andréia assobiou pasmada.

— E sabendo disso — seguiu ele, entregando-lhe aquele relato —, eu preferiria que fossem vocês, pesquisadores natos lá da universidade, os responsáveis por essa descoberta. Foi onde me formei. Eu era aluno e presidente do corpo discente... por isso, confio plenamente no diretor e no corpo docente. — Thommas acrescentou: — Não quero que encontrem Aldheron para o meu próprio benefício... quero é impedir que essa maldita joia caia em mãos erradas.

— E por que não procura você mesmo?

— Olha o meu estado, *mademoiselle!* — Ele riu forçadamente. — Já estou velho e doente demais, para me expor em uma busca paradoxal pelo Egito.

— E quanto a essa parte da plaqueta, supostamente encontrada por Champollion?

— Como já disse, está perdida em algum lugar da Europa.

— Mas... — Andréia estava ponderante — há pistas de onde... ahn... esse artefato se encontra?

— Não... isso é tudo o que sei sobre o assunto. Faça da maneira que quiser, mas, por favor... preste bastante atenção em uma coisa. Não comente com ninguém, nada a respeito da nossa conversa... seja sobre a joia, sobre o templo, sobre a plaqueta ou, principalmente, sobre esse pergaminho... isso, ao menos, até o dia da minha morte. Não quero que descubram que fui eu quem lhe entregou esse manuscrito. Por isso... se alguém perguntar, minta... diga qualquer coisa, até que foi São Pedro... menos, a verdade.

— Tem medo do quê, Sr. Hudson? — indagou ela, após sentir tanto receio vindo dele e desconfiar que havia algo ou alguém por trás de tudo.

— Não veja minha resposta como grosseira, *mademoiselle*... mas só lhe contei aquilo que acredito ser do seu interesse. Deixe o resto por

---

[1] – *Período relativo ao geógrafo e astrônomo Ptolomeu; época de suas obras ou doutrinas.*

minha conta... será melhor assim. A propósito... também não permita que as câmeras de vídeo vejam-na saindo com nada suspeito. Coloque-o de volta nesse livro falso e guarde-o em sua bolsa que, creio eu, não haverá maiores problemas para nenhum de nós.

Andréia demonstrou, não medo, mas apreensão e, em vista disso, aquele senhor acrescentou:

— Não se preocupe... após sair daqui, você estará segura.

— Mas... e essa câmera de vídeo? — Andréia apontou para a própria, a única encontrada no seu gabinete.

— Quanto a essa, não precisa se preocupar. Está com defeito desde anteontem.

— Então... foi por isso que me chamou até aqui com tanta urgência?

— Exatamente.

— Mas se está evitando as câmeras de vídeo, por que me a-diantou os fatos ainda na recepção? As câmeras não possuem es-cutas?

— Sim... possuem. Mas eu mandei um CD de música clássica lá para a sala de controle, sabendo que assim... Ah... deixa pra lá... sem mais perguntas! Você é muito curiosa para o meu gosto! — tergiversou aquele senhor, ranzinza. — O importante era conseguir que ninguém escutasse a nossa conversa.

— E conseguiu?

— Eu espero que sim.

— Só mais uma perguntinha, por favor. — Ela fez uma pausa, pensou melhor e tergiversou: — Ah... deixa pra lá! Nada de muita im-portância.

Na verdade, Andréia iria interrogá-lo sobre o mercado negro, mas se tocara que permanecer com a sua confiança seria mais im-portante naquele momento do que arriscar colocar tudo a perder. Dana-se a sua investigação momentaneamente, já que o mito de Aldheron passava a ser mais importante. Tão mais importante que podia-se ver nitidamente, a empolgação e a aventura saltando dos seus belíssimos olhos verdes.

— E então, *mademoiselle*... você já acredita em Aldheron? — per-guntou ele, confiante.

— Não. Ainda preciso fazer alguns exames nesse pergaminho. — Andréia sorriu enigmaticamente. — Depois disso... quem sabe?

— Ok... fica a seu critério. Agora, venha comigo que eu lhe acompanharei até a saída. Quanto mais rápido você sair daqui, melhor!

— Obrigado por tamanha confiança, Sr. Hudson — agradeceu ela, apressando os seus passos. — Tenho certeza que ainda nos veremos de novo.

— Não tenha tanta certeza disso — rebateu ele, com ironia. — A única certeza que podemos ter nessa vida, é que não sairemos dela vivos!

Andréia deu uma risadinha forçada e depois, se calaram, deixando o ruído dos passos como absoluto até que retornassem ao *hall* principal.

|||

De volta à recepção, Thommas parou, voltou-se para Andréia, transmitindo seriedade, e disse:

— Eu sinto mesmo que posso confiar em você, porém... gostaria que me prometesse uma coisa, *mademoiselle.*

— O quê?

— Que vai tomar muito cuidado com Aldheron.

— Ok... prometo... palavra de escoteiro! — concluiu ela, a-busando de certo carisma, mas hesitando em apertar aquela sua mão empoeirada novamente. Andréia sorriu sem-jeito e, deixando-o com a mão estendida em vão, deu-lhe um carinhoso tapinha nas costas, levantando a poeira que adormecia no seu velho paletó. Depois, ela disse *"bye bye"* e virou-se de costas, saindo enfim das dependências da antiga P.B.A.C.E.. Apesar daquele seu charme um tanto moleque, Andréia estava visivelmente confusa... até porque, agora, o passado, presente e futuro estavam em suas mãos.

Ano de 2000.

Brasil. Rio de Janeiro.

1

Depois de ter sido informada sobre a misteriosa morte de Thommas Hudson, encontrado caído no seu próprio gabinete, vítima de parada cardíaca, a Srta. Rosselly, que não se arrependera em momento algum de jamais tê-lo interrogado a respeito daquela estátua perdida, sentiu-se de fato como a portadora oficial do manuscrito. Sendo assim, somente ela teria condições de tomar alguma providência. Ciente disso, resolveu proceder conforme ficara combinado. Ou seja: reunir uma equipe de profissionais e iniciar as escavações em busca daquele tão polêmico templo.

Mas, para isso, primeiro ela precisou concluir os exames realizados naquele manuscrito e ter comprovação científica de uma coisa: de que fora mesmo o sábio historiador francês Jean-François Champollion quem o escrevera. Comprovado e toda aquela sua desconfiança se desvaneceu, fazendo-a ter certeza da sua existência e total convicção de que, ao menos, seu templo encontrariam brevemente. Enfim, o destino escolhia alguém para revelar Aldheron perante a humanidade. Mais algumas semanas se passaram e começavam as escavações! Entretanto, até o momento presente, lá em terras egípcias, ainda escavavam o deserto sem o menor resultado, com todos torrando os seus miolos debaixo de um sol abrasador. O mesmo sol que brilhava soberano também desse lado do Atlântico, regendo o límpido céu carioca.

Agora, por que estamos no Rio de Janeiro? Bem... para começar, estamos mesmo é na luxuosa Mansão O'Neil, localizada no bairro nobre da Barra da Tijuca e com vista frontal para o mar. Lá, residia o magnata Nicholas O'Neil, sua esposa e a filhinha do casal. Intitulado pró-homem do instituto, ele era um dos principais financiadores das pesquisas e escavações. Será por isso — e por algo a mais — que a trama também se passará na cidade maravilhosa: "o berço do samba e das lindas canções... outro cenário de encantos mil"!

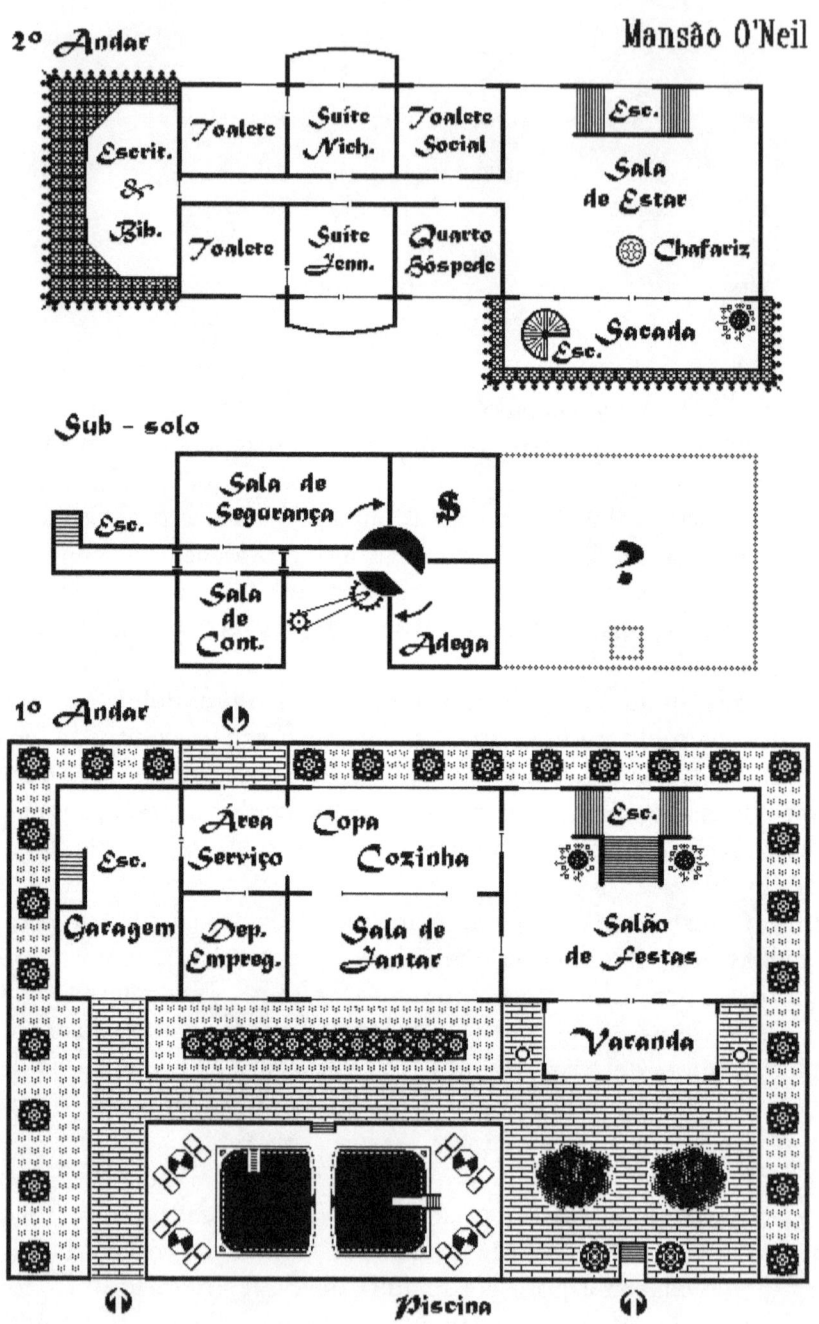

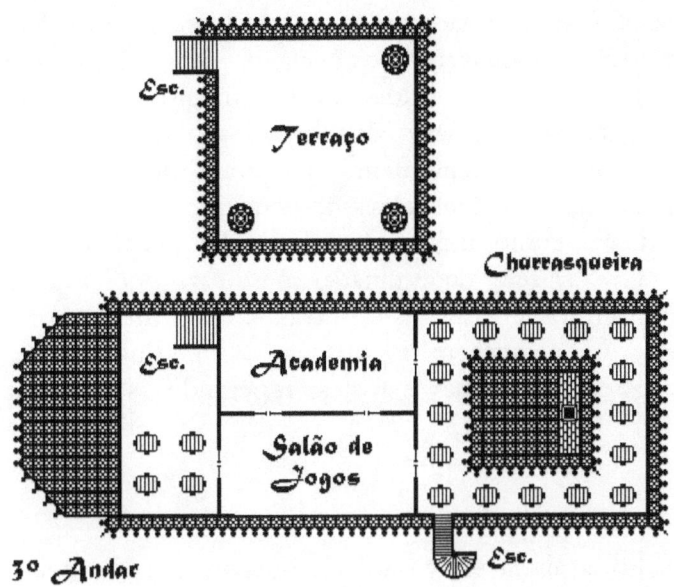

E aquela manhã ensolarada seguia letargicamente, quando a campainha telefônica tocou, forçando Nicholas a fazer uma pausa na sua rotina matinal. Então, ele subiu uma escadaria de mármore polido, às pressas, em busca do aparelho, situado na sua ampla sala de estar. Sentou-se na poltrona e atendeu a ligação. Do outro lado da linha, Andréia estava presente. Ela ligava lá do Egito, com as últimas notícias sobre as escavações.

Nicholas, Andréia e outros personagens — que serão devidamente apresentados durante o transcorrer da trama — formavam o International Archeology and Research Institute, fundado com a prioridade de dar base às escavações, à procura daquele templo. Mas, mesmo apesar de Andréia portar informações inéditas, referentes ao caminhar das buscas por Aldheron, depois do acidente ocorrido na semana anterior, dificilmente algo a mais o surpreenderia. Ainda mais porque, Nicholas sabia que aquelas seriam só informações rotineiras... o dia a dia das escavações que, apesar de incessantes, pareciam tão inúteis. Tanto que, o único feito que tinham conseguido ao longo daquele quase um ano foi: esburacar boa parte do deserto!

O fato dos dias se passarem sem que algo de positivo ou empolgante acontecesse, os deixavam bastante deprimidos e angustiados. Mas o problema maior era que a imprensa começava a tratar tudo de forma debochada e ofensiva, sempre pondo em pauta a lucidez de todos.

Eles, que sempre haviam tachado como duvidosa a originalidade daquele relato, não iriam acreditar na existência do templo! Muito menos, na existência de Aldheron, ainda mais fantasiosa ao conceito dos repórteres e de grande parte dos estudiosos que não faziam parte do instituto. Então, evidentemente que eram poucos aqueles que a-creditavam em um possível sucesso, enquanto que a grande maioria sequer imaginava como tinham conseguido a permissão do Governo Egípcio para realizarem determinadas pesquisas e escavações. Mesmo assim, procurando ignorar os contras e as infinitas pressões que faziam para que cessassem as buscas, os obstinados membros do instituto prosseguiam firmes e fortes, superando as dificuldades, rumo ao mito.

Nicholas ainda estava ao telefone, quando se maravilhou com a instigante imagem da sua esposa, trajando apenas uma lingerie rendada branca e camisola transparente. Ela caminhava com sensualidade na sua direção, trazendo-lhe o café da manhã. Elizabeth de Souza O'Neil era uma morena alta e belíssima, de cabelos longos, negros e lisos, olhos azuis, lábios carnudos e corpo escultural, estilo violão. Graças à tamanha exuberância, foi só bater os olhos nela que Nicholas sentiu-se dividido entre ambas: a sua esposa — com quem fizera amor durante boa parte da noite — e a sábia Andréia Rosselly — que todos viam inúmeras semelhanças com a atriz Sandra Bullock. Também pudera, com aqueles cabelos da mesma cor, tom e corte, com seu jeito semelhante de falar e gesticular, e com o sorriso carismático que estampava-se costumeiramente em seu rosto, não poderia ser diferente. Ela era a cópia brasileira da beldade norte-americana... a Miss Simpatia do instituto!

— Olha o café chegando — disse a sua esposa.

— Obrigado, meu bem — agradeceu ele, tampando o microfone do aparelho com uma das mãos.

Logo, Nicholas se despediu e desligou a ligação. Ele deixou o telefone de lado, contemplou com ternura a sua esposa, se levantou e partiu ao encontro dela. O nosso bem-sucedido empresário, vestindo roupas claras e confortáveis, pegou a bandeja de refeições das mãos dela e deixou-a sobre a mesinha de centro da sala. Após, abraçou-a, beijando seus lábios com todo o amor e a paixão que reinavam em seu humilde e devotado coração.

Beijo trocado e Elizabeth disse:

— Fiz o café do jeitinho que você gosta.

— Ah... não sei o que seria de mim, sem você — romanceou Nicholas, enlaçado aos braços dela.

— Deixa de modéstia... você sempre soube se virar sozinho.

— Você sabe que não é bem assim. — Ambos sorriram, curtiram-se em uma troca de carícias e ele prosseguiu: — Eu gosto tanto de você.

— Eu também, meu bem. — Ela suspirou. — Só Deus sabe o quanto.

Então, Nicholas beijou-a na testa e Elizabeth enfim se retirou, deixando o aroma do seu perfume suavemente no ar. Parecia que ela o enfeitiçara... o pró-homem do instituto fechou os olhos e, ainda de pé, viajou naquela essência inebriante, até que o cheiro forte do café o despertasse para o mundo real. Assim, Nicholas lembrou da refeição, se sentou novamente e saboreou as torradas quentinhas com manteiga, preparando-se para o longo dia que teria pela frente, abarrotado de preocupações e afazeres referentes à Aldheron e àquele seu incrível e polêmico templo.

II

Os relógios marcavam dez horas, quando Nicholas terminou o café. Mais alguns segundos se passaram e sua esposa retornou à sala de estar, vestida elegantemente. Ela estava linda — como sempre — e vê-la assim, geralmente deixava-o feliz. Afinal, foi graças àquela beleza estonteante que ele se aproximou para conhecê-la. E como o destino apronta cada peça, quando a ficha caiu, ambos já estavam em plena lua-de-mel.

— Querido... hoje você pode ficar despreocupado que a nossa filha não tem aula... tá? — disse Elizabeth, com a voz serena, mas demonstrando pressa. — É conselho de classe... deixa a pobrezinha dormir até mais tarde.

Jennifer de Souza O'Neil era uma cópia quase perfeita da mãe: bela, inteligente, educada... Estava com oito anos de idade, puxando o seu pai apenas no lado emocional. Ele que, ainda sentado, assentiu, sorrindo timidamente:

— Melhor assim... sem a responsabilidade de levá-la à escola, eu vou poder dedicar mais tempo para tentar amenizar os problemas, causados por aquela terrível explosão, ocorrida no início da semana passada.

— Ainda preocupado... abalado com isso? — Elizabeth perguntou seriamente.

— É claro! E não poderia ser diferente... o caso foi sério — disse Nicholas. — Tão sério que ainda nem consegui acreditar naquilo que aconteceu!

— Eu juro que não sei mais o que fazer, para que você esqueça aquele amaldiçoado dia de pesquisas — admitiu Elizabeth, procurando as chaves do seu carro por sobre a estante da sala.

— Eu tento, mas não consigo. Acho que nem o tempo conseguirá me fazer esquecer daquele dia. — Sua voz embargou... seu nariz ardeu... seus olhos brilharam. Nicholas suspirou. Desolado, passou as mãos do rosto aos cabelos e perdeu-se em lamentos: — Oh meu Deus... por que usamos dinamite?! Estava na cara que aquele não era o templo que procuramos!

—Ah... querido... me dói tanto vê-lo chorar.

— Tudo bem... já vai passar... — murmurou ele, contemplando-a consternado.

Elizabeth segurou o choro, avistou o seu molho de chaves jogado sobre o sofá, mas ignorando-o, disse, se aproximando e acariciando a cabeça do marido:

— Eu estou ficando preocupada... nem dormir direito você tem conseguido.

— Difícil... basta eu fechar os olhos e todo aquele inferno volta à tona! — Nicholas se levantou, enxugou o rosto, abraçou-a e, bastante emocionado, lá ficou, procurando obter amparo e equanimidade no aconchego dos seus braços. — Mesmo assim... obrigado por tudo, meu amor. Obrigado por você ter estado sempre do meu lado e, durante todos os momentos, me amado com dedicação. Você sabe o quanto preciso de ti... ainda mais agora, que até a imprensa se voltou contra nós!

— Ah... quanto a eles... — Elizabeth deu uma risadinha e completou em Árabe, para descontrair um pouco — *maareish!* (Dá-se um jeito!).

Seu marido riu timidamente e retribuiu aquela brincadeira.

— Eu te adoro! — disse ele. — Só você mesmo, pra conseguir me fazer rir em um momento como esse.

— Também te adoro. E lembre-se... enquanto Deus permitir que a vida pulse no meu coração, eu estarei contigo para o que der e vier. — Elizabeth fez uma pausa. — Mesmo que eu não consiga fazê-lo rir, no momento de dor... vou enxugar as suas lágrimas, para que você possa voltar a sorrir, depois.

— Eu sei, meu bem... eu sei. — Ambos se acariciaram no rosto. — Jamais duvidei desse seu amor por mim, pois vejo ele reluzir dos seus olhos sempre que você me acalenta.

— Então... deixa de lado essa depressão e, por nós, volte a ser como você sempre foi: alegre... feliz... apaixonado pela vida... pelo mundo ao seu redor!

— Eu gostaria... mas antes, não tinha tanto medo do destino — se justificou ele, em um tom melancólico. — Com todas aquelas mortes, acabei foi percebendo como é importante deixarmos sempre as pessoas queridas com palavras de amor e carinho. O destino é cruel e não podemos prever quando será a última vez que veremos todos aqueles que estão ao nosso lado. Agora... estamos aqui, abraçadinhos, vivos e com saúde. Amanhã... podemos não mais estar! E isso... tem me assustado bastante!

— Nesse ponto, eu concordo contigo. Aqui na Terra, nós não passamos de pobres e humildes mortais. Mas se deixarmos isso nos abalar, não aproveitaremos como deveríamos aquilo que de melhor temos nessa vida.

— O quê? — Ele forçou outro sorriso, acariciando-lhe os cabelos. — Eu gostaria de também poder aproveitar disso.

— O amor, meu bem! Esse sentimento que nutre a relação entre nós três... eu, você e nossa querida Jennifer — replicou de imediato Elizabeth. — Deus nos deu como fruto desse matrimônio, o ser mais especial e iluminado que residia em Seu Lar. — Os olhos da sua amada esposa sempre brilhavam como diamantes quando falava da filha. — Então, por ela... vamos continuar levando a nossa vida como antes... transmitindo alegria para todos aqueles que nos circundam!

— Vai ser difícil. Prometo que vou tentar, mas não sei se vou conseguir. — De repente, ele soltou-se daquele abraço que o envolvia com afeto e caminhou para longe. — Meu amor... por favor, entenda. Por minha culpa, outras famílias felizes como a nossa foram destruídas. E eu ainda vou ter que carregar nas costas, dezenas de mortes, para o resto da eternidade!

— Querido... você não teve culpa!

— Diga isso pra imprensa, que não para de me crucificar! — Nicholas voltou-se para ela, com indignação. — E também... para todos aqueles que eu desgracei a vida!

— A imprensa é sensacionalista e você sabe disso melhor do que ninguém! — rebateu sua esposa, elevando um pouco o tom de voz. — Quanto aos demais... baseie-se naquilo que você mesmo acabou de me dizer. O destino, às vezes, é muito cruel... e não há nada que possamos fazer a respeito. Aconteceu... paciência! Repito, você não teve culpa! Então... viva... ame... volte a ser feliz, mesmo que aos poucos. — Ela fez uma pausa e acrescentou: — E sempre nos deixe com palavras de amor e carinho... pois o remorso é a pior dor que o ser humano pode sentir!

— Droga... mas é esse maldito sentimento que está corroendo a minh'alma! — Ele sentou-se com ímpeto na poltrona. Sua voz voltou a embargar de emoção.

— Eu sei... por isso o mencionei, meio que do nada. Só não consigo compreender, o porquê dessa sua dor de culpa. Não tem lógica! — Elizabeth realizou outra pausa, atenuando o tom de voz. — Querido... veja bem... o que você costumava dizer aos seus funcionários, durante as palestras e reuniões, realizadas lá no instituto?

Nicholas respondeu prontamente:

— Não tenham pressa... vamos trabalhar com calma que, em primeiro lugar, vem a segurança de todos vocês.

— Entendeu? — perguntou Elizabeth. — O remorso vem quando nos arrependemos de algo "errado" que tenhamos feito. Principalmente, quando não temos mais a oportunidade de reparar nosso erro... de pedir perdão. E não, nesse caso. É isso o que quero que você entenda! Todos os que foram sacrificados naquele terrível dia de pesquisa, seja com a explosão ou soterrados pelos escombros, sabiam como você se preocupava com eles. Não houve descaso... nem da sua parte, nem da parte de Andréia... foi uma fatalidade! Ou seja... o único perdão de que estamos falando, é de você para você mesmo. Se perdoa... não se deixe sucumbir por um remorso injustificável. Esqueceu, o que significa: Providência Divina?

— É... talvez, você tenha razão. — Nicholas lhe sorriu singelamente, admitindo: — Estou deixando-me levar por algo que eu sequer poderia ter previsto... quanto mais, evitado. Como eu imaginaria que alguém teria um acesso de loucura e detonaria os explosivos antes do programado.

— Então... por que esse sentimento de culpa?

— Não sei... sinceramente, não sei — Ele pausou, erguendo-se do assento e caminhando na sua direção. Fitou-a nos olhos e, ao a-braçá-la novamente, concluiu, banhado pelas lágrimas: — Mas... antes que você saia por aquela porta, eu gostaria que soubesse o quanto que a-mo você.

— Eu sei disso, querido... sempre soube. E também te amo muito, Nicholas O'Neil... muito!

Ambos sorriram, voltaram a trocar carícias no rosto e se contemplaram por um momento que parecia eterno. Depois, beijaram-se, transmitindo intenso sentimento. Estavam tristes com o ocorrido, mas felizes por terem um ao outro... e por terem uma linda filha, também.

Após soltar-se dos seus braços, Elizabeth finalmente foi até as chaves do carro — que estavam caídas por entre as almofadas do sofá —, pegou-as e se preparou para partir, preocupada com as suas responsabilidades profissionais, voltadas para a administração de uma das grifes mais famosas do Rio de Janeiro. E não era para menos tamanha preocupação, pois ela possuía 60% das ações da empresa, o que lhe dava o título de sócia majoritária, tornando-a a principal responsável por todas as decisões: campanhas de marketing, assinaturas contratuais e etcétera.

— Bem... deixa eu ir, senão vou me atrasar — se despediu ela. — Ah... e não se esqueça que, à noite, nós vamos jantar fora. Estou louquinha para estrear aquele *Giorgio Armani* que você me deu!

— *Ok baby!*

— Então... *bye bye!*

— *Bye bye, my love!* — Nicholas suspirou apaixonado, acenando discretamente com a mão. — *Bye bye...*

Apesar de toda aquela força que sua esposa lhe dera, o pró-homem do instituto prosseguia angustiado. E quando a viu descer, desaparecendo perante os degraus de mármore da sua luxuosa mansão, sentiu um aperto no peito, seguido por um estranho pressentimento que atormentara a sua alma. Era como se Nicholas não fosse vê-la nunca mais! Sentimento que se intensificou bastante, após o partir do seu automóvel, representado pelo som forte e estrondoso de um possante motor. Mesmo assim, nenhuma providência tomou, acreditando ser coisas de sua cabeça.

III

Horas se passaram e, enquanto a filhinha do casal brincava, em companhia do "Grande Shaft" — chefe de segurança da mansão e homem de confiança da família, tanto que se tornara padrinho da menina —, Nicholas mantinha-se trancado em seu escritório, cumprindo com os seus afazeres. Ele ouvia música — James Taylor —, procurando distrair-se dos demônios que assombravam a sua mente desde aquele terrível a-cidente.

Agora... só poderiam mesmo lamentar, colocar o serviço atrasado em dia e trabalhar. Principalmente, porque já tinham sido prejudicados anteriormente por inúmeros motivos: crises políticas... guerra... atentados terroristas... ameaça bacteriológica... epidemias e até um leve abalo sísmico, ocorrido logo que começaram as escavações. Sorte sua e de toda a equipe, terem o apoio — por mais discreto que fosse — do primeiro-ministro Atef Sedki (chefe de estado desde 1981), pois se eles não o tivessem, as pesquisas e escavações já teriam sido encerradas há muito tempo. Quiçá... nem teriam começado!

Sendo assim, que prossigam as buscas! Mas Nicholas não imaginava o que estava prestes a acontecer. Naquele exato instante, um monstruoso caminhão desgovernado avançava um cruzamento para colidir justo contra o Aston Martin perolado da sua amada esposa, enquanto ela percorria o trajeto de volta ao lar. Elizabeth nada po-de fazer para se proteger, pois o seu veículo fora abalroado em cheio, de surpresa, bem na lateral do motorista. Sorte da filha do casal — se é que podemos considerar assim —, pois, por não ter tido aulas, escapara da tragédia.

Nicholas sentiu uma vertigem repentina, seguida de outro a-perto no peito, mais intenso, porém, se levantou, tomou um copo d'água e voltou ao trabalho, forçando-se a acreditar que não era nada demais. Enquanto isso, após o estrondo assustador causado pela colisão, os dois veículos se entrelaçaram e se arrastaram pelo asfalto, como pares de uma dança macabra. E continuaram se arrastando, soltando faíscas por quase cem metros, batendo aqui, batendo acolá, danificando outros carros pelo caminho e parando lentamente, deixando a multidão estarrecida pelas ruas.

Atordoada, em meio às chamas que começavam a se apoderar das ferragens, Elizabeth tombou o seu belo rosto, todo ensanguentado, sobre o volante, lutando para se manter consciente. Era triste... desesperador! Vítima de uma desgraça horrenda... sem culpa e, muito menos, pecados que justificassem aquele castigo insano. A sua vida estava por um fio, enquanto cacos de vidro reluziam como pequeninos diamantes, espalhados pelo asfalto. Um brilho que nada tinha de inestimável! Para piorar, o motorista do caminhão — uma verdadeira "sucata ambulante" — simplesmente desaparecera, sem que sequer tivessem notado a sua presença.

As chamas já ameaçavam o combustível, criando um sério risco de explosão. Todos correram para xeretar, entretanto, sem a coragem necessária para socorrê-la, somente aumentavam o caos com a aglomeração que causavam. O seu carro tinha sido reduzido de uma forma assustadora a quase nada, com boa parte dele contorcido abaixo da bruta carroceria daquele veículo de porte pesado, prendendo as suas pernas nas ferragens de modo a torturar seu cérebro de dor. E isso a fazia gemer como se estivesse delirando. Mas a sua situação ainda poderia piorar, se uma viatura da polícia não tivesse chegado rapidamente ao local, com os seus policiais correndo para tentarem salvá-la, em meio às chamas que cresciam demoníacas.

Ambos estudaram a cena, sabendo que precisariam ser rápidos e precisos. Logo, um dos policiais checou as portas do seu Aston Martin em destroços e descobriu o que até já esperava: elas estavam emperradas! Então, aquele agente da lei correu ao porta-malas da viatura oficial e, enquanto o seu parceiro alertava os paramédicos pelo rádio, pegou um pequeno pé-de-cabra, voltando ao local do acidente e arrombando uma das portas do veículo. Ao redor, o fogo aumentava... devorava tudo! Sem medo, o policial averiguou o estado de saúde de Elizabeth, viu que ela ainda respirava e, sem hesitar, retirou-a das ferragens, nos braços, se estarrecendo com a gravidade dos seus ferimentos.

O motivo de tamanha dor tinha sido explicado, já que as suas pernas não acompanhavam mais seu corpo. Dos joelhos para baixo, elas ficaram massacradas entre as ferragens do seu automóvel perolado! O povo se horrorizou com a desgraça e, enquanto alguns tapavam os rostos com as mãos, outros não aguentaram a cena e saíram do local. Agora, após carregada no colo pelo seu salvador para longe do alcance de uma possível explosão, a jovem Sra. O'Neil foi posta acomodada sobre a calçada, diretamente iluminada pelo sol. Um sol que, mesmo apesar de aquecê-la com seus raios acolhedores, não a impedia que sentisse frio. Era como se Elizabeth fosse congelar, ali, sem um reconfortante abraço da sua filha ou do seu amado esposo.

Pelo menos, o seu corpo foi coberto por um manto claro: um lençol de cama, trazido por um dos comerciantes de roupas da região. Alguém não preocupado consigo ou com o lucro ganho pela venda daquele produto... e sim, disposto a colaborar, como um humilde voluntário, em busca daquela vida que se extinguia tão rapidamente. Mais alguns segundos se passaram e outro carro da polícia chegou. Houve uma freada brusca e logo os policiais saltaram da viatura, se responsabilizando por isolar a multidão. A expectativa só aumentava... uma explosão parecia tão iminente quanto o próximo suspiro de perplexidade! Um helicóptero da tevê sobrevoava o local... transmitia ao vivo, esperando o pior. Porém... o parceiro do policial que socorrera a vítima conseguiu eliminar finalmente as chamas, com o uso de um prático extintor de incêndio, contendo o alvoroço de todos ao redor.

Agora... um minuto de silêncio. Expectativa na Avenida dos Bandeirantes! De repente, uma esperança: Elizabeth abriu os olhos. Ainda estava viva... lúcida! Apesar de muito debilitada, ela conseguiu forças para se pronunciar:

— Por favor... alguém avise ao meu marido e minha filha que... que... que eu os amo demais... e que... que sempre os acompanharei, estejam onde estiverem.

— Tudo bem, moça — interveio um dos policiais. — Agora, fica aí quietinha que nós vamos ajudá-la.

— Não... por favor... deixa eu terminar, primeiro... eu preciso muito terminar — suplicou ela. — Diga também para ambos, que não cabe a eles desistirem de tudo por mim, pois sei que com força de vontade e de... dedicação, os dois poderão alcançar o sucesso, in... in... in... — ela deu uma leve tossida — independentemente da minha morte.

— Mas... você vai ficar boa. — Aquele policial pegou na sua mão.

— Não me iluda... por favor — pediu Elizabeth, com bravura. — E, pelo amor de Deus... diz... diz... diz especialmente para o meu marido, que ele não deve sentir remorso pela minha ida, porque eu sempre soube o... o... o quão verdadeiro é o... o... o amor que ele sente por mim. Nicholas sempre foi o marido perfeito... a... a... aquele que toda mulher gostaria de ter.

— Calma... minha senhora — seguia com ternura o policial. — Mantenha-se calma, que você ainda dirá isso pessoalmente. Você vai ver!

— Ah... só se for em aparição fantasmagórica! — retorquiu ela, quando se engasgou e um filete de sangue começou a escorrer dos seus lábios. Elizabeth parecia prestes a sussurrar a sua última palavra, quando, entre tosses e gemidos, completou: — Ah... seu policial... e sobre o acidente... eu gostaria de informar que... que... que não havia ninguém gui... gui... gui... Que não havia ninguém guiando aquele caminhão.

— Como assim...?! — indagou surpreso um dos policiais.

Mas, de resposta, ele recebeu a mesma afirmativa, só que de forma ainda mais angustiante e desesperadora.

— Não havia ninguém guiando o caminhão. Eu estou falando sério... acreditem... não havia ninguém gui... gui... guiando aquele maldito caminhão!

Bem... o provável era que Elizabeth estivesse delirando. Até porque, após, como uma pobre rolinha destroçada, estilingada, caída ao chão, o seu apaixonado coração parou de bater. Os seus pulmões cessaram aquela respiração ofegante e então, sua cabeça tombou para o lado. Era o fim... realmente, aquele era o fim... o fim da sua amada esposa! Confirmando a sua morte, um dos policiais fechou os olhos dela e suspirou desolado, cobrindo-lhe o rosto com aquele mesmo lençol e fazendo, em nome de Deus, o sinal da cruz. Não havia mais nada que alguém pudesse fazer... nada, mesmo!

IV

Só a campainha telefônica para conseguir interromper tanto trabalho atrasado. E olha que ela precisou tocar por várias vezes, para forçar Nicholas a se levantar da sua aconchegante poltrona de veludo e ir enfim atender o aparelho mais próximo, situado ali mesmo no seu escritório. Ele deixou alguns relatórios largados sobre a mesa, tirou o telefone do gancho resmungando bastante, levou-o ao ouvido e perguntou quem era e o que queria.

A resposta veio de imediato e Nicholas se desnorteou. Do outro lado da linha, com um excessivo tom cerimonioso, alguém o informava da tragédia. *"O senhor é Nicholas O'Neil?"* dizia esse alguém. *"Eu lamento informar, mas houve um sério acidente de carro, envolvendo a sua esposa"*. E quando Nicholas indagou se ela estava bem, recebeu uma resposta vaga demais para que pudesse acalmar seu coração. Aquele *"venha até aqui, que nós precisamos conversar"*, dito pela autoridade ali presente, só fez aumentar a angústia. Então, após sentir no peito a mesma dor que alertara sua alma, Nicholas, desesperado, anotou o endereço do ocorrido, desligou o telefone, procurou as chaves da sua Mercedes e, pisando fundo no acelerador, partiu de encontro ao seu destino. Ele só podia esperar pelo pior... ainda mais, pelo tom tênue e sereno que aquela voz, desconhecida, mas consoladora, colocou-o parcialmente ciente dos fatos.

Aqueles foram os momentos mais angustiantes de toda a sua vida. E quando saiu, às pressas, do carro, percebeu que o pesadelo só estava começando. Lá encontrava-se alguém, estirado na calçada banhada de sangue e coberto até a cabeça por um lençol de cama, não menos banhado de sangue. Ao lado, certamente eram os destroços do Aston Martin da sua esposa. Nicholas se aproximou calado, agachou-se perante àquela vítima — ainda anônima para ele — e, já sendo consolado pela equipe policial, tomou coragem para reconhecer o corpo, descobrindo um rosto pálido e desprovido de emoção. Difícil de acreditar, mas era verdade. Elizabeth de Souza O'Neil, sua tão amada e desejada esposa, jazia morta, ali, bem diante dos seus olhos. Ela tinha razão: *"nesse mundo, nós não passamos de pobres e humildes mortais"*.

Nicholas abraçou o seu corpo sem-vida e, depois de gritar desesperadamente chamando o nome dela, começou a chorar feito criança. As lágrimas percorreram o seu rosto e pingaram no asfalto, naquela grande e grotesca poça de sangue. A dor que ele sentia no peito era infinitamente maior do que a dor que Elizabeth sentira, quando teve as pernas amputadas. Era um sentimento difícil — impossível! — de ser narrado... descrito apenas por palavras. Agora, sua vida e a vida da sua filha estavam marcadas para todo o sempre e só o tempo poderia dizer se, algum dia, a alegria e a felicidade voltariam a reinar em seus lares... em seus corações. Assim era a vida e ela assim sempre será. Mas Deus se passara por cruel e impiedoso, ao levar a mulher mais maravilhosa que ele poderia conhecer.

Descanse em paz, Elizabeth!

Época
Atual

Dia 01, sexta.

Brasil. Rio de Janeiro, 09:30.

Havia um quarto coberto de sombras, iluminado somente pela tépida luz solar que penetrava entre as brechas deixadas nas grossas cortinas lilases. Lá, o silêncio predominaria, se não fosse pelo ventilador de teto ligado e pelo tic-tac de um despertador que, posto em uma das mesinhas-de-cabeceira, aguardava a hora de acordar alguém. Nele, roupas femininas largadas a "Deus-dará" contracenavam com os objetos de arte e com alguns equipamentos eletrônicos — tevê de LED, computador e som —, que decoravam aquele aconchegante aposento, repleto de livros voltados ao Antigo Egito empilhados em uma moderna estante, trabalhada em marfim. Isso, fora os tantos bichinhos de pelúcia, que davam àquele ambiente meiguice e ingenuidade.

Aquele era, sem dúvida, um cenário clássico-adolescente, com alguns dos pertences mencionados acima espalhados até com certo toque de desleixo pelos cantos. Entretanto, transformando aquilo tudo em simples coadjuvantes, uma bronzeada e voluptuosa menina... não, u-ma mulher... ou melhor, uma menina-mulher, ali marcava sua presença, nua e adormecida, enroscada ao lençol de uma solitária cama de casal. Que imagem instigante e tentadora que estava diante dos olhos apenas do seu anjo da guarda: seu corpo, estilo violão, largado de bruços, com as suas coxas e nádegas completamente à mostra. Era a mais pura arte do prazer!

Cópia quase perfeita da mãe — a falecida Elizabeth —, a jovem e doce Jennifer, quando criança, já abusava de certo charme. Um estilo marcante, baseado em um sorriso tão moleque que valorizava bastante aquele seu rostinho fotogênico. Mas, de uns tempos pra cá, agora, esta-ção das flores, ela, que há poucos dias completara a sua tão sonhada maioridade, perdera por completo esse seu jeitinho de criança. Jennifer já estava ciente de que não eram mais só os expressivos traços do seu rosto, aqueles admirados por todos. Ela sabia perfeitamente que, com o passar dos anos, tinha se tornado era a morena mais gostosa e desejada do pedaço.

Agora, eram aquelas exuberantes e extravagantes curvas do seu corpo, as responsáveis por tamanho sucesso. Porém, mesmo apesar desses contornos ousados e eróticos, esculpidos por Deus em um raro momento de inspiração, para ela, com tão pouca oportunidade de gozar dos prazeres da vida, sexo, só nas suas fantasias. Preparada? Bem... talvez, ainda não estivesse, mas já pretendia entregar a sua virgindade na primeira oportunidade que aparecesse. Precisaria apenas para isso, confiar nessa pessoa, ao ponto de ter certeza que valerá a pena e que não se sentirá usada, depois. O difícil seria encontrar o felizardo, pois, durante os finais de semana, quase não saía para passear. E o que dificultava ainda mais, apesar dela morar de frente para a praia da Barra, quando queria pegar sol e etcétera, dava preferência à piscina de casa, onde se sentia muito mais à vontade.

Poderia namorar alguém da academia, se sua academia não fosse no andar de cima. Na escola, apenas o seu professor de História despertava algo nela — qual a adolescente que nunca passara por isso? —, mas o pouco contato que tinha com Cláudio, sem que ele estivesse ocupado, lecionando a matéria para a classe, fora somente em seus sonhos, fantasiando coisas que jamais teria a coragem de revelar a alguém. Nem para a sua amiga mais íntima, que, aliás, não tinha. A verdade era que Jennifer, após a trágica morte da sua mãe, limitou-se a enfiar a cara nos estudos. Só queria saber de se formar — de vencer na vida! — e quando chegava a noite, estava tão cansada que acabava na cama... dormindo!

Logo, ela aproveitava aquela quente manhã para descansar um pouco mais o corpo, a mente e a alma, exaustos depois do término de mais um dia agitado. Enquanto isso, Nicholas, outro que agendava até os segundos que tinha, acordava e, como constava em suas anotações, encaminhava-se para o telefone, preocupado com o lento andamento das pesquisas. Essa era parte da rotina, predominante nos dez últimos anos. Coitado do Sr. O'Neil que, devido a uma ligeira afinidade da filha com a preguiça, sempre se esgoelava ante a porta do quarto dela, tentando acordá-la, mas só conseguindo fazê-la rolar, nua, de um lado para o outro da cama.

Assim que desligou o telefone, ele deu mais alguns berros tentando tirá-la da cama e partiu para enfim tomar o seu café da manhã. Nicholas, envelhecido precocemente pelo desgaste emocional dos últimos anos, de cabelos escurecidos quimicamente e trajando um leve e claro pijama de algodão, entrou pela cozinha e se sentou à mesa da copa, já posta pela criada, como sempre recheada de pães e queijos... bolos, biscoitos, frutas, sucos e outras delícias. Adoçou o *capuccino* a gosto e começou a desfrutar daquela farta refeição matinal.

Agora, o toque ininterrupto daquele despertador, citado alguns parágrafos atrás, dava um basta à sua resistência. Logo, Jennifer desligou a sua campainha com um tapa. Após, viu as horas: eram dez em ponto! E sentindo que, se continuasse dominada por aquela moleza matutina não teria tempo nem de se alimentar, antes de ir para a escola, lutou bravamente contra aquele seu estado letárgico. Ainda despida — como costumava dormir —, virou-se de barriga para cima, se desenroscando do lençol e se espreguiçando com vontade. Depois, sentando-se na cama, suspirou, procurando com os olhos pela sua calcinha: um minúsculo pedacinho de cetim branco.

Quando Jennifer a encontrou, esticou-se e pegou-a de sobre as costas da cadeira de informática, erguendo-se e vestindo-a em um único movimento. Semi-nua, lavou o rosto e escovou os dentes no toalete anexo à sua suíte, vestiu uma longa *camisette* rosa que a cobria até os joelhos e que realçava a silhueta do seu corpo — principalmente, o volume e os bicos dos seios —, abriu as cortinas e a porta-janela que dava para a sacada e, após convidar o sol para entrar naquele ambiente, substituindo o preto e branco das sombras pelas cores vivas da Primavera, saiu às pressas lá de dentro, deixando a cama por arrumar... e no lençol amarrotado, vestígios da sua sexualidade: o cheiro natural da sua pele, exalando pecado!

Logo, uma porta se abriu e Jennifer entrou com a maior cara de sono pela cozinha. A jovem sussurrou um preguiçoso bom dia e se sentou, em companhia do pai, para tomar seu café, que já estava preparado na mesa: cereais com iogurte. Aquele era um ambiente suave e espaçoso, repleto de armários feitos sob medida e com as suas paredes e pisos a-zulejados em um tom bem claro. Lá, podia se encontrar de tudo o que existia de útil e moderno para uma vida prática na cozinha — *freezer*, microondas e etcétera —, mas nada que conseguisse eliminar por completo a nostalgia que reinara naquela dependência após a morte de Elizabeth.

Não que isso viesse ao caso, agora, pela manhã. Os mistérios envolvendo a morte dela já causaram sérios desentendimentos matinais, mas não, dessa vez. O que viria ao caso naquele momento, era algo novo... inédito, até então! Tinha a ver com o fato de Jennifer, há alguns minutos, enquanto rolava sonolenta pela cama, ter ouvido parte do diálogo entre seu pai e Andréia, pelo telefone. Diante disso, ela havia decidido puxar, pela primeira vez em dez anos, conversa em relação às pesquisas e buscas por Aldheron. A jovem O'Neil não sabia o porquê, mas sentiu que tinha chegado o dia de ir a fundo naquele assunto... e também, de expor a sua opinião.

— Pai... como andam as coisas lá pelo Egito? — perguntou ela, como quem não quer nada.

Nicholas, apesar de surpreso com o seu interesse, respondeu cabisbaixo:

— Como sempre, filha... sem nenhuma novidade.

Jennifer meneou a cabeça negativamente e prosseguiu, de-monstrando descrença:

— Não consigo entender. Como pode ter se passado doze anos de estudos e escavações, sem que nada tenha sido descoberto?

— É óbvio que nós estamos errando em algum lugar — justi-ficou-se ele, saboreando a sua refeição. — Ainda não descobrimos onde, mas vamos descobrir!

— Não sei não, meu pai. Pra mim, esse templo e essa sua joia não existem... não passam de uma lenda!

O motivo dela, até então, jamais ter se interessado pelas pes-quisas do instituto, era esse: Jennifer não acreditava que ainda poderia existir algo assim, tão sensacionalista, omitido da humanidade. E como os poderes que a joia supostamente possuía também não ajudavam muito, dificilmente algo que o seu pai dissesse mudaria a sua opinião. Mesmo assim, Jennifer estava determinada, não podia mais se manter alheia ao que acontecia do outro lado do Atlântico.

— Bem... filha... quanto ao templo, é provável que ele exista. Agora... quanto à joia e ao que falam a respeito dela... ah... isso já é outra história! Eu mesmo nem sei se acredito.

— Mas, pai... não há nada que seja capaz de comprovar, de forma realmente incontestável, a existência desse templo. — Jennifer realizou uma pausa, mantendo-se serena. — A única prova que temos, é aquele manuscrito, encontrado por Andréia.

— Mas, esse relato, citado por você, foi escrito por Jean-François Champollion, por volta de 1822, durante a decifração dos Hieróglifos.

— Tá... que seja! E o que isso comprova, de fato? — desafiou ela, menoscabando a prova requerida pela Srta. Rosselly. — O uso de "penas" como caneta? A invenção da tinta? Do papel? — Ela riu. — Desculpa... não vejo nada, além disso!

— Não... evidente que não. Comprova a autenticidade do manuscrito!

— A autenticidade do manuscrito, uma vírgula. Pai... o fato de comprovarmos a sua autenticidade, não prova que Aldheron seja real.

— Deixa-me ver se entendi direito — raciocinou ele. — Você está tentando me fazer acreditar que, tal estudioso, provavelmente um dos maiores historiadores da época, poderia ter inventado... forjado tudo isso?

— Não... apenas tou tentando fazê-lo ver o outro lado da moeda... como você mesmo me ensinou! — Jennifer sorriu com cara de quem aprendera a lição e prosseguiu: — Afinal... quem me garante, de forma indiscutível, que foi realmente Champollion quem escreveu tudo aquilo? E se foi, não estaria ele interessado apenas em decifrar os Hieróglifos, levando-o a sair traduzindo todo e qualquer tipo de texto encontrado na época?

— Correto, minha filha... correto — murmurou Nicholas, muito pensativo. — Então... já que você insiste tanto em dizer que Aldheron não existe, fale-me sobre a existência daquela plaqueta de ouro... a portadora oficial do texto mais importante contido nesse manuscrito!

— Mas qual plaqueta de ouro, meu pai? — Ela não aguentou e voltou a rir. — Óbvio que não posso falar sobre aquilo que nunca vi. Ou melhor... nem eu e nem o mundo! Pelo o que sei, ninguém, além do autor desse manuscrito, jamais a viu. — Jennifer fez outra pausa e continuou, voltando a ficar séria: — Agora... siga a linha do meu raciocínio, amado paizinho. Se Champollion ou, seja lá quem for, teve ela em seu poder, por que não a revelou para a humanidade? Essa sim, seria uma prova incontestável!

Nicholas continuou ponderante, mas acabou dando certa razão à filha:

— Talvez... porque nem ele acreditasse nisso.

— Tá vendo, como eu tenho razão?! É absurdo demais! — exclamou Jennifer, seguindo empolgada: — E quanto a essa metade

perdida, por que vocês ainda não a encontraram com tanta escavação?

— Porque, por ela ser tão pequena, jamais nos preocupamos
em procurá-la. Mesmo sabendo da importância que tal artefato teria, no
avanço das pesquisas. — Nicholas pausou. — Filha, veja bem... se ainda
não conseguimos encontrar o templo, que dizem ser gigantesco, que
chance você acha que teríamos de achar essa metade perdida...
infinitamente menor?

— Ah... sei lá!

— Tá vendo só?! — Seu pai riu. — Acredite... estamos no
caminho certo.

— E se não estiverem? Nunca lhe ocorreu que Aldheron pode
não existir? Aliás... Aldheron e esse templo, que o senhor e Andréia tanto
procuram.

— Já... mas não posso desistir ainda, pois eu precisaria ter
certeza absoluta disso.

— E o que lhe faria ter essa certeza? — perguntou a jovem.

— Morrer de velhice, tentando encontrá-los! — respondeu com
veemência seu pai.

— Sinceramente... continuo achando que você está perdendo
tempo à toa. Não vejo motivos para se acreditar nisso... a não ser, que o
senhor saiba de algo a mais... algo que jamais tenha me contado —
insinuou Jennifer.

— Filha... eu nunca escondi nada de você. Apenas, acredito
no primeiro lado da moeda... nada mais que isso.

Jennifer fitou-o com descrença, aguardou por alguns segundos
e, percebendo que o silêncio reinaria, voltou a se manifestar:

— Então... espero que o senhor, meu pai, tenha plena razão...
pois torço demais pelo seu sucesso, apesar de não acreditar em absolutamente nada a respeito dessa estorinha sobre Aldheron.

— Bem... eu volto a repetir. — Seu pai demonstrou certa
impaciência. — Se esse templo existe realmente, tenho certeza que nós
vamos encontrá-lo. Agora... quanto a essa sua joia, eu só poderei dizer
o mesmo depois de adentrarmos nele.

— Ah... essa eu vou pagar pra ver!

— Então, cuidado que, às vezes, o barato sai caro. — E tendo
dado o assunto por encerrado, Nicholas se levantou, colocou os seus
talheres acomodados dentro da pia e partiu em direção ao toalete, a fim
de dar sequência à sua rotina matinal. Jennifer lamentou discretamente com
um gesto negativo de cabeça, mas, a princípio, deixou por isso mesmo.

Depois, tentando entender o que o seu pai realmente pretendia com todos aqueles milhões gastos com as pesquisas do instituto, apressou o seu café, pois estava atrasada para aquele longo e cansativo dia de aulas que teria pela frente.

Brasil. Rio de Janeiro, 15:00.

1

Jennifer aproveitou o intervalo das aulas para ir à biblioteca do colégio, com o intuito de investigar alguns artigos sobre o Antigo Egito. Ela estava encucada com a conversa que tivera com seu pai e, por esse motivo, procurava em matérias como "Ramsés II — o Grande Rei Viril —" alguma ligação com a existência do templo, ou mesmo, com a existência de Aldheron... isso, independentemente se acreditava ou não no sucesso das escavações.

Jennifer estava muito concentrada, sentada solitária em um conjunto de mesas e cadeiras apropriado para pesquisas e trabalhos escolares, quando, entre um passar e outro de página, encontrou uma matéria deveras inesperada.

"O Mistério de uma Lenda...
ALDHERON: Verdade ou Mentira?"

Então, os seus olhos travaram naquele título que encabeçava a folha. Ela checou o tamanho do texto e devorou-o em um instante, achando informações surpreendentes e descobrindo que o seu pai realmente omitia-lhe uma parte das pesquisas. Logo, a decepção estampou-se em sua face, e o pior, trouxe de volta todas as dúvidas que tinha em relação a ele. Principalmente, aquelas voltadas à morte da sua mãe. Afinal... tudo que o seu pai havia lhe contado sobre o assunto, sempre pareceu estar muito aquém da verdade. De repente, algo, até então i-nimaginável, passou em sua mente. *"Será que minha mãe tinha algo a ver com essa joia?"* pensou Jennifer, visivelmente intrigada. *"Ou seria o contrário... Aldheron estaria relacionada à morte da minha mãe?"*

Bem... incentivada por essa incógnita que começava a martelar em sua cabeça, Jennifer continuou ali sentada, visando encontrar novos fatos referentes à joia e ao seu templo guardião. Porém... não obteve o menor sucesso, por mais que quase desfolhasse os livros de História. Resumindo: ela tinha encerrado suas pesquisas em um estado pior do que quando começara, pois, se antes existiam as dúvidas, agora elas se tornaram assombrosas. *"É... algo me diz, que isso ainda vai dar muito pano pra manga"* matutava ela, enquanto recolocava os livros que pegara nas suas respectivas prateleiras. Jennifer estava mesmo muito intrigada... e olha que não havia encontrado nada além de uma simples matéria, tratando a lenda e as descobertas realizadas ao longo dos anos de uma forma super-realista, induzindo os leitores a acreditarem que tudo jamais havia se passado de uma farsa.

Agora, com o soar estridente da campainha do colégio, o seu tempo livre se esgotara... sinal que as aulas daquele dia se reiniciariam. Então, às pressas, a jovem O'Neil fez as suas últimas anotações e retornou para a sala de aula. Isso, porque, ainda faltavam dois cansativos e tenebrosos tempos de Química — matéria que ela particularmente odiava — e mais um tempo de História — essa, lecionada pelo seu atraente e misterioso professor Jean Cláudio de Castro Marinho... aquele mesmo, que estrelava as suas fantasias mais íntimas! Depois, hora de ir para casa descansar.

II

Jennifer passou toda a aula de Química desatenta, com a cabeça voltada para a lenda. Ela chegou a não copiar parte da matéria e, muito menos, a concluir os deveres passados pelo professor: um coroa, careca e mais chato do que Tabela Periódica. E assim foram os dois looooongos tempos de Química, até que o sinal voltou a tocar e o jovem professor Cláudio parou sorridente do lado de fora da porta. Ele aguardou aquele "mala" sair de sala — depois de entupir a turma de exercícios para o lar — e irrompeu classe adentro com um saudoso cumprimento, respondido com ímpeto e alegria por todos.

— Boa tarde, turma!

— Boa tarde, professor!

Cláudio deixou as suas coisas sobre a mesa e perguntou sarcástico:

— Bem, meus caros alunos... como está o saquinho de vocês agora?

A classe entendeu a brincadeira e riu com sinceridade.

— Eu não sei como vocês aguentam tamanha chatice — prosseguiu o professor. — A propósito... quantos exercícios ele passou dessa vez?

Uma garota cheia de pintinhas na cara e com um baita óculos redondo fundo-de-garrafa logo respondeu:

— Digamos que, o de sempre! Páginas 134, 135, 136 e 137, completas. Páginas 140 e 142, exercícios complementares. O questionário da página 145 e mais uma terrível redação sobre: como a Química Analítica ajuda na nossa nutrição. Ah... e com um mínimo de cem linhas!

— Ora... então, ele passou pouco dessa vez. — Cláudio sorriu e continuou, com empolgação: — Agora... falando sério. A respeito da nossa última aula, alguém fez a pesquisa que eu passei sobre o Egito das Rainhas e Deusas? Quem fez, faz também o favor de deixá-la aqui, na minha mesa. E quem não fez, me traga na semana que vem... sem falta, tá?

Cláudio sentou-se, aguardou que os trabalhos fossem entregues e deu início à aula:

— Bem... hoje nós vamos deixar as mulheres de lado pra falar um pouco dos homens.

Os garotos da turma vaiaram e ele retorquiu, levando aquilo na esportiva:

— Gente... silêncio! Eu sei que isso parece coisa de frutinha, mas não é! Nós vamos falar é dos grandes faraós da história e não, do clube das mulheres! — Acalmou a turma e deu sequência à aula: — Por favor... abram o livro na página de número 159.

Então, um farfalhar de páginas sendo folheadas preponderou pela sala de aula.

Cláudio pigarreou e, depois de postar-se novamente de pé, prosseguiu:

— Vamos começar lá do começo. Em 3200 a.C. quando Menés unificou o Alto e o Baixo Egito...

E meia hora depois, a aula seguia assim...

— Alguém saberia me dizer, com quantos anos Tutancâmon foi declarado faraó?

— Dez anos, professor! — respondeu um garoto, com a maior cara de *nerd*.

— Isso mesmo, Juvenal — confirmou Cláudio, continuando com a sua explicação: — Bem...

"Tutancâmon... um monarca, genro da Rainha Nefertiti, foi declarado faraó com apenas dez anos de idade. Casou-se com uma menina de doze anos, mas obteve pouco tempo para desfrutar do poder. Nascido em 1371 a.C., ele teve a sua regência interrompida tragicamente, pois alcançara a morte, quando tinha somente dezenove anos de idade. Uma pena, porque teria sido, sem dúvida, um grande homem. Mas embora não tenha chegado tão longe como rei, ele conseguiu grandes feitos, como: transferir a residência real de Akhetáton para Tebas, a antiga capital. E ainda restaurou o antigo culto a Âmon, mudando seu próprio nome de Tutancáton para Tutancâmon... como ficou historicamente conhecido".

"Todavia... por incrível que pareça, só em 1922, mais de três milênios após, quando seu túmulo foi descoberto, que o faraó-menino conseguiu realmente a importância que merecia. Para que vocês tenham uma ideia, além dos inúmeros tesouros achados espalhados por toda a câmara, a sua múmia foi a primeira encontrada pelos arqueólogos encerrada no seu estado original. Mas o incrível mesmo foi terem achado o rei mumificado, repousado no centro de quatro caixas. Ou seja, quatro relicários de madeira dourada... um dentro do outro, como num joguinho de caixas chinesas".

"E a brincadeira não acabava por aí, muito pelo contrário. Em seguida, ainda vinham: um sarcófago de pedra esculpida e, dentro dele, três ataúdes incrustados, também um dentro do outro, sendo o último feito em ouro maciço e pesando quase uma tonelada. Cada um desses sarcófagos tinha o formato do rosto do rei e todos ainda o mostravam ostentando uma coroa, composta com o símbolo do Alto e do Baixo Egito. O Abutre e a Cobra... *"Uraeus"*. E para finalizar tamanha extravagância... no último de todos aqueles ataúdes, a máscara que cobria o rosto da múmia era feita em ouro batido".

"Mas não foi só pelos tesouros e extravagâncias que tal achado causou tamanho estardalhaço. Houve mortes... e, supostamente, ligadas diretamente a essa fantástica descoberta. Há aqueles que dizem que todos foram vítimas de uma terrível maldição... 'a morte tocará com as suas asas aquele que perturbar em sua eternidade o faraó que aqui jaz'! (ressaltou Cláudio com veemência, ainda de pé perante a turma — particularmente essa era a parte que ele mais gostava). Bem... com ou sem fantasia, é provável que muitos devem ter morrido mesmo por violar o túmulo e o sarcófago do rei".

"Uma das explicações mais plausíveis que tentam desvendar esse enorme mistério, vem da Universidade do Cairo e defende a presença de radioatividade no interior dos túmulos, graças a uma substância usada no processo de mumificação. Radioatividade essa que teria se intensificado ao longo dos anos. Tão lúcida quanto a explicação que vem de Göttingen, na Alemanha, dizendo que a 'Praga dos Faraós', como ficou mundialmente conhecida, se resumiria a um fungo que teria hibernado por longos três mil anos nos alimentos deixados para a outra vida do faraó, contaminando assim as pessoas que estiveram nas tumbas e manusearam as peças".

— Ahn... — Cláudio apoiou as mãos na mesa, fitou todos da turma com uma boa dose de suspense e terror e concluiu enigmaticamente: — Coincidência? Um fato científico? Maldição? Ou puro sensacionalismo? Bem... seja qual for a resposta, nunca duvidem das histórias que vierem da "terra dos faraós"!

— Professor! — interrompeu Jennifer, levantando o dedo para ser localizada e aproveitando-se daquela oportunidade para perguntar: — Então... o senhor também acredita nessa história toda a respeito de Aldheron?

Pairou-se um silêncio curioso, até que...

— Olha, minha cara e estudiosa aluna... aí você já está querendo demais — respondeu o próprio, atenciosamente, de pé perante a moderna lousa digital.

— Isso quer dizer, que você também acha que meu pai está perdendo tempo à toa? — Jennifer demonstrou desânimo ao se certificar.

— Bem... se essa é a sua opinião, faço dela, a minha! — disse Cláudio. — Sim... eu acho que sim. — Então, ele se sentou, colocou os pés sobre sua mesa, cruzou as pernas reclinando o assento para trás e, depois de apoiar sua cabeça com as mãos, acrescentou: — Porém, Srta. O'Neil... por ser formado em História e torcer por descobertas que possam ampliar o nosso campo de visão, eu gostaria muito que seu pai a encontrasse... algum dia! — Ele riu com benevolência e completou galantemente: — Na pior das hipóteses... eu me sentiria honrado em ter sido seu professor!

Jennifer até sorriu para ele, mas, devido à salva de palmas e àqueles gritinhos insinuantes que recebera do restante da classe, acabou foi abaixando a cabeça, visivelmente encabulada, e calando-se sem-graça. Ela organizou os seus pertences dentro da mochila e aguardou, quietinha no seu canto, pelo término daquela aula que, como sempre, superava as expectativas. Motivo: seu jeito jovem e descontraído de lecionar, que revelava em cada ato o prazer que tinha por sua profissão.

— Bem... na semana que vem, nós vamos falar sobre o rio Nilo e o que ele representa pra vida no Egito! — Cláudio sorriu para Jennifer e dispensou a turma: — Vão pra casa e curtam bastante o final de semana... mas não se esqueçam dos deveres de Química! Vocês sabem que o Sr. Mau-Humor adora lançar zero no boletim, como se fosse o mais cruel e impiedoso dos *serial-killers!*

Brasil. Rio de Janeiro, 18:45.

1

A noite se aproximava, atenuando aquele clima árido que a-nunciava para o final do mês a chegada do Verão. Quarenta e dois graus foi a máxima ao longo do dia, que estava prestes a se acabar. Realmente, foi uma provação, mas até que naquele instante ventava gostoso. Ventava gostoso e Jennifer chegava da escola como um furacão, irrompendo pela mansão à procura do seu pai.

— Pai... eu quero falar com o senhor! — Ela bufava de cansaço, parecendo até bastante irritada. — Onde é que você está?!

Mas a resposta foi dada por uma voz grave e estremecedora que retumbava da cozinha:

— Seu pai está no escritório, *Lady O'Neil*. Por quê? — O dono daquela voz tão poderosa foi ver o que era. — Aconteceu alguma coisa?

— Não... não houve nada, "oooh adorado Shaft"!!! — brincou Jennifer, esquecendo um pouco de sua irritação e demonstrando todo o carinho que sentia por aquele cara.

Shaft — como já informei no prólogo — era o chefe de segurança da mansão. Um belo homem, negro, alto e forte, que recebera esse apelido graças a um filme estrelado pelo norte-americano Samuel L. Jackson e à sua semelhança com o ator. O seu nome verdadeiro mesmo, poucos sabiam. Era Wagner... Wagner e mais alguma coisa. Alguma coisa porque, o sobrenome ele fazia de tudo para esconder. E não era para menos, pois na identidade constava: Wagner das Dores! Aliás... das dores que um socão seu causaria, na cara de quem zombasse dele.

Shaft já estava com quase quarenta anos e sempre andava trajado com um terno preto impecável e com sapatos lustrosos, usava óculos escuros e tinha a cabeça raspada, levava um Walkie Talkie na cintura e uma Magnum 44 no coldre, impondo um tremendo respeito. Isso quando ele estava de bom-humor, porque quando não, costumava usar a escopeta que guardava dentro do porta-malas da B.M.W. que dirigia em serviço. Mas Wagner não era uma pessoa má... muito pelo contrário. A maior prova disso era que ele acabara se tornando padrinho de batismo da jovem Jennifer, sem contar o apoio moral que dera após a morte de Elizabeth.

— Tem certeza disso, senhorita? — insistiu ele.

— Bem... nada que eu não possa resolver, pelo menos.

— Ok... em todo caso, eu estarei — Shaft bateu continência — às ordens!

— Valeu! — Jennifer riu. — Mas não me dá muita liberdade, que você sabe... eu abuso.

— Ah... que isso. Será sempre uma honra, proteger a minha princesinha! — encerrou ele.

Ambos, então, trocaram um largo sorriso e Jennifer prosseguiu escada acima.

Nicholas encontrava-se ocupado, realizando trabalhos pendentes. Nada referente à joia ou aos seus adnatos, apenas um rápido levantamento das finanças, já que não fora à toa que se tornara bem-sucedido na vida. Um mérito por tamanha competência e, principalmente, agilidade, quando diante das poucas oportunidades de se fechar um grande negócio, com elevados lucros financeiros.

Jennifer, no entanto, naquele momento, estava invocada demais para se preocupar com qualquer outro assunto que não fosse relacionado às pesquisas do instituto. Então, trajando um vestido de crepe negro que realçava a silhueta do seu corpo, subiu a escadaria às pressas. Chegando lá em cima, arremessou a sua mochila de longe sobre o assento da sala de estar, despiu-se com os próprios pés da sua sandália com saltos médios, atravessou o corredor dos dormitórios e entrou pelo escritório do seu pai. À direita da porta que ela acabara de cruzar, em uma escrivaninha de mogno, havia um moderno computador, exibindo a sua tela de descanso: uma bandeira do Flamengo, tremulando bravamente com o vento. E do lado oposto... centenas de livros preenchiam as prateleiras das estantes que se enfileiravam naquele intelectual e aconchegante ambiente, a-inda decorado por raras, valiosas, porém, inexpressíveis peças egípcias. A maioria delas, encontrada nas escavações realizadas pelo próprio instituto.

Eles se cumprimentaram e Jennifer foi logo inquirindo:

— Pai... por que o senhor mentiu pra mim, essa manhã?

Nicholas parou, largou as anotações de lado, girou no eixo da sua cadeira de escritório e, voltando-se para ela, perguntou:

— Do que você está falando, minha filha?

— Por favor, pai... eu já sei da verdade. Não adianta tentar me enrolar!

— Mas... qual verdade?

— Toda... sobre Aldheron! — Jennifer fez uma pausa. — Anda... diga-me, com sinceridade... por que você me omitiu tanta coisa?

Seu pai hesitou diante da insistência da filha e, enquanto postava-se de pé tentando se explicar, deixou reinar alguns segundos de silêncio. Foi o tempo suficiente para que Jennifer emendasse com outra pergunta, dando certa agressividade ao seu interrogatório:

— Até quando você pretendia me manter fora das descobertas do instituto?!

— Ora... você nunca acreditou mesmo em nada a respeito — rebateu ele, com certo desdém, arrumando a papelada para evitar encará-la nos olhos.

— Isso não justifica absolutamente nada! — esbravejou Jennifer, assustando tanto seu pai que ele se estremeceu todo, deixando os papéis caírem e se espalharem pelo carpete. Esse era o resultado daquela sua tarde de excogitações. — E mesmo se eu acreditasse nessa ladainha toda, sei que ainda assim você teria me mantido alienada a esses fatos — seguiu furiosa ela. — Mas que droga, pai... por quê?!

Nicholas deixou tudo como estava e disse, lutando para se manter sereno:

— Desculpa, minha filha... mas, após a morte da sua mãe, eu perdi um pouco o interesse pela joia. — Ele fez uma ligeira pausa e se sentou de novo, querendo demonstrar desânimo. — Só você que ainda não percebeu... ou você acha que foi à toa que eu parei de viajar tanto para o Egito? Apenas por isso, nunca coloquei-a a par de tudo.

— Tudo bem... essa justificativa eu até aceito! — disse Jennifer, bastante exaltada. — Mas já que lembrastes da minha mãe... por que "diabos" você nunca falou direito comigo, sobre a droga daquele a- cidente?!

— Porque eu nunca tive motivos pra falar sobre isso! — Pronto, agora sim, Nicholas perdeu a paciência. Levantou-se bruscamente, pegou um livrete de uso exclusivo do instituto posto entre suas coisas e en- tregou-o à filha. — Mas quanto a essa maldita lenda, toma... e tenha uma boa leitura! Isso é tudo o que sabemos sobre Aldheron! — completou seu pai, se retirando e partindo rumo à cozinha.

Bem... após inquiri-lo dessa forma, até meio insinuadora, a jovem O'Neil passou a ter certeza que algo a mais havia realmente acontecido. Mas o difícil seria descobrir o que, já que não conseguia acreditar em todas aquelas abobrinhas voltadas à lenda. O que era um tanto curioso, pois, se ela não acreditava na existência da joia ou na existência do seu suposto templo, por que desconfiar de "algo"? Para Jennifer, apesar das descobertas feitas ao longo daquele dia, continuava sendo mais fácil dar de cara com o "Coelhinho da Páscoa" passeando por uma esquina qualquer do Rio de Janeiro do que o seu pai conquistar Aldheron.

E olha que nem chocólatra era!

II

Logo que Nicholas sentou-se perante a mesa de jantar, a criada serviu-lhe a refeição: peixe ao creme, torta de cogumelo, *supremme* de abacaxi e *petits four* de amêndoas na sobremesa. E não se passaram dez minutos após ele ter iniciado a ceia para que Jennifer entrasse pelo recinto, ainda com a mesma roupa que chegara da rua. A jovem estava com seus olhos grudados nas histórias que aquele livrete contava, não prestando atenção em mais nada.

Agora, com os ânimos de volta ao nível normal, Jennifer sentou-se perante o pai, acompanhando-o naquela refeição. Não fitou-o nos olhos, deixou o livro fechado ao lado e se serviu da comida, ainda sem dizer uma sílaba sequer. Tomou uma golada do suco de laranja e curtiu o frescor do ambiente, possibilitado graças à ampla janela de madeira com vista frontal para o jardim florido. Essa era uma das dependências mais requintadas da mansão. Tenha como prova a parede oposta à janela, pois possuía uma larga abertura retangular, decorada com um balcão e com uma abóbada no alto, possibilitando acesso rápido à cozinha — estilo americano — e dando um toque a mais de criatividade. Belos castiçais e um amplo *buffet* de mogno, com as portas em vidro, completavam a decoração.

— Como foi o dia de aulas, minha filha? — perguntou Nicholas, quebrando finalmente o silêncio imposto pela jovem.

— Chato e entediante — respondeu ela, procurando agir com naturalidade. — Só valeu mesmo pelo tempo de História.

— Não sei o que você tanto vê nesse sujeitinho — resmungou seu pai.

— Ele é um cara legal... meio misterioso... enigmático... mas divertido.

— Achei ele foi muito arrogante... presunçoso. Isso sim... presunçoso!

— Impressão sua, pai... é porque você não o conhece direito.

— E você acha que o conhece suficientemente bem, só por ser aluna dele há três anos?

— Não... eu sei que não. Mas uma coisa você não pode negar... eu o conheço bem mais do que o senhor.

Antigamente, quando aborrecida com seu pai, Jennifer sequer ficava no mesmo recinto que ele. Mas, à medida que ia amadurecendo, começava a aprender certas lições. Essa, era a principal delas: tentar ser compreensiva com quem, acima de tudo, era seu pai. Até porque, quanto ao falecimento da sua mãe, o que passou não podia ser mudado. Elizabeth já estava morta... por mais que isso lhe doesse. Seu pai, não... estava vivo! E se não cuidasse dele, poderia perdê-lo também. Além do mais, seja lá o que houve com a sua mãe, Jennifer tinha a certeza de que ele a amava. Ela só não conseguia entender era, por que seu pai se alterava tanto quando falavam do assunto. E era isso o que a deixava realmente irritada. *"Será que um dia eu vou descobrir a verdade? E se descobrir... será que vou acreditar nela?"* Jennifer o pressionava porque era impulsiva. Todavia, já estava começando a aprender uma nova lição: dar tempo ao tempo. Paciência... mais cedo ou mais tarde, o seu pai acabaria colocando-a a par de toda a verdade mesmo.

Assim, Jennifer esperou vir daquela pessoa fria e reservada que postava-se à frente, outras palavras que tentassem manter a conversação. Elas demoraram um pouco, mas vieram com total benevolência.

— Descobriu algo que lhe interessasse, minha filha?

— Alguma coisa, sim... apesar de ainda não ter tido tempo de lê-lo direito. Mas... nada que me faça aceitar tudo isso. Seja sincero comigo, pai... como eu poderia acreditar que, existe enterrado no deserto um templo repleto de tesouros, armadilhas e segredos? Pior... o recanto de uma joia que armazena em si todo o mal existente no Universo!

— É... você tem razão... acho que nem Deus sabe o que me faz acreditar nisso!

— Então... por que prosseguir com as escavações?

— Porque, alguém precisa descobrir a verdade. Provar para o mundo a sua existência ou desmascarar a farsa, caso tudo não passe mesmo de uma lenda.

— Hum... entendo. — Jennifer bebericou o suco de laranja e perguntou: — Mas... pai... afinal, como você soube a respeito de Aldheron?

— Bem... — Nicholas fez uma pausa, estava pensativo, mas acabou contando: — Eu estudei em Oxford, há muito tempo, e lá fiz amizade com um jovem chamado David e com uma belíssima moça, a Srta. Rosselly, que você tanto já ouviu falar. — Ele não conseguiu esconder a saudade que sentia daquela época e deixou-a escapar em forma de lágrimas. — Ambos também faziam Arqueologia... mas, depois que nos formamos, acabamos seguindo por caminhos diferentes. Eu, por exemplo, voltei para o Brasil... Andréia, graças a um fato que não vem ao caso mencionar, foi morar no Canadá, com o pai... e David, ficou por lá mesmo, na Inglaterra, em Liverpool... a sua cidade natal.

"No entanto... há mais de dez anos, obra do destino, eu acho, eu e Andréia nos reencontramos casualmente numa viagem que havíamos feito à Grécia. Estávamos à procura do 'Deus das Areias Árabes', uma estátua de quase três metros de altura, esculpida em ouro maciço e decorada por pedras preciosas, roubada audaciosamente do Museu

Faraônico do Cairo... possivelmente, a mando de um tal 'Sr. Sombra', líder de uma quadrilha que domina o mercado negro de antiguidades. Nós suspeitávamos que essa relíquia teria sido negociada com um museu, situado na cidade de Atenas... mas, infelizmente, apesar de todos os nossos esforços, não conseguimos recuperá-la".

"No fim das contas, acabou que esse encontro só serviu mesmo para nos reaproximar. Trocamos telefones e seguimos nossa investigação por caminhos diferentes, mas sempre mantendo um ao outro informado das novidades. Alguns meses depois, ela estava me ligando, contando-me sobre um manuscrito que o historiador Thommas Hudson lhe dera, pouco antes da sua morte. Aquele mesmo que você tanto desacredita e que comprova a existência de Aldheron... que, aliás... eu nunca tinha ouvido falar! Mas, até aí, tudo bem. O que me impressionou foi o fato da perícia grafotécnica, realizada naquele pergaminho, ter descartado a possibilidade de falsificação, dando como 'certa' (Nicholas enfatizou) a autoria do linguista francês Jean-François Champollion, durante a decifração dos Hieróglifos. Obviamente que nós não podíamos menosprezar isso e então, decidimos nos encontrar, em Toronto, onde Andréia morava, para discutirmos o assunto".

"Assim que cheguei, ela me levou para conhecer a sede do seu instituto de pesquisas, a antiga NARI... 'National Archeology and Research Institute'... que hoje nada mais é do que uma filial do nosso instituto, o 'International Archeology and Research Institute', fundado no Egito logo após termos começado as escavações. Então, nós mesmos reestudamos aquele pergaminho e reforçamos ainda mais a certeza quanto à existência do templo. Sendo assim, Andréia telefonou para Liverpool, contatando o nosso velho amigo David e também o informando sobre tal achado. É verdade que David chegou a duvidar da nossa sanidade... deu uma gargalhada ou outra, mas, no final... acabou dando o braço a torcer, auxiliando-nos naquilo que fosse preciso".

"Então... viajamos para o Egito e nos encontramos com David lá. Matamos a saudade do tempo de adolescente e partimos rumo à região designada naquele manuscrito. Era próximo às pirâmides e à grande esfinge de Gizé... o que tornou tudo ainda mais incrível e inacreditável. Aquela mesma pergunta sua passava pelas nossas cabeças: como algo assim poderia ser possível? Entretanto... apesar disso, nós prosseguimos confiantes e, depois de muita burocracia perante o Governo Egípcio, conseguimos permissão para escavar o deserto em sua procura, de modo que nós cooperássemos, ajudando no combate ao mercado negro, grande responsável pela negociação das peças que são roubadas dos museus e tumbas faraônicas".

Nicholas pausou, pegou a taça de vinho branco posta à mesa, degustou de outro gole da bebida e, após suavizar a garganta, concluiu:

— Pouco tempo depois, nós começamos enfim as escavações à procura de Aldheron. Mas, lamentavelmente... até o momento, tudo em vão! Nós nunca encontramos nada que pudesse nos animar... nada que sequer mencionasse a existência do templo. Nada além de um montão de peças sem a menor utilidade. Aliás... peças que só serviram mesmo, para decorar a nossa casa e o instituto! E também, para fazerem média junto ao Governo Egípcio, quando doadas ao Museu do Cairo.

— Então, todas as informações contidas nesse livrete que você me emprestou, e também, no livro que eu li lá na escola, foram tiradas apenas desse manuscrito? — certificava-se Jennifer, esquecendo o desentendimento de instantes atrás.

— Provavelmente, sim. Não há muitas fontes de informação a respeito de Aldheron. Além do mais, Champollion mesclou a lenda original... aquela que existia antes da descoberta da plaqueta, com a inscrição da própria plaqueta, quando escreveu o manuscrito... o que acabou reunindo nele as poucas informações existentes. — Nicholas também parecia tê-la perdoado. — Quanto ao livrete com o brasão do instituto na capa, bem... precisávamos dar mais dinamismo às pesquisas e escavações, além de preservar o pergaminho... então, Andréia teve a ideia de pedir ao seu amigo Albert Marshall, dono de uma editora canadense, que nos imprimisse todo o conteúdo do manuscrito, acrescentando fotos e etcétera, em uma edição especial de apenas cem exemplares.

— E onde está o pergaminho, agora?

— Em exibição, lá na sede do instituto... no Egito.

— E quanto a essa plaqueta de ouro... se ela existe realmente, onde será que foi parar?

— Baseado no que dissera Thommas Hudson, Andréia acha que ela está perdida pela Europa.

— Nas mãos de um colecionador qualquer?

— Talvez... quem sabe?

— Isso... se ela não for mesmo uma farsa! — emendou a jovem, não perdendo a oportunidade de demonstrar sua descrença.

— Exato — admitiu Nicholas, atuando de modo simples, percebendo que o que a sua filha queria realmente era enxergar sinceridade em suas palavras.

— Bem... — concluiu Jennifer, terminando o jantar. — Apesar de não acreditar nisso, de repente, eu passei a querer que o senhor encontre o templo. — Ela sorriu molequemente (estava pensando no que dissera o seu Professor de História, horas atrás, e na mais vaga possibilidade de um dia poder por em prática todas as suas fantasias). — Confesso que a minha vida ficaria muito mais interessante.

— "Ficaria", não, filha... "ficará!" — Seu pai retribuiu aquele sorriso, outrossim encerrando a refeição. — Conjugue o verbo no "Futuro do Presente" e não, no "Futuro do Pretérito"... pois o templo eu tenho certeza que nós encontraremos. Só não sei se vamos conseguir descobrir, por que "diabos" o destino nos designou para essa missão.

Apesar de Jennifer ainda possuir dúvidas — a respeito da morte de sua mãe principalmente —, seu pai se levantou, escovou os dentes e deitou-se para dormir. Mas ela estava momentaneamente satisfeita. E curtindo aquele momento a só, passou um longo tempo aconchegada na rede da sacada, admirando o mar chocando-se contra a areia da praia e viajando nas incríveis histórias daquele livrete.

III

Após entrar pelo seu aposento e iluminá-lo com a branda luz do abajur, Jennifer trancou-se lá dentro, deixando o livro do instituto acomodado sobre a estante de marfim, em meio a vários outros livros voltados ao Egito Antigo. Ela despiu-se do vestido de crepe e largou-o com displicência ao chão, indo apenas de calcinha até o espelho de corpo inteiro que ficava preso atrás da porta. Admirou um pouco suas curvas, gabando-se de sua exuberância, viu as horas e foi finalmente se banhar.

Já era quase meia-noite, quando a jovem atravessou a porta que levava ao toalete da sua suíte, acendeu a luz da luminária que ficava em cima do armário de parede do lavabo e começou a preparar o seu repouso na banheira. Ela abriu o *blindex* e as torneiras, para temperar a água. Esperou a hidro encher o suficiente e a ligou, fazendo borbulhas na água. Após, despejou os sais de banho lá dentro e, enquanto eles faziam espuma, tirou a sua pequenina calcinha de cetim, ficando como mais gostava... nua!

Jennifer estava exausta e então, se precipitou para dentro da banheira. Ela sentou-se, se recostou e curtiu a água morna a banhá-la. Mergulhou a cabeça e emergiu para respirar. Tirou a espuma do rosto, cerrou seus olhos e procurou relaxar, deixando que os seus pensamentos viajassem por cidades distantes... por terras que ela jamais havia pisado antes. Formava-se na sua mente, um esboço do Egito atual, e nele tentava encaixar aquele suposto templo, eternamente procurado pela equipe do instituto.

Mas era um esforço em vão, porque, por mais que tentasse, não conseguia acreditar em absolutamente nada a respeito. Fica difícil assim! *"E se não encontrarem o templo e essa sua joia, o que eles vão procurar amanhã?"* matutava, com sarcasmo. *"Um tesouro, no final do arco-íris... o sapatinho de cristal da Cinderela... ou algo ainda mais inacreditável: a cidade perdida de Atlântida!"* Aliás... para Jennifer, a única diferença entre Aldheron e todas essas lendas era: a falta de um desenho animado, produzido pelo fabuloso estúdio Disney visando um público jovem. Quiçá... crianças e adolescentes que tinham mais cabeça que o seu pai.

Porém... será que o ingênuo seria mesmo ele?
Ou seria ela... por não acreditar em Aldheron?

Jennifer manteve-se largada na hidro, curtindo a água morna a massageá-la e pensando, por quase uma hora... e ainda estava bastante pensativa, quando saiu da banheira, se enxugando com uma toalha felpuda do Snoopy. Então, ela escovou os cabelos, apagou a luz do toalete e retornou, como veio ao mundo — nua! —, ao quarto. Ligou o ventilador de teto, pegou novamente o livro que estudava e se jogou de bruços na cama, ressaltando escandalosamente aquelas suas nádegas: carnudas, arredondadas, rígidas e perfeitas. Jennifer reabriu o livrete e folheou-o até a página que queria encontrar, recomeçando seu *tour* pelos segredos e mistérios de Aldheron.

A jovem O'Neil passou boa parte da madrugada concentrada naquela leitura, conhecendo praticamente tudo a respeito de Aldheron. E foi assim... — ora de bruços... ora de ladinho... de bruços novamente... mas sempre nua! — até que começou a sentir as pálpebras pesarem e o corpo amolecer. Jennifer ainda lutou um bocado para manter-se a- cordada... desperta! Pensou até em descer e fazer uma xícara de café, mas não teve jeito. Ela já nem raciocinava mais direito, quando deu-se por vencida, adormecendo, deixando o livro aberto esquecido por sobre a cama. Enquanto isso, do lado de fora do quarto, a noite seguia estrelada. A luz do luar iluminava todo o jardim, mas, em pouco tempo, o dia amanheceria, trazendo um acontecimento daqueles que até Deus duvidaria.

Dia 02, sábado.

Egito. Deserto Ocidental, 14:07.

|

Andréia olhava para o relógio, desconfiada, sentindo o vento a soprar mais forte. E logo, o vento soprou com certa violência, lançando areia contra os seus belos olhos verdes. Porém, ela não se moveu, protegeu o rosto com um dos braços e continuou plantada no mesmo lugar, observando ao redor... avaliava os riscos, ainda apenas desconfiada. Pouco tempo se passou e, enquanto a ventania seguia ganhando força, o céu se tornou alvacento, sombreando a superfície do deserto. E sua desconfiança só aumentando! Todos os funcionários que trabalhavam nas escavações observavam com atenção o sol sendo encoberto pelas nuvens, quando foram surpreendidos por raios, relâmpagos e trovões se manifestando com ferocidade e anunciando a chegada de algo deveras catastrófico.

— Merda... o que nós estamos fazendo, aqui parados?! — xingou Andréia, se assustando com a fúria da Mãe Natureza. Ela se diferenciava dos demais pelo seu grande charme, ressaltado pela necessidade de segurar na cabeça uma boina de pano, que usava para se proteger do sol. E assim, transformando desconfiança em certeza, voltou-se para os demais e berrou desesperada: — Preparem-se, que vamos enfrentar uma terrível tempestade de areia!

— Vocês ouviram a patroa! — emendou o Arqueólogo-chefe Lord Bradford, um dos intelectuais da equipe ao lado da sábia senho-rita. — *Come on...* nós precisamos recolher imediatamente todos os equipamentos!

E pronto... começou um corre-corre generalizado!

— Vamos! — prosseguia Andréia, movendo-se agitadamente de um lado para o outro, demonstrando excessiva preocupação com todos os equipamentos em uso. Preocupação justificada, pela quantia milionária investida em cada um daqueles instrumentos. — Andem logo com isso... cambada de molóides ambulantes!

— Por aqui! — se esgoelava Bradford, também em um ritmo alucinante, chamando a atenção dos companheiros e apontando para os locais em que estavam os aparelhos mais caros. — Vamos... naquela direção! Nós precisamos proteger os equipamentos dessa maldita tempestade de areia!

Enquanto esses aparelhos já eram retirados, às pressas, alguns camelos amedrontados arrebentavam as cordas que os amarravam nas palmeiras ali perto e saíam correndo para longe, em desabalada fuga, deixando por segundos o rastro das suas pegadas na areia. E aquela tempestade repentina só estava no começo. Agora, gotas d'água saltavam das nuvens negras e mergulhavam em queda-livre direto contra o solo ardoroso. Entretanto, a chuva que caía — acontecimento raro no deserto —, regava em vão as terras da região, só servindo mesmo para aumentar todo aquele alvoroço.

— Está chovendo?! — indagou Andréia, abrindo incrédula as duas mãos para o céu, procurando sentir um único pingo que pudesse comprovar o fato.

— Por incrível que pareça! — confirmou Frederick Spencer, o Geógrafo-chefe e gordão do instituto. — E depois, dizem que não chove no deserto!

— Verdade... e olha que eu mesma já andei dizendo isso por aí!

— Mas e agora... o que vamos fazer?!

— Quanto a você, eu não sei... não faço a mínima ideia! Mas quanto a mim... — Andréia riu, com ironia — amanhã, eu vou correndo comprar um guarda-chuva!

Os primeiros veículos, abarrotados de equipamentos, estavam conseguindo sair sem maiores problemas. Só que os outros, talvez não tivessem a mesma sorte, pois ainda estavam sendo preparados para poderem deixar o local. Os seus pneus, suspensões e amortecedores eram apropriados para esse tipo de terreno, e a indispensável tração 4x4 evitava que ficassem atolados na areia molhada, resultante daquela chuva que já caía com agressividade. Mas, o problema era a ventania, que estava se tornando sobre-humana.

— *Damnit*... está piorando! — percebeu Kevin Renault, o Egiptólogo-chefe do instituto. Um baixinho, calvo, francês, nascido em Estrasburgo. — Se continuar assim, nós vamos acabar arrastados pelo vento!

— Kevin tem razão, senhorita! — reforçou Spencer, natural dos Estados Unidos. — Vamos acabar sendo arrastados!

— Ele, sim... você, não! Com os seus cento e quarenta quilos, haja a vento pra conseguir tirar você do chão — rebateu Andréia, mais preocupada com a parte técnica do que com a própria vida. Então, ela voltou-se para os demais e prosseguiu, aos berros: — Andem... retirem os equipamentos daqui!

— Também precisamos nos retirar, Andréia! — era David, seu amigo de Oxford, agora, com sua voz rouca e experiente a avisando do perigo. Ele já estava com uns cinquenta e poucos anos de idade. Bem... pelo menos, era o que diziam aqueles seus cabelos grisalhos e as rugas do seu rosto, pois não revelava essa informação a ninguém... a não ser, sob forte pressão emocional. — Sinto muito, mas não vamos conseguir recolher todos os equipamentos a tempo!

— Droga... temos que, ao menos, tentar! — replicou Andréia, veemente.

— Não... não temos! — David a pegou pelos braços. — Nós temos é que nos salvar... depois, a gente volta e recolhe aquilo que sobrar!

— Você quis dizer, um monte de lixo!

— É... que seja!

— E quanto aos doze anos de pesquisas e escavações... vamos desistir agora?! Nadar, nadar e nadar pra morrer na praia... — ela pausou — no deserto?!

— Não... claro que não! — bradou ele. — Os equipamentos que se danem! Se morrermos... não haverá mais escavação alguma! Vivos... a gente cava com a mão, se for preciso! No momento, eu estou mais preocupado é com os meus preciosos cinquenta e três anos de vida!

E ambos se calaram, quando...

— David... você disse a sua idade!

— É... eu disse, sim! Por que... você tem algum problema com isso?!

— Não, não... — Andréia fez outra pausa — mas agora eu percebi, a gravidade da situação!

— E o que você está esperando para sairmos daqui?! Alcançar a vida de "além-túmulo"!

— É óbvio que não, a minha câmara mortuária ainda nem foi construída!

— Então, vamos! — Ele olhou para as nuvens, que se moviam velozmente com o vento, carregadas de eletricidade. *Flashes* de energia espocavam ameaçadoramente dentro delas, com alguns fazendo ligação direta com o solo, causando o trovão, que ribombava, estremecendo tudo ao redor. — Vamos, antes que caia um raio nas nossas cabeças!

— Mas... e quanto ao restante da equipe?! — Ela procurou e não encontrou mais um pesquisador, ali perto.

— Pode ficar tranquila, que ninguém aqui é suicida como você!

— Tá... tudo bem! — Andréia se soltou, sorriu e retorquiu: — Vamos embora daqui, então!

— Ok... ok! — exclamou David.

E os dois partiram correndo rumo à sede do instituto.

Ainda a caminho do instituto, David seguia correndo na frente e Andréia, logo atrás, quando...

— Anda, David... corre! — berrou ela, tentando apressá-lo ainda mais.

— Eu estou indo o mais rápido que posso!

— Não... não está! — seguia Andréia, aos berros, transmitindo agora um desespero tão fingido que era de se desconfiar. — Pelo amor de Deus... corre, homem... corre!!! Confia em mim e não olha para trás... se preocupa apenas em correr, que eu não quero passar dessa pra melhor!!!

— Por quê?! — Ele pulou, sem parar de correr, alguns obstáculos, que vinham rolando pelo deserto. Depois, tentou olhar para trás e não viu nada... nada, além da areia sendo lançada para todos os lados. Então, perguntou, voltando a pular novos obstáculos: — Afinal... o que está acontecendo?!

Andréia também pulou aqueles obstáculos e respondeu:

— A pirâmide de Quéops está desmoronando bem na nossa direção!!!

— *Ohhh shit!!!!!*

E após iludi-lo molequemente, Andréia foi disfarçadamente parando de correr, deixando ele a correr, sozinho, feito um louco, crente que aquilo estava realmente acontecendo.

Ela bufou de cansaço e disse, meio que para si mesma:

— Desculpa, meu caro... mas eu não vou estragar as minhas unhas, cavando o deserto com as próprias mãos. — Por fim, voltou-se para a tempestade e se desembestou atrás dos equipamentos que ainda restavam.

Entretanto... o que antes não passava de pura ameaça, já se transformava em devastação. Não avistavam mais abutres ou mesmo o topo das pirâmides, o dia parecia noite e os funcionários que persistiam heróicos viam-se cercados por aquele cenário obscuro e sufocante, não podendo fazer muita coisa. Eles tinham dificuldades de manterem-se de pé... não conseguiam enxergar direito... estavam completamente encharcados, além do mais grave... os aparelhos que ainda restavam estavam se danificando, pondo em risco o futuro do instituto. Essa era, sem dúvidas, a tempestade mais violenta que enfrentavam desde quando haviam começado as buscas.

E olha que o pior ainda estava por vir. Andréia ouviu uma forte explosão, abafada pela tempestade. Se assustou... cambaleou, mas não parou de correr. Mal sabia ela que, ao longe, uma densa cortina de areia começava a ser erguida pelo vento, destruindo tudo em sua proximidade. Reuniu em si toda a fúria da Mãe Natureza e partiu contra os pesquisadores do instituto, como a mais ágil e devastadora das *tsunamis*.
— *Oh my God!* — gritou alguém. E bastou jogarem-se contra o solo, protegendo suas cabeças com os braços, para serem engolidos por aquela gigantesca onda de areia. Todos sumiram em meio ao nada, ficando à mercê daquela força colossal. As tendas dos acampamentos que protegiam os aparelhos do calor solar e etcétera também não suportaram tanta fúria e acabaram arrancadas, desprote-gendo os equipamentos que ainda restavam.

Demoraram alguns segundos para terem noção do que, de fato, tinha acontecido. Se recomporam do susto e, ainda vivos, caídos, olharam ao redor, mas tamanha era a invisibilidade que só viram vultos... vultos dos equipamentos, dos veículos, das palmeiras e até dos próprios companheiros. Estavam atordoados... perdidos e desesperados... indefesos e fragilizados... largados bem no centro daquela terrível tempestade. Andréia, que também se encontrava estirada no deserto, tivera enfim a sua boina levada pelo vento. O poder era tão extremo que até uma das Pajeros do instituto tombara, quando coberta por aquela monstruosa *tsunami* de areia.

David, também caído, procurou pela sábia senhorita, mas não a encontrou. Coitado: Andréia já estava do outro lado da área atual, a-brangida pelas escavações. Com certeza, ele logo descobriria que fora enganado. Porém, agora que ninguém se achava, isso seria meio difícil. Então, se levantou... e depois de recomeçar a correr, saindo enfim da parte crítica da tempestade, trombou contra o ilustre Albert Marshall, que vinha desastrosamente em direção contrária. Os dois se estabacaram no chão, próximos ao prédio do instituto, onde a vemtania era mais branda.

O choque foi tremendo, mas logo eles postaram-se de pé, com David a-vançando ensandecido no companheiro e inquirindo, enquanto sacudia-o pelos ombros:

— Hei... você viu a Srta. Rosselly por aí?!

— Não... é claro que não! Se eu nem consigo ver a ponta do meu nariz, como é que vou achar alguém... aqui... nessa farofada toda?!

— Tá... ok, ok!!! — David soltou-o, tentando se manter calmo. — E, por acaso, você sabe me dizer, se alguém foi atingido pela grande pirâmide?!

— Por que... agora, aquele montão de pedras sai por aí, a-gredindo os outros?!

— Não... é claro que não!

— Então... qual o motivo dessa pergunta tão absurda?!

— Vai me dizer que você não viu a pirâmide desmoronando?!

— Ela caiu...?! — sobressaltou-se Albert. Ele tentou enxergá-la, mas só viu areia, voando por todos os lados. Então, certificou-se: — Tem certeza disso?

— Sim... tenho!

— Caramba... e, por acaso, você a viu caindo?!

— Vi... — David pausou — ou melhor... Andréia me contou, enquanto corríamos no meio da tempestade.

Logo, Albert se tocou daquilo que estava realmente acontecendo, começando a ter um acesso de riso e dizendo, eufórico, entre tantas gargalhadas:

— Quem caiu foi tu, David... Ah ha-ha ha-ha! Quem caiu foi tu!

— Por que... qual é a graça?!

— A graça?! Ah ha-ha ha-ha!!! Andréia também me pregou uma peça, igual a essa, quando fugíamos daquele terremoto, ocorrido logo no começo das escavações!

— Como assim?!

— Ela me disse, que a cabeça da esfinge tinha se soltado e que vinha rolando bem atrás da gente...

— Droga! — David esbravejou.

— Aí... eu fiz o mesmo que você! Saí correndo, sozinho, feito um tremendo idiota! Ah ha-ha ha-ha ha-ha!!!

Enquanto isso, lá no meio do tumulto...

— Esqueçam os equipamentos, já salvamos o que era possível! — gritava o renomado explorador de túmulos Kurt Wallace, agachado no deserto, com a sua roupa quase arrancada pelo vento. Ele que a-inda era perito em desarmar antigas armadilhas. — Agora, sim... nós precisamos é nos abrigar da tempestade!

— Mas, não temos para onde ir!!! — replicou um dos funcionários, a instantes de ser atingido na cabeça por uma mediana plaqueta de ouro, arremessada ferozmente pelo vento.

— *Damnit!* — xingou Wallace. E, após ver, com dificuldade, o seu companheiro cair de joelhos, correu para tentar ajudá-lo. Em desespero, ele seguiu a passos firmes, rumo ao seu encontro, mas quase não conseguindo sair do lugar, por ser obrigado a ir contra o vento. Todavia, de forma heróica, Kurt Wallace lutava para progredir adiante. Mantinha-se apoiado pela base do seu corpo, protegia seu rosto com os braços e suava para conquistar o próximo metro. E assim, viu aquele arqueólogo atingido tombar de cara no deserto, como se fosse um reles boneco de trapo.

Mais alguns segundos se passaram e Kurt Wallace enfim alcançou-o, se abaixando, às pressas, para socorrê-lo, mas lamentando-se por não ter muito o que fazer. Sua vida já tinha sido levada, deixando apenas seu corpo ali despojado, esvaindo-se em sangue por um buraco no meio do crânio. Outro funcionário também morria, atropelado por um dos camelos enlouquecidos. Isso, enquanto parte da equipe se abrigava, dentro daquela Pajero, instante atrás tombada pelo vento. Que caos! E a tempestade prosseguia, arremessando sobre todos os seus próprios instrumentos de trabalho, como se Aldheron não quisesse ser descoberta pela humanidade.

Houve, então, uma segunda explosão, ofuscada por aquela tempestade. O seu estrondo estremeceu até a sede do instituto, estilhaçando uma janela ou outra. Explosão que, de tão violenta, jogou alguns pesquisadores longe. E só descobriram o que tinha ido literalmente pelos ares, por causa dos pedaços de metal que foram arremessados à distância... para todos os lados! Era uma das escavadeiras. Um desses pedaços — uma enorme pá de aço — passou tão rente à cabeça de Andréia que a desequilibrou enquanto corria, derrubando-a ao chão. Resultado: agora, ela estava impossibilitada de se proteger... de alcançar as palmeiras mais próximas.

A pá daquela escavadeira só teve a sua trajetória interrompida quando chocou-se violentamente contra um grosso e longo pilar de pedra, tombado em ruínas no deserto. O barulho causado pelo impacto propagou-se à distância, ecoando até que aquele pesadíssimo pedaço de metal retorcido, após ser jogado para o alto, rodopiando, encravasse na areia, mediante a todos! Uns cinco pesquisadores encontravam-se ao redor e não foram atingidos por pouco. Andréia, com extrema dificuldade, conseguiu postar-se novamente de pé... entretanto, não se preocupando em correr, parou e vislumbrou o redor. Ela estava realmente muito assustada com aquilo que havia acabado de acontecer... com a morte, que quase a levara!

— Meu Deus, eu quase fui atingida! — exclamou a própria, aflita.

— Mas será, se não procurar um abrigo! — alertou o jovem arqueólogo Matheus, arrastando-a pelo braço. — Venha comigo, senhorita!

E agora, corriam de mãos dadas, cortando a tempestade e se esquivando habilmente de paus... troncos... pedras e pedaços de concreto... pás... latões e pedaços de metal... pneus e etcétera. Era um verdadeiro bombardeio de entulhos e equipamentos destruídos que voavam alucinados, como se fossem atirados propositadamente contra ambos. Eles estavam entre a vida e a morte... em uma desmedida busca pela sobrevivência.

E assim, os dois continuaram, até que alcançaram algumas das palmeiras mais próximas.

— É a tempestade de areia mais violenta que eu já presenciei! — exclamou ela, agarrando-se firmemente ao tronco de uma daquelas palmeiras.

Matheus fez o mesmo e tentou explicar o que parecia ser inexplicável:

— Talvez... Aldheron esteja nos mostrando parte do seu poder!

— Eu juro que não tinha pensado dessa forma! — admitiu Andréia, com os cabelos voando desalinhados para trás. — Pra ser sincera... eu ainda nem tinha conseguido pensar, diante dessa maldita tempestade de areia!

— Então... vai se preparando, pois sinto que novas surpresas virão!

Pronto... foi só ele calar a boca e, de repente, um redemoinho gigantesco de areia e vento se formou, arrastando em torno de si próprio uma fortuna em equipamentos destruídos. A Pajero, virando-se agora de ponta-cabeça, passou a ser arrastada sobre a areia, sendo levada em direção ao olho daquele ciclone, junto com todos que dentro dela buscavam proteção. Ninguém estava a salvo, tanto que até algumas das palmeiras — tão frágeis, mas que abrigavam grande parte da equipe — estavam sendo arrancadas do solo, como se fossem míseros pezinhos de feijão.

O desespero tomava conta de todos!

Naquele instante, um último raio cruzou velozmente o céu, sibilando diabólico e caindo no meio da área abrangida pelas escavações. Houve uma terceira explosão, jogando alguns dos pesquisadores novamente de encontro ao chão. E o mais assustador... naquelas labaredas colossais, o rosto do demônio se esboçou, parecendo furioso, como se amaldiçoasse a todos. O calor era infernal! Alguns segundos se passaram e, repentinamente, as chamas se extinguiram... o redemoinho se dissipou... a ventania também, arremessando os equipamentos de volta ao solo. Então... o silêncio reinou. Como em um passe de mágica, a areia, antes impetuosa, havia adormecido em seu devido lugar. A chuva também se foi e todos puderam respirar aliviados, com a sábia senhorita vendo a sua boina de pano cair bem diante dos seus pés.

II

O céu se abriu... as nuvens, de uma forma imperceptível e inexplicável, tinham simplesmente desaparecido, deixando o sol livre e à vontade para reaquecer aquela tarde. Era incrível, o que havia acabado de acontecer. E, aos poucos, os envolvidos nas escavações iam se recompondo do susto, se soltando, perplexos, das palmeiras que permaneceram de pé, ou saindo da Pajero e de outros lugares que conseguiram usar como abrigo.

Agora, com tudo calmo outra vez, puderam ter noção do estrago causado pela tempestade. Várias palmeiras tinham sido arrancadas, contracenando com o fogo que carbonizava as escavadeiras e alguns dos veículos destruídos. Eles viam pedaços de equipamentos jogados por todos os lados, certos deles arremessados a quilômetros. E o que era pior e muito doloroso... dois dos funcionários do instituto encontravam-se mortos, semi-submersos nas areias que ainda ocultavam do mundo todos os segredos e mistérios de Aldheron.

— Foi algo tão surrealista, mas não consigo acreditar no que presenciamos — comentou Andréia, ainda meio apalermada.

— Refere-se à imagem do demônio, ou ao poderio dessa tempestade? — indagou Matheus, com um leve corte no supercílio.

— Refiro-me ao acontecimento por inteiro... dês da ventania, àquela maldita cara de capeta! — replicou ela, até com certo deboche. Depois, pegou do chão a sua boina e, mesmo encharcada do jeito que estava, recolocou-a na cabeça. Limpou a sua roupa com as mãos e circunvagou os olhos pelo deserto, avaliando melhor o caos que tinha se formado. Não havia uma tenda sequer de pé... um equipamento sequer inteiro... um funcionário sequer ileso. Andréia lembrou-se daquela terrível explosão, ocorrida há uma década, e, finalmente, caiu na real, berrando, dominada pela aflição: — Droga!!! Fodam-se os equipamentos... eu quero uma equipe médica, aqui, agora, pelo amor de Deus!!!

É... o pior passou, deixando mortos, feridos e causando prejuízo. Mas seriam recompensados à altura. Enquanto socorriam os feridos, vislumbraram um brilho reluzente e sedutor repousado sobre o deserto. Algo que, ao longe, ofuscava as vistas dos funcionários que persistiam de pé. Ainda não sabiam o que era aquele corpo estranho — sequer suspeitavam! —, mas estavam diante de realizarem o mais espetacular dos sonhos humanos.

— Parece ouro! — disse Andréia, incrédula.

— Concordo — assentiu David, chegando enfim até ela e acrescentando com acrimônia: — Deve ter caído de dentro da pirâmide, quando ela desmoronou.

Andréia apenas lhe sorriu molequemente.

Todos os pesquisadores estavam em um estado lastimável — isso, sem contar com os hematomas —, sendo assim, foi nesse estado mesmo que partiram até lá, afundando os seus pés no deserto e marcando com pegadas tal caminho, rumo àquela que poderia ser a descoberta mais importante da história. E logo foram se aproximando, aos poucos, mancos ou ensanguentados, rodeando aquele curioso achado.

Ao menos, já tinham certeza de uma coisa: a sábia senhorita havia acertado, pois era realmente de ouro aquele mediano e esbelto artefato. Então, a própria, depois de alguns segundos de extrema expectativa, agachou-se embasbacada, indo até ele, acariciando a superfície daquele metal precioso. A seguir, retirou o objeto da areia e começou a limpá-lo, com certa suavidade até. Havia uma mancha de sangue, mas foi ignorada, porque estava na cara que aquela era a segunda parte da plaqueta, mencionada por Jean-François Champollion em seu misterioso manuscrito.

Resumindo: o que era menos provável, havia sido descoberto primeiro. Todavia... estaria mesmo comprovada a existência desse templo? E quanto à Aldheron... deixaria de ser mito, para se tornar enfim realidade?

Andréia ROSSELLY

ARQUEÓLOGA

Brasil. Rio de Janeiro, 10:25.

I

Ainda era cedo e o dia já seguia com aquela mesmice de sempre. Mas, dessa vez, a rotina persistiria somente até o telefone tocar... o que não demorou muito a acontecer. Assim, Nicholas correu até a sua sala de estar e, por volta do sétimo toque, atendeu enfim a ligação. O único problema em a casa ser tão grande era esse: os três aparelhos sem-fio nunca estavam por perto quando precisavam deles.

— Alô — disse o próprio, acreditando que fosse Andréia, trazendo-lhe as últimas novidades sobre as pesquisas e escavações do instituto.

Porém, não era. Na verdade, era, não diretamente, mas era. Do outro lado da linha, a mando dela, estava Albert Marshall — canadense, Antropólogo, professor de Arqueologia e historiador, poliglota, diretor da Universidade de Toronto e dono da editora New World of America —, dizendo bastante exaltado:

— Nicholas... enfim, uma grande notícia! Acabamos de encontrar algo que comprova definitivamente a existência de Aldheron!

— Ah... é — debochou ele, tão desacreditado do sucesso das escavações que se largou no sofá, seguindo com demasiado sarcasmo: — E o que foi que vocês acharam, dessa vez... hein? A rebimboca da parafuseta, que caiu do cérebro de algum faraó maluco e egocêntrico, ou... uma fralda, contendo vestígios daquele fedelho do Tutancâmon?

— Fralda com vestígios de Tutancâmon...?!

— É, Albert... caquinha! Você, que tem três filhos, deveria saber muito bem que eu estou me referindo a uma fralda, suja de cocô!

— Droga, cara... eu estou falando sério! — insistiu Albert, com veemência até. — Nós encontramos a outra parte da plaqueta, mencionada naquele pergaminho! E, detalhe... vem escrito claramente a palavra: Aldheron!

— Ah... essa, eu só acredito vendo!

— Então, vem ver... oras! Está fazendo o que, ainda no Brasil?

E, de repente, Nicholas começou a se tocar da seriedade e da importância daquele telefonema.

— Me dá só um segundinho, que a ficha ainda está caindo — pediu ele. O pró-homem do instituto até que tentou manter-se calmo, mas não teve jeito e foi ficando cada vez mais empolgado. — Você está... afirmando que... encontramos a SEGUNDA PARTE DA PLAQUETA DE CHAMPOLLION?!!! — certificou-se.

— Yes... foi exatamente o que eu disse!

— E que, isso comprovaria... pelo menos, A EXISTÊNCIA DO TEMPLO???!!!!!

— Yes, cara... yes! Mas não precisa berrar no meu ouvido!

— Ah... desculpa.

— Tudo bem. O importante é que, agora, temos noção de onde procurar. — Albert fez uma pausa. Estava feliz. — Andréia acredita que vamos achá-los, em breve. Ela tem convicção de que, já nos próximos dias, ao menos o templo será encontrado.

Dito isso e Nicholas nem perdeu mais tempo.

— Então, aguarde que eu já estou a caminho daí! — Ele ergueu-se atabalhoadamente.

— Ótimo... deixa que eu mesmo faço a sua reserva no hotel.

— A minha e a da minha filha... só que em quartos separados, por favor.

— Quer dizer, que nós vamos finalmente conhecê-la?

— Isso mesmo, meu amigo. Acho que chegou a hora... Jennifer já está pronta.

— Andréia ficará muito satisfeita.

— É... eu sei. — Por um momento, a linha ganhou um silêncio nostálgico. Até que Nicholas tergiversou: — Bem... muito obrigado por prestar-se a esse favor.

— Disponha e tenham uma ótima viagem. Até breve!

— Até! — Em seguida, ele desligou o telefone, jogando o pobre coitado do aparelho de qualquer maneira sobre o sofá. Voltou-se para trás e gritou, meio que metendo a cabeça pelo corredor dos dormitórios:

— Acorda, minha filha! Anda... prepare suas coisas que nós vamos pro Egito!!!

II

Passagens reservadas e pronto... bastou o motorista preparar uma, das duas Limousines da família — uma era branca e a outra preta —, para que Nicholas e a sua filha partissem rumo ao Aeroporto Internacional. Eles levavam de bagagem somente o essencial. Apesar da pressa e de toda a ansiedade que sentiam, as aproximadas quinze horas de viagem, com escalas nas cidades de São Paulo e Amsterdã, não seriam obstáculos para a chegada ao Cairo, muito pelo contrário... teriam era uma ótima oportunidade para se entenderem de uma vez por todas.

— Quer dizer então que essa tal plaqueta existe realmente! — exclamou Jennifer, recostando-se na poltrona do avião e deixando sobre o colo uma pequena bolsa preta, na qual levava seus pertences pessoais.

— Bem, filha... é o que parece — falou seu pai, acomodando-se ao lado.

— Pelo menos, eu vou finalmente conhecer o Egito — disse ela, com uma combinação simples de *jeans* e blusa.

— Você quis dizer... o Egito Antigo, né?

— Por que, pai... — prosseguiu Jennifer, curiosa — como anda o Egito Moderno?

— Ahn... de mal a pior, minha filha! Por exemplo... no Cairo, as coisas nem andam... A começar pelo trânsito... um gigantesco engarrafamento, onde ônibus, carros, motos, bicicletas e até camelos tentam quebrar a lei da física, ocupando o mesmo lugar no espaço. Também pudera... as suas ruas são estreitas e tumultuadas, sempre disputadas por ourives e menores abandonados... a maioria, infratores. O mau cheiro é o aroma suburbano... e o calor, então, nem se fala... é tanto que frita a cabeça da gente! Ah... no meio disso tudo, ainda vem o povo que, apesar de alegre e hospitaleiro, vive num estado de demasiada pobreza, perambulando pelas ruelas de um lado para o outro como um enxame de formigas. Uma turba... um verdadeiro caos! — explicou ele, que ainda aproveitou para fazer o seu papel de pai: — E digo mais... se você não esquecer aquele seu jeitinho sem-vergonha e *aborrecente* de se vestir, terá sérias dificuldades para caminhar por lá, devido aos costumes religiosos do país. Seria um insulto, por exemplo, se você saísse pelas ruas com um daqueles seus vestidinhos, que mal lhe cobrem o corpo.

Jennifer não dera muita atenção àquele discreto puxão de orelha que recebera, mas sabia perfeitamente que, lá, no mundo islâmico, o sexo feminino era discriminado em relação à religião e ao trabalho. As mulheres são obrigadas a conviver com as sombras de um manto negro sobre a face, além de terem que se ocultar em trajes capazes de censurar até suas belezas, quando não perante a presença dos maridos. E, como se não bastasse tanta rigidez, os seus dias geralmente tornam-se longos e cansativos, pois passam a maior parte do tempo enfurnadas dentro de casa, cuidando dos assuntos familiares, mantendo sempre as coisas em plena ordem.

— Hum... de interessante mesmo, filha — concluiu seu pai —, eu cito a cidade submersa de Alexandria e a sua sedutora rainha Cleópatra. A esfinge e suas pirâmides... as ruínas de Mênfis e Saqqara... o Vale dos Reis e, claro... os magníficos e imponentes templos sagrados do Alto Egito!

Após afivelados os cintos, as turbinas foram ligadas. O 747 taxiou na pista e partiu em disparada, lançando-se no céu como um robusto e colossal pássaro mecânico. Era a primeira vez que Jennifer voava, por isso que se assustou quando seu corpo colou no assento, graças à velocidade alcançada. Depois, arriscou olhar pela janela e, vendo a cidade lá em baixo, como se fosse uma daquelas *maquettes* usadas por Hollywood em filmes de catástrofes, se maravilhou, sentindo o seu coração disparado no peito.

Era realmente muito emocionante, voar pela primeira vez. Porém, quando se acostumou com toda aquela indescritível sensação, a jovem reiniciou o diálogo naturalmente:

— Pai... admito que, aquele livrete o qual você me emprestou tem me sido bastante útil... eu diria, intrigante! Porém... por ter pego no sono antes de terminar a sua leitura, não consegui entender direito o que Andréia quer dizer quando usa os termos "lenda antiga" e "lenda moderna".

— Bem... pra começar, a lenda antiga, ou original, como também é conhecida, é a parte que fala de alguns operários e soldados do faraó Quéops... que eles foram engolidos pelo deserto, enquanto tentavam fugir de uma terrível tempestade de areia, ocorrida durante o período de construção das pirâmides de Gizé. Recapitulando... de acordo com o que você já deve ter lido no livro, desses pouco mais de vinte homens, houve um único sobrevivente. Seu nome era Anairda Uoy-knaht: um soldado, sem escrúpulos, que foi encontrado por alguns camponeses caído inconsciente no deserto, alguns dias após a tempestade. Então, esses mesmos camponeses o acudiram, levando-o até um pequeno vilarejo, situado às margens do rio Nilo, onde pode ficar, por algum tempo, em recuperação".

"À medida que Anairda se recuperava, ele começava a ter sua memória de volta. Falava em templo... em joia e tesouros... em mortes, como se delirasse! Mas a sua convicção era tão grande que acabou partindo numa desmedida busca, rumo a esse suposto templo, tão procurado por nós. Infelizmente, ele não conseguiu reencontrá-lo... nem com todo o incentivo que a descoberta de tamanha fortuna lhe passava. Era como se nada daquilo jamais tivesse existido! (Nicholas fez uma pausa). Bem... quanto ao que realmente houve lá embaixo, somente o próprio poderia explicar. E ele até tentou, relatando em pedras avulsas tudo o que ia lembrando, por meio dos seus lampejos de memória, visões ou pelos sonhos que tinha frequentemente. Porém... embora fosse um servidor do rei valente e destemido, Anairda acabou louco, vagueando pelo deserto, repetindo a palavra Aldheron, até que foi encontrado morto, perante a esfinge, com o seu cadáver grotescamente despedaçado, como se tivesse sido devorado por algum animal selvagem... selvagem e sanguinário... inimaginável, diga-se de passagem!".

— Ou seja: — concluiu seu pai — quando Andréia fala de "lenda antiga", está se referindo a toda essa história que eu acabei de contar e que muita gente já conhecia, antes mesmo da descoberta do manuscrito. E quando ela menciona "lenda moderna" ou "atual", é pra ressaltar que está se referindo à Aldheron, propriamente dita... e não, à lenda de Anairda. Na verdade, acaba sendo tudo a mesma coisa... mas Andréia gosta de usar esses termos para poder diferenciar os dois períodos: o antes, quando só sabíamos da joia graças aos relatos deixados por Anairda... e o depois da descoberta da plaqueta de ouro, quando tudo ficou bem mais palpável. Ela é assim mesmo... muito técnica. Às vezes, até exagera um pouco.

— Hum... entendi — raciocinava ela. — E por que usar o termo "lenda", se ela é uma das que acredita cegamente na existência de Aldheron?

— O termo acabou pegando, devido principalmente à encheção de saco da imprensa.

Ambos riram.

— Então... — prosseguiu Jennifer — Anairda e os seus seguidores não foram engolidos pelo deserto, e sim... pelo templo de Aldheron?

— Exato, filha. E digo mais... foi apenas graças à semelhança da inscrição encontrada naquela primeira plaqueta, com a história... ou estória, contada por Anairda, que Champollion conseguiu correlacionar um fato ao outro! Afinal... a palavra "Aldheron" só consta inscrita na segunda parte da plaqueta de ouro. Essa mesma, que acabamos de encontrar. E óbvio... em algumas das inscrições avulsas, deixadas por Anairda.

— É... realmente, as peças se encaixam — admitiu Jennifer. — Mas ainda continuo achando tudo tão... tão... tão fantástico, pra ser verdade!

— Eu sei que é. — Nicholas sorriu.

— Ahn... e, por acaso, você conhece alguma dessas mensagens, deixadas por Anairda?

— Sim... conheço.

— E o que ela diz?

— Bem... a mais incrível diz o seguinte: *"a morte jaz aqui no Egito... o demônio repousa dentro do deserto e todos aqueles que invadirem seu templo, em busca de riquezas e poderes, sofrerão as piores consequências. Soube disso quando tentei roubar sua fortuna e assim violei o seu descanso, sendo castigado e só não acabando morto, porque consegui escapar a tempo, enquanto os demais eram devorados vivos por um ser feroz, grotesco e impiedoso, batizado por mim mesmo de: 'Muankh Karuth'... o Flagelo dos Pecadores".* — Nicholas fez uma pausa. — É... alguns dizem que foi essa a mesma criatura que o matou, tempos depois. Os egípcios mais religiosos demonstram medo e fogem do assunto... porém, a grande maioria, como você sabe, acha tudo isso é uma tremenda idiotice!

Jennifer havia se arrepiado toda, mas como era algo um tanto difícil de acreditar, acabou ignorando, tentando seguir imparcial aos fatos e perguntando:

— Caramba... e se existe todas essas provas, espalhadas pelo deserto, por que "diabos" insistem em dizer que Aldheron não se passa de uma lenda?

— Porque essas são provas que, na verdade, não provam muita coisa. Bem... pelo menos, é o que argumentam a imprensa e boa parte dos estudiosos que não participam das nossas pesquisas e escavações. Eles alegam que, por essas não serem inscrições oficiais, podem narrar apenas as fantasias de um doido qualquer. E, para piorar, ainda tem o fato de ninguém jamais ter visto tal plaqueta de ouro. Entendeu, filha? Esses são os principais fatores... se houvesse, pelo menos, uma mísera inscrição oficial, fosse no templo de Ramsés, no túmulo de Tutancâmon ou sei lá onde... ou se aquela plaqueta de ouro estivesse em exibição em um museu qualquer... aí, tenho certeza absoluta que a história seria diferente.

— Nossa... mas que loucura! — exclamou a jovem.

— É... sei disso. Por isso que dizem que o louco sou eu.

— Mesmo assim... — falou Jennifer, risonha — estou querendo cada vez mais que o senhor encontre esse templo. E Aldheron, pos-teriormente. Ainda mais agora, que estamos indo para o Egito, ver a segunda parte dessa tal plaqueta. Eu gostaria tanto que você calasse a boca da imprensa!

— Isso quer dizer... — Nicholas se empolgou — que você já admite que Aldheron pode ser real?

— Bem... — ela sorriu sem-graça — não!

— Querida... — Nicholas demonstrou desânimo — é incrível como você sabe incentivar uma pessoa.

— É... a gente faz o que pode. — Jennifer fez uma pausa e concluiu: — Pai... confesso que eu estou tentando, mas ainda não consegui.

— Obrigado... já é alguma coisa.

E ambos sorriram com sinceridade.

Agora que o silêncio reinou, Nicholas aproveitou-se daquele momento de tranquilidade para ler um livro (Tesouros do Mundo Helênico). Limpou as lentes dos seus óculos de leitura, mas acabou foi cochilando, antes que chegasse ao fim do primeiro capítulo. Ele só faltou mesmo babar e roncar, com a cabeça pendurada no pescoço. Isso, enquanto Jennifer achava aquilo tudo o máximo. Nada na sua vida conseguira ser, até então, tão empolgante... excitante! Afinal...

Estavam a caminho do Egito!

Dia 03, domingo.

Egito. Cairo, 09:15.

Houve uma longa curva no ar ante o azul do céu egípcio, como se aquele avião contornasse o planeta, e pronto... após Jennifer se maravilhar com uma vista privilegiada e fascinante das pirâmides e da Esfinge de Gizé, o 747 foi enfim nivelado para que pudesse pousar com suavidade. A manhã estava quente e reluzente... e o toque ao solo das suas rodas, confirmado pelo som da borracha roçando à pista, transmitira aos passageiros, segurança. Agora, o piloto e comandante da *EgyptAir* já taxiava na pista, permitindo que a jovem pudesse apreciar, pela janela, a moderna estrutura do Aeroporto Internacional do Cairo — um dos maiores da África, com três belíssimos terminais. Tudo aquilo só poderia ser um sonho... não, não era. Era realmente veraz! Tão veraz que, em pouco tempo, ela iria respirar o Egito... poder tocar e senti-lo, além de ouvi-lo e vê-lo ao vivo e à cores.

Jennifer e o seu pai desembarcaram de mãos dadas e quando alcançaram a terra firme, se dirigiram em largas passadas a um hangar, situado ali mesmo no aeroporto. Enquanto andavam, ela vislumbrava embasbacada o horizonte retilíneo se perder nas areias do deserto, tão distante que não conseguia ter noção nem de tempo ou espaço. Curtia o vento acariciando seus cabelos e sorria, como se quisesse agradecer ao soberano rio Nilo por tudo aquilo existir. E a jovem O'Neil só despertou-se daquele seu estado de transe, quando uma gota de suor lhe correu pelo rosto, notando que transpirava um pouco. Ela havia percebido somente agora, a presença daquela bola de fogo alaranjada, baforando ardor e aquecendo inexoravelmente a manhã. Era o sol, a-companhando pai e filha dês das escadas de desembarque até o moderno helicóptero do instituto.

O objetivo do voo era levá-los rapidamente até a sede do instituto, onde Albert já os aguardava desde cedo. Diante da chegada de ambos, David andava bastante impaciente... e Andréia, demasiadamente ansiosa, pois há quase dois anos que não via o maior responsável pelo concretizar das pesquisas e escavações. Ainda mais dessa vez, que finalmente todos conheceriam sua filha. Assim que Nicholas e o piloto do helicóptero se encontraram, se cumprimentaram. Ele apresentou a filha e então, partiram em direção à porta entreaberta da pequena aeronave. Jennifer estava bastante tensa, já que jamais imaginara voar em algo do gênero. Não que ela tivesse medo de altura, era a adrenalina que começava a subir.

Eles puseram os cintos e logo que as hélices começaram a girar, uma poeirada danada foi levantada lá fora, pela tamanha força do vento. Jennifer percebeu que o aparelho subia e sentiu um friozinho na barriga. E, sendo dominada por inteiro, fechou os olhos, segurando firmemente no assento. Era uma sensação diferente de voar de avião. Agora, meio que sentia-se como se voasse com as suas próprias asas e não, em um foguete, indo ao espaço. E quando abriu os olhos, tomando coragem para admirar o enigmático território egípcio, aquela tensão que seus nervos ressaltavam deu lugar para que a fascinação tomasse conta dela. Também pudera... estava diante de mais de cinco mil anos de cultura! E olha que o helicóptero ainda sobrevoava o Cairo: a cidade das torres e mesquitas.

Enquanto largavam a tumultuada capital do Egito para trás, Jennifer apreciava o Delta do Nilo: uma rede triangular de braços formados pelas águas do rio, campos férteis, vinhedos e pomares, estendendo-se por uma área de duzentos e cinquenta quilômetros de largura. Sentia-se perfeitamente a continuidade da vida, se comparada essa área com o vasto e inóspito deserto circundante. Ela ainda fitava alguns camponeses a trabalhar, percebendo o quanto que sabiam aproveitar ao máximo suas terras. E, ao longo de todo o rio Nilo, cardumes inteiros eram apanhados pelas redes, feitas de cordas de linho atadas e presas com pesos de chumbo. As mesmas que, quando fechadas por uma corda trançada, assinalavam uma importante sentença: *"alimentai o nosso povo com a dádiva do Nilo, dos peixes à farta colheita após o seu período de cheia, não permitindo que passemos fome jamais"*.

Enfunando velas latinas e aproveitando os ventos do norte, uma pequena frota de falucas fazia o transporte de carga e passageiros, colorindo as águas do Nilo. Rio que corre do Sul para o Norte, dos penhascos escarpados perto de Assuã, ao Delta, além do Cairo. A jovem O'Neil sabia que o grandioso Nilo era formado por outros três importantes rios: o Nilo Branco, que nasce em Uganda, no lago Vitória; o Nilo Azul, que nasce na Etiópia, no lago Tana; e, trezentos e vinte quilômetros abaixo, o rio Atbara, que se une a ambos em Cartum, próximo à Quinta Catarata. *"Salve, ó Nilo, que sais da terra e vem dar vida ao Egito! O que dá de beber ao deserto e ao lugar distante da água... O que faz a cevada e dá vida ao trigo, para que possa tornar festivos os templos"*. Assim dizia um dos refrãos de uma bela canção, escrita entre o Médio e o Novo Império, denominada de "Hino ao Nilo" e composta para o festival da inundação, realizado em Tebas. Enredo que comprova a importância desse rio e das suas estreitas margens férteis, para a vida egípcia. *"Bem hajas 'Verdejante Rio!' Bem hajas 'Verdejante Rio!' Bem hajas tu, ó Nilo, rio verdejante, que dás vida ao homem e ao gado!"*.

I

Alguns minutos de voo Nilo acima e Jennifer já avistava, bem ao longe, as escavações realizadas pela equipe do instituto. E como cenário principal, o deserto parecia não ter fim. Suas dunas iam tão longe quanto a visão humana poderia alcançar... mas, contrastando com aquela imensidão devassa, criações legítimas do maior artista do Universo — Deus! — retratavam a natureza ao longo das margens nilóticas, com verdes e vastos vales de cultivo à amora. Fascinante demais!

Sobrevoavam agora casas feitas de adobe[1], com suas paredes grossas e janelas altas e estreitas, resguardando a intimidade daqueles camponeses. Também podiam ver algumas mulheres, descalças e vestidas dos pés à cabeça de preto e branco, à beira do rio Nilo, em margens quase sem vegetação, enchendo com água alguns potes de barro. Jennifer e seu pai apreciaram a ilha de Geriza, ligada ao Cairo pela ponte 26 de Julho, as grandes pirâmides e, por fim, a sua criatura híbrida, de nome estrangeiro, batizada de "esfinge" pelos gregos.

Então, Nicholas perguntou, apontando lá para baixo, pela janela do aparelho:

— Dá pra nos deixar aqui mesmo ou só tem como pousar no Heliporto?!

— Sem problemas, patrão! — replicou o piloto. — Pouso onde você quiser!

— Ok... então, desce logo isso! — disse ele, entusiasmado. — Eu não vejo a hora de estar com os meus velhos amigos novamente!

---

[1] – *Tijolo seco ao sol, usado nas obras templárias mais antigas.*

— Tudo bem... segurem-se!

E logo, um outro arrepio estendeu-se pelo corpo da jovem O'Neil. Era o helicóptero que mergulhava bruscamente, inclinando-se para a direita e dando um rasante às margens do Nilo, assustando o gado a pastar. Assim que cruzaram aquela estreita faixa verde, novamente a areia foi jogada ao ar, omitindo de todos o local do pouso. Mais alguns segundos de invisibilidade e sentiram o impacto das bases da aeronave tocando o chão. Eles estavam em terra firme outra vez. Jennifer libertou-se do cinto, abriu a porta e saltou para fora, suplantando um solo árido, próximo às plantações de linho. Ela protegeu a cabeça com as mãos e, acompanhada por seu pai, saiu às pressas de sob as hélices, que continuavam a girar ao redor do seu eixo.

Nicholas acenou para o piloto e a aeronave decolou. Então, a areia foi assentando e a mente de Jennifer voltando a ser estimulada pela fantasia. Enquanto ela divisava toda aquela agitação, percebia que as coisas eram exatamente como imaginara — um tremendo caos! Escavadeiras a escavar... arqueólogos, arqueógrafos, egiptólogos, geólogos, geógrafos e outros especialistas mais correndo desencontradamente de um lado para o outro... tendas e acampamentos espalhados naquela imensidão desértica... camelos amarrados nas palmeiras... veículos de porte pequeno, médio e grande... muita poluição... equipamentos de perfuração, de rastreamento solar... termógrafos, sismógrafos e outros "mógrafos" mais. Isso, sem contar com todos os equipamentos danificados ontem, guardados no depósito, à espera de conserto ou prontos para serem transformados em sucata. Com tamanha parafernália, era difícil de acreditar que o seu pai e companhia tinham levado doze anos, para encontrarem aquela mísera prova.

Quanto à sede do instituto, suas janelas eram amplas e espelhadas, refletindo um grande sol ardente... e as paredes externas, azulejadas em um belo tom de marrom. Foi uma surpresa e tanto! Aquela era uma das obras arquitetônicas mais modernas que Jennifer já vira, comodamente situada próxima à capital do Egito. Encontravam-se nas terras do Deserto Ocidental, onde acreditavam estar escondido o templo. E a saudade que o seu pai sentia dos amigos era tanta que, logo que se deparou com o jovem Matheus, se cumprimentaram com um efusivo abraço. Riram um bocado em meio à tamanha felicidade e, somente após, que ele lembrou de perguntar, empolgadíssimo, como andavam as coisas por lá. Entretanto, Matheus não respondeu, esquivou-se, informando que Albert iria ao seu encontro, no *hall* de reuniões, para, ele sim, colocá-lo a par dos detalhes pendentes. Então, Nicholas apresentou a filha, se despediram e partiram em direção ao centro de pesquisas.

No caminho, ambos ainda vislumbraram duas imponentes esfinges de bronze, que literalmente montavam guarda nas escadarias de mármore da entrada do instituto. Uma de cada lado. E estas cópias da criatura original — que possuía corpo de leão e rosto de homem — eram tão perfeitas que pareciam estar plenamente vivas. Para os antigos egípcios, ela era a encarnação de Harmáquis, uma manifestação do Deus-Sol. Acreditavam ainda, que suas feições humanas formavam um retrato de Quéfren, rei do Egito quando a estátua original foi esculpida, com os seus colossais vinte metros de altura e setenta e dois metros de comprimento.

Sede do Instituto

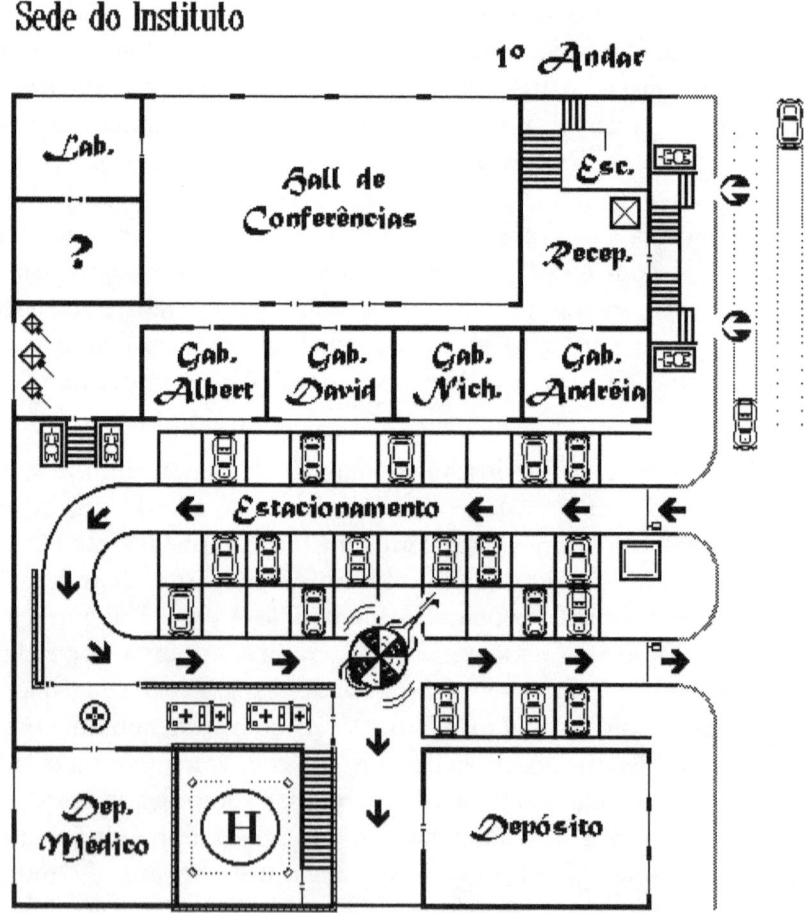

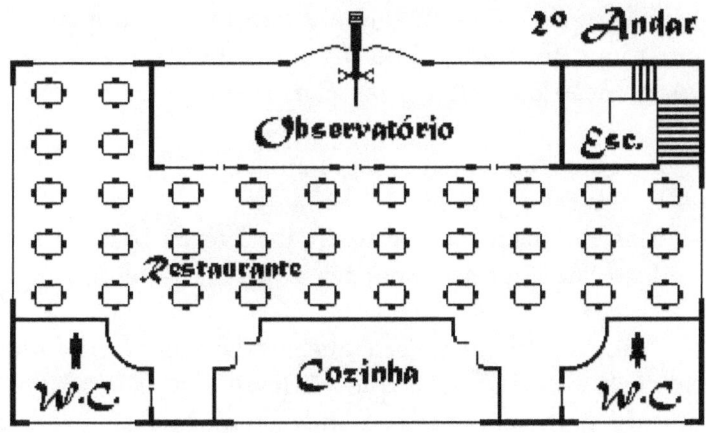

Após entrarem pela sede do instituto e fecharem a porta principal, aquele barulho ensurdecedor das máquinas a escavar foi eliminado por completo. Logo, Jennifer e o seu pai sentiram um alívio danado, pois a temperatura ambiente era agradabilíssima, devido ao sistema de refrigeração que transformava aquele calor insuportável em clima de montanha. O ar que agora respiravam era tão puro que desintoxicava as vias respiratórias daquela poeirada levantada pelas escavações. E a decoração interna, então, conseguia não decepcionar, se comparada com a fachada do prédio, ressaltando ainda mais a grandiosidade da obra e combinando tons pastéis com extremo requinte e bom gosto. Era realmente um trabalho admirável... nem parecia que estavam no Egito! E olha que nem foi mencionada a ardósia que constituía o piso, rica em inscrições egípcias.

Mas tamanha magia não acabava por aí. Ao lado da porta de entrada, reluzia uma grande e magnífica pirâmide de cristal transparente, iluminada por luzes azuis de *néon* que transmitiam um ar místico e romântico. Em sua base, de granito fumê, havia algumas inscrições, feitas em ouro. O texto original estava em Hieróglifos e, abaixo dele, vinham as suas traduções, para os seis idiomas mais importantes no Egito. Primeiro, para o Grego... depois, para o Árabe... para o Inglês... Francês... Espanhol... e a última, em Português, dizendo: "*Egito... a mais bela e fascinante viagem que o homem seria capaz de realizar explorando o limite da sua imaginação*". E inestimando o valor daquele ambiente, peças legítimas dos maiores faraós da história deixavam os visitantes maravilhados com tanta arte.

— Belíssima pirâmide! — comentou Jennifer, admirando-a encantada.

— Foi trazida por um grande decorador europeu, contratado para dar um toque final ao prédio — vangloriou seu pai. — Digamos que a nossa intenção era nobre... mesclar o Antigo Egito com o mundo moderno!

— E vocês realmente conseguiram.

— É... eu acho que sim.

— Mas... e quanto a esse texto, inscrito na base... — perguntou ela, agachando-se até aquelas inscrições douradas — é de algum escritor conhecido?

— Não. Todos achavam que ainda estava faltando alguma coisa nessa peça... sei lá, algo que pudesse representar tudo aquilo que é a cultura egípcia. Então... Andréia mesma se prontificou de completá-la.

— Incrível! — exclamou Jennifer, voltando a ficar de pé.

— E olha que você ainda nem conheceu as outras dependências do instituto.

Jennifer estava visivelmente fascinada... sentia-se como se tivesse saído do mundo real direto para as telas de cinema. Nicholas cumprimentou a Srta. Vallentine — a recepcionista do instituto — e, depois de apresentar a filha, informou que estaria à espera de Albert Marshall, como combinado, na sala de reuniões. Então, com Jennifer abobalhada, admirando cada cantinho do centro de pesquisa, eles seguiram corredor adentro até determinado local.

Nora Vallentine era uma ruiva atraente e sedutora, de pele clara, olhos castanhos escuros e cabelos curtos com corte Chanel desfiado, tendo seus fios caindo sempre em desalinho pelo seu rosto de boneca. Foi o próprio Nicholas quem a contratou, há alguns anos, mas não pelo seu charme e beleza, pois Nora, além de ter curso superior, dominava fluentemente o Árabe, Francês e o próprio Português, além, é claro, do Inglês. Ela era australiana, natural da cidade de Melbourne. Tinha apenas vinte e quatro anos e guardava um grande segredo consigo, capaz de explicar porque recusava e menosprezava todas as cantadas e propostas de namoro ou casamento que recebia, dos maiores galãs e magnatas do instituto.

Logo, Jennifer e o seu pai entraram pelo *hall* de conferências, e ela sequer precisou conhecer o restante do prédio para perceber que aquele era o recinto mais valorizado. Era incrível como tudo ali dentro encontrava-se em plena ordem. O piso de porcelanato chegava a reluzir de tão encerado que estava, refletindo o tom alvo das paredes e as luzes do teto, rebaixado em gesso. No centro, uma ampla, belíssima e lustrosa mesa oval de mogno, cercada por vinte e quatro cadeiras forradas em couro sintético, transmitia imponência e seriedade. E do lado oposto ainda situava-se um pequeno palco com púlpito de palestras, também em mogno, para a realização de conferências, reuniões e etcétera... deixando quatro pares de persianas ao fundo, cobrindo grandes janelas voltadas para a esfinge e suas pirâmides. Um verdadeiro luxo!

Jennifer, antes de se sentar, acompanhando o seu pai, aproveitou para admirar o máximo possível aquele magnífico *hall*, também repleto de peças egípcias, postas em exibição por sobre bancadas de mogno localizadas nos quatro cantos e entre as duas portas de entrada. A jovem apreciava peça por peça, como a de um barco ornamentado em alabastro, por exemplo, tendo, na proa, uma jovem segurando uma belíssima flor de lótus, e na popa, um anão o impelindo com um remo. Alguns punhais reais, desenterrados durante as escavações e possuindo mais de três mil anos de existência, também chamaram a sua atenção, sendo o mais valioso deles feito inteiramente em ouro. Todavia, a peça mais valiosa posta em exposição era uma vaca sagrada, esculpida em ouro batido, representante da deusa Hátor, tendo mediante os seus chifres, em forma de lira, o disco solar.

Ela ainda apreciou algumas vasilhas domésticas, esculpidas em cerâmica e pedra, pentes e grampos de conchas ou de ossos, além de outras facas, feitas em sílex. Mas logo teve a atenção desviada para o lado oposto do *hall*, devido a uma pequena estátua, esculpida em alabastro, da deusa Sekhmet[1], sentada por sobre uma pedra. Jennifer a conhecia muito bem e sabia que o maior dos seus poderes era ter como causar e curar epidemias. Pena que só restava para admirar, uma réplica em miniatura do trono de Tutancâmon, sustentado por patas de leão e, como no original, revestido de ouro e incrustado de pasta vítrea colorida e de pedras semi-preciosas. E a jovem só não realizou uma comparação de valores com a cadeira intrincadamente talhada de buxo e ébano, exposta ao lado, porque sabia que, apesar de ambas não terem o mesmo valor material, possuíam o mesmo valor histórico.

Após todas essas observações, Jennifer enfim sentou-se ao lado do seu pai, visivelmente maravilhada. Se o Egito era mesmo tão fascinante, o instituto de pesquisas não ficava para trás. Muito pelo

---

[1] – *Era a deusa da guerra, representada simbolicamente por uma imagem, metade mulher, metade leoa.*

contrário... conseguia valorizar ainda mais, aquela cultura e o povo que a criara.

II

Pai e filha aguardavam sentados, quando um quarentão, de aparência jovial, bem vestido socialmente e lembrando o astro escocês Sean Connery, entrou educadamente naquele recinto, abusando de um sorriso sacana, estampado de orelha a orelha. Ambos logo se levantaram e então, Nicholas e seu grande amigo Albert se abraçaram efusivamente. Há muito tempo que os dois não ficavam assim, tão felizes... e tudo graças à Aldheron e àquele tão esperado reencontro.

— Ora, ora... vejam só! — disse Nicholas, dando-lhe tapinhas nas costas. — Você não envelhece mesmo!

— Fala sério, cara! — rebateu aquela figura carismática. — Eu tenho sofrido até de cupim na coluna e nos joelhos, e você ainda me vem com essa!

— Mas você continua impecável! — exclamou Nicholas, assim que se soltaram.

— Ah... quanto a isso, um bom estilista sempre dá jeito! — Ele ajeitou o colarinho.

Então, o pró-homem do instituto se precipitou em apresentá-los:

— Albert... essa é a minha filha, Jennifer. Filha... esse é Albert Marshall... um dos ilustres membros do instituto!

Ambos apertaram as mãos, transmitindo confiança, e Albert a-proveitou para gracejar:

— Encantado! Você é mais bela pessoalmente do que nas fotos que seu pai trazia.

Jennifer limitou-se a sorrir. Ela sabia que com tanto charme e beleza aquilo bastava para ser cortês.

— Agora... — prosseguiu seu pai, não conseguindo conter tamanha empolgação — vamos ao que realmente interessa. Cadê aquela bendita plaqueta?

— Bem... venham comigo que ela está no laboratório — disse Albert, fazendo um sinal para que fosse acompanhado. — Nós passamos a madrugada inteirinha trabalhando nela... Andréia, principalmente, decifrando os seus Hieróglifos.

— E conseguiram? — perguntou Nicholas, seguindo atrás dele.

— É óbvio... aquela mulher não fracassa nunca!

— Mas... onde Andréia está, agora?

— Não sei não, mas deve estar muitississíssimo ocupada, para ainda não ter vindo recebê-lo... e, muito menos, conhecer a sua adorável filha.

Então, atravessaram uma porta, situada nos fundos do *hall* de reuniões, e saíram em um cenário futurístico, equipado por alguns computadores esquisitos e por instrumentos de extrema precisão. Lá, as janelas também possuíam persianas e, à esquerda, havia uma nova porta, essa, de aço e codificada. Porta que nem chegou a ser notada, pois, sobre uma mesa de alumínio, localizada no centro daquela sala, determinado artefato repousava, coberto por um manto negro que aumentava as expectativas.

— Aí está a dita cuja! — disse Albert, com simplicidade.

E Nicholas se aproximou, silencioso, acompanhado pela filha. Parou diante de tal objeto, relembrou tudo o que passara durante aqueles doze anos de escavações e sofrimento, respirou fundo e descobriu-o enfim, dando um único puxão no pano e libertando um brilho dourado que reluziu de imediato pelas paredes e teto do recinto.

— Oh meu Deus! — murmurou Jennifer, atônita.

— É inacreditável! — emendou o seu pai, mais atônito ainda.

— Um dos maiores achados da história! — ressaltou Albert Marshall.

— Não tenho a menor dúvida quanto a isso! — reforçou o pró-homem do instituto.

— Definitivamente... — Albert sorriu — acabamos de provar que essa maldita joia existe!

— Agora, vendo tal plaqueta, eu posso concordar com você! — Nicholas retribuiu aquele seu sorriso generoso. — E digo mais... tenho certeza que nós iremos encontrá-la!

— Vão com calma... — interveio Jennifer — vocês estão se esquecendo de uma coisa.

— Que coisa, minha filha?

— Primeiro, vocês precisam encontrar seu templo.

— Ah... não será difícil — rebateu Nicholas. — Agora que temos noção de onde procurá-lo, tudo será só uma mera questão de tempo.

— Exato, Jennifer... seu pai tem toda razão — assentiu Albert, demonstrando extrema confiança. — Basta ablaquearmos o local onde essa plaqueta foi encontrada.

— Ah... tá — murmurou Jennifer, divisando-os com apreensão.

— Agora, nós precisaremos é agendar uma coletiva com a imprensa — seguia Albert, pensando na confusão que aquela descoberta causaria.

— É verdade... — confirmou Nicholas, ainda abobalhado — mas vamos deixar aqueles sanguessugas miseráveis curiosos por alguns dias.

— Boa ideia! — disse Albert Marshall. — Azar é deles, que não acreditaram na gente quando estávamos precisando de apoio e confiança.

— Exatamente! — Nicholas se sentia vitorioso. — Veja o lado divertido das coisas... agora, todos terão que se curvar perante nós, caso contrário, não deixaremos que ninguém fotografe uma mísera moedinha de ouro.

— Ah... isso sim será o máximo! — exclamou Albert Marshall, dando uma gargalhada.

Jennifer e seu pai ainda apreciavam boquiabertos aquela relíquia, quando Albert se despediu, tendo os últimos acontecimentos como justificativa:

— Bem... agora, me deem licença que eu preciso ir resolver alguns problemas pendentes. Infelizmente, o clima não está tão bom quanto parece. Nós estamos de luto, em homenagem a dois de nossos funcionários, que foram mortos, ontem, durante uma tempestade de areia.

— Oh Deus... — lamentou-se Nicholas, demonstrando espanto — de novo!

— Fica tranquilo. David já notificou os familiares e, dentro da medida do possível, estamos com tudo sob controle.

— Algum conhecido meu?

— Não... eram arqueólogos de segundo escalão, contratados por Andréia, em meados do ano passado, para que pudéssemos revezar a equipe.

— Mesmo assim, é muito triste saber disso.

— É... eu sei que é, cara... mas... paciência. — Ele consolou o amigo, dando-lhe alguns tapinhas no ombro. E, antes que se retirasse, ainda lembrou de avisá-los: — A propósito... o hotel já está reservado.

E não precisa se preocupar com nada, porque é aquele mesmo de sempre.

— Poxa — disse Nicholas, meio sem-graça. — Eu nem sei como agradecê-lo, por tudo o que tem feito por mim dês da morte de Elizabeth.

— E nem precisa. Ter a sua presença, aqui, ao lado da gente, já basta. É uma tremenda honra para todos nós! — concluiu ele, que sorriu sincero e enfim se retirou, fazendo pai e filha se sentirem lisonjeados com tanta consideração.

Albert Marshall era um dos muitos pesquisadores que falavam fluentemente a Língua Portuguesa, o que facilitava bastante para o pró-homem do instituto e para a sábia senhorita. Apesar dos dois terem total capacidade de conversar com os demais funcionários em Árabe, Inglês e Espanhol, eles preferiam conversar em Português com aqueles que sabiam falar o idioma.

— Pensei que Albert fosse apenas dono de editora — comentou Jennifer, curiosa. — E não, mais um membro do instituto.

— Albert? — Seu pai riu. — Ele é um dos funcionários mais capacitados que temos! É Antropólogo, professor de Arqueologia, historiador e diretor da Universidade de Toronto. Ele também fala fluentemente mais de dez idiomas... inclusive o Latim. Tem nos ajudado bastante no combate ao mercado negro... e, principalmente, com as pesquisas do instituto. Ter trabalhado com a impressão daquele livrete, fez ele ter plena convicção de que Aldheron será encontrada... então, o convidamos para fazer parte da equipe.

— Ou seja... o Sr. Marshall é outro biruta-sonhador, igual ao senhor? — perguntou ela, com demasiado sarcasmo.

— Olha... se é sonhador, eu não sei. Agora... quanto à birutice, só vendo por si mesmo — respondeu seu pai, sorrindo afavelmente.

III

Jennifer e seu pai cobriram aquela plaqueta com seu manto negro e saíram enfim do laboratório. Ainda estavam fascinados com a descoberta, mas não podiam ficar lá para sempre. Agora, voltavam para o *hall* de conferências, quando se depararam com David, vindo em direção contrária, entrando naquele luxuoso recinto pela porta principal. David Smith, além de ser arqueólogo, era representante direto da Universidade de Liverpool e chefe de segurança da IARI. Ele era outro que falava Português fluentemente, incentivado principalmente pelo tempo de convivência com Andréia, com o próprio Nicholas, e a algumas viagens realizadas ao Brasil.

— E aí vem mais um deles — debochou Jennifer, baixinho. — Outro biruta-sonhador!

— Esse é David, minha filha. Nosso homem de confiança!

— E, pelo visto... — rebateu o próprio, prontamente — essa deve ser a famosa Jennifer O'Neil!

— Eu mesma! — disse a jovem, apertando sua mão. — Prazer em conhecê-lo!

— O prazer é todo meu, senhorita — replicou David, com certa altivez.

— Meu pai sempre falou bem de você.

— Ah... e de você, também! — seguiu David.

— Pelo o que pude perceber — acrescentou ela —, ele confia plenamente na sua pessoa.

— E vai ter que confiar ainda mais — disparou David, voltando discretamente a atenção para Nicholas e prosseguindo com naturalidade: — Porque, agora, que nós estamos prestes a encontrar o templo... e Aldheron, principalmente... eu vou ter que reformular a equipe inteira de segurança.

— Mas é claro, David — interveio na mesma hora o pró-homem do instituto. — Contrate e demita quem você quiser!

— Obrigado! — agradeceu. Depois, retornou a atenção para Jennifer, como se não a tivesse desviado, e concluiu, sorridente: — Está vendo, senhorita? Você também pode confiar em mim... como, aliás, todos confiam!

David, por ser o mais velho do instituto, tinha os cabelos grisalhos e o rosto bem envelhecido. Possuía olhos castanhos escuros e também era muito elegante, trajando roupas simples, mas caras. Porém, aos olhos de Jennifer, mostrou-se em um semblante frio e calculista, como se tudo fizesse parte de um grande jogo.

— Então... você também está tão confiante? — perguntou Nicholas.

— Ah... mas é claro! — afirmou David. — Por que eu não estaria?

— É... você tem razão. — Nicholas apoiou-se na mesa oval e comentou: — O incrível foi que encontramos justo aquilo que era o menos provável.

— Verdade — disse David, voltando a sorrir. — Assim quis o destino!

— Pra ser sincero... se fosse por mim, eu já teria desistido há muito tempo — admitiu Nicholas. — Principalmente... depois da morte da minha esposa.

— Então, sorte a nossa que Andréia foi tão persistente.

— Ela não teria conseguido, sem a ajuda de todos vocês — acrescentou o pró-homem do instituto.

— Resumindo... — interveio Jennifer, ainda tentando acreditar nos fatos — o templo pode ser encontrado mesmo a qualquer momento?

— Bem... é o que andam dizendo por aí, *Lady O'Neil!* — exclamou Alexander Smith, irrompendo com magnitude pelo recinto.

Jennifer ficou apalermada diante daquela presença viril e marcante que se aproximava, quase que desfilando em sua direção. E não era para menos, pois Alexander era um jovem belo e charmoso, alto e forte, de cabelos e olhos castanhos claros. Falava um Português arranhado, devido à sua naturalidade britânica e ao pouco tempo de aprendizado. E isso aumentava ainda mais o seu charme. Ele vestia blusa polo branca, calça caqui e curiosos tênis sem cadarços. Alexander logo parou diante dela e Jennifer teve certeza que seus olhos não a enganaram. Ele era mesmo tudo aquilo... e mais um pouco. Meio despojado, mas autêntico!

Jennifer gaguejou um "oi" e, após ele responder em Inglês "hi", ela deu-lhe um sorriso tímido e abaixou a cabeça, observando seus próprios pés. *"Minha nossa... mas que biruta-sonhador gostoso!"* pensou sarcasticamente a jovem, lutando para não rir e, muito menos, enrubescer. *"E tá começando a me fazer acreditar em outra coisa, além de bicho-papão, saci-pererê e mula-sem-cabeça"* prosseguia ela, absorta em seus pensamentos, fitando-o de rabo-de-olho, precisando ver e rever quinhentas milhões de vezes para crer na presença daquele verdadeiro deus grego que postava-se bem à sua frente. *"Será que também existe amor à primeira vista... ou eu ainda não acordei, dês daquela manhã de sábado?"*.

— E aí... como tem passado, Júnior? — perguntou Nicholas, com a mesma empolgação que cumprimentara os demais.

— Vai-se indo, doutor — rebateu Alexander, sorridente. — Vai-se indo!

Ambos, então, se abraçaram, demonstrando demasiado afeto. E quando Nicholas iria apresentá-lo à filha, Alexander voltou as atenções para a própria e precipitou-se, dizendo cavalheiramente:

— E você, senhorita, com certeza é a famosa filha do meu chefe. — Ele sorriu.

— Eu... eu mesma... — voltou a gaguejar.

— Seja bem-vinda ao Egito! — Alexander fez uma pausa. — E se precisar de um guia-turístico, é só me chamar. Estou me colocando à inteira disposição, para levá-la por uma fascinante viagem pela terra dos Faraós!

— Incrível! Era justo isso o que eu iria sugerir, se você não tivesse cortado o meu barato — brincou Nicholas, rindo e acrescentando: — Tenho certeza que vocês dois se darão super-bem! São jovens... inteligentes... terão muito o que conversar.

"*Oba... adivinharam os meus pensamentos*", pensou ela. "*E que sorte a minha, meu próprio pai me empurrando pra ele. Eu nem acredito nisso!*" Então, não conseguindo esconder tamanha satisfação, Jennifer sorriu e disse: — Bem... por mim, tá ótimo... já vi que vou passar a maior parte do tempo sozinha mesmo! — Fez uma pausa, estendendo a mão para ele, e completou empolgada, esquecendo-se até de sua timidez: — Muito prazer!

— O prazer é todo meu, *Lady O'Neil!* — Alexander beijou galantemente a mão daquela bela morena e finalmente se apresentou, já inteiramente conquistado pelo conjunto "arquitetônico" da obra: — Eu sou Alexander Morgan Smith... filho de David... mas, se preferir, pode me chamar de Alex... ou, de Júnior... como seu pai e metade do instituto costumam me chamar.

A empolgação foi tanta que ambos se esqueceram dos demais e saíram do *hall* de conferências, seguindo rumo à recepção. Os olhos de Jennifer relampagueavam de tanta alegria e entusiasmo... assim como os olhos de Alexander, também. Ele, por exemplo, sentia algo infinitamente mais intenso e arrebatador do que aquelas sensações que invadiam seu ser, quando cantava e bajulava a Srta. Vallentine. E Jennifer, então, nem lembrava mais da existência do seu misterioso professor de História. As coisas estavam ficando mais interessantes do que poderiam imaginar. Se não foi amor à primeira vista, foi desejo... foi paixão! Nada poderia ser melhor... mais excitante... mais perfeito! Previsão meteorológica para os próximos dias no Nordeste da África: calor... muito calor, com temperatura podendo beirar a perdição.

— Bem... nós temos um Egito inteiro à disposição! — falou Alexander, enquanto entravam pela recepção. — Você quer começar por onde?

— Hoje... por lugar nenhum — respondeu ela, negativamente, mas preocupada em não quebrar aquele encanto.

— Ah... por quê? — Sua voz soou com desânimo.

— Porque nós acabamos de chegar de viagem e, daqui a pouco, estaremos a caminho do hotel. As malas já foram até enviadas na frente, direto do aeroporto. E, além do mais... eu estou exausta de tanto cansaço!

— E não vai voltar mais hoje?

— Não... só amanhã. — Sorriu e concluiu insinuante: — Mas bem cedinho... tá?

Pararam ante a porta de saída e se entreolharam.

— Então... — perguntou Alexander — vamos fazer o que, a-gora?

— Ficar lá fora e conversar, até o meu pai sair.

— Mas a temperatura aqui dentro é tão agradável... lá fora está um inferno!

— Ahã... também acho. Só que eu quero admirar mais um pouco a paisagem.

— Não prefere conhecer primeiro o resto do instituto? Se o problema for a paisagem, temos a visão mais linda do Egito lá da janela do observatório... a Esfinge, suas pirâmides e as escavações numa única tomada!

— Não. Vamos... a gente para na sombra — insistiu. — Não é só apreciar a paisagem o problema... eu também quero sentir melhor o Egito!

— *Ok, baby... ok!* Quem sou eu pra contrariar a filha do meu patrão? — concluiu Alexander, se precipitando atrás dela, quase como um cachorrinho adestrado.

IV

Agora, com a saída de David, Nicholas aproveitou que foi deixado sozinho e retornou ao laboratório, pondo-se a examinar melhor aquela plaqueta. Não que ele não confiasse nos conhecimentos de

Andréia... Nicholas precisava era curtir um pouco mais aquele momento... aquela descoberta!

E ele prosseguia sentado diante daquela mesa de alumínio, a-preciando cada Hieróglifo desenhado no ouro, quando uma leve fra-grância de jasmim veio-lhe às narinas. Diante disso, a sua reação foi imediata: Nicholas olhou para a frente e se surpreendeu com uma agradabilíssima presença. Lá estava uma bela e atraente mulher, de quarenta e poucos anos, enfiada em um justo *jeans* rosa que torneava as suas nádegas e coxas, de blusa branca ressaltando seios volumosos, botas e boina de pano. Seus olhos reluziam um verde inestimável, tão belo quanto as esmeraldas. E ela sorria sempre com um ar aventuroso. Certamente, uma das mulheres mais marcantes que já passaram pela sua vida. Era a sua velha amiga — e algo mais — Andréia Rosselly, dona da mente mais brilhante do instituto.

— Bem... eu trago boas novas! — disse ela, jogando com displicência um relatório sobre a mesa de alumínio, contendo-se de u-ma inenarrável vontade de abraçá-lo. — Realmente, a sua transcrição comprova a existência de Aldheron. E, dentro de alguns instantes, Albert já deverá estar nos trazendo a versão em Português dessa plaqueta.

— Ué... e que papelada toda é essa?

— Um relatório de tudo o que aconteceu, ontem. — Andréia sorriu nostalgicamente. — Eu estava louca para vim revê-lo e não a-guentei esperar para puxar mais nada na impressora — justificou-se. — Eu acho que, ao menos isso, aquele tapado do Albert consegue fazer direito.

— Andréia... você está sendo injusta com ele.

— É... eu sei... desculpe-me. — Ela puxou uma cadeira e se sentou, de fronte para Nicholas, do outro lado da mesa. — Ele é muito competente, mas, às vezes, parece que se faz de idiota só pra me irritar.

— Eu não duvidaria disso... — Nicholas deu uma risadinha — mas Albert é uma pessoa super-fantástica. Um dos maiores amigos que tenho, não custa ressaltar. Alguém que você vai poder contar sempre... para o que der e vier. E digo mais, sem ele, assim como sem boa parte da equipe, nós não teríamos chegado sequer a fundar o nosso instituto.

— Bem... isso é verdade. Apesar dos pesares, nós formamos uma grande família. Ganham uma fortuna, mas trabalham mesmo é por amor.

— Ah... o amor! — Nicholas contemplou-a com um ar de graça, suspirando.

— É... — Andréia fez uma pausa. — É incrível o que ele faz com a gente, meu caro.

— Pior, é o que a gente faz por causa dele.

— Você está se referindo a um monte de loucuras?

— Não... não. Estou me referindo mesmo é às mancadas que eu dei!

— Então, ainda bem que Deus perdoa aqueles que erram por amor.

— Eu sei... mas quem precisa me perdoar agora é você. Com Deus, eu me acerto mais tarde. — Ele pegou na sua mão e prosseguiu, em um impulso só: — Desculpe-me pelo passado... desculpe-me mesmo. Eu ainda era muito moleque e imaturo na época e não a-chei que as coisas fossem tomar a proporção que tomou. Era para ser só uma aventura e nada mais que isso. Andréia, eu juro... juro que não queria magoá-la!

— Nick... ouça bem o que vou lhe dizer — murmurou Andréia, surpresa com aquela sua atitude. Afinal, foram quase duas décadas de tabu, sem que ambos tocassem no assunto. — Por mais que uma pessoa seja boa, ela acaba nos ferindo algum dia... e precisamos perdoá-la por isso.

— Então... você está me perdoando?

— Bem... na verdade, não. — Ela soltou suas mãos das dele, com medo de se precipitar... até pensou em sair correndo como u-ma menininha acanhada, mas acabou ficando, pois necessitava daquela conversa para saber se ainda poderia tê-lo de volta. — Nick... eu jamais lhe culpei, pelos fatos que se sucederam quando estudávamos em Oxford.

— Mas eu vacilei feio contigo!

— Você sabe que não foi bem assim — disse Andréia. — Tudo aconteceu como tinha que acontecer, afinal... "Deus escreve certo por linhas tortas"!

— E você, é a maior prova que o amor é cego. Eu poderia ter feito tudo com você... menos, ter te traído com a mulher a qual casei.

— Mas... foi por amor! O futuro me mostrou isso... tanto que vocês tiveram até uma filhinha linda.

— Não foi... aí é que você se engana. Foi por tesão! Tanto que eu só me casei com Elizabeth, pois estava com raiva de você... das o-fensas que você me disse quando descobriu da gente. — Ele pausou. — Pra ser cem por cento sincero, nunca me senti tão dividido como naquela época, sofrendo com a falta dos seus beijos e abraços, mas desejando Elizabeth insaciavelmente. Acho que foi por causa de todo aquele fogo que ela tinha que acabei traindo você. E eu juro... resisti o máximo que pude!

— Sei disso... por isso consegui aceitar tudo com mais facilidade. Sempre achei você um cara responsável... sério... centrado! Mas era adolescente. E eu ainda estava deixando a desejar. Quantas vezes deixei você literalmente na mão, porque eu só queria saber de estudar. Aí... Elizabeth foi chegando, de mansinho, como quem não quer nada, preenchendo o espaço deixado por mim mesma. Uma morena linda, sensual, que cursava moda na mesma universidade... e que foi te seduzindo... te seduzindo... até que acabei ficando pra titia. É... acontece.

Ambos riram para descontrair um pouco e ela prosseguiu, sendo sincera:

— Nick... você e Elizabeth se amavam tanto. Eu presenciei de perto, tudo o que você passou com a morte dela... não venha me dizer agora que você sofreu por tesão.

— Não... não é isso. Eu realmente amei muito aquela mulher, mas somente depois que nós começamos a dividir o mesmo teto... e eu pude perceber o quão companheira ela era. — Ele fez uma pausa. A mesma indecisão de épocas atrás voltava à sua mente. — Admito... foi uma fase maravilhosa da minha vida... porém, as coisas poderiam ter acontecido de uma forma mais justa pra nós três! Por que eu precisei magoar cruelmente você, para descobrir o meu grande amor por Elizabeth? E por que, depois, ela precisou morrer daquela forma tão estúpida e desgraçada, para eu poder voltar pra... — e Nicholas calou-se de repente.

— Vai... — Andréia sorriu, tão radiante como uma menina sonhadora — termina.

— Não precisa... — Ele fitou-a com amor e concluiu: — Eu já estou aqui.

V

Jennifer e Alexander estavam conversando nas escadas de mármore do instituto, de onde podiam apreciar, da sombra, boa parte da paisagem. Enquanto a jovem O'Neil sentia um pouco o Egito — como pretendia —, ambos aproveitavam para se conhecerem melhor. E do jeito que papeavam descontraídos, talvez, eles fossem capazes de ficarem ali até o anoitecer, sem o menor compromisso com as pesquisas e escavações. Até porque, ventava gostoso, atenuando bastante a temperatura. As folhas das árvores e as plantações à beira do Nilo bailavam de um lado para o outro, ora mais forte, ora mais suavemente, dependendo da força do vento. E, se não até o anoitecer, pelo menos por mais um longo tempo, Jennifer e Alexander teriam por lá permanecido... isso, se David não tivesse chegado para interrompê-los, colocando apenas meio corpo para fora do prédio e chamando por seu filho, até com certa autoridade.

— Filho... preciso do seu auxílio lá no meu gabinete.

Alexander acatou silenciosamente e, em seguida, disse para Jennifer:

— Eu já volto, meu pai está precisando de mim.

— Tudo bem. Eu vou lá, assistir um pouco as escavações. Ainda quero acreditar que estou no Egito! Se, quando você voltar, não me achar mais por aqui, é porque já fui pro hotel — disse ela, compreensiva. — Aí, amanhã a gente se fala... tá?

— Ok... bem cedinho?

— Bem cedinho! — Então, ambos trocaram um sorriso e se despediram.

VI

Apesar de todas as maravilhas históricas que rodeavam a sede do instituto, Nicholas e Andréia mantinham-se centrados na descoberta do templo. Nada seria capaz de desviar a atenção deles, pois ainda precisavam calar a boca de muita gente. Assim, ambos seguiam, sentados nas suas respectivas posições, dentro do laboratório, com o pró-homem do instituto checando o relatório trazido pela sábia senhorita, conhecendo detalhes da tarde passada. Eram informações referentes à tempestade de areia — mortos e prejuízos —, mas que Nicholas precisava tomar conhecimento.

Aquele silêncio era uma bênção. Estavam protegidos da balbúrdia toda lá de fora e do calor infernal que fazia... era o suficiente para que curtissem aquele momento de paz e sossego! Até porque, sabiam que, logo que a imprensa for devidamente informada sobre tal descoberta, tudo se tornará um verdadeiro tormento... ainda mais, se eles realmente encontrarem o templo. E assim, Nicholas percorria os seus olhos pelas folhas, enquanto ela o admirava, solitária, aguardando-o comentar alguma coisa. O que seria improvável, levando-se em conta que Nicholas pegara aquele relatório mesmo foi para tergiversar da conversa que estavam tendo. Ele a amava de verdade, mas estava confuso em relação ao futuro. Tinha medo de magoá-la novamente... principalmente porque não sabia o que a filha acharia deles dois. Nicholas queria muito ter Andréia de volta, recuperar o tempo perdido, mas não estava cem por cento preparado para uma reconciliação.

Não... ainda não!

E eles continuavam na mesma, quando foram surpreendidos pelo ilustre Albert Marshall, irrompendo atabalhoadamente pelo laboratório.

— Oh... desculpem-me se assustei vocês — disse ele, tratando de deixar logo a folha recém-impressa sobre a mesa, entre ambos. Depois, prosseguiu, totalmente desconcertado: — Ahn... eu estou... estou... atrapalhando alguma coisa?

— Não, Albert... que isso! — Andréia sorriu com cinismo e disse, sorrateira: — Você não atrapalha ninguém... a não ser, você mesmo.

— Se quiser, eu posso voltar mais tarde... amanhã... semana que vem... sei lá!

— Não precisa... — prosseguiu Andréia — senta logo essa bunda branca e flácida aí, que nós precisamos conversar!

— Tá... tudo bem... você é quem manda. — Ele puxou uma cadeira e sentou-se nela, de frente para o seu espaldar, achando melhor ficar calado.

Então, Nicholas pegou aquela outra folha de papel e perguntou:

— É essa, a bendita tradução?

— Sim — afirmou Albert, sendo forçado a abrir a boca. — Eu só demorei um pouco, porque nós tivemos um pequeno desentendimento?

— Nós...?! — indagou Andréia, arregalando os olhos. — Você e quem...?!

— Eu e aquilo lá que você chama de impressora!

— Tá... esquece, Albert! A culpa foi minha, que não devia ter perguntado. — Ela polarizou a vontade de esganá-lo e prosseguiu naturalmente: — Bem... agora, nós já sabemos, porque estamos tão ligados nisso.

— Como assim? — perguntou Nicholas, curioso.

— Leia a inscrição com calma e atenção que você compreenderá.

E logo, ele desviou seus olhos para aquela nova folha de papel, que já estava em suas mãos.

Existe enterrado
no infindável deserto egípcio
um templo misterioso,
repleto de armadilhas e segredos.
O recanto de uma pedra demoníaca,
que contém o poder do mal...
todo o lado obscuro
do Universo.

Mas Aldheron
também possui o amor,
aprisionado em si
aguardando para ser libertado,
tornando-a benigna.
Porém... se forem lutar por isso
tenham extremo cuidado,
pois seu templo precisará ser vencido...
as armadilhas superadas
e seus segredos desvendados,
caso contrário... vidas
serão sacrificadas e a joia,
sequer encontrada.

— Entendeu? — perguntou Andréia.

— Sim! — respondeu Nicholas. — Nós temos uma missão divina: reverter Aldheron e usar todo o seu "suposto" poder para fazer o bem!

— Exatamente! — disse Andréia. — A parte de cima nós já conhecíamos... é aquela, em Francês, do pergaminho de Champollion. A parte de baixo, que é o texto inédito... contido na plaqueta descoberta ontem!

— Finalmente, essa inscrição foi lida na íntegra! — exclamou Albert Marshall, gabando-se do fato. — E somos nós, os responsáveis por isso!

— Caramba... podemos mudar o mundo! — seguia Nicholas, tão empolgado quanto os demais.

— É... eu acho que sim, cara!

— E será só uma questão de tempo — emendou Andréia. — Basta encontrarmos o templo e, consequentemente, colocarmos as mãos em Aldheron.

— Então, continuaremos a toda velocidade! — disse o pró-homem do instituto, eufórico, se levantando da cadeira com determinação e autoconfiança. — Se for preciso, estou disposto a trabalhar quarenta e oito horas por dia, em prol de todos os seres humanos... de uma vida melhor aqui na Terra!

— Eu também... — emendou Albert Marshall, outrossim se erguendo do assento. — mesmo sabendo que o dia só tem vinte e quatro horas.

— Então... fica combinado assim — concluiu Andréia, também se levantando da cadeira. — A partir de hoje, trabalharemos noite adentro. Vamos dividir a equipe em turnos diurnos e noturnos, pra que ninguém acabe sobrecarregado... e dar o nosso melhor. Não paro, enquanto não encontrarmos o templo!

— Fechado!!! — concordaram Nicholas e Albert ao mesmo tempo. E os três se cumprimentaram empolgados.

VII

Vinte minutos bastaram para que Jennifer se enjoasse de toda aquela confusão, daquele caos criado pelas escavações, e fosse procurar seu pai. Ela adentrou pelo instituto com certa imparcialidade, atravessou a recepção e parte do corredor, mas quando ia entrar pelo *hall* de conferências, deu de cara com Alexander saindo furioso do gabinete do próprio pai. Ele batia a porta bruscamente e, distraído, acabaram por se esbarrar.

— Ahn... perdoe-me! — disse Alexander, agarrando-a pela cintura, por puro reflexo, com medo de derrubá-la ao chão. — Eu não vi você.

— Tá... tudo bem — disse Jennifer, sem-graça, soltando-se encabulada dos fortes braços daquele rapaz. — Mas... o que houve? Aconteceu alguma coisa?

— Não... nada. É o meu pai que está muito estressadinho hoje!

E David ainda colocou a cabeça porta afora, inquirindo em Árabe e com agressividade: — *Urid an a'arif iva sawfa takuni qurbi indama ta'ti alsa'at?!* — Por fim, resmungou e trancou-se lá dentro.

— Nossa, que fúria! — comentou Jennifer. — O que ele quis dizer?

— Um monte de blasfêmias — respondeu. — Normal... quando meu pai está irritado com alguma coisa, prefere xingar em Árabe para extravasar.

— Algo de errado com as escavações?

— Não... está tudo sob controle. Meu pai que anda sobrecarregado com tantos afazeres. Nada mais que isso.

— Ah... tá. — E deixando aquele assunto de lado... — Mas... e quanto a você, ainda está ocupado?

— Bem... no momento, não — disse Alex, procurando agir naturalmente. Então, levou-a de volta pelo corredor, em direção à sala de recepções, perguntando: — O que houve da sua parte? Já cansou de assistir escavações?

— É... um pouquinho.

— Então... vai se acostumando, porque o dia aqui é um tédio.

— Não agora, que nós encontramos essa bendita plaqueta de ouro, minha querida Jennifer! — disse Andréia, saindo do *hall* de conferências e vindo por trás deles.

Ambos voltaram-se para trás e Andréia parou hipnotizada diante dela. Os seus olhos travaram-se maravilhados... brilhavam! Andréia estava e-mocionada... afinal, Jennifer poderia ter sido a sua filha. Mas conseguiu conter parte daquele sentimento.

— Você é a Srta. Rosselly? — perguntou Jennifer.

— Sim... a própria! — disse ela, empolgadíssima. — E gostaria que você soubesse que é um prazer inenarrável conhecê-la! — Ela sorriu a-paixonada. — Puxa... Jennifer O'Neil, em pessoa. Eu nem acredito que você está aqui, no Egito!

E a abraçou calorosamente.

— Você nem imagina, o quanto ansiei por esse momento — se-guia Andréia. — Acho que, de tanto que seu pai me falou sobre você!

— É... tenho que admitir que, apesar de todos os nossos desentendimentos, ele sente muito orgulho de mim. Percebo isso por-que, pra onde quer que me leve, sempre faz questão de me apresentar, enfatizando que eu sou a filha dele.

— Verdade! — Andréia pegou-a pelos braços e a contemplou com ardor. — E quanto ao orgulho, agora eu sei que não é nenhum exagero dele.

— Não vejo motivos para tanto. — Jennifer sorriu, procu-rando ser humilde. — Eu sou apenas uma garota simples, como outra qualquer.

— Eu não diria isso, pois sinto potencial em você — seguiu ela, soltando-a enfim. — Seus olhos dizem que você tem muita personali-dade... autoconfiança!

— Bela percepção a sua... mas só quando sei o que estou fazendo.

— Ah... normal! — Andréia riu, fez uma pequena pausa e prosseguiu: — Seu pai me falou que você gosta muito de História e que pretende fazer faculdade de Arqueologia, ano que vem... é verdade?

— Bem... pretendo.

— E gostaria de começar a trabalhar na área desde já, ou só depois que se formar?

— Por que a pergunta? Está me... contratando...?

— Sim... estou!

— E meu pai já sabe disso?

— Na verdade, a ideia partiu dele. E só estávamos esperando você crescer... ou seja, completar a maioridade, para se juntar a nós.

— Eu não acredito! — disse a jovem, demonstrando tamanha surpresa. — E eu achando que meu pai estava me escondendo alguma coisa.

— Então? Quer ou não quer? Está ou não disposta a ralar feito uma condenada?

— É claro que estou!!! — comemorou Jennifer, abraçando-a empolgadíssima. — Puxa, vai ser maravilhoso fazer parte das pesquisas do meu pai!

— Mas você não acredita em Aldheron... acredita?

— Ahn... não. — Jennifer saiu daquele abraço, sorrindo sem-graça. Porém, esquivou-se habilmente: — Tudo bem... talvez, já esteja na hora de eu dar créditos a ele. Se Aldheron realmente existe, estou disposta a deixá-lo provar isso para mim!

— Ótimo... é assim que se fala! — exclamou Andréia, gostando da sua atitude. — Minha cara... veja como o destino é realmente surpreendente. Bastou você completar dezoito anos, para nós encontrarmos aquela bendita plaqueta.

— É mesmo — Alexander finalmente se manifestou presente. — Acho que Jennifer nos trará muita sorte para os próximos dias.

— Certamente! — Andréia sorriu e acrescentou, prestes a entrar pelo seu gabinete: — Tenho certeza de uma coisa... nós ainda seremos grandes amigas!

— Pode apostar nisso!

— Agora, vocês me deem licença que ainda tenho muito o que fazer por hoje. Com essa descoberta, logo-logo isso aqui vai estar um inferno.

— Tudo bem... nós vamos aproveitar para conversar mais um pouquinho — disse Jennifer, se referindo a Alexander. — Ao menos, até meu pai sair.

— Ok... — completou Andréia — você está em boa companhia. Alex é um rapaz formidável! E fique à vontade, que a casa também é sua!

— Obrigado! — E após Jennifer retribuir aquele sorriso radiante, tendo noção exata do carinho que Andréia acabara de demonstrar por ela, a própria trancou-se em sua sala. Jennifer era só alegria! Afinal... ainda estava por concluir o seu 2º Grau e já tinha sido integrada ao fascinante e imponente instituto do seu pai.

Isso lhe era o máximo!

— *Wow*... que recepção de boas-vindas! — disse Alexander, com uma baita exclamação. — E, pelo visto, ela apostou todas as fichas em você.

— Espero não desapontá-la.

— Terá que ser, no mínimo, genial.

— É... percebe-se. — Jennifer sorriu.

— *But*... agora que você é a mais nova contratada do instituto, será que eu vou continuar sendo seu guia turístico?

— Oras... e por que, afinal, deixaria de ser?

— Sei lá... você está se tornando uma pessoa importante! — Alexander riu.

— Isso, na sua cabeça. — Jennifer também riu. — Pode ir preparando o seu roteiro, que meus planos continuam os mesmos!

— Ok... será um imenso prazer! — disse ele, ainda mais empolgado. E voltaram sorridentes para as escadas de mármore da entrada do prédio.

— Gostei dela... Andréia me pareceu ser muito legal — comentou Jennifer, encostando-se no corrimão de bronze. — Agora, eu entendo, porque meu pai sempre se referiu a ela de forma tão especial... demonstrando tanto carinho e admiração.

— É... aqui, todos gostam muito dela. — Ele voltou a sorrir, depois daquele atrito que tivera com o pai, e prosseguiu galantemente: — Pois, além de ser sábia e competente, como seu pai... é encantadora, como você!

Dito isso e Alexander se aproximou, apoiando-se com uma das mãos naquele corrimão, quase a abraçando, fitando-a sedutor. Jennifer sentiu o corpo inteiro arrepiar! Afinal... foi pega de surpresa... desprevenida! Era charme demais emanando de uma única pessoa... e, desde o primeiro instante, estava deixando-a desconcertada diante de sua presença. E tal sentimento era recíproco, tanto que ambos acabavam de entrar em uma espécie de transe. Assim... com os seus olhos interligados por aquela corrente invisível de paixão, por muito pouco não se beijaram logo no primeiro encontro. Jennifer chegou a fechar os olhos e a umedecer discretamente seus lábios... entorpecida... hipnotizada! Se aproximaram ainda mais, até misturarem os seus perfumes... suas respirações... seus corpos! Mas Jennifer acabou foi se desencorajando no último instante, abaixando o rosto e omitindo-se, como de costume, em meio aos seus cabelos longos.

— Ahn... desculpe-me, não sei o que deu em mim — disse ela, fitando-o encabulada, de rabo de olho, por entre os seus próprios fios de cabelo. — Eu quase beijei você e a gente mal se conhece. Que tipo de garota você deve estar pensando que eu sou?

— A filha do meu chefe? — brincou ele, descobrindo aquela sua face rubra com uma das mãos. Depois, perguntou: — Ahn... você tem namorado?

— S... s... s.... — gaguejou ela, tentando voltar a encará-lo, mas não conseguindo.

— Tem? — insistiu o rapaz, pegando-a delicadamente pelo queixo até que seus olhos se cruzassem de novo.

— Não... não! — negou abruptamente. E em um impulso só de maliciosidade, acrescentou: — Ainda não! — Depois, concluiu, soltando-se dos braços dele, nervosa, tentando se fazer de difícil: — Eu vou logo te avisando. Pra você conseguir me conquistar, terá que ser, no mínimo, genial!

— Hei... essa frase é minha! — protestou Alexander, vendo-a dar a volta nele, se encostar na parede que dava para a recepção e cruzar os braços.

Ela bufou!

Jennifer estava furiosa, ou... fingia estar. Na verdade, nem ela sabia direito. Gostava de ser bajulada, mas detestava quando perdia o controle da situação... do seu corpo, que já suplicava por prazeres a dois! Alexander, por sua vez, percebeu que avançara o sinal e então, pisou no pedal de freio, divisando-a com ternura e abnegando aquela sua tentativa precipitada de sedução. Ele conhecia seu potencial... sabia perfeitamente que Jennifer já tinha cedido aos seus encantos e que, por isso, bastaria dar tempo ao tempo para tê-la como desejava. Além do mais, o seu coração pedia para tratá-la de uma forma especial... sem magoá-la. Primeiro, por Jennifer ser filha de quem era. E segundo, porque ela não era como as outras... aliás, não era como ninguém! Jennifer parecia ser tão sensível como uma pétala de rosa, mas tão quente quanto o fogo da paixão.

— Me desculpe... — disse de repente o rapaz — não quis te deixar encabulada... e, muito menos, aborrecê-la.

— Tá... deixa pra lá. — Jennifer forçou um sorriso. A raiva que nem ela sabia se existia foi baixando. — Eu sou um pouco tímida mesmo.

— Deu pra perceber — seguiu Alexander, meio sem-graça.

— Na verdade... eu sou é muito tímida — corrigiu. — Mas tenho outro lado, lá no fundinho, que é totalmente o oposto... e está esperando para ser despertado. — Jennifer fez uma pausa. Respirou fundo, se acalmando. Mediu palavra por palavra, sabendo que aquela era a oportunidade que tanto pedira a Deus, e prosseguiu: — Alex... tenha paciência e, por favor, nunca falte o respeito comigo. Você já tem um ponto muitíssimo importante, que é a total confiança do meu pai. Sinto que podemos viver algo bem legal, aqui no Egito... e, quem sabe, intenso!

— "Intenso"? — repetiu Alexander, surpreso.

— É... intenso. Não estraga tudo! — Jennifer, suspeitando que aquela última palavra havia sido pura precipitação sua, ouviu a porta de entrada do prédio a se abrir e exclamou, usando aquilo para se desvencilhar da situação: — Ufa... meu pai!

Alexander, calado estava, calado ficou. Ele tentava imaginar, o quão intenso tudo poderia ser. Jamais havia sentido algo assim por alguém!

— Bem, querida... — disse Nicholas, afavelmente — vamos andando que as nossas bagagens já devem estar nos esperando, lá no saguão do hotel. E, além do mais, pretendo voltar ainda hoje para o instituto.

— Por mim, tudo bem... só que eu vou ficar por lá mesmo. Estou exausta! — Ela voltou-se para Alexander, sorriu e se precipitou mais um pouquinho: — *Bye bye*, Júnior... amanhã a gente se vê... tá? Não vejo a hora de arrancar essa roupa suada do meu corpinho e me atirar num banho bem gostoso!

VIII

Definitivamente, Alexander a tirara do sério. Mas, agora, ela teria que deixá-lo um pouco de lado, pois necessitava mesmo de um bom banho, para livrar sua pele daquela mistura de suor e poeira que o Egito lhe dera como cartão de visitas. A jovem O'Neil, então, a-pressou bastante os passos, para que conseguisse alcançar o seu pai — que já caminhava alguns metros à frente —, emparelhou com ele e comentou, se referindo a outra pessoa que também havia marcado presença.

— Conheci Andréia.

— É? E você, gostou dela? — perguntou Nicholas, tentando disfarçar o excessivo interesse.

— Muito! — exclamou. — A propósito... ela me convidou pra fazer parte do instituto.

— Ou seja... ela contratou você.

— Isso mesmo, Andréia me contratou.

— E o que você achou a respeito?

— Eu achei o máximo, meu pai... o máximo!

Atravessaram a estrada e prosseguiram, em busca de um táxi. Poderiam até requisitar uma das Mercedes particulares do instituto, paradas lá no estacionamento, se Nicholas tivesse carta de motorista naquele país. Mas, como não, ou pegavam um táxi ou iam para o hotel de camelo. Então, enquanto aguardavam por um transporte, de preferência que não possuísse quatro patas, aproveitaram para conversarem mais um pouco.

— Nossa... parece que eu estou vivendo um sonho — comentou Jennifer, encantada. — Basta ver essa paisagem, para eu acreditar menos ainda em tudo o que tá acontecendo!

— Com o tempo, você se acostuma — disse seu pai, com naturalidade.

Jennifer girou ao redor de si mesma e contemplou o nada e o tudo... o deserto infindável e impetuoso, e a natureza, simplesmente fascinante... fabulosa!

— É... você tem razão — concluiu ela, avistando um táxi à distância. — Mesmo assim, o Egito continuará sendo maravilhoso, como, aliás, pouquíssimos países conseguem ser!

Egito. Cairo, 13:54.

I

Bastou pegarem um táxi e partirem avenida abaixo para que aquela beleza natural fosse se transformando em uma densa floresta de pedra: o Cairo! Estavam de volta à cidade das torres e mesquitas, dessa vez, lá embaixo, bem no meio de tudo. Se Jennifer queria sentir o Egito, não havia local nem oportunidade melhor! Então, a *Fiat* cortou um antigo e vagaroso ônibus de turismo que soltava fumaça negra no ar, atravessou o rio Nilo por intermédio de um grande e movimentado viaduto e saiu em sua margem oriental. Eles transitavam agora pelo centro da cidade. Logo, aquele automóvel cruzou com alguns camelos, montados por árabes e carregados de bugigangas, e depois, passou próximo ao Museu do Cairo, representado por mais de cento e vinte mil peças históricas.

Alguns minutos mais de buzinadas e muitos solavancos e Jennifer e seu pai saíram em uma ampla esquina, dando de frente com uma belíssima mesquita, decorada com arcos, arabescos, minaretes e ornamentos feitos inteiramente de pedra. Pura arquitetura muçulmana da era medieval! Durante o caminho, além de sentir o Egito, Jennifer também estava comprovando tudo aquilo que o seu pai dissera enquanto aguardavam voo: o Cairo era mesmo um verdadeiro caos! Belo, em alguns pontos... mas, no geral, um tumulto dos infernos! As suas ruas eram tão confusas, fédidas e barulhentas que chegavam a assustá-la. Compensava, pela cordialidade do povo local. Uma simpatia só! Talvez, por esse motivo que Jennifer estava levando aquilo numa boa, tentando imaginar o que diriam os grandes gênios da física Albert Einstein, Isaac Newton e Galileu Galilei se vissem dois corpos ocupando o mesmo lugar no espaço.

"E todavia a Terra se move[1]"... enquanto o Egito se embola. Mas, apesar de tanta balbúrdia, não demorou muito para que o táxi encostasse na fachada do hotel. Nicholas pagou a corrida e, mostrando mais dinheiro na carteira — um maço bem significante —, pediu ao motorista que o aguardasse, pois voltaria ao instituto logo que deixasse a filha acomodada no seu respectivo aposento. Então, contagiados por aquela pressa doidivana de se chegar a lugar nenhum, Jennifer e o pai saltaram da *Fiat* e, de mãos dadas, partiram em largas passadas prédio adentro.

O sol estava a pino, quando atravessaram a bela porta giratória envidraçada e entraram pela recepção: um lugar aconchegante! A jovem se surpreendeu com tamanho *glamour*, esquecendo-se até daquele tumulto que reinava lá fora. Tudo muito bem arrumado, em uma decoração impecável: estátuas em bronze espalhadas pelo saguão... grandes vasos de plantas... bandeiras de várias nações com relógios mostrando as horas nos respectivos países... confortáveis poltronas para espera... um bar ao fundo... etcétera. E, claro, o de sempre: turistas circulando em todas as direções! Ambos percorreram um extravagante tapete vermelho, indicando com classe o balcão de recepção — para onde se dirigiam —, foram atendidos com toda a cortesia e, depois, apresentados a um outro funcionário, também vestido à caráter, designado para levá-los aos seus aposentos.

Então, com esse sujeito — um cara franzino e estabanado que levava as malas pelo hotel, cheio de braços e pernas como se fosse uma cópia árabe do hilário e inesquecível Jerry Lews —, alcançaram o moderno elevador social. Subiram por ele e saíram em um longo corredor, bem decorado com lustres de louças e cristais espalhados pelas paredes. Mas o que chamou realmente a atenção foi o piso, embelezado por tapetes pertencentes à própria cultura egípcia e constituído por porcelanato em cores marrom e pérola, que de tão lustrosos conseguiam reluzir a luz das lâmpadas, em forma de chama. Andaram um pouco e chegaram aos seus respectivos aposentos. Apesar de comparar os números 301 e 302, inscritos nos chaveiros, com os números das portas, o funcionário tentou abri-las com as chaves trocadas. As enfiava pelos buracos das fechaduras... tentava abrir uma e depois, a outra... voltava para a primeira e nada! Pai e filha se entreolhavam e riam diante de cada pataquada. Ele desconfiou qual o motivo da piada, riu sem-graça e destrocou as chaves, conseguindo enfim destrancar os quartos. Deu passagem para ambos com

---

[1] – *Frase dita por Galileu Galilei, pouco antes da sua morte.*

um gesto de mão, recebeu a gorjeta e se retirou, de fininho, sentindo-se um idiota.

Deixando-os à sós, Jennifer ficou satisfeita com o que viu. Apesar dos quartos não serem tão grandes, eram belos e confortáveis, possuindo tudo aquilo que necessitavam. Havia utensílios que iam desde um *frigobar* até uma relaxante banheira de hidromassagem. E isso... fora a sacada, com vista frontal para as pirâmides e para a esfinge de Gizé.

Decidiram, na sorte, com qual dos aposentos cada um ficaria — pura brincadeira, já que ambos eram idênticos —, e traçaram planos para um jantar especial, logo mais. Feito isso e o seu pai retornou ao trabalho, apressado... além da empolgação, ele tinha mesmo muito o que fazer por lá. Então, sendo deixada sozinha, Jennifer foi preparar aquele seu tão desejado banho. A jovem O'Neil ficara no quarto de número 302 e nele deixara a sua bagagem, acomodada em cima da cama. Ela passou a chave na porta, revirou a sua mala em busca de algo simples para vestir... catou mais alguns pertences lá dentro e partiu ao toalete do aposento. O calor era tão insuportável que não via a hora de eliminá-lo do corpo.

Ao entrar pelo cômodo, anexo à suíte, Jennifer largou as suas coisas em um canto qualquer e fitou-se no espelho que ficava em cima do lavabo: ela estava transpirada e visivelmente cansada. Então, com um suspiro de exaustão, se dirigiu à banheira daquele alvo ambiente, desabotoando o seu *jeans* pelo caminho. E, depois de tirá-lo, largou-o displicentemente ao chão. Jennifer abriu a torneira de água fria e, dos pertences que levara consigo — roupas, toalha e etcétera —, separou um frasco de xampu e um vidro, contendo seus sais de banho. Deixou-os sobre a borda da banheira e tirou a blusa, úmida de tanto suor. Foi até a sua calça, pegou-a do piso e, metendo a cabeça para fora do toalete, jogou as duas peças de roupa em direção à cama, errando o alvo. Jennifer voltou-se para dentro, soltou o sutiã, pendurou-o no cabide da parede e dirigiu-se, só de calcinha, para aquele banho que preparava ansiosamente.

Naquele momento, a jovem sentia-se, apesar de exausta, mais sensual do que nunca... estava no Egito, maior de idade e desejada por Alexander. Isso lhe dava o maior tesão! Ela viu as horas no seu relógio de pulso — ainda faltava muito para seu pai chegar do trabalho — e, enquanto a banheira enchia, ligou a hidro e jogou os sais de banho nela. Mesmo se sentindo tão voluptuosa, procurava não pensar em Alexander...

porém, quanto mais tentava, menos conseguia. *"Droga... que tentação do capeta!"* resmungou. *"Mas que vontade é essa?"* Era de se assustar, como sua mente, sem qualquer controle, conseguia reproduzir com perfeição a imagem daquele belo, viril e atraente rapaz. E seu corpo, semi-nu, se manifestava junto, com sensações que começavam a escapar do seu domínio. Então, suspirou, chegando a acariciar discretamente sua virgindade, sentindo ainda mais tesão ao perceber o quanto que estava lúbrica! Se esquecendo até do banho, Jennifer só fechou a torneira quando a banheira já estava prestes a transbordar. Sua espuma subia nas alturas! Assim, a jovem sacudiu a cabeça, meio que para tentar esquecê-lo, e depois de tirar a calcinha e pendurá-la no mesmo cabide de antes, repousou-se enfim lá dentro.

Jennifer se recostou e curtiu a água a banhá-la. Mergulhou a cabeça e emergiu para respirar. Tirou a espuma do rosto, cerrou seus olhos e procurou relaxar, deixando que seus pensamentos viajassem por... por Alexander! Ela estava maravilhada com o Egito, é verdade. Porém, não teve jeito, dessa vez, a sua mente acabou foi se perdendo na desconcertante lembrança de alguém! Então, sem que percebesse o que estava, de fato, fazendo, começou a se tocar, passando os dedos ao redor do seu clitóris, que retribuiu entrando em curto com a água. Ela sentiu uma indescritível sensação se espalhando como ondas pelo corpo e sussurrou — gemeu! — o nome de Alexander. Estava entrando em transe e já beijava os seus próprios lábios, fantasiando serem os dele. Jogou a cabeça para trás e suspirou, como se Alexander mordiscasse o seu pescoço. Depois, acariciou os seios, com certo ardor, como se eles fossem apalpados pelas mãos, brutas, tanto quanto delicadas, daquele rapaz. Jennifer desceu as próprias mãos até seu ventre e, não resistindo mais de tanto tesão, enfiou-as pelo meio das pernas, gemendo profundo e sussurrando algumas indecências. A jovem estava ensandecida, sentindo mesmo aquele rapaz... aquele homem másculo ali, a ponto de inebriar-se com o seu cheiro e a saborear o seu tempero... o gosto do mais louco pecado!

Seu sexo latejava como nunca, implorando... suplicando para ser possuído... deflorado pelo pênis ereto de Alexander! Se imaginou dando-se para ele em todas as posições... e por todos os cantos daquele quarto de hotel! E, sendo dominada cada vez mais por tal formigamento estonteante e agradabilíssimo que emanava das suas entranhas, quase rompeu a sua virgindade com os dedos. Sentia que algo grandioso iria acontecer. E seguiu assim, erótica, até que alcançou, de forma súbita, intensa e estupenda, o apogeu. Os seus gemidos ressoaram à distância, descarados e intermináveis — pornográficos! —, como se a energia liberada naquele tremendo orgasmo fosse dar origem a um segundo "Big Bang". *"Ai Alexaaander..."* Houve um último suspiro de êxtase e, com o seu sexo ainda pulsando gostoso debaixo d'água, Jennifer começou a retornar ao mundo real, calando-se envergonhada. Ela enrubescera, quando ciente do que tinha acabado de fazer, mergulhando a cabeça na espuma do banho e tentando se esconder de tudo ao redor. *"Ah... como é bom lograr!"* pensava, acanhada, mas satisfeita — maliciosa! —, não vendo a hora de vê-lo novamente. E, quem sabe... amá-lo de verdade!

II

Anoitecia no Egito e Jennifer já estava arrumada, à espera do seu pai, que voltaria a qualquer momento para o hotel. Como a jovem estava nos seus aposentos, vestia-se à vontade, combinando uma bermudinha branca com a blusa azul-bebê que, instantes após o banho, havia coberto seus seios. Nada de roupas longas, quentes e desconfortáveis, como lhe impusera a religião Islâmica. Calça comprida e etcétera? Só da porta para fora!

Logo, Nicholas, alegre e cantarolando como nunca, irrompeu pela porta principal. Jennifer divisou-o surpresa e se tocou de como aquilo tudo era importante para ele. Tanto que a jovem chegou a pedir inconscientemente a Deus, que o templo fosse mesmo real e que o seu pai finalmente o encontrasse. Jennifer temia que, outra frustração, naquele momento, poderia levá-lo de vez ao fundo do poço.

— Oi, filha!

— Oi, meu pai! — rebateu Jennifer, recostada na cama, lendo um livro que nada tinha a ver com o Egito: "O Hobbit", de J. R. R. Tolkien (livro esse antecessor à saga "O Senhor dos Anéis"). Logo, ela deixou aquele livro de lado e indagou, curiosa: — Como foi o seu reencontro com o instituto? Alguma novidade que eu consiga acreditar?

— Nada... nenhuma. — Ele deixou os seus pertences por sobre a cômoda. — Bem... como você mesmo disse, nada que consiga acreditar.

— E que eu não consiga acreditar?

— Aí... — seu pai riu — tem a tradução daquela plaqueta.

— E o que ela diz, afinal? — Jennifer também riu.

— Diz que Aldheron também possui o amor, aprisionado dentro dela.

— Ah... tá. Curioso. — Jennifer ergueu-se da cama, risonha, e prosseguiu, não demonstrando maiores interesses pelo conteúdo daquela plaqueta: — E quanto à imprensa... vocês já se vingaram daqueles mercenários ou ainda estão planejando como será a volta por cima?

— Na verdade... nem uma coisa, nem outra — admitiu ele. E, antes que fosse se banhar, beijou a filha e fez questão de acrescentar: — Primeiro, nós vamos encontrar o templo... e, só depois, decidir o que fazer quanto a isso.

— Então, agiliza! Não vejo a hora de todos aqueles repórteres quebrarem a cara com o seu sucesso — concluiu Jennifer, indo até o *frigobar* beber um copo d'água.

Agora, Nicholas cantava, enquanto preparava uma ducha. E para desespero da filha, continuou cantando, em voz alta, banhando-se como um embriagado. Jennifer não suportaria por muito tempo aquele *show* de *rock* alucinante, tanto que quase arrebentara as cordas vocais quando precisou se esgoelar ao interfone para conseguir pedir o jantar. Depois, mais calma, porém, enlouquecendo, tentou decifrar o que ele afinal estava cantando, tendo apenas uma ligeira desconfiança que a música era: *"We Are The Champions"*, da banda *"Queen"*, liderada pelo inigualável *"Fred Mercury"*. E olha que o seu pai sabia Inglês... havia se formado em Oxford. Deplorável!

Após fechar a ducha e se enxugar, seu pai também se vestiu com roupas simples e confortáveis, parou de cantar e foi se sentar para degustar o jantar.

Jennifer, então, respirou aliviada, divisou-o incrédula e, enquanto o acompanhava à mesa, comentou sarcástica:

— Pai... o senhor está se sentindo bem?

— Melhor que nunca, minha filha. Melhor que nunca!

— Sério? Tem certeza disso?

— Sério... tenho! Eu nunca me senti tão bem, em toda a minha vida!

— Ok... acredito. Mas, vê se, amanhã, você fica menos tempo com a cabeça exposta ao sol. Só por precaução, tá? Ainda mais, quando estiver em pleno deserto. Insolação é caso sério... pode fritar até, os miolos da gente! — Ela não aguentou e riu. Na verdade, estava era feliz demais com aquele momento. — É que me preocupo com o senhor... você sabe, né?

Seu pai sorriu e agradeceu:

— Obrigado pela preocupação. — De repente, se tocou e perguntou: — Mas... qual é o motivo de tanta graça?

— Eu nunca tinha ouvido você cantar. Ainda mais, durante o banho.

— E o que você achou?

— Deixa pra lá, pai. A minha opinião não vale metade da sua felicidade.

Ambos, então, riram um bocado. Depois, Nicholas curvou-se para a frente e beijou carinhosamente a testa da filha, se preparando para iniciar a ceia, entregue há alguns instantes. Para que Você — Querido e Prezado Leitor — possa ter uma ideia do horror que era ouvi-lo cantar, sua vocação para a música estava tão explícita que ele não conseguiria gravar nem um rap'zinho, lá no sopé do morro. Nem pagando com todo o seu dinheiro!

Para o jantar: Lagosta Thermidor com Molho Holandês, e de sobremesa: Pavé Clacé, feito com biscoitos diplomata e chocolate. Brindaram a noite — tintim! — e acabaram derramando um pouco de vinho *rosé* sobre seus braços. Ambos pareciam dispostos a apagarem as brigas e desavenças da memória, resgatando a harmonia entre eles. Se olhavam e sorriam... mas mantinham-se calados. Até porque, Nicholas estava roxo de fome. Ele comia feito um rinoceronte, garfada após garfada, quase se esquecendo que tinha classe. Ouvia-se somente o ruído do aparelho de ar e também, os talheres de prata, que já raspavam nervosamente o fundo do prato.

E foi assim, até que a comida acabasse e Nicholas voltasse enfim a se manifestar, não contendo tamanha empolgação:

— Bem, minha filha... você tem noção da importância dessa descoberta?

— Ahn... mais ou menos.

— Como assim... mais ou menos? Nós estamos a um passo do auge, querida. A um passo de encontrar Aldheron... o maior sonho de toda a minha vida!

A jovem O'Neil limitou-se a sorrir, como se, se não finalmente convencida da sua existência, ao menos, conformada com as pesquisas e escavações do instituto. Afinal... estar no Egito, mudara um pouco a sua opinião. E sabendo que precisaria entendê-lo, tanto quanto apoiá-lo, não voltando de maneira alguma a desacreditá-lo, ela perguntou, com extremo cuidado, procurando não iniciar um novo desentendimento entre ambos:

— Pai... mate-me uma curiosidade. Qual o seu verdadeiro interesse nessa joia? Dinheiro, eu sei que não é... nunca faltou. Seria... fama? Assinalar seu nome nos livros de História? Ou... o simples prazer de brincar de Indiana Jones?

Seu pai riu.

— Não minta para mim!

— Filha... pra ser sincero, até hoje, pela manhã, eu não fazia a menor ideia. — Nicholas estava sorridente. — Mas... acho que agora eu já sei.

— E qual seria ele?

— Salvar a humanidade!

E Jennifer não entendeu patavina.

É... a noite estava perfeita, tanto que acabou inspirando-a a fazer uma nova tentativa de conseguir informações inéditas daquela pessoa fria e reservada na qual se tornara seu pai... se é que ainda existia alguma, é claro! O seu pai não teria sugerido integrá-la às pesquisas, se quisesse esconder algo dela. Era assim que Jennifer pensava, mas... por via das dúvidas, não custava tentar... era só manter o cuidado para não brigarem. Quanto a tal inspiração, ela viera realmente foi graças à forma que ele tinha respondido as suas últimas questões. Jennifer havia percebido que seu pai estava mais aberto... franco... disposto a conversar! Não restava nem vestígios daquele cara melancólico e fechado de alguns dias atrás. Então... teria que ser agora! E, aproveitando os efeitos colaterais daquela sua demasiada felicidade, a jovem começou, de mansinho, meio que jogando verde para colher maduro.

— Pai... você não sabe como estou feliz. E não é por mim... é pelo senhor, pois faz anos que não lhe contemplava sorrindo — disse Jennifer, assim como quem não quer nada. Ela pegou nas mãos do pai, sorriu e prosseguiu: — Isso me faz lembrar de como era lindo o brilho de alegria que reluzia dos teus olhos, nos tempos em que a minha mãe era viva.

Pairou-se o silêncio, até que...

— É... éramos uma família perfeita, querida filha... nos amávamos muito! — murmurou Nicholas. Ele degustou do vinho, posto à mesa, e prosseguiu, surpreendendo-a, pois jamais dera sequência àquele assunto antes: — Ahn... quando você nasceu, tínhamos acabado de fazer dois anos de casados. Foram anos de amor e paixão, que se completaram com o seu nascimento. Daí, passamos a dedicar todo o nosso tempo livre a você... às vezes, contemplando-a por horas a dormir... nós dois, abraçadinhos, eu e a sua mãe, fazendo planos para um belíssimo e próspero futuro juntos.

"Agora, aqui pensando... lembro-me de uma tarde ensolarada, na qual tiramos folga no trabalho apenas para levá-la à escola, no Jardim de Infância, para aquele que seria o seu primeiro dia de aula. Nós três caminhávamos juntos, de mãos dadas, pelas ruas arborizadas do bairro da Penha, onde morávamos quando você era pequena. Era visível a sua alegria e empolgação com tudo aquilo. Estava na cara, todo o prazer e dedicação que você teria pelos estudos. (Nicholas fez uma pausa. Naquele momento, o seu rosto ganhou contornos de tristeza.) Bem... foi esse, sem dúvida, um dos momentos mais marcantes da sua infância. Porém... desse dia em diante, os anos se passaram tão rapidamente que sequer percebemos. Assim... enquanto você crescia, eu e sua mãe íamos obtendo o nosso sucesso profissional".

"Trabalhávamos duro... estávamos sempre viajando, cheios de compromissos... e passamos a ter menos tempo para você. Sorte nossa, os seus padrinhos e madrinhas serem tão presentes e te amarem tanto! Então... você foi para o Primário e, com os negócios indo de vento em popa, enriquecendo a nossa conta bancária, contratamos uma empresa especializada em construção civil e erguemos a Mansão O'Neil... na área mais nobre da Barra da Tijuca! A propósito... eu mesmo desenhei o projeto. Foram apenas sete meses de obra e, assim que a nossa nova casa ficou pronta, nos mudamos para lá, contratando o teu padrinho como nosso chefe de segurança. Isso, pouco antes que você completasse seis anos de vida. Data essa que comemoramos com uma festança daquelas... a primeira entre tantas que eu e sua mãe demos lá. Apesar de tamanha dedicação no trabalho, nós vivíamos cada momento como se o mundo fosse um gigantesco conto de fadas. Éramos mesmo muito felizes! Mas isso, só até eu iniciar as buscas por esse maldito templo. O que aconteceu depois, você se lembra perfeitamente. Primeiro... você completou oito anos, e depois... o sol nasceu pela última vez para a nossa amada Elizabeth".

"Naquele dia, pela manhã, Andréia me ligou, passando-me as últimas informações sobre as pesquisas e escavações. Nada de excepcional...

vivíamos uma fase difícil, tensa... conturbada! A imprensa pressionando... estávamos sem a menor credibilidade... quase fechamos as portas do instituto! Lembro-me também, que eu desliguei o aparelho, quando vi sua mãe trazendo-me a bandeja de café... uma daquelas cenas típicas de novela, de histórias de amor! Porém... havia algo de estranho vagueando pelo ar... algo que, fui saber mais tarde, nada tinha a ver com a atual fase das pesquisas. Pela primeira vez em dez anos de casamento, eu sentia a tristeza presente em nossos corações... tanto que cheguei a chorar feito criança, nos braços dela, sentindo um remorso sem nexo corroendo o meu peito. Mal sabia eu, que o nosso conto de fadas estava acabando... chegando ao término... pior, se transformando em um pesadelo terrível! E não era por falta de amor! A maior prova disso... do fim, que se a-proximava, foi dada quando a deixei partir, pois a cada degrau que ela descia, mais o meu peito apertava e uma angústia cruel se apossava de mim".

Nicholas fez uma pausa, tentou prender o choro, mas não conseguiu. As lágrimas saltaram dos seus olhos, escorreram pelo rosto e pingaram na toalha da mesa. Sua filha, porém, manteve-se calada e atenta. Era difícil ver seu pai naquele estado, mas Jennifer sabia que seria agora ou nunca descobrir toda a verdade.

— Infelizmente... — concluiu enfim ele, aos prantos, após tomar a coragem necessária — nem quando o seu Aston Martin partiu garagem afora, eu percebi o problema... que aquela dor horrenda que aper-tava o meu peito, não estava relacionada ao passado... à maldita das escavações! E sim... ao futuro. Elizabeth estava inconscientemente me dizendo adeus!

"Só depois, quando abracei seu corpo, morto e ensanguentado, acomodado ao chão, perante as ferragens do seu automóvel e de um maldito caminhão, foi que eu compreendi tudo... foi que a ficha caiu realmente. Aí... eu já não podia fazer mais nada para salvá-la. Era fato consumado! Aquele era o fim... o fim da nossa belíssima história de a-mor. Uma história de amor tão forte... mas tão forte, que meu coração pressentiu a sua partida para a eternidade. Por outro lado... de tanto amor que nele existia, não quis acreditar que poderia perdê-la algum dia".

— Ah... pai... perdão! Perdoe-me por fazê-lo relembrar tudo isso. Você estava tão feliz! — disse ela, também começando a chorar. — Desculpe-me pelo meu egoísmo, mas eu precisava desse seu depoimento para poder voltar a acreditar no senhor.

— Eu sei, minha filha... eu sei — assentiu Nicholas, com a voz embargada, se esforçando para conseguir conter o choro. — A culpa foi minha... toda minha... eu, que nunca tive coragem de encarar de frente a morte dela. Eu, que já deveria ter tido essa conversa com você, desde aquele fatídico dia. Fui um covarde... um covarde! Durante todos esses a-nos, eu fugi do passado, como se isso pudesse trazer, ao menos, um pouco de alívio. Muito pelo contrário, só aumentou a minha dor... a nossa dor!

— Tudo bem... já passou.

— Não... ainda não passou.

— Mas... pai... já vai fazer dez anos que a mamãe morreu! Você não pode continuar se martirizando, do jeito que tem se martirizado. Até eu, já superei a morte dela! Sinto falta do seu colo... dos seus carinhos... às vezes, me pego chorando... mas nada que chegue ao extremo, como tem acontecido com o senhor.

— Eu estou tentando, minha filha. Juro que estou tentando superar a morte dela! — Nicholas fez uma pausa. Soluçou. — Algum dia, eu sei que isso vai passar. Algum dia, querida... quando Deus quiser que passe!

Jennifer calou-se por alguns instantes, confusa diante daquela situação. Ela não sabia mais o que dizer, depois de ter se tocado que tinha o pressionado injustamente durante dez anos. A jovem se sentia envergonhada, se remoendo toda por dentro. Amava seu pai, tanto quanto amava sua mãe... e aquilo doía! Pensou um pouco, enxugou suas lágrimas com as mãos e, enquanto o seu pai chorava feito criança, conseguiu tirar do fundo do coração as mais sábias e sinceras palavras de conforto.

— Pai... perdoe-se por tudo o que aconteceu. Foi uma fatalidade! Você nem estava na direção do carro. Se não fosse acidente de trânsito, teria sido de avião... de metrô... rolado a escada da sala... sei lá! E você também não poderia ter feito nada. A mamãe teria morrido do mesmo jeito! Nada nesse mundo é por acaso... se ela se foi, era porque assim era pra ser! Resignação é uma virtude que deveria ser fundamental em todos nós!

— Eu sei disso, minha filha. E mesmo apesar das lágrimas que ainda reluzem os fatos do passado, estou tentando viver sem a sua companhia. — Ele enxugou o rosto e murmurou: — Sua mãe tinha mesmo razão... nesse mundo, nós não passamos de pobres e humildes mortais.

Jennifer apertou as mãos dele, também começando a conter seu choro.

— Obrigado, querido e amado pai, por ter se aberto para mim. — Ela respirou fundo e prosseguiu: — De agora em diante, eu prometo que vou ser mais compreensiva com você e que vou apoiá-lo... principalmente, nessa sua incansável busca por Aldheron. Me desculpa, por tê-lo feito chorar, quando estava se sentindo tão feliz... feliz com a descoberta daquela plaqueta e com a proximidade de todos os seus amigos.

— Tudo bem... foi bom ter me desabafado com você. Me fez bem... estou me sentindo muito mais leve. — Nicholas fez uma pausa e admitiu: — Foi um grande passo, para eu conseguir voltar a ser feliz.

— Então? Vai ser feliz! — Jennifer forçou um sorriso. — Tem tanta mulher bonita aqui no instituto... a mamãe vai entender, se você namorar outra vez.

— Filha... — seu pai riu, surpreso com aquele comentário — eu posso vir a namorar a Sandra Bullock, mas Elizabeth estará eternamente presente no meu coração.

Ambos, então, riram bastante, ainda banhados pelas lágrimas da saudade. Depois, deixando o silêncio reinar absoluto, postaram-se de pé, trocando um longo e aconchegante abraço. Finalmente, após dez anos de sofrimento e desconfianças, eles davam o primeiro passo para se entenderem de uma vez por todas. E quanto antes isso acontecer, melhor... pois, em breve, Aldheron se manifestará com toda a sua força e maquiavelismo. Os seus poderes irão além da compreensão humana e a única arma que os membros do instituto terão para lutarem contra, será o amor... munido de fé, bravura, um pouco de sorte e muita sabedoria.

Muita mesmo!

III

Já se passavam das dez, quando seu pai se lembrou das horas, olhando para o relógio de parede. Sua reação foi de surpresa. Então, se apressou.

— Bem... eu tenho que ir, minha filha. — Nicholas se soltou daquele abraço acolhedor. — Preciso recuperar as minhas forças para prosseguir, amanhã, bem cedinho, com as buscas pelo templo de Aldheron.

Ele estava visivelmente cansado... esgotado, com o corre-corre daquele dia. Não que Nicholas já estivesse pra lá dos cinquenta, ainda estava na casa dos quarenta, mas tendo que admitir que não era mais nenhum garotão. E isso, fora o fato de, o único esporte que ele a-inda ousava praticar — e de vez em quando — ser, o futebol... o futebol de botão!

— Então... boa noite, querido pai. Vai descansar que nós temos um mundo inteiro para conquistar! — Ela fez uma pausa, fitou-o com ternura e concluiu: — E não se esqueça de uma coisa... eu te amo, tanto quanto amo a mamãe.

— Eu sei, minha filha. — Nicholas acarinhou o rosto dela, também contemplando-a com ternura. — Também te amo e sempre quis o seu bem... Fica com Deus! — Depois, Nicholas rumou para os seus aposentos.

Mal Jennifer trancou a porta do quarto e foi direto fechar a porta-janela que levava para a sacada, sequer admirando a cidade lá fora. Ela entrou pelo toalete, não menos exausta que seu pai, e escovou os dentes. Depois, voltou para o quarto, em meio a um longo bocejo. Viu as horas no seu relógio de pulso e se espreguiçou. Pensou em Júnior e naquele orgasmo da hidro e suspirou, ansiosa para que chegasse o dia seguinte.

Agora, enquanto se despia, sonolenta, jogando as peças de roupa pelos cantos, louca para deitar e dormir, a jovem sentia o seu coração doer... doer, por tê-lo pressionado injustamente durante tanto tempo. Entretanto... quando atirou-se de bruços à cama, nua, e recostou a cabeça no travesseiro, sentiu-se bem consigo mesma, já que pensara melhor e percebera que, aquela decisão de dar créditos ao seu pai, foi o melhor que poderia fazer por ele, naquele momento. E como resultado: isso lhe proporcionara a noite de sono mais agradável dos seus últimos dez anos. Afinal... não existia nada mais reconfortante do que uma coisa chamada:

Paz de espírito!

Egito. Cairo, 10:00.

I

Jennifer, ainda deitada, mas já desperta, estava ponderante. Pensava em Alexander, recapitulava os acontecimentos do dia anterior e, aos poucos, ia percebendo quão grande era aquele seu poder de sedução. Ela tinha o conquistado sem querer e agora, nua em meio aos lençóis da cama, imaginava o que seria capaz de fazer com aquele pobre homem, se cismasse de provocá-lo... de seduzi-lo intencionalmente! Bastaria se vestir com sensualidade, banhar a sua nuca com duas míseras gotículas de perfume e desfilar perante ele, para levá-lo à loucura. Qualquer coisa além, seria pura crueldade!

Não que ela desejasse isso, se tornar um vulgar objeto de prazer. Gostaria era de achar a pessoa certa para amar... para viver uma grande e ardente história de amor. Alguém que viesse a tratá-la com todo o cuidado, carinho e respeito, mas que também pudesse realizar as suas fantasias sexuais. Todas! Dês dos seus quinze anos que a jovem O'Neil sempre pensou dessa forma e, com seu amadurecimento, estava se tornando cada vez mais *caliente*... erótica! Ela ainda não havia percebido essa transformação, mas já admitia, na primeira oportunidade, se entregar finalmente às luxúrias e volúpias do sexo. E, pelo visto, só dependerá mesmo dele — Alexander —, ter o privilégio de ser essa pessoa. Até porque, se Jennifer estava o conquistando e seduzindo sem querer, ele estava a conquistando e seduzindo por querer. A hidro que comprove minhas palavras!

Agora, ela já tinha tomado uma ducha e terminado o café da manhã... desfilava só de calcinha pelo quarto! E como se pretendesse chamar para si toda a atenção do Egito Moderno, vestiu-se com uma calça de seda azul e com uma blusa de algodão, branca. Calçou sandálias negras e se protegeu do sol com um chapéu da mesma cor, de aba circular, elevando infinitamente seu charme. Isso, fora a sua bolsa *Fause Haten*, que sempre usava a tiracolo. Então, saiu às pressas do quarto e, após atravessar como uma deusa a recepção do hotel, seguiu à procura de um táxi. Aí eu pergunto — Querido e Prezado Leitor —, cadê o pai dela? Nicholas havia programado partir às seis da manhã para o instituto, o que forçou Jennifer a convencê-lo de que poderia se virar sozinha, pelas confusas ruas e avenidas do Cairo. Afinal... nada ou ninguém a tirava da cama tão cedo! E diante desse pequeno impasse, só restara mesmo pagar para ver, como seria aquele seu primeiro dia de liberdade paternal no Egito!

II

Bastou Jennifer pisar no meio-fio para que o seu transporte encostasse, como se alguém já estivesse esperando desde cedo por ela. Era um veículo antigo e mal conservado, caindo aos pedaços para ser preciso... tanto que ela teria escolhido outra condução, se a ansiedade de ir encontrar-se com Júnior não fosse tão grande. Mas, como era... primeiro, a jovem penou um bocado para conseguir abrir uma das portas traseiras daquele táxi e, depois, ainda viu-se obrigada a se a-comodar em um assento de estado lastimável. Então, ela respirou fundo e, visivelmente constrangida, juntou as pernas e acomodou sua bolsa sobre ambas.

O motorista — baixinho, pançudo e caricata — enquadrou displicentemente a passageira no retrovisor interno e se surpreendeu com a morena que lá estava. Diante disso, se precipitou em ajeitá-lo melhor, até que centralizasse a imagem dela naquele pedaço retangular de espelho, e tratou de dar partida no motor. O táxi se estremeceu todo, como se fosse desmontar... e, enquanto tudo ali dentro trepidava, aquele taxista se preparou para avançar na primeira brecha que surgisse no complicado trânsito cairense. O curioso foi que, até o momento, nenhum dos dois falara um monossílabo... seja átono ou tônico. Estava na cara que ambos não sabiam por onde começar um diálogo. Aliás... Jennifer não sabia nem qual idioma usar!

Assim, calados, o taxista ameaçava arrancar com o táxi. Deu uns três trancos no veículo, mas sequer saiu do lugar, fazendo Jennifer sacudir... sacudir e perceber que era um chaveiro do Cebolinha, que portava as chaves do carro, penduradas na ignição. Então, com o personagem do nosso querido Maurício de Souza balançando alucinado devido a tanto vai-não-vai, ela achou um ótimo assunto para puxar conversa.

— Por acaso, você fala Português? — perguntou a própria.

— Por acaso, não... eu sou brasileiro, minha cara! — exclamou ele, sorrindo malandramente. — Carioca da gema e botafoguense de coração!

— Ótimo... apesar de botafoguense — ela fez uma careta —, o meu dia não poderia começar melhor, pois também sou brasileira... carioca da gema! — Jennifer relaxou, sentindo-se meio em casa. — Puxa, que sorte, encontrar alguém que fale o meu idioma, nessa cidade tão confusa!

— Sorte, mesmo! Eu devo ser o único taxista, em todo o Egito, que fala Português! — Voltou a sorrir e completou: — Agora... devido ao demasiado número de turistas, a maioria dos taxistas domina outros idiomas. Principalmente, o Inglês e o Francês. Se você não conseguir se comunicar em Árabe, sem problemas... pode tentar até em Alemão!

— O Inglês até vai, mas... Francês e Alemão?! Eu não saberia nem dizer... "o livro está em cima da mesa!" — admitiu ela, dando uma discreta risadinha.

— Ah... tenha-me como consolo. Eu moro aqui há tanto tempo e a única frase que sei formar em Árabe é... *"khush min udami ya bin charmuta"*. E mesmo assim, porque a ouço toda hora quando estou dirigindo.

— E o que isso quer dizer? — perguntou Jennifer, morta de curiosidade.

— "Sai da frente, filho da puta"! — respondeu com irreverência aquele cara, chegando a tirar as mãos do volante.

Ambos riram um bocado e, de repente, ele pisou fundo no acelerador, lançando-se subitamente no meio da estrada. Era a bendita da brecha que o taxista tanto aguardava! Jennifer segurou-se pelos cantos e, assustada, seguiram desembestados, cortando os carros mais lentos. Passaram por um... dois... três... quatro... cinco deles, indo de um lado para o outro da pista. Subiram com meio táxi na calçada para desviarem de uma carroça puxada por burros e, antes que voltassem para a estrada, ainda atropelaram uma placa de trânsito. Ela rodopiou no ar e acabou caindo chapada justo na janela dianteira. Ficou lá por alguns segundos e, após, seguiu o seu caminho, sem que causasse maiores problemas. Uma largada desastrosa, mas insignificante se comparada ao que ainda estava por acontecer.

Agora, eles tinham pista livre. Então, Jennifer, forçando-se a acreditar que aquele tipo de condução era normal no Cairo, deu sequência naturalmente ao assunto.

— Você conseguiu ler alguma coisa? — perguntou, apontando risonha para aquela placa que ficava para trás.

— Eu, não. A escrita é muito bonitinha, mas não consigo entender bolhufas!

— E como você faz para levar os passageiros até onde pedem?

— Ah... isso não é nenhum problema para mim, eu conheço essa cidade como se fosse a palma da minha mão — mentiu ele. — A propósito, senhorita... por falar nisso, não sei se você percebeu, mas nós já estamos rodando há algum tempo e eu sequer sei qual é o seu destino.

— Xi... é mesmo! Então, o senhor deve saber onde fica o "International Archeology and Research Institute" — disse ela, vendo as horas voarem pelo seu relógio de pulso e demonstrando toda a sua pressa.

— E quem não conhece o "Prédio de Vidro"?! O centro de pesquisas daquele magnata! — respondeu o taxista. — Um tal de... Nicholas O'Neil... eu acho.

— O senhor também conhece o meu pai?! — Jennifer demonstrou espanto.

— Ah... então, a senhorita é filha do Sr. O'Neil! — exclamou ele, dando gargalhadas.

— Sou sim... por que, qual é a graça?

— A graça? — Ele deu novas gargalhadas. — Por aqui, só os marinheiros de primeira viagem não conhecem o "Sr. Toupeira" e a "Mulher Picareta".

— "Sr. Toupeira"...? "Mulher Picareta"...? O que você quer dizer com isso?! — inquiriu Jennifer, se ajeitando no assento, visivelmente irritada.

— Nada! Se você não sabia, me desculpa. É assim que seu pai e Andréia são conhecidos por todo o Egito. Afinal... desde que chegaram aqui, a única coisa que souberam fazer foi milhares de buracos. Queria que os apelidassem de quê... "Bob Esponja" e "Pequena Sereia"? Dã! Claro que não, né?

— Ha... ha-ha! — debochou ela, com uma risadinha tão sarcástica que dispensa comentários. — Eu tenho certeza que o senhor, como humorista, morreria de fome!

— Eu sei, eu sei... sempre me fazem comentários desse tipo, quando solto alguma piada — replicou ele, com o seu sorriso "amarelo-fumante". — Mas fique sabendo de uma coisa... essa piada não é minha, é da imprensa!

Jennifer voltou a bufar, injuriada.

E após perceber que falara mais do que a boca, aquele taxista calou-se sem-graça. Ele tratou de se concentrar na estrada, fazendo u-ma arrojada curva para a direita, saindo da avenida que estavam, mas causando por lá um acidente envolvendo dois carros. Ouviram — em alto e bom som — o barulho das freadas, das latarias se amassando e dos faróis e lanternas se quebrando. Nada de grave, mas o suficiente para causar prejuízo e provocar a ira de alguns motoristas. Era incrível como para aquele cara existiam dois mundos distantes: o trânsito, lá fora, e eles, ali dentro!

— Hei... vai com calma! — esbravejou ela, tentando se segurar lá atrás. — Eu não estou com tanta pressa!

— P... perdão! — gaguejou o taxista, entrando desembestado à esquerda, pegando a via principal meio que patinando no asfalto empoeirado da nova capital. — Estou indo o mais devagar que eu posso!

Durante aquela longa curva, os seus radiais carecas cantaram freneticamente, soltando pedaços de borracha pelo caminho. E Jennifer quase saiu pela janela! Enquanto isso, o porta-malas, pelo fato de não possuir fechadura — somente um pedaço de barbante a amarrá-lo —, batia alucinado para cima e para baixo. Mas nada se comparava às buzinadas e ofensas que recebiam por onde quer que passassem, enriquecendo o vocabulário árabe daquele sujeito e deixando Jennifer roxa de vergonha. Como se não bastasse tamanho estardalhaço, uma das calotas a-inda se soltara, partindo em altíssima velocidade, abrindo caminho perante a multidão.

Logo, aquela tampa de roda rampou no meio-fio e chocou-se contra a vitrine de uma loja, quebrando-a e arremessando cacos de vidro para cima dos clientes e funcionários, exaltando todos os que estavam lá dentro. Foi um fuzuê danado... até "socorro, homem-bomba!" uma velhinha berrou! Pra quê? Pessoas se jogaram ao chão... pularam por sobre o balcão, caindo dentro da área de atendimento... saíram correndo alvoroçadas pela rua. E no meio de tamanho desespero, alguém, tentando sair vivo dali, acabou derrubando desastrosamente uma das inúmeras e gigantescas estantes de especiarias que se enfileiravam pelo estabelecimento. O passe para o caos total! Aquela estante, tombando em câmera lenta, por infelicidade, chocou-se contra outra estante que próximo estava, a derrubando também. E assim, como dominós enfileirados, uma estante foi derrubando a outra — eram mais de dez —, dando a volta na loja até que não restasse absolutamente nada de pé, espalhando a mercadoria toda pelo chão, aumentando o prejuízo e levando o dono do estabelecimento à loucura. No final, bomba nenhuma havia sido detonada.

Jennifer olhou pela janela traseira e se surpreendeu, ao ver parte do estrago causado lá atrás. Então, começou a desconfiar que havia algo de errado. Alguma coisa, ali dentro, não estava lhe cheirando bem. Ninguém poderia ser tão desastrado na direção como aquele cara. Logo, voltou as atenções para o taxista e, encucada, começou a avaliá-lo por mais algumas curvas desembestadas, descobrindo que o motivo de tanta desatenção e desvairo estava relacionado à sua própria pessoa. Assim, irritada tanto quanto morta de vergonha, a nossa ilustre personagem esquivou-se daquele espelhinho que a filmava com atenção e malícia e se acomodou do outro lado do assento.

Alguns segundos mais de infrações de trânsito e aquele cara procurou-a pelo retrovisor, não achando mais ninguém. Logo, voltou-se descaradamente para trás, querendo saber onde aquela morena gostosa se metera. Afinal, estavam dentro de um carro em movimento e não tinha como alguém desaparecer... a não ser, que pulasse pela janela! Assim, quando ele a reencontrou, sentadinha do outro lado do banco traseiro, retornou a atenção para frente, mas ainda sem se preocupar com o trânsito, redirecionou o espelho retrovisor interno para onde Jennifer estava. Pronto! Se sentindo satisfeito, o taxista sorriu, voltando enfim a sua atenção para o próximo cruzamento, do qual se aproximavam rapidamente.

Mas foi tão rapidamente que ele só teve tempo de enfiar o pé no pedal de freio, travando os pneumáticos de tal forma que o táxi derrapou, ameaçando sair de traseira. Então, o seu motorista foi forçado a tirar o pé do freio para que o veículo não capotasse e, desgovernado, precisando desviar de alguns camelos que atravessavam bem à sua frente, cortou por cima da calçada, atropelando uma barraca de ovos e lançando a sua mercadoria toda pelos ares. Ele prosseguiu pela calçada, assustando mais alguns pedestres... e, por fim, retornou atabalhoadamente para a estrada, continuando na direção correta como se nada de errado tivesse acontecido.

Jennifer já estava com o seu coração dando cambalhotas dentro do peito, quando perdeu a paciência e esbravejou pela segunda vez:

— Droga... será que poderia me fazer o favor de olhar unicamente para a estrada?! Acorda, cara... as curvas que você tem que percorrer são outras! Elas estão aí, na frente... e não, aqui, nesse meu corpinho de princesa!

— Des... des... desculpa, senhorita. Não sei o que deu em mim — balbuciou ele, com um ar monótono mesurado. — Ahn... quer um conselho? — O taxista fez uma pausa, ultrapassando outro veículo de forma perigosa. — Se eu fosse você, não andaria sozinha pelo Cairo... ainda mais, com esse tipo de roupa! Alguém pode querer abusar de você.

— Assim como você? Ou será que eu estaria... hum... sendo injusta?! — insinuou a jovem, morrendo de tanta raiva.

— Mais uma vez... perdoe-me pelo atrevimento — murmurou ele, abaixando a cabeça. — Não sou mal caráter, como você deve estar pensando.

— É... percebe-se!

— Não sou mesmo... apenas gosto de admirar o que é belo.

— Cretino... — resmungou a jovem para si mesma, enquanto voltava a se sentar no mesmo lugar de antes. — A propósito... não sei qual é de fato sua intenção, mas eu gostaria de chegar "viva" e, de preferência, "ilesa", até o instituto do meu pai!

— Ah... mas é claro, senhorita! — disse ele, redirecionando o espelho para a própria.

— Eu disse "viva" e, de preferência, "ilesa", tá?! — repetiu ela, se curvando furiosa entre ambos os assentos de fronte do carro e arrancando aquele maldito retrovisor, quebrando-o do encaixe junto ao teto.

— Hei... o que você está fazendo?! — indagou incrédulo aquele cara, enquanto atravessavam o rio Nilo por intermédio de um movimentado viaduto (o mesmo que ela e o pai passaram, no dia anterior, a caminho do hotel).

— Preservando as nossas vidas, oras!

— Mas... eu preciso dele para dirigir! — justificou-se o taxista.

— Uma ova! Não me venha com enrolação, você só precisa de volante e acelerador... o resto, você desconhece!

— Vamos... me dê isso, garota! — reclamou ele, voltando-se alucinado para trás, segurando a direção com uma das mãos apenas, permitindo que o táxi ziguezagueasse desastrosamente como se ele fosse dirigido por um bêbado com complexo de Michael Schumacher.

Ele esticou-se até Jennifer, deu o bote, tentando pegá-lo de volta, mas ela arremessou-o com toda a força pela janela. Refletido pelo sol, aquele espelhinho retrovisor voou como um pombo sem asas para muito longe, passando por cima de alguns veículos e mergulhando nas águas do Nilo.

— Escapuliu! — justificou-se, gesticulando cinicamente como se nada pudesse ter feito.

— Oras... você comeu cocô quando era criança?! — inquiriu aquele taxista, tão furioso que largou o volante e avançou com as duas mãos no pescoço dela. — Eu sabia que o seu pai tinha algum distúrbio mental gravíssimo... só não fazia a menor ideia que essa loucura era hereditária!

E se engalfinharam feito cão e gato, até que Jennifer, como uma leoa, cravou seus dentes na mão dele.

— Ai! — bradou o taxista, soltando a mão e sacudindo-a. — Isso dói, droga! Eu quis apertar o teu pescoço, mas não cheguei a agredir você!

— *Fopodapa-sepe!!!*

— É assim?! Também sei falar na Língua do P... *supuapa mapalupucapa!!!*

E continuavam se engalfinhando, quando, de repente, Jennifer gritou apavorada:

— Oh meu Deus... VOCÊ ESTÁ NA CONTRAMÃO!!!

E o taxista voltou a sua atenção para a estrada, terrivelmente assustado, vendo uma carreta colossal vindo a toda velocidade contra eles.
— Maldição!!! — bramiu, pegando o volante com tanta ferocidade que quase arrancou-o do lugar. Virou-o feito um louco para uma direção qualquer e, de raspão, conseguiu desviar, enquanto o caminhoneiro buzinava desesperado:

"FOOOOOOOMMMMMMM!!!!!!!!!!"

O susto foi tremendo, porém... acabaram saindo para o lado errado da pista. Continuavam desembestados em plena contramão... só que agora, indo bem no meio do trânsito e de encontro a um ônibus, lotado de pessoas, galinhas, cabritos e outros animais. Isso, quando... "**FOOOFOOOOMMMMM!!!**" também buzinou seu motorista. Jennifer se estremeceu toda diante daquela Arca de Noé, versão coletivo suburbano. Levou as mãos ao rosto e fechou seus olhos, berrando, tendo a certeza que, dessa vez, iriam bater. Mas não houve a colisão! O taxista tinha conseguido desviar de novo a tempo, colidindo sim contra a mureta de proteção esquerda da ponte e ricocheteando de volta ao centro da pista. Assim, escaparam enfim da contramão, cruzando, também de forma desgovernada, toda a pista de sentido correto e indo bater na outra mureta de proteção, antes que o automóvel fosse enfim reestabilizado em cima da ponte.

Outra vez Jennifer olhava pela janela traseira, assustada, se surpreendendo com o que havia restado do trânsito. Quanto ao táxi, também não restara muita coisa: os pára-choques estavam pendurados e sendo arrastados, soltando faíscas pelo asfalto.... os faróis e lanternas tinham se quebrado e quanto à lataria... só o teto continuava sem nenhum amassado!

Então, após aquele tremendo susto, ambos seguiram apenas discutindo.

— Você quase nos matou, sua delinquente juvenil!

— Eu quase fiz o quê?! Você não deve ter nem carteira de motorista e ainda vem dizer que a culpa é minha! É muita cara-de-pau da sua parte!

— A culpa é sua, sim!

— Não é!

— É!

— Não é!

— É!

— Não é!

— É!

— Não é!

— É, é e é!!! Se tivesse ficado quieta no seu canto, nada disso teria acontecido!

— Mas eu estava quieta no meu canto! — Jennifer bufou. — Quer saber de uma coisa? Da próxima vez, eu vou é de camelo para o instituto do meu pai!

— Tadinho do pobre animal que, além de ter que aturá-la tagarelando sem parar, ainda terá que levá-la na corcova!

— Pensando melhor... eu irei é de ônibus... nem que seja misturado com galinhas e cabritos! — propugnou ela. — Eu não quero correr o risco de ser atropelada com camelo e tudo por alguém como você!

— De ônibus ou de camelo, não importa... de modo que você vá para o raio que a parta!

— Sem você pra me levar, eu topo ir até pro quinto dos infernos!

— Maravilha! Vai atentar o satanás e vê se me deixa trabalhar em paz... droga!

— Ah ha-ha... você disse, "trabalhar"?! — gargalhou Jennifer, abusando do deboche. — Seria mais seguro pra humanidade se você tivesse se tornado mesmo um humorista. Pelo menos... piada ruim dói, mas não mata!

— E você não é santa, mas está cheia de graça!

— Claro... só um milagre, pra chegarmos vivos até o outro lado dessa maldita ponte!

E, de repente...

"CABLAM!!!!!"

Era o pára-choque frontal que ficava pelo caminho, sendo atropelado pelas rodas do táxi. Enquanto isso, o pára-choque traseiro seguia pendurado, sendo arrastado cintilantemente pelo asfalto. Agora, graças a mais um susto, eles fizeram uma pausa naquele arranca-rabo dos diabos, acalmando as coisas lá dentro. Mas... do lado de fora, a calota traseira esquerda também se soltava do seu respectivo pneu, continuando sozinha por mais alguns segundos e causando tumulto e destruição.

Vários carros que vinham pela pista de sentido contrário até que conseguiram desviar a tempo. Alguns motoristas cortavam pela direita, outros cortavam pela esquerda, mas quando um deles optou por frear, o que vinha atrás acabou colidindo na sua traseira. A batida foi forte... e como agravante, os veículos que vinham depois foram um batendo na traseira do outro. Ao todo, trinta automóveis se envolveram naquela colisão, sendo que o último acabou rampando, passando por sobre a mureta de proteção e mergulhando no rio Nilo, emaranhado a uma rede de pesca. Foi até um fato engraçado, pois os pescadores que arrastavam tal rede acabaram sendo os verdadeiros arrastados, puxados com barco e tudo para dentro d'água. Isso, enquanto aquela calota trapalhona, girando feito um pião, repousava inofensivamente à frente daquele gigantesco engavetamento.

— Uau... você viu aquilo?! — perguntou Jennifer, após olhar pela terceira vez para trás.

— Não! E nem poderia, eu não costumo olhar para o lado quando estou dirigindo!

— Ah ha-ha... conta outra! Você não costuma é olhar para frente!

— Da pra se calar?!

— Mas alguém deve ter se machucado!

— Paciência... o que você quer que eu faça? Vista a cueca por cima da calça, coloque um lençol amarrado nas costas, uma máscara e saia por aí, voando feito um tremendo viadinho, tentando salvar o mundo?!

— Não precisa tanto, seu engraçadinho. Basta fazermos a nossa parte que o mundo se tornará um lugar bem melhor de se viver!

— É... sabe que você tem razão! Começa trancafiando a sua língua na boca, que a gente não briga mais. Sei lá... aproveita a viagem para tirar cutícula do dedo-mindinho... retocar a maquiagem... qualquer coisa que não me faça perder a concentração no trânsito. Afinal... meu espelhinho retrovisor você já mandou mesmo pela janela! Por qual outro motivo eu iria querer te esganar?

É... dessa vez, o silêncio iria enfim reinar. Iria! Eles até que estavam dispostos a não brigar mais, mas, quando desceram daquela ponte, pegando desembestados a marginal do Nilo, os radiais voltaram a cantar e uma terceira calota se soltara, partindo velozmente em direção a alguns ciclistas que vinham em sentido contrário, pelo acostamento. Resultado: um caiu por cima do outro, fazendo um amontoado de atletas e bicicletas.

— *I'm sorry!!!* — gritou Jennifer, metendo a cabeça pela janela, tentando se dirigir aos ciclistas. — Eu juro que não tive nada a ver com isso!

— Agora você fica aí, se fazendo de santa!

— Eu nunca fui santa, mas não vou pagar por um crime que não cometi.

— Faça como quiser... mais alguns minutos e eu vou me livrar mesmo de você!

— Ah... e eu, idem!

Pronto... dito e feito! Passaram-se alguns minutos e logo se ouviu uma freada brusca. Jennifer foi para frente e voltou. Lá ficava o instituto do seu pai e, principalmente, o fim daquele passeio doidivano! Então, ela retirou da bolsa o dinheiro árabe que seu pai havia trocado no próprio saguão do hotel e pagou a corrida. Depois, tentou sair do táxi. Porém, como a porta estava emperrada, devido a tanto amassado, parecendo impossível de ser aberta civilizadamente, ela precisou partir para a ignorância, acertando-a com uma solada, jogando-a longe. Aí sim, Jennifer conseguiu sair, postando-se enfim de pé no meio da rua e subindo para a calçada. Ela cruzou os braços, bufando enfurecida, e lá ficou, como se aguardasse por algo.

— Vai embora logo, sua lunática... antes que eu volte pra casa rebocado!

— Mas é claro... assim que você me der o troco! — retorquiu ela, demonstrando impaciência.

— O que... você ainda quer ficar com o troco?! — perguntou perplexo o taxista. Ele saiu do táxi, deu meia volta nele e indagou, a-poiando as mãos nos quadris: — Olha pro meu carro... quem vai pagar o meu prejuízo?!

— Não sei do que você está reclamando — replicou ela, em um tom debochado. — Já fez as contas de quanto você gastaria, se tivesse que cobrir o prejuízo de tudo o que andou destruindo pelo caminho?!

— Tá bom... tá bom... tá bom! Toma... vai... fica com essa merreca!

— A propósito... — prosseguiu a jovem, arrancando com a-gressividade o dinheiro das mãos dele — essa foi a pior viagem que eu já fiz na vida!

— Obrigado pela preferência. Tenha um bom dia, Srta. Irritada! E, sinceramente, espero que não nos encontremos nunca mais. Passe bem!

— Igualmente! — concluiu Jennifer. Depois, voltou-se para a entrada do instituto e seguiu o seu caminho, começando a rir consigo mesma, enquanto alguém dava faniquitos de irritação.

III

Mais alguns esbravejamentos e bastou Jennifer entrar pelo instituto para que o taxista se curvasse até o rádio do táxi e passasse tal situação a alguém:

— A nossa passageira já foi entregue... mas, da próxima vez que eu tiver que vigiar essa doida varrida, vou querer pagamento dobrado. Ouviu?! Seu marginalzinho de meia tigela! Pagamento dobrado!

Depois, desligou com brusquidão o rádio, entrou no que restara do táxi, ligou o motor, manobrou atabalhoadamente e, cantando os pneus, arrancou pelo caminho de volta, perdendo a quarta e última daquelas calotas de alumínio. Ela que partia em disparada contra uma enorme procissão de cristãos...

Que sacrilégio!

I

Nicholas havia passado boa parte da manhã conversando descontraído com Andréia, com Albert e com a Srta. Vallentine, na sala de recepções. O assunto não tinha nada a ver com as pesquisas, até porque não houve nenhuma novidade. Na verdade, os três estavam e-ra jogando conversa fora, aguardando por David e seu filho. Ambos que ainda não tinham aparecido, nem no instituto e, muito menos, no local das escavações. Porém, a crer pelas horas, já deveriam estar chegando a qualquer momento.

Eles se vestiam com roupas leves e claras, tentando suportar aquele calor infernal que reinava do lado de fora, quando quem chegou foi Jennifer, irrompendo pela porta da frente e saudando a todos com veemência:

— Bom dia!

— Bom dia! — retribuíram de imediato eles.

Logo, Nicholas emendou, visivelmente aliviado:

— Ufa... ainda bem que você chegou. Estava ficando preocupado. Veio mesmo de táxi, minha filha?

— Não... eu quis vir a pé — brincou ela, risonha. — "Viação Canela" como a mamãe costumava dizer!

— Fala sério, querida! Você sabe o quanto fico preocupado!

— Desculpa, pai. — Ela sorriu e prosseguiu: — Bem... eu tou aqui, não tou?

— Está. Mas... e essa sua carinha de moleque? Eu te conheço... o que você andou aprontando dessa vez?

— Nada, pai... nada! A viagem foi tranquila — disse Jennifer, forçando para transmitir seriedade. — Eu estou apenas satisfeita... pois acho que provei que posso me virar sozinha, aqui no Egito.

Eles mal sabiam o que havia realmente por trás daquele: *"eu estou aqui"*, e, muito menos, por trás daquele: *"acho que provei que posso me virar sozinha"*.

Entretanto, Jennifer se esquivou do assunto.

— Ahn... vocês viram Alexander por aí? — perguntou ela, cinicamente.

Os quatro negaram e a jovem emendou outra pergunta, disfarçando ainda mais, tentando agora não demonstrar muito interesse pelo rapaz.

— E quanto à joia... — ela fez uma pausa — alguma descoberta?

— Não... — responderam todos — nada!

Jennifer, então, calou-se, segurando a vontade de rir. Havia optado por deixar toda aquela pataquada que aprontaram, ela e o taxista, pelas ruas e avenidas do Cairo, guardadas em sua memória. Tratando-se do seu pai, seria melhor assim.

Até que as coisas seguiam numa boa, mesmo apesar daquela descoberta. Principalmente, porque a imprensa ainda não tomara ciência de nada. Eles não tinham liberado o fato aos repórteres para terem tempo de colocar tudo em ordem. Mas naquele momento, seguiam era de bate-papo. E quem saía lucrando era Jennifer, que aproveitava aquela oportunidade para ir se entrosando com seus colegas de trabalho... com Andréia, principalmente.

Mais alguns minutos de conversa bem descontraída e duas belas mulheres entraram pela recepção.

— Bom dia... meu nome é Patrícia Gibson... e essa é Michelle O'Hara — dizia uma delas, se apresentando e apresentando a amiga. — Nós somos as novas arqueólogas da equipe.

— Bom dia! — disse Nicholas, apertando primeiro a mão de Michelle. — Prazer... fico feliz em saber que vocês também falam Português.

— Na verdade, só *yo*... — continuou Patrícia, tentando transmitir boa impressão. — *Pero... las veces*, misturo um pouco o Português com o Espanhol. *Soy* de *Madrid*, sabe? Só que *yo* moro com meus pais nos Estados Unidos.

— Ok. De modo que eu entenda, você pode até misturar o Português com uma língua alienígena da época pré-histórica marciática! — Ele riu molequemente, estendendo a mão para cumprimentá-la também. — Nós já estávamos lhes esperando. Meu nome é Nicholas O'Neil... muito prazer!

— O prazer é todo meu — disse ela, rindo com sinceridade e apertando-lhe a mão.

— E quanto à sua amiga? — prosseguiu Nicholas, encantador. — Algum idioma ela fala, né?

— Só o Inglês — respondeu Patrícia, risonha. — Além, é claro, dos exigidos pela profissão.

— Tudo bem. Então... se precisar, você fica sendo a intérprete dela. Sejam bem-vindas ao International Archeology and Research Institute... o maior e mais moderno Centro de Pesquisas do continente africano!

— Obrigado! — A Srta. Gibson meneou a cabeça positivamente e as duas foram finalmente apresentadas aos seus novos colegas de trabalho.

Patrícia aparentava jovialidade, devendo ter uns vinte e poucos anos. Ela era loura e possuía belos cabelos lisos e longos, que contrastavam com os seus profundos olhos verdes. Seu nariz — arrebitado — chamava muito a atenção dos homens e os seus atraentes lábios carnudos despertavam neles uma eloquente vontade de beijar. Ela era formada em Arqueologia e especializada em Civilizações Antigas. Michelle era outra jovem belíssima e sensual, aparentando ser alguns anos mais nova do que a amiga. Ela possuía lindos cabelos ruivos e esses despencavam como as águas de uma cascata sobre seus ombros, realçando os seus olhos negros. E ainda era muito carismática, com os traços do seu rosto esboçando uma expressão meiga e apaixonada. Ela também era formada em Arqueologia, mas com especialização em Letras. E quanto aos trajes que usavam... não poderiam ser mais comedidos, pois combinavam blusa, *jeans* e tênis, realçando aquelas extravagantes curvas dos seus corpos.

Apesar de um Egito fabuloso tanto quanto misterioso ao redor, aguardando para ser explorado — desvendado! —, aquele dia começava a se tornar chato para a jovem O'Neil, porque, até agora, nada de Alexander. Ela não conseguia parar de pensar naquele rapaz, nem por um segundo. A sua ansiedade crescia, à medida que o tempo passava... quando, de repente, tudo mudou, com o chato se tornando emocionante. Era o próprio que acabava de chegar, sozinho, sem a companhia do seu pai.

— Puxa, que legal... nós vamos abrir uma agência de modelo! — exclamou ele, abusando do seu carisma assim que entrou pela porta da frente.

— Não, bobinho... nós somos as novas arqueólogas da equipe — informou Patrícia, disfarçando os efeitos colaterais que aquele charme bastante impetuoso causara nela.

Alexander não se conteve e logo se apresentou:

— Bem-vindas ao instituto... meu nome é Alexander Morgan Smith!

— *Hello... yo soy* Patrícia Gibson. E essa é a minha amiga, Michelle O'Hara!

Elas estavam sorridentes e, por um momento, Alexander até ficou encantado com ambas. Apertaram as mãos, trocaram beijinhos e etcétera... mas quando os seus olhos cruzaram com os de Jennifer, as coisas mudaram rapidinho de figura. Foi como se ele estivesse diante de duas Mercedes prateadas e, de repente, se deparasse com uma reluzente Ferrari vermelha, conversível, com as chaves balançando à sua inteira disposição.

— Oi... Júnior! — era a própria. Não... óbvio que não era a Ferrari... era Jennifer, já de coração acelerado. Logo, veio na sua mente aquele orgasmo arrebatador que alcançara no dia anterior, acabando por corar um pouco.

— Nossa... como você está bela! — elogiou galantemente a-quele rapaz. — Você conseguiu estar ainda mais bonita do que ontem... como se isso fosse possível!

— Ah... impressão sua, eu... eu só troquei de roupa! — gaguejou a jovem, enrubescendo ainda mais. Ela sentia o desejo ressaltando daquele par de olhos castanhos e não pode deixar de imaginá-lo a envolver o seu corpinho de menina, prestes a levá-la às portas do céu. Era muita tentação! Jennifer poderia até sair correndo na hora "H", como se fosse a pobre da Chapeuzinho Vermelho fugindo das garras do maquiavélico lobo-mau, mas, uma coisa era certa... ela estava adorando aquele joguinho sedutor que começava a fazer parte da sua vida! Perder a virgindade, no Egito, lhe seria o máximo!

— O que você acha de nós darmos uma voltinha por aí? — sugeriu Alexander. — Meu pai só deve chegar mesmo depois do almoço.

— Eu acho uma ótima ideia — aceitou ela, prontamente.

— Então, vamos... que a nossa aventura só está começando!

E os dois saíram do instituto tão empolgados que ignoraram sem querer a presença dos demais. Pelo visto, iriam continuar conversando... e trabalho, que era o bom... nada, nem pensar! Isso fez Nicholas observá-los com certa atenção. Não que estivesse preocupado, com crise de ciúme ou com desaprovação, ele só demonstrara certa curiosidade para com o fato. Nicholas sabia que ambos se dariam bem... mas eles estavam se dando bem até demais. Era só isso. "É... *fico mais tranquilo com minha filha na sua companhia*" pensou o pró-homem do instituto, procurando não maldar aquela amizade com segundas intenções. "*Júnior é um rapaz educado e correto... se ela estiver com ele, estará segura. E eu vou poder trabalhar sossegado*".

II

De repente, um estrondo ecoou por todo o deserto, e o sustentáculo da pá, de uma das inúmeras escavadeiras que estavam a serviço do instituto, se partiu. A princípio, ninguém soube o que tinha acontecido. Mas, tratando de averiguar, direcionaram as atenções para aquele inesperado ocorrido. Parecia que uma das escavadeiras havia esbarrado em algo, a crer pelo barulho, bruto tanto quanto grandioso! Em consequência, parte do achado acabou desenterrado e outro brilho misterioso começou a reluzir, como mágica, do meio do deserto, indicando um caminho que poderia guiá-los ao sucesso.

E quando o primeiro operário chegou ao local, saindo dos comandos da máquina responsável pelo acontecimento, ele gritou, permitindo que a sua voz, distorcida pela forte emoção, também ecoasse à distância:

— É incrível, nós encontramos! É realmente incrível... nós finalmente o encontramos!!!

Então, todos os funcionários que estavam presentes pelas imediações, correram até lá, rodeando eufóricos aquela descoberta. Isso, enquanto o seu revelador, um árabe barbudo e com feições rudes, já a contemplava com demasiado espanto. Se a primeira impressão é a que fica, digamos que o próximo passo seria festejar. Logo, Andréia, Nicholas, Albert, Patrícia e Michelle chegaram até o local, abrindo caminho em meio à multidão e averiguando melhor os fatos, constatando que aquele curioso achado estava repleto de Hieróglifos, inscritos em alto e baixo relevo.

Definitivamente, aquilo era a quina de um magnífico portal, submerso no deserto. Mais alguns segundos se passaram e Andréia se agachou, acariciando aquele metal precioso, como fizera da outra vez.

E tendo chegado enfim ao veredicto final, postou-se novamente de pé, voltando-se para todos os seus companheiros e informando aos berros:

— Gente, Kanu Khazzan estava certo... nós acabamos de encontrar a entrada de um templo perdido... a entrada do templo de Aldheron!

Pronto... comemoraram muitíssimo, jogando os seus próprios capacetes para o alto e fazendo uma tremenda algazarra. Pulavam e gritavam como se tivessem sido campeões da Copa do Mundo de Futebol da Fifa! Não era para menos, pois tinham acabado de vencer a descrença dos demais e dado um fim ao medo que sentiam daquilo tudo ser em vão!

A comemoração persistiu por alguns minutos e, em meio à tamanha festa, Andréia contornou aquela quina dourada e, depois de observá-la minuciosamente, pediu silêncio, dizendo, também eufórica, diante dos demais:

— Bem... como eu ia falando, estamos perante a um esplendoroso portal, feito de ouro maciço. Aliás... como jamais havíamos i-maginado antes! — Conteve-se um pouco e continuou, com sua voz de volta ao volume normal: — Agora... quanto ao que dizem as suas inscrições, vejamos... — Andréia se curvou até elas, deixando sua equipe louca de ansiedade.

Apenas alguns segundos se passaram e Nicholas interveio, impaciente, de pé ao seu lado.

— E aí... — indagou — o que diz a inscrição?

— Diz que você é muito curioso! — Andréia riu. — Mentira! Diz que Anairda Uoy-knaht e seus seguidores conheceram de perto os perigos e encantos desse templo.

— Ou seja... nós não cometemos um novo engano.

— Não, Nick... não! — negou ela. — Acredite quem quiser... o templo de Aldheron realmente existe... e está aqui, bem debaixo dos nossos pés!

— Maravilha!!! — exclamou Nicholas, voltando-se empolgado para trás e berrando para toda a sua equipe: — Atenção, companheiros, silêncio... *please!* — Aguardou eles se acalmarem e concluiu: — Primeiro... eu gostaria de parabenizar a todos, pois essa conquista não é minha e nem dela... (apontou com veemência para Andréia) é nossa! Só Deus e vocês sabem o quanto que lutamos para chegar até aqui! E em segundo lugar...

como gratidão, Spencer, dê cerveja gelada para todo mundo, porque hoje é dia de festa!!!

E voltaram a comemorar como crianças.

III

Pouco tempo depois, o celular de Alexander começou a tocar. Ele tirou o Motorola da cintura e atendeu a ligação. Era o número do aparelho de Andréia, mas quem falava era Nicholas, ainda eufórico, contando sobre a descoberta do templo. Alexander, no entanto, conteve qualquer comemoração. E, após se despedirem, desligou seu celular, contando a novidade para Jennifer.

Ambos passeavam de mãos dadas pelas margens do Nilo, já a certa distância do instituto, vislumbrando uma magnífica paisagem: aquela vívida plantação de amoras, realçada de forma extravagante pelas terras estéreis do deserto, era realmente exuberante. Jennifer ouvia calada e, quando Alexander terminou de falar, até que se sentiu satisfeita, mas, devido às circunstâncias, se limitou a um discreto gesto positivo de cabeça.

Então, ele indagou, lutando contra o silêncio imposto pela jovem:

— O que houve?

— Bem... eu acho que nada.

— Você não ficou feliz com a notícia?

— Não... não é isso. Fiquei, sim. É que tem coisas que eu só acredito, vendo.

— Então... se basta ver para crer, vamos até lá, oras! — completou ele, puxando-a pela mão. — Afinal... se for mesmo verdade, devem estar precisando da gente!

Ambos não haviam levado muita fé, mas, estava, de fato, constatada a sua descoberta... aquela capaz de direcionar o caminhar da humanidade rumo a um destino incognoscível e assustador, muito além dos limites impostos pela realidade. Agora... será só uma questão de tempo. Dentro de poucas semanas, tudo estará terminado. O passado foi trazido de volta ao presente para que, no futuro, o ciclo de toda uma campanha possa enfim se completar. Não restam mais dúvidas... Aldheron logo se manifestará!

IV

Logo que Jennifer e Alexander chegaram à sede do instituto, se surpreenderam com a tremenda festa que estava acontecendo nos arredores das escavações. Todos bebiam... comiam petiscos e trabalhavam ao mesmo tempo. E assim iam desobstruindo a entrada do templo. Era óbvio que algo do gênero aconteceria, depois de tanto sacrifício... mas aquela farra não combinava nem um pouco com o estilo sério imposto pelo instituto. Por exemplo... ver Albert e Kurt Wallace abraçados cantarolando *Cielito Lindo* e enchendo a cara de cerveja, há uma semana, seria o cúmulo do absurdo. E olha que eu nem mencionei Andréia, batendo animada palmas para os dois, como se estivessem em uma cantina italiana.

Jennifer e Alexander passaram por eles como se tivessem visto três et's desengonçados dançando can-can e prosseguiram, risonhos tanto quanto incrédulos, direto para a recepção. Jennifer deixou suas coisas acomodadas sobre o balcão e logo se deparou com o pai, que vinha reclamando, demonstrando certa autoridade:

— Por que vocês demoraram tanto?

— Viemos devagarzinho — disse Jennifer, recompondo-se do calor com a ajuda do ar-refrigerado. — E, além do mais, estávamos bem distantes.

— E já viram o portal, pelo menos?

— Ainda não, Sr. O'Neil — precipitou-se Alexander, também se recompondo do calor.

— É... meu pai — confirmou ela. — Mas, nós vamos dar um pulinho lá agora mesmo, antes de subirmos para almoçar.

— Tudo bem... então, façam como acharem melhor — encerrou Nicholas, pegando os pertences da filha e levando-os consigo para o seu gabinete.

Mal o pró-homem do instituto saiu de cena e quem entrou foi David, vindo agitado do seu próprio gabinete. Ele estava cheio de papéis nas mãos, checando-os com displicência e resmungando, em um estado alucinante:

— Olhem... estava o tempo todo bem na nossa cara... e nós, fazendo um monte de buracos ao redor. Eu não acredito! — A seguir, jogou aqueles papéis para o alto, fazendo uma bagunça na recepção. Cumprimentou apenas o seu filho e saiu, não menos alucinado, para o local das escavações. Resumindo: do silêncio que reinava pelas dependências do instituto, não restara nem o acento circunflexo!

V

Jennifer e Alexander seguiam juntos pelo deserto, em meio a tamanho tumulto, rumo àquele misterioso portal. Durante determinado percurso — que levava cerca de uns dez minutos para ser cumprido —, eles acompanhavam de perto toda a agitação dos funcionários, se locomovendo de um lado para o outro em meio à festa e trabalho pesado. E à medida que ambos se aproximavam da área restrita, iam enxergando melhor aquele portal que, aos poucos, estava sendo desenterrado.

Aquele achado reluzia à distância e, pela primeira vez em dez longos anos, não havia na região uma única escavadeira a trabalhar. Tinham sim eram alguns funcionários, removendo cuidadosamente cada grão de areia, para não danificar aquilo que provavelmente seria a maior descoberta da história da humanidade. Alguns usavam até as próprias mãos para isso! Definitivamente, Aldheron já parecia tão perto de ser alcançada... tão perto de ser conquistada... e, segundo as últimas revelações feitas por Andréia e companhia, tão perto de ser enfim revertida em uma fonte positiva de energia.

Alexander impôs a sua credencial do instituto e então, ao lado de Jennifer, irrompeu pela área restrita, onde os repórteres e curiosos não tinham o menor acesso. Finalmente conquistavam a glória e a jovem O'Neil, apesar de toda aquela sua descrença de épocas passadas, já se orgulhava muito disso. Lá estava mesmo tal achado, bem diante dos seus olhos, comprovando o que, há alguns segundos, ainda parecia impossível.

Era realmente incrível... inacreditável... surpreendente... durante todos aqueles anos, seu pai sempre esteve com a razão!

— Eu não acredito no que estou vendo! — sussurrou ela, parando pasmada.

— Nem eu! — emendou Alexander, parando bem ao lado dela.

Ambos divisavam aquele portal, ainda a uma certa distância dele, até que Jennifer ousou ir mais adiante, para poder apreciá-lo melhor. Alexander não resistiu e veio logo atrás, também bastante curioso. Viram-no com demasiada apreensão e, após, tentaram enxergar lá dentro, com o auxílio de uma lanterna. Mas acabaram se decepcionando um pouco, porque a areia que ainda resistia bravamente ante a sua entrada conseguia omitir o corredor que supostamente deveria existir ali.

— Será que eu posso tocá-lo? — perguntou Jennifer.

Spencer concordou com um brando aceno de cabeça. Então, a jovem agachou-se, encostou a mão no portal e se assustou com aquilo que sentiu. Uma torrente de pavor e ódio expandiu-se pelo seu corpo, como se ela tivesse recebido uma descarga elétrica. Foi uma sensação tão forte... diabólica, que Jennifer chegou a estremecer toda, recolhendo a mão em um impulso só.

— O que houve? — perguntou Alexander, logo após também ter tocado o templo.

— Nada, Júnior... nada — tergiversou ela, não querendo preocupá-lo e, muito menos, provocar falso alarde. Até porque, Alexander não demonstrara sentir nada, além da superfície do ouro. — Achei-o meio gelado! — Jennifer disfarçou. — Só isso! — Na verdade, ela havia foi optado por guardar somente para si o mau pressentimento que teve, de um futuro tão próximo quanto o dia de amanhã... como se a joia tivesse escolhido-a para avisar que coisas terríveis ainda viriam a acontecer.

Logo, Alexander voltou-se para o Geógrafo-chefe Frederick Spencer e perguntou:

— Quando é que vocês pretendem entrar?

— Ainda não sabemos, Alex. — Ele fez uma pausa. — Provavelmente, só amanhã, pela manhã... após toda essa areia ter sido retirada.

— Hum... *all right. Thank you!* — Após Alexander agradecer, ele retornou as atenções para a jovem O'Neil, chamando-a para almoçar.

VI

Entre uma garfada e outra, ambos discutiam aquele que era o assunto do momento: a descoberta do templo. *"Será que tudo aquilo que falam a respeito é mesmo verdade?"* os dois se perguntavam. *"Seus mistérios e segredos... a riqueza abundante, tão cobiçada por uns... as armadilhas e poderes da joia, sempre tão desacreditados por outros."* Era algo fabuloso demais para ser real. Mas... e se fosse? Quais os riscos... os perigos que todos estariam correndo, a partir daquele momento? Jennifer ainda estava assustada com o que sentira quando tocara no portal de entrada ao templo, por isso queria que Aldheron fosse encontrada logo, o mais rápido possível, reduzindo os riscos de acidente. Quanto a Alexander, ele demonstrava ansiedade... parecia não ver a hora de se aventurar pelos seus corredores, hipostilos e prováveis câmaras sacras. Acreditando ou não na joia... aquele sendo ou não o templo que todos estavam procurando, era disso que Alexander precisava para romper a monotonia dos dias de Egito: Adrenalina!

Ambos acabaram de almoçar, pegaram a sobremesa e foram papeando para o observatório, de onde poderiam acompanhar com extremo conforto o glorioso fim das escavações. Chegando lá, Jennifer se dirigiu direto para o telescópio, direcionando-o para aquele portal que ainda estava bastante submerso na areia. Deu *zoom* e acompanhou por algum tempo os arqueólogos a escavar — parte deles, com as próprias mãos, outros, por intermédio de pincéis apropriados. Enquanto isso, Alexander aguardava calado.

Logo, Jennifer voltou-se para ele, terminando o sorvete que tomava e reiniciando o diálogo.

— É incrível a capacidade dessa lente! — ela exclamou.

— Verdade! — Alexander lhe sorriu, saboreando o seu Milk Shake de morango. — Andréia e o seu pai sempre fizeram questão do melhor.

— É... percebe-se. E esse sorvete, então... puxa, nem se fala! — Jennifer raspou o fundo da taça com a colher e concluiu, saboreando-o como se fosse uma garota-propaganda, atuando em um comercial de tevê. — É uma delícia!

— Então, experimenta o sorvete de laranja e cenoura com cobertura de calda quente de chocolate — sugeriu Alexander, sugando pelo canudo até a última gota daquela bebida. — É uma delícia e meia!

O forte da cozinha do instituto era a grande variedade de pratos típicos e especialidades, de diversos cantos do mundo, que ela possuía. Não era só porque estavam em pleno Egito que teriam que empanzinar seus funcionários e convidados com a comida árabe... muito pelo contrário, possuíam um cardápio tão variado que poderiam pedir dês da feijoada, às massas italianas, ou mesmo aos temperos e pratos orientais.

E olha que a IARI não era um restaurante... ou um *shopping center*. Eu sei que Você — Querido e Prezado Leitor — sabe que estamos falando é de um instituto de pesquisas, equipado até com um centro hospitalar de última geração, proporcionando aos seus funcionários todo o conforto e a segurança que necessitavam para renderem o máximo possível. Era sempre dessa forma — com tantas regalias — que Nicholas e Andréia faziam questão de tratar seus renomados companheiros de jornada. Ambos nunca deixaram faltar nada... nunca deixaram de se preocupar com o bem-estar daquela equipe, que era considerada uma grande família. Sem dúvida, era essa a receita do sucesso!

— Alex... seja sincero comigo — pediu Jennifer. — Você acredita ou não acredita que esse templo seja realmente o templo de Aldheron?

— Acho que sim. Acredito... caso contrário, Andréia não teria encontrado aquela inscrição, deixada por Anairda. — Ele fez uma pausa, demonstrando certa dúvida, e perguntou: — Mas... e quanto a você?

— É... também penso assim! — respondeu Jennifer, com veemência até. — Até aí, não vejo nada de fantástico... de sobrenatural! Seria somente, mais um templo achado de outros dez ainda perdidos. O que tem me intrigando bastante, é essa história sobre Aldheron. Me responde: como uma joia poderia guardar todo o poder do mal existente no Universo?

— Boa pergunta. Isso também muito me intriga!

— Ah... — ela deu de ombros — você quer saber de uma coisa?

— Sim... quero. — Alexander largou o telescópio para poder contemplá-la.

— Vou é deixar rolar, pra ver que bicho isso vai dar, no final.

— É mesmo... eu só espero que não dê zebra! — concluiu ele, levando o copo e a taça que serviram a sobremesa de volta para a cozinha e deixando-a a só, relembrando o que sentiu quando tocou naquele portal.

VII

Agora, o sol já se escondia por trás da linha do horizonte, tingindo o céu de amarelo, laranja, vermelho e negro, em um único degradê que expandia-se radiante por todos os lados. Assim, caindo sobre aquele portal de valor inestimável — talvez, a passagem para o inferno —, a noite chegava de mansinho, encobrindo também o instituto e as terras ao longo do deserto. Isso, quando as luzes das pirâmides e da esfinge foram acesas, dando um toque a mais de mistério naquela imensidão devassa. E, no topo do céu, abracadabrante e infindavelmente estrelado, a lua-cheia já pairava como a mais bela das rainhas egípcias. Tamanha beleza que valeu um registro, uma fotografia, batida do moderno celular que a jovem O'Neil levava consigo.

Jennifer e Alexander mantinham-se no observatório, de onde continuavam acompanhando toda a movimentação ao redor daquele portal. E toma-lhe escavação! Naquele momento, as escavadeiras haviam voltado ao serviço, mas apenas para limparem a área ao redor. Mais alguns minutos e uma dezena de holofotes foram acesos, para clarearem também o local das escavações. Enquanto isso, ambos conversavam descontraídos, mantendo o observatório apagado, pois as luzes do restaurante — ocupado por membros do instituto, alguns familiares e agentes credenciados da imprensa — eram mais do que suficientes para iluminá-lo ao menos um pouco. Pelo andar da carruagem — ou seja, pela movimentação lá embaixo —, Jennifer e Alexander calculavam que ainda faltava bastante para completarem a escavação. Talvez, umas cinco, seis horas. Eles só não sabiam se conseguiriam combater o sono até lá.

Já eram dez da noite e os arqueólogos e demais funcionários envolvidos nas pesquisas prosseguiam, tão felizes que, por mais que escavassem, não deixavam transparecer nas suas faces, suadas e empoeiradas, toda a fadiga que os seus músculos sentiam. Cada gemido de esforço parecia ser o primeiro! E enquanto o mundo inteiro estava lá, voltado para aquele acontecimento, a elite do instituto, pelos bastidores, já preparava a equipe responsável por realizar a primeira expedição pelo interior do templo.

Entretanto, apesar de tamanha expectativa, bastou apenas um *"bip"* do seu relógio de pulso, para que Jennifer se preocupasse com as horas. Agora eram pontualmente onze da noite e Jennifer sempre teve o costume de ir para a cama cedo. Sendo assim, não seria só porque estava no Egito que mudaria a sua rotina. Amanhã, de manhã, a jovem se preocuparia com o templo... até porque, o previsto mesmo era que só entrassem nele depois do raiar do sol. Então, a jovem O'Neil bocejou e perguntou:

— Alexander... você gostaria de me acompanhar até a rodovia?

— Por quê? — Ele olhou para o seu relógio, surpreso com a reação dela. — Você não vai ficar e aguardar?

— Não. Até pensei em cochilar aqui mesmo, no instituto, e acordar mais tarde... mas o problema é que eu estou precisando de uma boa noite de sono.

— Tem certeza?

— Sim... tenho. Depois das dez, a minha carruagem começa a virar abóbora. — Jennifer riu.

— Ok! Então, faz o seguinte... — Alexander se postou de pé — vem comigo que lhe dou uma carona.

— E eu não vou te dar trabalho?

— Não... de maneira alguma! Eu não posso é deixá-la andar sozinha, a essa hora, pelo Cairo.

— Tá... tudo bem. Já que você insiste... vamos lá! — E assim agiu ela, pensando molequemente: *"outro passeio de táxi... hoje? Ah... nem pensar!"*.

Egito. Deserto Ocidental, 04:33.

I

Ainda era madrugada e, enquanto Jennifer dormia, aquelas incontáveis gotas de suor prosseguiam escorrendo pelas testas e faces dos funcionários de plantão, a escavar, vigiados por uma enorme lua-cheia e iluminados pelos holofotes e pelas luzes das lanternas dos seus próprios capacetes. Já estavam todos exaustos, mas faltava pouco e logo os membros daquela equipe seriam dispensados... descansariam, para que a equipe de expedições pudesse assumir e explorar aquela provável labiríntica e sombria construção. Porém, enquanto não, eles seguiam espremendo até a última gotícula de força, na conclusão daquele trabalho. Um esforço árduo, que ab-rogava a realidade, transformando Aldheron em fatos reais.

Logo, algum tempo se passou e uma última remessa de areia bastara, para que tivessem enfim livre acesso ao templo. Diante disso, Nicholas irrompeu pelo centro de pesquisas, dizendo exaltado.

— Nós conseguimos... a passagem já foi completamente desbloqueada, vamos nos preparar para entrar! Andem... eu quero todos a postos em, no máximo, meia hora!

— Exatamente, pessoal... vocês ouviram ele! — emendou Andréia, vindo logo atrás e batendo altas palmas para despertá-los. — Vamos tratando de acordar que, certamente, hoje, teremos muito o que fazer!

— Mas... nós não só íamos pela manhã? — indagou sonolento Matheus, um dos arqueólogos pré-selecionados. Ele que também era um dos que estavam cochilando pelos cantos. — Ou será que eu ainda estou sonhando?

— Já é pela manhã! — disse Andréia.

— E você não está sonhando, meu rapaz! — emendou Nicholas, curtamente.

— Ok... ok... não se fala mais nisso — tergiversou o próprio, se espreguiçando, fazendo um esforço inenarrável para se despertar. Então, ele foi o primeiro a postar-se de pé, só para poder ir às forras com os demais que persistiam dormindo: — Vamos, cambada de preguiçosos... vocês ouviram o *Casal 20!* Acordem, que nós temos um mundo inteiro para conquistar!

II

Meia hora realmente bastou para que preparassem a equipe e partissem, confiantes, em direção ao templo. Agora, todos usavam a blusa de expedições, que era branca e possuía o imponente brasão do instituto, emborrachado, ao lado esquerdo do peito, com as costas informando as suas respectivas funções, nas cores verde florescente e preto. A equipe seria formada por dez integrantes, a maioria pertencente à elite de funcionários do instituto. Eram eles: Nicholas O'Neil, Andréia, Albert Marshall, David, Lord Bradford, Kurt Wallace e mais o arqueólogo português José Maria e o jovem Matheus. Esses oito, somados aos dois seguranças que David tinha mais confiança: Ben Ami e Mustafah — ambos, sauditas. Alexander estava cochilando no gabinete do seu pai e lá o deixaram, pois estranhamente David não o relacionara para a expedição.

Ainda eram poucos os repórteres presentes pelas imediações do templo, o que facilitava imensamente o início das expedições. Os a-nos que haviam se passado sem que nada de importante acontecesse, fez com que até os mais persistentes e curiosos se afastassem. Bem... melhor assim! Mas, a partir daquela madrugada, a história seria outra... o assédio da imprensa se tornaria maior que nunca... curiosos viriam de todos os cantos do mundo! E, preparando-se para um tremendo alvoroço, eles se prontificaram de colocar uma equipe de vigília, plantada na porta do templo, para que ninguém, além dos poucos escolhidos, pudesse ter livre acesso aos seus corredores, hipostilos e câmaras sacras. Não era só com o risco de saques que se preocupavam. Nicholas, Andréia e companhia sabiam que estavam mexendo com o sobrenatural. Em algum lugar lá dentro, adormecia em silêncio profundo o mito... e, quiçá, a morte! Ou seja: não poderiam vacilar... nem por um segundo sequer.

Caminhando já por sob o crepúsculo matutino, eles desceram a encosta que se formara ao redor do portal e pararam ante o breu que preponderava lá dentro. Nicholas teria a honra de ser o primeiro a entrar, mas, perante àquela obscuridão inexorável, acabou foi estacando-se hesitante bem na sua entrada, acendendo e direcionando o foco da sua lanterna para o interior do templo. Seu receio era mais do que plausível, pois estavam no limiar da ficção. Ali, diante dele, meio iluminado pela luz da sua lanterna, iniciava-se um longo e descendente corredor. Um caminho tenebroso... deveras assustador, que parecia levá-lo aos confins do inferno!

— Bem... eu não tenho palavras para expressar o que estou sentindo — disse o pró-homem do instituto, ainda plantado no mesmo lugar.

— Eu tenho — interveio Andréia, com um risinho maroto. — Dor de barriga! Você está se borrando de medo!

— Na verdade... — justificou-se, sem-graça — é mais uma mistura de receio com emoção.

— Que seja! Eu só espero que você não venha a amarelar, agora que chegamos até aqui.

— Não! Amarelar, não! — precipitou-se Nicholas. — Não, depois de tudo o que passamos.

— Então, homem de Deus... — Andréia manteve aquele seu sorriso aventureiro estampado nos lábios — anda logo, antes que eu te empurre templo adentro! Ou... se preferir, dá passagem que nós queremos entrar.

Mas, apesar daquela atitude encorajadora, Andréia também mantinha-se no mesmo lugar, limitando-se a acariciar aquele imponente portal de ouro. Fator que demonstrava não ser apenas Nicholas quem se borrava de medo... todos temiam o próximo passo! Principalmente, depois que os demais acenderam as suas lanternas e viram melhor diante do que estavam. Em suas visões periféricas, paredes mórbidas, compostas por medianas lajotas de pedra cor de areia, demarcavam tal corredor. E no centro dos seus campos visuais, a mesma obscuridão de antes persistia, talvez, ainda mais intensa, quase intransponível... uma ilusão de óptica, proporcionada pelo número de lâmpadas acesas em contraste com aquele breu, mas que aumentava terrivelmente a sensação de pavor que vinha lá de dentro.

Havia barras douradas encravadas nas paredes, provavelmente o que outrora foram tochas. Todavia, devido ao tempo de existência, dificilmente poderiam ser usadas. O teto — em pura rocha — estava repleto de figuras místicas coloridas. Eram imagens abstratas, até exóticas, que não formavam ou conseguiam fazer alusão a nada que conheciam. Seu piso era feito de lajotas quadradas cor de areia, bem maiores que as das paredes, que eram retangulares. E para piorar, todo aquele corredor estava infestado de insetos repugnantes: aranhas... baratas voadoras... besouros... lacraias... Um silêncio quase profundo predominava. Quase... escutavam apenas o ruído sombrio do vento e os sons irritantes, emitidos por alguns insetos, quando zumbiam rente aos seus ouvidos.

Albert logo voltou-se para a filmadora, que estava adaptada a um capacete de operário, posto na cabeça do Arqueólogo-chefe Lord Bradford, e relatou, como se fosse um repórter sensacionalista:

— É realmente aterrorizante, meus telespectadores... Tanto é que ainda estamos aqui, tomando coragem para violar a moradia do demônio!

— Albert... por favor, vê se muda de canal! — resmungou Andréia. — Era só o que faltava... você me lembrar que, logo mais, a imprensa estará lá fora, prontinha pra nos importunar com as perguntas mais absurdas!

— É mesmo! — se tocou ele, prosseguindo empolgado: — Então, aproveita e ensaia comigo uma entrevista. Faz de conta que é para o Fantástico!

— Ah... não amola! — Andréia deu um tapa no braço dele, como se o enxotasse, e prosseguiu: — Por que você não vai entrevistar o Mário? Aproveita e pergunta o que ele fez contigo atrás do armário!

Então, procurando evitar mais um desentendimento entre ambos, Nicholas se benzeu e precipitou-se para dentro do templo, pisando com demasiada cautela naquele piso histórico. Esse fora o passo mais longo e aguardado de toda a sua vida, o mais apavorante também, se tornando — após quase cinco mil anos — mais um a irromper pelas dependências de Aldheron! Uma sensação de angústia logo invadiu o corpo do pró-homem do instituto, como se aquela construção tivesse uma carga negativa muito forte. Porém... o piso era firme. Logo, circundado pelo nada, mas atento a qualquer sinal de perigo, Kurt Wallace — devido à sua perícia em desarmar antigas armadilhas — foi o próximo a entrar, seguido de perto por Andréia, Albert Marshall, David e pelo restante da equipe. Eles iam em fila indiana... ou seja, um atrás do outro.

Assim, em ritmo lento, como se explorassem um prédio a-bandonado, fantasma e sem energia elétrica, eles deram os primeiros passos, enxergando somente aquilo que as lanternas e o equipamento de filmagem eram capazes de iluminar. Nicholas deu um tapa em uma barata voadora que fazia cosquinha no seu pescoço... Andréia enxotou uma lacraia de quase um palmo de comprimento de cima dos seus ombros... David viu camundongos correndo diante do foco de sua lanterna. E à medida que todos prosseguiam lentamente mais para o interior do templo, aquela escuridão ao redor se tornava mais intensa, como se os engolisse, e a branda luz da entrada se distanciava ao fundo. Sentiam alguns insetos sendo esmagados pelas solas dos seus calçados, mas era só. Provavelmente, essa seria a única forma de vida encontrada lá dentro.

Provavelmente...

— Bem que nós podíamos ter esperado o dia clarear — res-mungou Albert, visivelmente tenso.

— Ahã... com certeza! — resmungou a sábia senhorita, ainda muito irritada com ele. — Mesmo se fosse meio-dia, isso não faria a menor diferença. Eu não sei se você percebeu, mas esse templo não tem janelas!

— Ah... assim fica mais emocionante! — manifestou-se o jovem Matheus, vindo logo atrás.

— É claro... — se intrometeu Wallace, receoso — até pisarmos em uma armadilha!

— Não... — esbravejou David, como se ele fosse a última pessoa do mundo a cometer tal equívoco — isso, não! Todos os que estão aqui, foram escolhidos a dedo. Acho que nenhum de nós seria tão estúpido assim!

E a expedição prosseguia, com todos tensos, rumo ao desco-nhecido. Enquanto caminhavam, silenciosos, apreensivos, Nicholas contava quantos passos dava adiante — já estava no octogésimo segundo —, procurando calcular a extensão daquele corredor e, principalmente, ter noção do quanto que já haviam invadido templo adentro. Devido à-quele breu, se Nicholas não estivesse fazendo esse procedimento, to-dos perderiam a concepção de espaço e tempo. Ele calculou assim, que já deveriam ter percorrido por volta de uns cinquenta metros, quando sentiram que o piso ficara plano, querendo dizer que haviam parado de descer.

Nicholas, por meio daquela sua equação mental, calculou também que eles deveriam ter descido uns dez metros, abaixo do nível do deserto. "*É... até aqui, nada que realmente me surpreenda*" pensava o próprio. "*Lajotas de pedra constituindo os pisos e paredes... teto em rocha, com pinturas supostamente da época dinástica... Hieróglifos espalhados por todos os cantos... insetos!*" Naquele momento, ele saiu dos seus pensamentos, enxotando outra barata voadora e resmungando: — droga, detesto insetos! E por estar centrado nisso, o pró-homem do instituto se assustou ao ouvir um estalo, alto e ecoante, romper abruptamente aquele silêncio do templo.

"PLEEEEECCCCC!!!!!"

Em seguida, Lord Bradford gritou:
— *David, stop!!!* — E em um ato de puro reflexo, apoiou a mão no ombro do companheiro, pisando com firmeza no seu pé esquerdo, impedindo-o que pudesse se movimentar.

Lord Bradford também possuía certa experiência em antigas armadilhas e havia percebido que o chefe de segurança pisara em falso! Foi pura questão de sorte, pois o Arqueólogo-chefe estava com a lanterna apontada justamente para os pés de David e pode ver com perfeição uma determinada lajota afundar, quando o próprio pisara nela. Graças a isso que ele conseguiu agir a tempo! Bradford sabia que a situação se assemelhava com a de um soldado pisando em uma mina de guerra... se ele retirasse o pé daquela lajota, algo diabólico aconteceria e colocaria em risco, não só a sua vida, mas a vida de todos os outros também. Por essa razão que Lord Bradford só deixou de pisá-lo depois de ter a certeza que David sabia do problema e que, sendo assim, não cometeria nenhuma besteira.

Então, mais tranquilo, passou aquela missão para Kurt Wallace — o perito no assunto.

— Bem... o caso é sério, delicado, mas acho que não vamos morrer por causa disso — disse o próprio, se aproximando, apreensivo, mas sabendo como resolver a questão. — O processo para esse tipo de situação é simples... um peso substituirá o outro.

Estavam todos tremendamente assustados e, tentando acalmá-los, Wallace se adiantou, explicando melhor o que tinha em mente e selecionando dois voluntários para que cumprissem a primeira parte do seu plano. Eles buscariam lá fora, algo que pesasse o suficiente para impedir que a lajota regressasse ao seu local de origem, quando David fosse retirar o seu pé. O que, consequentemente, acionaria, de fato, a armadilha. Os escolhidos acabaram sendo: Ben Ami e o português José Maria — um bigodudo inteligente e responsável, mas que Albert adorava pegar no pé.

Enquanto isso... só poderiam aguardar.

— Não se preocupem, dará tudo certo — dizia Kurt Wallace, apoiando as mãos na cintura. — Basta agirmos com cautela e precisão. E se, por acaso, meu plano não funcionar, ainda existe a possibilidade da armadilha estar deteriorada pelo tempo e não cortar a cabeça da gente.

— Prefiro não arriscar — resmungou David.

— Mas que belo cartão de visitas! — esbravejou Nicholas.

— Verdade — emendou Andréia. — E, pelo visto, isso deve estar repleto de armadilhas!

— Então... vamos ter que dobrar a atenção — disse Bradford, ainda encantado com a descoberta. — Não quero morrer, mas também não tenho a menor intenção de desistir.

— Ninguém vai desistir! — acrescentou Albert.

— Isso mesmo, apoiado! — reforçou empolgado o jovem Matheus. — Eu só paro, quando encontrarmos Aldheron!

— Eu alegro-me em saber que vocês ainda pensam assim — interveio Nicholas, bronqueando em seguida: — Mas, pra encontrarmos qualquer coisa... primeiro, precisaremos sair vivos dessa! Ou vamos a-cabar encontrando é... a morte!

— Concordo plenamente — assentiu Kurt Wallace, idem preocupado com a segurança de todos. — Mas a situação não é tão desesperadora quanto parece. — Ele fez uma pausa, redirecionando o foco de luz da sua lanterna para o chão. — Pelo o que pude perceber, as lajotas que acionam essas armadilhas são apenas um pouco mais escuras que as demais. Ou seja: dá para superá-las, basta termos mais atenção.

— *Shit*... como eu não observei a diferença! — David xingava, esbravejava, irritado, ainda pisando naquela lajota maldita. — Justo eu, fui agir como um idiota!

— David... você não agiu como um idiota — tentava consolá-lo Nicholas. — Dificilmente algum de nós teria percebido isso, sem que caíssemos nessa primeira armadilha. Essa escuridão que nos cerca é quase intransponível.

— Mas... sabíamos como lidar com as drogas dessas armadilhas! — insistia o próprio. — Wallace nos deu quase uma hora de palestra sobre esse assunto!

— David... o saber se difere da prática — filosofou Nicholas, visivelmente preocupado. — Nós cometemos um erro... fomos pegos de surpresa, mas vamos corrigi-lo a tempo.

— Assim espero — encerrou mais rabugento do que nunca o chefe de segurança do instituto.

Andréia aproveitava aquela interrupção para checar detalhadamente as paredes, repletas de Hieróglifos. Albert Marshall fazia hora cantarolando, desafinado, marchinhas de Carnaval, irritando a todos. Matheus se sentara ao chão. Kurt Wallace e Lord Bradford conversavam, enquanto Nicholas, o mais tenso, emprestava o seu ombro para que David pudesse se apoiar. E sem que sequer pestanejasse, Mohammed Mustafah direcionava a sua lanterna para baixo, iluminando o local do incidente.

E ficaram ali, apreensivos e angustiados, até dois focos de luz reluzirem lá na entrada do templo. Com certeza, eram Ben Ami e Zé Maria, cumprindo com suas missões para livrá-los daquela terrível ameaça.

— Eles estão voltando... — alertou Andréia, deixando aquelas inscrições de lado — graças a Deus!

— Andem logo com isso! — David estava impaciente. — Eu não aguento mais ficar aqui parado... as minhas pernas já estão dormentes!

— Tenha calma... — disse Albert — agora falta pouco. — Ele estendeu a mão e ajudou Matheus a se postar de pé.

— Coloquem isso, seja lá o que vocês pegaram, bem aqui! — pediu o perito, assim que ambos se aproximaram. Ele apontava para a lajota que David havia pisado, prestes a dar um fim àquela situação angustiante. — Depois, se afastem. Não quero mais ninguém aqui conosco. — Kurt Wallace fez uma pausa, aguardou que colocassem tal objeto, o motor de algum equipamento, bem em cima da lajota suspeita, então, voltou-se para trás e prosseguiu: — Você também, Mustafah. Deixa a lanterna acomodada ao chão, iluminando os acontecimentos, e vai, junto com os demais, para algum lugar seguro. Vou ficar aqui, para David ter certeza que eu sei o que estou fazendo. — Por fim, voltou-se para o companheiro e concluiu: — Pronto... agora sim, você já pode sair daí.

E David foi afrouxando sua perna, suando frio com o bafo da morte na nuca. Sentiu que tudo estava realmente sob controle, apoiou-se com uma das mãos na parede e tirou de vez seu pé, sem que nada de ruim acontecesse, respirando aliviado. Ele estava a salvo... a lajota havia se mantido no mesmo lugar e nenhuma armadilha fora acionada, graças à frieza e competência do perito. Kurt Wallace foi perfeito! Definitivamente, o instituto parecia preparado para enfrentar todas as artimanhas de Aldheron!

Ufa! Essa foi por pouco e, sabendo disso, todos foram cumprimentar Kurt Wallace. O único que estava de cara fechada era David... de cara fechada, mas aliviado, por ainda estar vivo e — o que era fundamental — inteiro! David batia suas pernas dormentes no chão e resmungava baixinho consigo mesmo: *"como eu consegui ser tão estúpido? Espero que isso sirva para eu aprender a não ser mais ranzinza e resmungão!"*. Por fim, saiu de fininho de perto dos demais, antes que alguém caçoasse dele.

Agora, já estavam se preparando para reiniciarem a exploração do templo. Eles checavam os seus apetrechos e ouviam Nicholas sendo previdente:

— Bem... meus companheiros... vou considerar esse incidente como um aviso, pois serviu para nos mostrar, sem vítimas, o que é mais importante, os perigos que estamos aqui correndo. Diante desse pequeno imprevisto, estou dando a oportunidade para que, quem estiver com medo e consequentemente não quiser prosseguir, voltar daqui. Fica a critério de cada um. Não se preocupem, não vou me decepcionar com ninguém... seja lá quem for!

Mas nenhum dos membros da equipe se manifestou. Apesar de calados e apreensivos, todos também estavam centrados e maravilhados com aquela descoberta, por isso acharam melhor deixar o silêncio reinar como resposta.

Assim, Nicholas sorriu, concluindo:

— Tudo bem... então... prosseguiremos todos!

— Mas... vamos deixar isso, assim?! — perguntou Matheus.

— Não precisa se preocupar... mais tarde, nós a desarmaremos com toda a cautela — respondeu Andréia. — Por enquanto, ninguém, além de nós mesmos, passará por aqui.

— Ok... você é quem manda, senhorita!

— Agora, vamos — apressou Nicholas, respirando fundo e se preparando para novos desafios. — Vamos... que ainda temos muito o que fazer por hoje. Wallace... vem na frente, comigo. O resto, que venha atrás, em fila indiana. E... por favor, tomem cuidado com onde vão pisar.

— Vocês ouviram ele... — encerrou Andréia — chega de mortos ou feridos!

|||

Aquele sombrio e misterioso corredor ainda se estendeu por mais alguns metros... metros sempre calculados pelos passos cautelosos e ponderantes do pró-homem do instituto. E assim eles foram chegando, como antes, em fila indiana, em uma inesperada bifurcação: eram dois caminhos, à primeira vista, idênticos, iniciados por mais dois portais de ouro, lado a lado, naquela escuridão. Também perceberam que aquele corredor o qual se encontravam, se tornara consideravelmente mais largo naquele ponto, fator que não alterava em nada o ambiente enigmático e fantasmagórico de antes.

Então, todos pararam. Estavam bastante confusos diante daquela situação. Eles iluminaram o teto, procurando por algo que pudesse explicar o porquê de dois caminhos, e não encontraram nada, além de outros desenhos abstratos. Iluminaram as paredes e acharam menos ainda. Porém, quando iluminaram o piso, viram, desenhado nele, um círculo, dividido em duas partes iguais, com cada uma assinalada por um número em romano. Seu lado direito era marcado com o algarismo um e ficava de fronte para a entrada da direita, a mesma entrada que tinha, representado sobre o seu portal, esse hemisfério. Tudo, idêntico ao hemisfério Oeste, demarcado com o número dois e desenhado por sobre a entrada da esquerda.

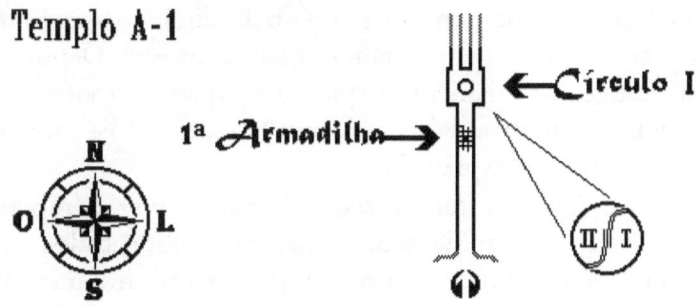

Templo A-1

1ª Armadilha →

← Círculo I

— *Shit!* Ainda não chegamos em lugar algum e já nos deparamos com uma armadilha e um enigma... ninguém merece! — resmungou Albert Marshall, voltando-se para toda a equipe. — O que será que vem depois?

— Não sei! — exclamou Matheus, com um ar sombrio. — Mas é sinal que a morte está nos espreitando!

— Mas que morte? E que enigma é esse, que eu não estou vendo?! — interveio Andréia, demonstrando impaciência. — Se você está se referindo a esse símbolo ao chão, ele nos mostra apenas por qual lado devemos ir primeiro... que, obviamente, será o da direita... o caminho número um!

— Ah... tá — murmurou Albert.

— E o outro caminho, então? — indagou Nicholas, direcionando o foco da sua lanterna para a entrada mencionada. Ou seja, o portal esquerdo.

— Provavelmente... iremos por ele, depois — replicou ela, com naturalidade.

— Mas... depois... quando? — perguntou Matheus.

— Olha... — explicou ela — de acordo com o que eu já andei lendo por aqui, nós precisamos encontrar primeiro um tal de: Livro dos Doze Mandamentos.

— Livro dos Doze Mandamentos? — certificou-se o jovem arqueólogo.

— É... foi o que eu disse. — Andréia fez uma pausa. — Creio que, sem essa peça do quebra-cabeça, nós nada poderemos fazer em relação à Aldheron.

— Hmmm... entendo — compreendeu Matheus.

Nicholas também demonstrou compreensão. Na verdade, todos haviam compreendido e então, Andréia iluminou o caminho supostamente correto, concluindo:

— Por isso que continuaremos pela direita, caso contrário... aí sim, vamos acabar nos confrontando com a morte. Depois... quando esse lado já estiver devidamente explorado... quando todos os artefatos que compõem o quebra-cabeça foram encontrados, nós voltamos e reiniciamos daqui as expedições.

— É... Andréia tem razão. Vamos deixar a morte só nos espreitando! — encerrou Matheus, achando melhor todos seguirem a teoria da sábia senhorita. Ou seja: ir pelo caminho número um, o hemisfério Leste!

IV

Mais uma vez, o primeiro a entrar foi Nicholas, seguido de perto por Wallace. Ambos atravessaram aquele portal de ouro e se depararam com outro corredor semelhante, perdendo-se na obscuridão que reinava além do foco das lanternas. Andréia também entrou, seguida por Albert e pelo restante da equipe. Somente Deus poderia dizer, quantas armadilhas que enfrentariam nos próximos metros... quais os perigos que os ameaçariam, talvez, no próximo passo! Mas, pelo menos, aquele corredor não estava infestado de insetos, como estava o anterior. O que era um alívio.

E naquela caravana tensa e claustrofóbica, eles chegaram em uma escada, esculpida diretamente na rocha. Eram inúmeros degraus, carcomidos pelo tempo e que levavam para algum lugar templo adentro. Logo, Nicholas direcionou sua lanterna lá para baixo, verificando se era seguro descer por ali. Estava receoso, não enxergava nada, se apoiou nas paredes e desceu apenas um degrau. Depois, optando por preservar a vida dos seus companheiros, pediu para que todos aguardassem no mesmo lugar, informando que ele e Wallace desceriam primeiro, apenas para averiguação. Então, direcionando a sua lanterna lá para baixo, começou a descer lentamente aqueles degraus, em companhia do perito. De tamanha escuridão, era como se ambos mergulhassem no nada... naquilo que jamais existira... em um ponto distante do Universo onde Deus esquecera de criar. Assim, os dois desciam cada vez mais, degrau após degrau, desbravando temerosos aquele cenário deveras aterrorizante.

Foram ao todo trinta e dois degraus, contados por Nicholas naquela sua equação mental. O trigésimo terceiro já era o piso de um novo corredor. Apoiando-se pelas paredes, os dois suplantaram então o patamar inferior daquela escada e se horrorizaram, porque, quando os focos de luz das suas lanternas percorreram toda a extensão daquele piso, indo dos seus pés até onde fossem capazes de alcançar, ambos se depararam com um monte de caveiras e esqueletos humanos. Eram muitos — dezenas! —, alguns deles despedaçados, espalhados pelo corredor, empoeirados e cobertos por pegajosas teias de aranha. As lanças, os escudos de batalha e até alguns porretes de madeira que lá foram encontrados, também cobertos de poeira e teias, não tiveram a capacidade de protegê-los, pois repousavam inofensivos ao chão. Nicholas e Kurt Wallace estavam chocados... estarrecidos. Eles não esperavam por isso. Haviam chegado em um cenário mórbido e grotesco, pois, ali, vidas tinham sido sacrificadas e, pelo visto, de um modo bárbaro, sangrento e impiedoso!

Outra armadilha? Ou teria sido...
Aldheron e os seus poderes malignos?

Diante daquela situação calamitosa, ambos hesitaram, temendo serem os próximos. Debateram o problema, deram uma rápida averiguada à procura de armadilhas e, não encontrando nada, decidiram, antes de chegarem em qualquer conclusão, colocar Andréia a par dos fatos e avaliar o que a sábia senhorita tinha a dizer. Ela sempre enxergava além dos meros mortais! Então, Nicholas voltou-se para a escada e berrou em sua direção:

— Andréia... desce até aqui, que precisamos lhe mostrar uma coisa!

Andréia ouviu aquela voz a ecoar, chamando-a lá embaixo. E como se já estivesse esperando por isso, desceu a escada e se conscientizou da situação.

— O que você nos diz? — perguntou Nicholas, visivelmente confuso.

— Bem... — respondeu ela, iluminando todo aquele caos com o foco de sua lanterna — a princípio, parece que os nossos amiguinhos também se depararam com uma armadilha... diabólica, diga-se de passagem. Porém... não tiveram a mesma sorte que nós. Ou... — ela sorriu — não tinham Kurt Wallace com eles.

— Mas... nós averiguamos, por alto, essa possibilidade... — informou Wallace, intrigado — e não encontramos nada que comprove a existência de armadilhas, por aqui.

— Então, vamos ter que averiguar melhor — concluiu Andréia, tão intrigada quanto os demais. — Pois... algo matou toda essa gente!

Os três, então, ignoraram os mortos e investigaram detalhadamente aquele corredor. O seu teto continuava sendo de rocha, com desenhos abstratos, e as paredes, constituídas de médias lajotas cor de areia. O piso também era o mesmo e sem lajotas de coloração mais escuras. Então, visivelmente frustrada por nada encontrar, Andréia pegou um daqueles ossos caídos ao chão, com cara de nojo limpou-o das teias e checou a ponta que estava partida do próprio, tentando, por intermédio daquela fratura, adivinhar o que levara toda aquela gente à morte... em vão! Por mais que procurassem... por mais que vasculhassem minuciosamente aquele corredor, a única coisa de anormal encontrada mesmo foram as teias de aranha, que pareciam exageradas — gigantescas! — e que desciam do teto, caindo como um manto branco, pegajoso, sobre aquele monte de caveiras e esqueletos, assombrando até quem não tinha medo de aranha.

Ou seja: *Muankh Karuth* teria sido...
Alguma espécie de aranha monstruosa?

Bem... já que ninguém pensara nisso, então, deixa pra lá! Ao menos, tinham encontrado os esqueletos... a prova mais contundente até agora de que já tinham violado o templo antes. E o melhor, graças às armas de guerra, a história de Anairda e os seus seguidores se confirmava. Estavam definitivamente interligadas a lenda antiga e a plaqueta de Champollion! Tudo parecia autêntico, o que aumentava as chances de Aldheron ser real. Todavia... como ninguém ali sabia da rebelião, ocorrida antes daquela terrível e amaldiçoada tempestade de areia, narrada lá no prólogo, não entenderam o que determinados porretes de madeira faziam ali caídos.

V

— É... a princípio, não há mais nada que possamos fazer aqui — disse Nicholas, olhando para o seu relógio, calculando as horas. — Vamos prosseguir com as expedições, que ainda não chegamos em lugar algum.

— Verdade — assentiu Andréia, aproveitando aquela pausa para mapear... ou melhor, fazer um esboço do templo, no seu bloquinho de anotações. Naquele momento, os seus rabiscos serviam apenas como medida de segurança, para se certificar que achariam o caminho de volta, por exemplo. Mas, futuramente, serviria para que pudessem fazer um estudo mais detalhado do templo, em busca de possíveis passagens secretas, câmaras escondidas e etcétera.

— Estão todos prontos? — se certificou Nicholas.

— Sim — respondeu David, após cochichar algo em árabe com os seus seguranças. — Vamos nos apressar, para ver se voltamos antes do almoço.

— Ok...

Então, se prepararam para dobrarem à direita, por onde seguia aquele corredor. Mais uma vez checaram os seus apetrechos técnicos, apontaram as lanternas em direção ao caminho futuro e, de repente, alguém comentou:

— Que curioso...

— Você está se referindo àquelas marcas na parede? — perguntou a sábia senhorita, também percebendo o que o arqueólogo português havia percebido.

— Exato — confirmou ele.

— É mesmo... muito curioso — admitiu Andréia. Algumas lajotas, situadas do lado externo da junção em formato de "L" entre os corredores encontravam-se danificadas, arranhadas e, até mesmo, quebradas, enquanto outras, do lado interno, foram simplesmente arrancadas. Na verdade, aquela parte da parede chegou a ser destruída... a princípio, por meio de alguma ferramenta apropriada. — Certamente, fizeram de propósito! — raciocinava ela, agora passando a mão por aquelas ranhuras. — Sei lá... como se quisessem passar por aqui, com algo grande e pesado.

— Tipo o quê? — indagou David, curioso.

— É... tipo o quê? — Nicholas também demonstrou muita curiosidade.

— Hmmm... deixa-me ver. — Andréia apoiou o queixo com uma das mãos. — Tipo... a Estátua da Liberdade! — Ela fez uma pausa, sorrindo molequemente, e concluiu, deixando todos sem entenderem nada: — Bem... mas isso fica para uma outra hora. Pelo visto, ainda vamos ter muito o que estudar por aqui! No momento, só me interessa descobrir uma coisa... onde é que nós vamos parar, se continuarmos invadindo templo adentro!

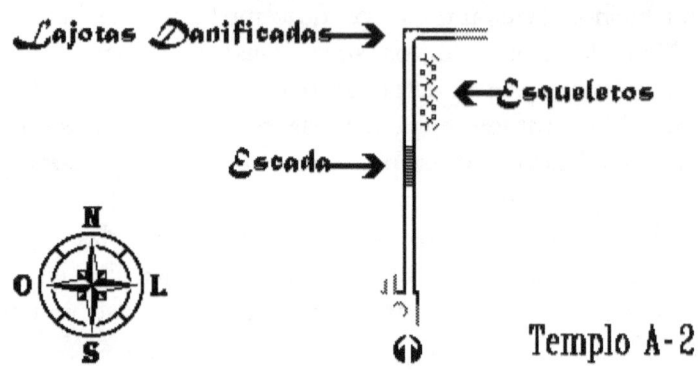

Templo A-2

E foi o que fizeram. Assim, mais uma vez, seguiram em fila indiana por um novo e obscuro corredor — o primeiro em direção Leste. Pra variar, o cenário se repetia. Eles caminharam por mais alguns metros, sem brincadeiras, falando apenas o necessário. Agora, depois de encontrarem todos aqueles mortos, temiam ainda mais o próximo passo. E com lanternas sempre em punhos e focos em potência máxima, começaram a enxergar algo reluzindo adiante. Pareciam duas imponentes armaduras douradas, postas paralelas entre si. Com certeza, vinha novidade. E à medida que se aproximavam daquele brilho misterioso, ficavam mais intrigados com o que, afinal, poderia existir ali, a poucos metros de distância.

— Parece que são de ouro — murmurou Mohammed Mustafah, perplexo.

— Não... não parece. São de ouro! — afirmou Andréia, ainda mais perplexa: — Eu só não consigo acreditar, no que acabamos de encontrar!

Pudera... tais reflexos eram, na verdade, duas estátuas de ouro maciço, montando guarda perante a equipe do instituto! Estava uma de cada lado de outro inestimável portal, também de ouro e decorado com Hieróglifos, esculpidos em baixo e alto relevo. Eles se encontravam certamente diante das duas peças egípcias — faraônicas? — mais valiosas e extravagantes já descobertas até então. O que deixara a todos boqui-abertos! E o que era ainda mais perturbador... o que haveria além daquele portal?

Andréia, então, se aproximou de uma daquelas preciosidades e a acariciou sutilmente, para sentir a superfície do ouro. Era realmente incrível — surpreendente! —, pois parecia que determinadas relíquias eram aveludadas, devido à tamanha suavidade. Fator que as diferenciavam dos portais, que eram brutos e rígidos como toras para conseguirem sustentar aqueles obscuros, estreitos e labirínticos corredores.

E logo, todos também foram se aproximando.

— É inacreditável! — exclamava ela, apalermada com aquela descoberta. — Eu nunca imaginei encontrar nada assim, em toda a minha vida!

Após, Andréia direcionou o foco da sua lanterna para a outra estátua, paralela à primeira. Estava na cara que ambas guardeavam simbolicamente a entrada de algum setor especial do templo que, não custa ressaltar, ficara em segundo plano. Principalmente porque, tais estátuas mediam uns dois metros de altura, parecendo colossais devido ao baixo teto daquele corredor que era somente alguns centímetros mais alto do que ambas.

A imagem da direita tinha um dos braços erguido, como se proclamasse a paz, isso, enquanto com a outra mão, se apoiava em um belíssimo cajado. Mantinha assim, uma pose ereta, mas conservadora. Entretanto... a segunda daquelas estátuas era desafiadora, empunhando com arrogância uma imponente e poderosa espada e se protegendo com um bárbaro escudo de batalha. Suas expressões faciais eram completamente opostas, pois, enquanto a da direita possuía um ar comovente, a outra possuía um ar de raiva e ódio, como se quisesse fazer a guerra... proliferar o mal diante e ao redor de todos! Ambas ainda eram vistas com alguns detalhes ornamentados em pedras preciosas, de origem provavelmente desconhecida.

— São as imagens de Eroni e Aldhion! — informou Andréia, visivelmente surpresa.

— De quem? — indagou Nicholas.

— De Eroni e Aldhion... — repetiu Andréia — os supostos donos de Aldheron.

— Qual foi a parte da aula de História que eu perdi? — indagou Nicholas, confuso. — Eu juro que nunca tinha ouvido falar deles!

— Nem eu — emendou Albert.

— Muito menos, eu — resmungou David.

— Ninguém nunca ouviu falar deles! — disse Wallace. — Quem, de fato, são, esses brutamontes, senhorita sabe-tudo?

— Bem... vamos lá, para a aula de História que, na verdade, nunca foi dada — prosseguiu ela, apontando para a estátua que transmitia a paz e o amor. — De acordo com os meus cálculos, essa é a imagem do Deus Eroni... emissor de toda a energia boa, positiva, que nos cerca. — Depois, Andréia apontou para a outra estátua e completou:
— E essa, é a imagem do rei Aldhion... uma espécie de anti-Cristo do universo!

Apesar de ninguém ter entendido patavinas, Andréia agachou-se ante uma daquelas estátuas, transcreveu para o seu bloquinho mais algumas inscrições e, quando se postou de pé, afoita, prosseguiu com aquelas revelações:

— Ahn...

"Como diz a lenda... ou melhor, tal história... houve uma terrível guerra que há milhões de anos dividiu todo o Universo em dois... em duas forças rivais... supremas... extremamente poderosas! O Deus Eroni liderava aquela que era denominada de 'Os Mensageiros da Paz' e travava batalhas devastadoras contra as tropas imperiais do diabólico rei Aldhion, conhecidas como: 'Os Visionários do Apocalipse'. Pelo visto, uma espécie de Star Wars... de Guerra nas Estrelas, por mais incrível que pareça".

"E, por falar no incrível... essa guerra começou graças ao surgimento de uma pedra rara chamada 'Odhity' que, pelo o que consta, nada mais é do que um simples cristal... porém, com uma capacidade infinitamente maior de armazenar energia. Então... devido à cobiça causada por tal descoberta, digladiavam-se em busca da sua conquista, permitindo que essa joia armazenasse em si, durante quase um milênio, toda a bondade e toda a maldade que reinavam em seus respectivos lados".

"Alguns Hieróglifos, que eu já pude examinar aqui, dão a entender que o rei Aldhion possuía poderes tão abomináveis que iam além da compreensão de todos, conseguindo aprisionar assim, com algum tipo de feitiço maquiavélico, todo o bem que se acumulara dentro da joia, nela própria, libertando e usando contra os seus inimigos apenas a maldade, que seria equivalente a tudo o que de ruim... perverso... repugnante e demoníaco existia ao longo do Universo".

"Só assim, com o uso dessa sua mais nova arma, que ele, Aldhion, conseguiu derrotar finalmente o seu rival. Eroni foi vencido e os seus 'Mensageiros da Paz' praticamente exterminados! Um a um foi sendo decapitado, pelas lâminas super-afiadas da sua cruel e poderosa espada... a mesma espada, representada nessa estátua que vemos aqui. A partir daí, Aldhion reinou soberano e todo o Universo se viu forçado a curvar-se mediante ele, como sinal de veneração e respeito".

"Foi então construído um templo, para que o rei do planeta Aldhemon pudesse, quando chegasse a sua morte, esconder, fora do alcance desses últimos sobreviventes, a joia, que julgava ser exclusivamente sua. De acordo com o que eu já percebi por aqui... só os habitantes do nosso planeta, simplesmente por ter sido a Terra o local escolhido, poderão encontrá-la e quebrar o encanto. E, pelo visto, os Doze Mandamentos devem servir para isso... para nos guiar rumo a essa joia, ensinando ainda a como devemos fazer para conseguir vencê-la... revertê-la e transformá-la em uma fonte positiva de energia. Agora... para complicar bastante a pobrezinha da nossa vida, Aldhion jurou que um dia voltaria, em uma possível ressurreição, para recuperar aquilo que sempre julgou ser seu e retomar o reinado do Universo. Sabem... aquele clichê todo de cinema".

"Logo... graças a tal história, o nome que Odhity recebeu foi esse mesmo que vocês já estão carecas de ouvir... Aldheron! Ou seja: o resultado da união das quatro primeiras letras do nome de cada um, na ordem do seu poder liberto... 'Aldh' mais 'Eron'... e que significa: o demônio dominando Deus... (Andréia fez uma pausa, corrigindo-se) ou melhor, 'o demônio agindo acima de Deus'! O que quer dizer que, caso consigamos revertê-la, Odhity passará a se chamar: Eronaldh... 'Eron' mais 'Aldh'... significando justamente o contrário... 'Deus agindo contra o demônio'".

— Mas... como você conseguiu descobrir tantas coisas, além daquele pouco que nós já sabíamos? — perguntou Bradford, demonstrando surpresa.

— Simples! Enquanto invadíamos templo adentro, eu ia transcrevendo para o meu bloquinho alguns dos Hieróglifos encontrados aqui, adicionando assim mais peças ao quebra-cabeça. Depois, foi só encaixá-las nos seus devidos lugares — respondeu ela, voltando a vislumbrar intrigada aquelas imagens. Então, Andréia se calou, coçando o queixo, ponderante. — Hmmm... "peraí"! — disse a sábia senhorita, voltando-se para a sua equipe, prestes a fazer uma incrível descoberta: — Que engraçado... agora que eu percebi. As descrições feitas da estátua do "Deus das Areias Árabes" batem direitinho com as imagens que temos aqui.

— E... o que você quer dizer com isso? — indagou Nicholas, indo até ela. — Você não está supondo, o que eu estou pensando que está... tá?

— Não sei... talvez — respondeu Andréia.

— Como assim... talvez?

— Talvez... — ela riu, meio que apalermada — eu não sei no que você está pensando.

— Eu não acredito nessa hipótese! — exclamou Nicholas, incrédulo.

— Então... se o seu senso de adivinhação não lhe deixou na mão, eu acho melhor você acreditar. — Andréia fechou seu bloquinho, prendeu a esferográfica na orelha e concluiu: — Bem... tenho que admitir que nunca liguei uma coisa à outra, antes... até porque, não poderia. Porém... agora, aqui presente, a ficha tinha que cair. Aquela estátua, desaparecida dês da década passada, e essa estátua aqui, referente ao Deus Eroni, são simplesmente cópias, uma da outra. Ou seja: ambas são gêmeas idênticas!

— Ahn... deixa eu ver se entendi direito. — Nicholas fez uma pausa e, tentando manter-se calmo, prosseguiu: — Você está supondo...

— Não... — interveio Andréia — estou afirmando!

— Tá... tudo bem — corrigiu ele. — Você está afirmando que, a estátua do "Deus das Areia Árabes", aquela mesma que procurávamos quando nos reencontramos casualmente na Europa, foi roubada, antes de ser exposta no Museu do Cairo, aqui de dentro do templo, por, Anairda, provavelmente?

— Isso mesmo... — assentiu Andréia — você quer que eu repita?

— Sim... quero.

— "Só que eu não vou repeti-iiirrr"! — cantarolou ela, rindo da cara de pasmo dele.

— Então... — interveio David — isso comprova, de forma incontestável, junto com os ossos caídos naquele corredor, a veracidade da história narrada por Anairda. Inclusive... a parte que relata a aparição daquela criatura medonha. Estou certo?

— Eu creio que sim — replicou Andréia. — Até porque, não encontramos nenhuma armadilha que fosse capaz de justificar todas a-quelas mortes. Segundo os meus cálculos, o que aconteceu foi o seguinte: Anairda e os seus seguidores entraram no templo, após serem engolidos pelo deserto, e roubaram a plaqueta de ouro, junto com aquela estátua a qual procuramos pela Europa. Não satisfeitos, deixaram as relíquias lá fora e voltaram, visando saquear as demais riquezas. Entretanto... por infelicidade do destino, cruzaram com algum animal selvagem, faminto... foram acuados aqui dentro e acabaram jantados. Nada de sobrenatural! Havia muitos animais predadores no deserto, naquela época... cães selvagens, leões, leopardos... alguns espreitavam e atacavam em bando... tanto que os faraós promoviam a denominada caça às feras... verdadeiros rituais com caráter esportivo, representados em muitas das inscrições encontradas no Antigo Egito, e que tinham o propósito de protegê-los das forças adversas do caos.

— Disso nós sabemos. Afinal... monstros não existem! — seguiu Nicholas, impaciente. — A questão é... como e de onde do templo pegaram tal estátua?

— Eu ia chegar lá, agora. — Andréia lhe sorriu. — Vocês se lembram dos danos causados naquelas paredes, logo no começo desse corredor?

— Lembramos.

— Então... — concluiu ela — tiraram a estátua de algum lugar além desse portal que estamos perante e a arrastaram até a superfície do deserto. Por isso, danificaram aquelas lajotas... pra dar ângulo para manobrarem a estátua.

— Nossa... — empolgou-se Matheus — Andréia é mesmo fantástica!

— E, afinal, que fim levou essa estátua? — indagou o arqueólogo português.

— Sei lá... deve estar perdida em algum lugar da Europa — respondeu ela. — Provavelmente, junto com a segunda parte daquela plaqueta.

— Tá... e por que Champollion não incluiu essa estátua naquele manuscrito? — perguntou Nicholas, já aceitando a sua tese.

— Simplesmente porque, Jean-François Champollion jamais esteve aqui — replicou Andréia. — Por isso, não poderia ter ligado uma coisa à outra. Veja o meu exemplo. Eu sequer suspeitava disso... precisei ver uma estátua, aqui dentro, para poder me tocar e comparar com a outra, lá fora!

— E agora... você pretende voltar a procurar por ela? — perguntou Albert Marshall.

— Procurar pra quê? — disse a sábia senhorita. — Se, por acaso, nós viermos a esbarrar com ela, zanzando por aí, maravilha... caso contrário... tudo bem, deixa ela pra lá. Nós já encontramos o templo mesmo, o que mais poderíamos querer que não esteja aqui dentro?

— Concordo — murmurou David.

— Então? Vamos ou não continuar? — perguntou ela, super-empolgada. — Eu já estou me roendo toda de curiosidade, pra saber o que ainda vamos ter pela frente!

Andréia sorriu e logo redirecionou a sua lanterna para aquele portal, que tinham deixado momentaneamente de lado. Chegara a sua vez de entrar em cena e quando iluminaram enfim além dele, o espanto aumentou bastante, dando origem a um silêncio de perplexidade. Mais magnífico que as estátuas... estavam diante de um enorme e esplendoroso hipostilo[1], totalmente formado por aquelas mesmas lajotas de pedra!

Então, caminharam adiante, fascinados, irrompendo por aquela escuridão como viajantes do tempo de volta ao passado... de volta ao Egito Antigo! Quase se perderam naquele ermo, indo um para cada lado e vislumbrando, diante dos seus próprios focos de luz, as inúmeras entradas e saídas que se omitiam em meio à pilares grossos e altíssimos de pedra — papiriformes e de capitéis fechados —, capazes de sustentar todo o teto de rocha e mais o deserto inteiro por sobre suas cabeças. Ah... corrigindo-me, aquele local não era enorme... era gigantesco, dando a impressão que levariam décadas para vasculharem e estudarem cada canto, vencendo as suas armadilhas e decifrando todos os seus segredos e mistérios, rumo à Aldheron.

Até os detalhes mais insignificantes daquele hipostilo tinham sido minuciosamente esculpidos, dando arte à obra, provando que até o aterrorizante poderia ser belo. Foi aí que perceberam que os mastros das tochas também eram feitos do mais puro ouro... e que havia três degraus separando o piso central do piso lateral, que era mais alto e circundava todo aquele local. Entretanto... tamanho esplendor não acabava por aí. Acompanhando as laterais daquele hipostilo, já na parte mais elevada do piso, grandes abóbadas realçavam diversas cópias daquelas mesmas estátuas, expostas como se guardeassem todo aquele setor. Era incrível que algo assim pudesse realmente existir, ficando submerso durante cinco mil anos — ou mais — sem que a humanidade tomasse o devido conhecimento.

Logo, a sábia senhorita foi checar aquelas duas inauditas sequências de estátuas, contando, do lado esquerdo, mais cinco imagens do rei Aldhion montando guarda. No entanto, quando ela dirigiu-se para aquele outro quinteto de estátuas, notou que havia algo

---

[1] – *Hall ornamentado por colunas.*

de errado. Andréia se aproximou mais e acabou confirmando a sua genialidade.

— Olhem para a direita desse *hall* e me digam... eu tenho ou não razão?! — empolgou-se a própria, apontando a sua lanterna para lá. Das cinco imagens referentes ao Deus Eroni, apenas três delas ainda mantinham-se de pé, aparentemente, intactas e no mesmo lugar. Quanto às outras duas... bem... uma delas encontrava-se tombada e com todas as suas joias roubadas, e a segunda... adivinha — Querido e Prezado Leitor.

Ela tinha desaparecido!

— Eu não acredito! — exclamou Nicholas.

— Mas é verdade... — afirmou Andréia — por mais que se pareça um sonho!

— Então... dá uma beliscada aqui no meu braço. — Ele arregaçou a manga da camisa. — Talvez, assim, eu consiga acreditar em tudo o que está acontecendo.

— Tá... tudo bem! — E ela caprichou no beliscão. — Foi você quem pediu.

— Ai... eu estava brincando, droga! — bronqueou ele, enquanto os demais chegavam até ambos. — Por que tudo pra você tem que ser sempre ao pé da letra?!

— Não sei — disse Andréia, com um ligeiro sorriso no rosto. — Bem, Nick... acho que acabamos de desvendar a origem do "Deus das Areias Árabes"

— É... estou vendo — resmungou ele, esfregando avidamente o seu braço. — Aliás... estou sentindo!

— Ah... eu não belisquei tão forte assim.

— Você quase arrancou um pedaço... isso sim!

— Só que eu não estou sentindo nada — brincou a sábia senhorita.

— Mas é claro que não. O beliscão não foi no seu braço, foi no meu!

E seguiram assim — como dois adolescentes —, quando o jovem Matheus chegou por entre ambos e perguntou, demonstrando preocupação:

— É tudo muito lindo, é tudo muito belo, mas... e quanto àquele montão de esqueletos lá atrás? O que você pretende fazer?

— A princípio, nada! — Andréia riu molequemente. — Nós chegamos mesmo tarde demais, para conseguir salvar a vida de toda aquela gente!

— E não vai procurar saber o que houve, de fato, com eles? — se sobressaltou.

— Não.

— Por quê...?

— Porque, no final, nós vamos acabar descobrindo de qualquer maneira. Tenha paciência, meu rapaz. — Andréia sorriu e prosseguiu, a-busando de um tom sombrio: — Faça como eu e espere até que Aldheron venha a se manifestar.

— Mas... e a sua teoria de que eles foram vítimas de algum a-nimal selvagem.

— Verdade... eu tinha me esquecido — Ela fez outra pausa, vislumbrou todas aquelas entradas e saídas, de lá mesmo de onde estava, e concluiu enigmaticamente: — Eu detesto entrar em contradição, mas... a-gora, aqui presente, estou começando a suspeitar do contrário. Algo me diz, que nós não estamos sozinhos aqui dentro. E o pior... que o sobrenatural existe!

E Matheus calou-se amedrontado, engolindo em seco e saindo de fininho de perto dela.

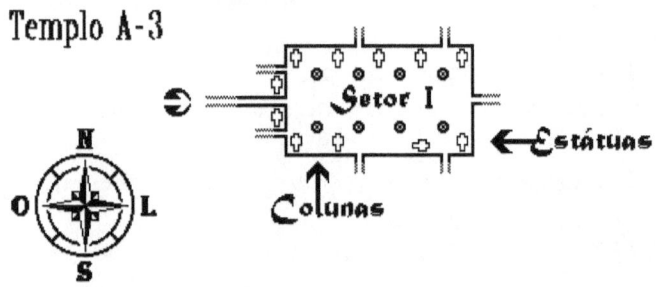

— Bem... por enquanto, basta! Chega de emoções fortes! — exclamou Andréia. — Primeiro, vamos transformar em informação esse setor do templo... pra, somente depois, partirmos por um desses tenebrosos corredores.

— Concordo! — assentiu o pró-homem do instituto, sugerindo: — O que você acha de colocarmos grupos alternados de peritos, para fazermos vinte e quatro horas por dia esse serviço? Assim, sem sobrecarregarmos ninguém, trabalharemos dobrado, não perdendo muito tempo só nesse setor do templo.

— Ótima ideia! Nesse ritmo, eu acredito que, em alguns dias, nós estaremos com tudo por aqui resolvido. Mas agora... eu quero mesmo é sentar... — ela gemeu — estou morta de cansaço! — Então, Andréia foi procurar um lugar adequado para descansar.

VI

E não foi só Andréia que pedira arrego. Nicholas, Albert e David logo a acompanharam, sentando-se perto dela, naqueles degraus que separavam em dois níveis o piso do hipostilo. Estavam realmente exaustos... e olha que o dia só estava começando! Todos pingavam de suor, bebiam água dos seus próprios cantis e, enquanto recuperavam as energias, decidiam, em meio aos focos das lanternas, o que cada um faria quando se levantassem dali. Kurt Wallace e Lord Bradford também participavam daquela reunião improvisada, permanecendo de pé perante eles.

Conversaram por quase meia hora, quando se tocaram que, antes de mais nada, precisariam clarear todo o templo já descoberto. Pensaram até em reutilizarem aquelas tochas que lá estavam, mas acabaram optando foi por colocar lampiões a óleo, dês da entrada até aquele *hall* onde se encontravam, separados por uma distância aproximada de dez metros. Não utilizariam lampiões elétricos — o óbvio se tratando da época que estavam —, porque temiam que, se desse algum problema no gerador ou se partisse um pequeno pedaço do cabo de alimentação, eles ficassem às escuras... e o que era terrivelmente pior, lá dentro. Aí sim, com uma i-luminação razoavelmente adequada e segura, sem depender tanto dos focos das lanternas, os renomados membros do instituto poderiam trabalhar melhor e com bem mais conforto. Feito isso e o próximo passo seria desarmar aquela armadilha que se depararam lá na entrada, a-proveitando para estudarem o seu mecanismo de funcionamento. Só então, que eles começariam os estudos daqueles milhares de Hieróglifos. Não tinham outra opção, precisavam agir com prudência... darem um passo de cada vez! Aquele não era um templo egípcio como outro qualquer... era o templo de Aldheron!

E com tudo já devidamente adiantado, o pró-homem do instituto retornou às pressas ao Prédio de Vidro, preocupado com a imprensa, que já começava a aglomerar-se na entrada do templo e também, na porta da IARI. Eram aqueles mesmos repórteres mercenários de outrora, que jamais acreditaram em nada!

Afinal... estava provado.
Papai Noel existe realmente!

Egito. Cairo, 07:00.

I

      Jennifer acordava naquele instante, como de costume, com o toque do seu despertador. Cedo, sim, mas apenas por causa da descoberta do templo. Então, desligou sua campainha com um tapa e, ainda sonolenta, rolou por algum tempo na cama, até que viu as horas, se espreguiçou e postou-se enfim de pé, rumando despida ao toalete e renovando os seus desejos por alguém. Jennifer havia pensado somente em Alexander, até que pegara no sono, quando o seu subconsciente agiu avisando que já tinham entrado no templo. Foi um sonho que não chegara a se tornar pesadelo, mas tão estranho que lhe transmitira medo.

      Durante o banho, ela tentara não pensar muito no por que do sonho que tivera... mas, apesar de tanto esforço, saiu da ducha visivelmente confusa. Desconhecia o futuro e era esse o seu maior motivo para dar asas à insegurança. Então, acabando de se enxugar, irrompeu ponderante pelo quarto, sempre controlando as horas. Vestiu a calcinha em um único movimento, colocou o sutiã e combinou de modo prático calça de algodão e blusa. Com a certeza de já terem entrado no templo, ela estranhou o fato de ainda não ter sido avisada. Mas, tudo bem, até que era aceitável, levando-se em conta a agitação e euforia que reinavam nas imediações daquela incrível descoberta. Assim, apesar de ainda meio preocupada, a jovem acabou deixando de esquentar a cabeça com aquele sonho. Bem... na verdade, Jennifer havia era se tocado que o seu pai, Andréia e companhia sabiam perfeitamente o que fazer, enquanto ela... não! Tentava, de uma só vez, colocar o seu *Sky Diver* no pulso e arrumar o lençol da cama. Sem nenhum sucesso, diga-se de passagem!

Isso, quando teve a sua atenção desviada por alguém que batia abalroadamente na porta.

— *Room service!* — gritaram.

— Ah... já era hora! — reclamou consigo mesma. Ela demonstrava irritação, já que tinha feito seu pedido há uns quarenta minutos, pouco antes de entrar na ducha. — Caramba, eu cheguei a pensar que iria morrer de fome!

Então, deixou a cama e o relógio de lado e foi receber toda atabalhoada o serviço de quarto. Que caos! Jennifer abriu a porta com um sorriso sem-graça estampado no rosto, trouxe o seu pedido para dentro, deixou uma boa gorjeta para o funcionário do hotel e, após despachá-lo, sentou-se à mesa para degustar o café, recheado de frutas, biscoitos e outras iguarias. A única frase que ela disse para aquele árabe — o mesmo que, na tarde retrasada, transportara as bagagens e etcétera, de forma nem um pouco desastrada —, foi um cínico *"thank you"*. Logo, de forma calma, todavia, não menos apressada, Jennifer beliscou um pedaço do pão egípcio e experimentou-o banhado com mel. Repetiu aquele procedimento por mais algumas vezes, tomou o seu iogurte de morango, saboreou mais uma delícia ou outra e se deu enfim por satisfeita.

Agora, após ter encerrado aquela sua primeira refeição do dia, ela trocou a cadeira pela cama, deixando a pressa um pouco de lado e saboreando um refrescante suco de laranja, sentindo cada gota da fruta com lábios loucos para beijarem os de Alexander. E viajando naquela u-topia, a jovem O'Neil largou-se de costas na cama, de olhos fechados, deixando o copo, já vazio, escapulir das mãos e partir de encontro ao piso acarpetado do quarto. Por sorte, trinta centímetros de queda não foram suficientes para que se transformasse o copo em cacos... mas também, se isso tivesse acontecido, ela nem perceberia, pois mantinha os seus olhos cerrados. O copo se tornara insignificante, já que, naquele momento, a imagem em sua mente era outra... era a de alguém que a fazia suspirar!

Jennifer contava nos dedos o tempo que ainda faltava para poder revê-lo. Quiçá, como se tentasse adivinhar onde ele estaria ou o que fazia naquele exato instante... se já teria ido ver o templo ou sequer acordado. E, sem mais nem menos, a jovem começou a rir, sozinha, se conscientizando de que colocara o quarto todo de ponta-cabeça... de que se arrumara de forma totalmente desordenada, a ponto de meter os pés pelas mãos... e o pior, de que quase jogara o pobre coitado do empregado escada abaixo, a socos, pontapés e empurrões, por uma pressa doidivana... por uma ansiedade que nada tinha a ver com o seu pai, com Andréia ou com as pesquisas do instituto — como a própria achava que fosse. Muito menos, tinha algo a ver com as proximidades da descoberta de Aldheron. Era Júnior... que estava a deixando muitíssimo agitada... elétrica! Aquele mesmo... que a deixava loucamente excitada!

II

Jennifer ainda se encontrava deitada, largada de costas na cama, quando o interfone começou a tocar. Ela levantou-se, foi atendê-lo e a recepção informou que Alexander aguardava lá embaixo. Logo, o seu coração acelerou e, induzida por aquela paixão que já queimava dentro do peito, deu ordem para o deixarem subir. Jennifer estava tão distraída que havia se esquecido que, na noite passada, quando Alexander a trouxera de carro, combinaram dele também ir lá buscá-la, naquela manhã, para levá-la de volta ao instituto.

E com a jovem se lembrando disso, correu para o espelho do toalete, onde ajeitou os cabelos. Depois, perfumou-se com o seu *Armani* e respirou fundo, retornando ao quarto, ansiosa por revê-lo. Jennifer ouviu som de passos vindo do corredor e, após abrir a porta e certificar-se que era ele, convidou-o para entrar. Alexander estava impecável, combinando um blusão branco e uma calça de cor escura. Calçava tênis esporte — sem cadarços — e usava óculos escuros. Ele não estava nem um pouco transpirado, mesmo apesar do calor infernal que reinava ao longo do Cairo. Isso, graças ao sistema de refrigeração que equipava a Mercedes prata a qual dirigia: um dos muitos veículos que ficavam à disposição dos funcionários mais ilustres na garagem do instituto.

— Oi — disse Alexander, irrompendo timidamente pelos a-posentos dela. — Eu demorei um pouco, pois o trânsito no Cairo é um verdadeiro horror!

— É... eu já havia percebido — falou Jennifer, fechando distraída a porta. — Fique à vontade... tá? — Ela fez uma pausa. — A propósito... quer beber alguma coisa?

— Seria ótimo... estou morrendo de sede! — aceitou ele, mantendo as mãos para trás como se escondesse algo dela.

— E o que você prefere? — perguntou. — Refrigerante... suco... água?

— Ah... sei lá! Qualquer coisa... de preferência, bem gelada!

— Tá... aguarde que eu vou buscar.

Alexander sorriu e ficou a admirá-la, caminhando com aquele seu rebolado enlouquecedor até o frigobar, localizado do lado oposto à mesa de jantar. Ele quase entrou em hipnose, deleitando-se com a visão daquelas nádegas, carnudas e arredondadas, que se salientavam por debaixo da calça que a jovem usava. Dava até para apreciar a sua calcinha — minúscula! —, delineada naquela peça de algodão que Júnior tanto invejava.

Ainda contemplando-a com demasiada malícia, Alexander aguardou que Jennifer pegasse uma garrafa de soda e servisse a bebida para ambos. Feito isso e ela voltou-se para ele, com os copos nas mãos, fazendo Alexander mergulhar mentalmente naquele tremendo par de seios, cobertos por uma blusa e por um sutiã, ambos de cor rosa. Seu sexo, então, nem se fala... mesmo escondido por baixo de tanta roupa, fez Alexander imaginar algo tão ousado que chegou a salivar! Mas, apesar dos desejos e das fantasias que passavam pela sua cabeça, ele era respeitador e estava inibido diante daquela voluptuosa presença feminina. Também pudera... as curvas que o corpo dela possuía eram realmente perigosas. Se Alexander não tomasse muito cuidado, acabaria na caixa de brita... capotado!

Logo, Jennifer se reaproximou e entregou-o um dos copos com refrigerante.

— Toma... foi o que deu pra arranjar — disse a jovem.

— Soda?

— É... soda. Soda-limão!

— Obrigado... eu gosto — agradeceu ele, pegando a bebida com apenas uma das mãos. Depois, tirou das costas, como em um passe de mágica, um belíssimo *bouquet* de flores, dizendo: — Toma... trouxe-as pra ti! Eu estava passando pela rua e, quando vi, não consegui resistir e te fiz essa surpresa. Sei lá... acho que foi por serem tão meigas quanto o seu rostinho... tão perfeitas quanto o seu corpo e tão perfumadas quanto a sua pele.

E diante daquele gesto tão carinhoso, cativante, Jennifer não conseguiu dizer um monossílabo sequer. Ela até tentou, mas acabou gaguejando. Então, a sua reação foi pegá-las das mãos dele, abaixar a cabeça e sorrir encabulada, demonstrando sua timidez. Tudo bem que aquele não era o primeiro *bouquet* que ganhava na vida, também sabia que não seria o último... mas, devido às circunstâncias, se tornara disparado o mais especial. Principalmente, porque não eram rosas — Jennifer já estava cansada de ganhá-las! —, aquelas eram flores de lótus, azuis e brancas, que entremeavam-se com harmonia e magnificência.

Alexander tirou enfim os óculos escuros de fronte aos olhos e acomodou-os na cabeça, entre os cabelos. E enquanto a jovem colocava, toda contente, o presente sobre a mesa, se afastando para pegar uma jarra de louça — parte da decoração do hotel —, ele aproveitou para dar uma boa golada no refrigerante. Ainda calada, Jennifer encheu a jarra com um litro de água gelada, colocou o equivalente a cinco colheres de sopa de açúcar e mergulhou o caule das lótus dentro. Estava realmente encantada com o presente. Enquanto cuidava das flores com carinho, admirava Alexander de rabo de olho e tentava despir sua blusa com a imaginação. E foi além, despindo também sua calça, corando bastante ao imaginá-lo, todo forte e musculoso, apenas de sunguinha e com o sexo ereto por ela.

— Hum... curioso... água gelada com açúcar para as flores? — comentou Alexander, em tom de interrogação.

— É... aprendi com a jardineira lá de casa — disse a jovem, como se despertasse de um transe. — Ela sempre diz que a água gelada e o açúcar fazem bem para as flores. Mas a água gelada só serve para as flores cortadas no caule, caso contrário, você prejudicará as plantas. Na jarra, a água gelada diminui a taxa de respiração das flores, prolongando a vida útil dos botões. Por outro lado, impede a abertura normal das pétalas. Quanto ao açúcar, ele serve para fornecer energia para os botões, prolongando ainda mais sua vida útil. Mas para isso surtir efeito, é preciso cortar um centímetro da base da haste floral diariamente e trocar as águas junto.

— *Wow*... que aula de jardinagem! — Ele exclamou, surpreso, deixando o copo sobre a mesa. — Vejo que dei as flores para a pessoa certa!

Jennifer riu, achando graça. Depois, enquanto colocava a jarra com as flores sobre a mesinha de cabeceira, bem ao lado de sua cama, justificou-se:

— Acho que um pouco de conhecimento das coisas do nosso cotidiano, não faz mal a ninguém.

— Verdade. — Alexander não cansava de admirá-la.

Naquele momento, Jennifer voltava-se para ele, desfilando em sua direção. Ela estava sorridente, não conseguia esconder tamanha felicidade. Alexander também, encantado com tanto charme, meiguice e beleza. Então, ele se precipitou alguns passos à frente, indo ao encontro dela. Já próximos um do outro, fitaram-se profundamente, como se entrassem em transe, radiantes de algum sentimento deveras especial. Trocaram um sorriso e Alexander ousou acariciá-la no rosto. A jovem, porém, tentou esquivar-se, abaixando a cabeça timidamente. Ele insistiu, pegando-a carinhosamente pela pontinha do queixo e reerguendo sua cabeça. Depois, voltou a acariciá-la... dessa vez, tirando alguns fios de cabelo de fronte aos seus belos olhos azuis. Estavam calados... olhos nos olhos... lábios trêmulos... coração descompassado no peito! Definitivamente, havia rolado o clima! Um momento perfeito, repleto de magia e sedução. Logo, Alexander foi além, tomando-a nos braços, roubando dela um longo suspiro acanhado. Jennifer deixou-se levar... estava fascinada! Fechou os olhos e ouviu Alexander sussurrar, bem aos pés do seu ouvido.

— Você é linda!

Jennifer começou a ofegar...

— Desculpa-me pela ousadia — seguiu Alexander, em uma mistura mágica de ternura e ardor. — Sei que posso estar colocando tudo a perder, mas prefiro arriscar do que ter que passar mais um dia apenas apreciando a sua beleza!

Alexander conseguia ser delicado e ter pegada ao mesmo tempo... e a junção daqueles fatores deixara a jovem O'Neil muito excitada. Seus corpos estavam colados em um só... seus perfumes se misturavam no ar... e ela pode sentir perfeitamente o sexo dele ganhando ereção, bem aconchegado em sua virgindade. Aquilo foi como se apertassem um botão nela, trocando do modo tímido para o modo intenso... audacioso! Então, em um surto de impulsividade, Jennifer pegou Alexander pelo passador da calça e rebateu, afoita: *"não se desculpe por isso... desculpe-se por ter demorado tanto a me agarrar!"* Após, fechou os olhos e voou com aqueles lábios carnudos de encontro aos lábios dele, beijando-o com vontade e deixando aflorar todo o desejo que se acumulara dês do dia em que o conhecera.

Se abraçavam exasperadamente e em meio a tão saboroso beijo, se sentiram teleportados para uma outra dimensão, onde só o prazer imperava. Nada mais importava, além daquele momento doce e romântico, repleto de sensualidade e malícia. Afinal... beijar era bom demais! E era o que faziam, cada vez mais e mais, puxando-se pelos cabelos, como se um precisasse da energia do outro para sobreviver... sobrexistir! Foram apenas três dias de convivência e estava na cara que iria resultar naquilo... em um relacionamento *caliente* e explosivo. Houve um suspiro, um tênue respiro, uma absorção mínima de oxigênio... e voltaram a se beijar... agora, ainda mais inebriados... desavergonhados e impetuosos! Tanto que os óculos escuros de Alexander voaram à distância. Estavam tão alucinados que se desequilibraram... e sem que parassem de se beijar, saíram se apoiando pelos cantos, cambaleantes, derrubando objetos ao chão, transformando decoração em cacos... pensamentos voluptuosos em atos... em fatos incontestáveis de amor e paixão!

Ainda sentiam o gosto do refrigerante nos lábios, quando pararam enfim de se beijar, voltando ao mundo real. Agora, mantiveram-se um nos braços do outro por mais algum tempo, fitando-se encantados como se buscassem alguma explicação para tudo aquilo que sentiam: o coração descompassado no peito... o calor que ascendia pelo corpo... a mente se desvanecendo... a vontade louca de se amarem de uma vez e etcétera.

— Nossa... que coisa estranha. — Jennifer finalmente soltou-se dos braços dele e se abanou com as mãos. — Como está ficando quente aqui!

— É... o aparelho de ar deve estar com algum defeito.

— Ah... não se faça de cínico! — Ela deu outra golada no refrigerante. — A culpa foi sua, que não sabe se comportar direito!

— A culpa foi minha? — propugnou Alexander, rindo molequemente.

— Justamente... você me pegou desprevenida! — Jennifer fingia estar furiosa.

— Mas foi você que avançou pra me beijar!

— Eu sei. — Ela respirou fundo e partiu para cima dele, concluindo ardorosamente: — E vou beijá-lo de novo, até apagar esse fogo que você acendeu e que agora queima impetuosamente dentro de mim!

Então... com um pulo, montou no colo do rapaz, enlaçando-o com as pernas... pegou-o pelos cabelos e tascou-lhe um daqueles beijos de língua, de arrancar pedaços. Alexander, desequilibrado, agarrou-a pelo quadril, colocou-a sentada na mesa de jantar e avançou a beijá-la... a devorá-la! Logo, Jennifer, alucinada, enfiou as mãos por dentro da blusa do rapaz, arranhando-lhe as costas, querendo sentir ao máximo tamanha masculinidade. Depois, passou a língua no ouvido dele, forçando uma gemidinha. Alexander suspirou e quase perdeu a noção das coisas. Ele avançou no pescoço dela, mordiscando-o diversas vezes, fazendo-a jogar a cabeça para trás e revirar os olhos. Naquele momento, a jovem O´Neil sentiu a sua virgindade pulsar de tesão! E se beijaram novamente...

afoitos! Por fim, Alexander beijou-lhe o rosto inteiro e fizeram uma nova pausa para respirarem.

— *Oh my God...* que fogo é esse?! — inquiriu Alexander, todo descabelado.

— É o fogo da paixão! — rebateu Jennifer, deitando-se de costas na mesa e dando uma cambalhota para trás, fugindo momentaneamente dos braços daquele rapaz. Ela caiu de pé, no chão, do outro lado da mesa, e provocou-o sorrateira: — Por que... você não aguenta, é?

— É claro que eu aguento! — exclamou ele, sentindo-se desafiado.

— Então, veremos! — Jennifer deu a volta na mesa, sorridente, e se aproximou de novo, dizendo cinicamente: — A propósito... você não vai beber mais a soda? Vai acabar esquentando e perdendo todo o gás.

— É mesmo! — Alexander sorriu sem-graça, pegou de volta o copo, bebeu o restante do refrigerante e largou-o, após vazio, à mesa.

Jennifer também acabou de beber o seu refrigerante. Mais alguns segundos se passaram e um avançou para cima do outro, se beijando novamente.

O clima estava tão quente que Alexander já pensava em a-má-la... em levá-la para a cama e possuí-la o dia todo, até que a noite caísse de novo lá fora. Entretanto, ele ficaria apenas na vontade, primeiro porque Jennifer ainda não estava, de fato, pensando nisso, e segundo porque eles foram interrompidos pelo celular dela própria que começava a tocar. Então, ela fugiu dos braços dele e avançou no aparelho, ansiosa por informações a respeito do templo. E era mesmo Nicholas, contando enfim para a filha — enquanto a própria recuperava o fôlego — parte dos acontecimentos daquela longa madrugada. Jennifer aproveitou para lhe perguntar se haviam encontrado a joia e, mesmo apesar da resposta ter sido negativa, a jovem acabou voltando a se preocupar com as pesquisas.

— Bem... infelizmente, o prazer vai ter que esperar um pouco — disse ela, assim que desligou o telefone. — Alex... vamos imediatamente para o instituto, que os nossos pais devem estar precisando da gente.

— Sério? Justo agora...? — indagou ele, incrédulo. Depois, a-cabou cedendo, visivelmente desanimado. — Ok... afinal... nós também fazemos parte da equipe!

— Exato... e eu quero aproveitar ao máximo, essa nova fase da minha vida! — exclamou Jennifer, pegando suas coisas e arrastando Alexander pelos braços hotel afora.

Jennifer O'NEIL
ESTUDANTE - 18 ANOS

Egito. Deserto Ocidental, 10:46.

I

Jennifer e Alexander vislumbravam, à distância, um tumulto danado na frente do Prédio de Vidro. Então, se aproximaram lentamente, a bordo daquela Mercedes prata do instituto que Alexander dirigia. Eles queriam checar o que estava acontecendo e, depois de encostarem o carro e saírem curiosos lá de dentro, acabaram descobrindo da pior forma possível. *"Hei... olhem... é a filha do magnata Nicholas O'Neil!"* — berrou alguém, desesperado, apontando descaradamente para ambos. E quando os dois se deram conta do que estava se passando, já era tarde demais para que conseguissem escapar. Jennifer e Alexander viram-se cercados por dezenas de repórteres ensandecidos que, quase aos socos e pontapés — e alguns pescotapas[1] também —, se digladiavam em busca de novas informações sobre a recém-descoberta do templo e a possível existência de Aldheron.

— *Please*, deem-nos um minuto de atenção! — dizia um daqueles agentes da notícia, lutando pelo seu espaço. — Vai... só uma palavrinha para nós!

— O que vocês sabem sobre o templo?! — emendou um outro, berrando no ouvido deles para que a sua voz pudesse sobressair àquele alvoroço dos infernos.

— Absolutamente nada! — retorquiu Alexander, tentando ser educado. — Nós acabamos de chegar... ainda nem estivemos lá!

— E pretendem ir quando?! — perguntou agora um enviado da C.N.N., surgindo do nada e quase enfiando seu microfone goela abaixo deles.

---

[1] – *Palavra que quer dizer, de forma cômica: "tapa no pescoço".*

— Sei lá, quando der na telha! — Alexander pegou Jennifer pela mão e começaram a furar o bloqueio, escada acima. O tumulto era tanto que eles esqueceram até da Mercedes, parada à margem da calçada.

— Srta. O'Neil... Srta. O'Neil! Você acredita que esse templo seja realmente aquele que o seu pai tanto procurou ao longo da vida?!

— Será que isso não está sendo um novo engano?! — perguntou outro repórter.

— E por falar em engano... — emendou uma mulher, de nariz engraçado, pendurada pelo lado de fora da escada, com um gravador portátil na mão — vocês acreditam nos poderes narrados pela lenda?!

— Mas... de que lenda você está falando?! — inquiriu Jennifer, perdendo a paciência. Então, parou no topo da escada, voltou-se para baixo e, diante a imprensa do mundo inteiro, desabafou: — Será que vocês ainda não se tocaram que nunca existiu lenda alguma? Ainda mais agora, que o instituto finalmente descobriu o seu templo! Gente... Aldheron se consolidou como um fato real! E, meu pai, certamente será reconhecido como um dos homens mais importantes da história! Aliás... muito diferente daquele "lunático" que todos sempre fizeram questão de empregar para zombar da cara dele!

— Isso, Jenn... — provocou Alexander — não dá mole pra eles não!

E já iam partir prédio adentro, quando Jennifer foi segura pelo braço. Era um repórter, comprido e com cor de camarão, dizendo muito exaltado:

— Hei, Srta. O'Neil... não vai embora! Perdoe-nos pela impertinência, estamos aqui a trabalho. O mundo precisa saber da verdade. *Please*... responda as nossas perguntas. Acredite... pode sair da sua boca, o pronunciamento do século!

— Eu estou com fome e preciso almoçar! — retorquiu Jennifer, soltando-se na marra. — Pode ser esse, o pronunciamento do século?!

— *Please*... *Lady O'Neil!* — implorou um outro repórter, já os cercando por trás para impedir que eles conseguissem alcançar a porta da recepção. — Vocês sabem dizer se Aldheron já foi encontrada?!

— A propósito... (e toma-lhes perguntas!) quais são os planos do instituto em relação a ela?!

— Nicholas e Andréia vão realmente doá-la ao Museu do Cairo?!

Agora, elas vinham de forma tão desordenada e uma por cima da outra que, mesmo se os dois quisessem, não conseguiriam mais respondê-las.

— E quanto às demais riquezas que porventura forem encontradas... o que a IARI pretende fazer para evitar que elas sejam extraviadas?!

— Existe mesmo um acordo do instituto com o Governo do Egito, para combater o mercado negro e a organização do *"Mister Shadow"*?!

— Vocês temem que essa organização terrorista ataque a sede do instituto ou o próprio Museu do Cairo, visando furtar a tal da joia?!

— E se isso vier a acontecer... quais as medidas que serão tomadas?!

— Alexander... Alexander! Seu pai é o chefe de segurança... você acredita que ele e a sua equipe estão preparados para aquilo que der e vier?!

— Será que todos são de inteira confiança?! Afinal... a cobiça e a ganância podem falar mais alto, quando Aldheron for enfim encontrada!

E ambos já não tinham mais espaço nem para respirar, quando Alexander também perdeu a paciência e berrou, começando a empurrar toda aquela gente para longe:

— *Oh shit!* Por que vocês não nos deixam em paz e vão lá pra China, entrevistar os soldados de Terracota?! Nós temos mais o que fazer por aqui... eles, não, ficam lá parados o dia inteiro! — E ainda completou: — *Damned...* eu sabia que isso iria acontecer!

II

Com tudo adiantado em relação àquela primeira armadilha e à instalação dos lampiões a óleo, Andréia iniciava os estudos naquele gigantesco hipostilo, copiando, das colunas de pedra para o seu bloquinho, mais alguns daqueles caracteres. A luz dos lampiões ajudava bastante, mas, às vezes, ela precisava recorrer era à sua lanterna, direcionando-a para aqueles Hieróglifos menos legíveis. A sábia senhorita pesquisava a respeito do Livro dos Mandamentos... por isso que era vista concentrada naquilo que fazia, ora agachada, ora de pé, quando o pró-homem do instituto chegou, trazendo para ela sanduíche natural e uma latinha de refrigerante.

— Lá fora está um verdadeiro inferno... — dizia ele — repórteres por todos os lados!

— Isso... sem contar os curiosos, que estão vindo de todos os cantos do mundo! — emendou Matheus, rumando empolgado ao instituto. O ambiente ao redor tremulava enigmaticamente.

— É mesmo — assentiu Nicholas —, Matheus tem razão. Vai ser difícil trabalhar assim. Principalmente, por causa da imprensa.

— Tudo bem... quanto a isso, não precisa se preocupar que eu darei um jeito neles.

— Mas como?

— Ah... aguarde e confira! — concluiu Andréia curtamente.

Ela recebeu lisonjeada aquilo que seria o seu almoço, sentou-se nos restos da única coluna encontrada em ruínas naquele setor e pediu para que ele a acompanhasse, sentando-se ao lado.

Nicholas atendeu prontamente o seu pedido, suspirando de cansaço. Então, quando novamente juntos, lado a lado, voltaram a sentir aquele fogo de paixão adolescente queimando dentro do peito. Era fato consumado! Apesar de, no brilho dos seus olhos ainda reluzirem a dúvida e o receio, contendo tais desejos e os fazendo terem medo de se abrirem definitivamente um com o outro, por mais voltas que o mundo tenha dado, desde quando se conheceram em Oxford, tudo indicava que ambos acabariam mesmo juntos. Afinal... Deus escreve realmente certo por linhas tortas! E a maior prova desse desfecho era que estavam se reaproximando, livres de contratempos e felizes com a descoberta do templo. Estavam a um passo da vitória e era com ela que Andréia sempre contara para conseguir tê-lo de volta!

— Eu dou um doce pelos seus pensamentos — brincou Nicholas, sorridente, quebrando aquele silêncio enigmático do interior do templo.

— Oba... então, também vai ter sobremesa! — Andréia retribuiu aquela brincadeira com bom-humor. Depois, sorriu apaixonada, começando a falar, olhando para um ponto aleatório: — É... quem diria? Há doze anos começávamos, em meio a críticas e controversas, a nossa saga... e hoje, estamos aqui, sendo aclamados por todos aqueles que riam da gente. Inacreditável, mas é verdade... nós somos manchetes em todos os jornais e noticiários do mundo! — Ela fez uma pausa e exclamou com irreverência: — A volta por cima do Sr. Toupeira e da Mulher Picareta!

Nicholas deu uma boa gargalhada, mas logo prosseguiu demonstrando seriedade:

— Eu tenho que admitir que as coisas mudaram bastante... e pra melhor! Só que precisaremos tomar o máximo de cuidado a partir de agora, para mantermos a situação a nosso favor. A imprensa está alvoroçada lá fora... nos louvando, sim... mas, se vacilarmos, você sabe muito bem que serão eles mesmos os primeiros a jogarem pedra na gente.

— Fica frio, que não haverá vacilos — disse Andréia, desembrulhando seu lanche do papel laminado. — Agora... quanto àquele alvoroço... vou te contar logo os meus planos. Vamos agendar para logo mais, à noite, uma coletiva com a imprensa... e passar as primeiras informações oficiais sobre a descoberta que fizemos. É claro que não diremos nada do tipo "Aldheron veio do espaço", mas podemos revelar, por exemplo, que as paredes do templo são feitas de medianas lajotas de pedra cor de areia. Entendeu a jogada? Isso bastará para acalmá-los um pouco. — Ela experimentou o sanduíche e continuou de boca cheia: — Se eles tanto querem informações, daremos todas aquelas que acharmos insignificantes. Vamos deixá-los bem ocupados, noticiando um monte de blá-blá-blá, e nos concentrar naquilo que realmente importa. Afinal... ninguém nunca acreditou em Aldheron mesmo!

— É verdade... você tem razão.

— Eu sempre tenho — Andréia voltou a sorrir. — Agora chegou a nossa vez de dar as cartas do jogo.

— Assim espero.

— Não... assim será!

Naquele instante, eles fizeram uma pausa. Andréia aproveitou para dar uma bebericada no refrigerante e, quando se deu conta, já estava reiniciando os trabalhos, colocando seu *notebook* no colo e levantando o visor. De tanta ansiedade — apesar da fome —, ela acabou deixando o seu lanche de lado. Comeria o sanduíche aos poucos, como já estava acostumada, entremeado com os seus afazeres... e com aquele papo descontraído que estava tendo com Nicholas.

— Afinal, o que você pretende fazer da vida quando isso tudo acabar? — indagou ela.

— Ainda não sei, ao certo. Mas penso em dar mais atenção à minha filha e corrigir alguns erros que cometi no passado — disse Nicholas, brincando com um pedaço de granito.

— Ahn... e só por curiosidade minha — prosseguiu Andréia, após transferir dados para aquele seu computador. — Está incluído, ter nos deixado aqui? Ter esquecido de nós... os seus maiores a-migos?

— Não. Não, pois eu nunca me esqueci de vocês. — Ele sorriu tristonho. — Pra ser sincero, eu esqueci foi de mim.

— Também pudera, né? — Andréia fez uma pausa, pensando muito antes de dizer qualquer coisa. — Esses dez últimos anos foram realmente terríveis.

— Nem me lembre deles! — exclamou Nicholas, respirando fundo. — Ainda bem que já passaram. O importante agora é que estamos aqui... vivendo essa nova fase, por sinal, muito promissora!

— Concordo — disse Andréia, se calando novamente, tomando coragem para lhe fazer uma importante pergunta. Então, largou seu ponto de visão aleatório e fitou-o nos olhos, aventurando-se pelos mistérios do coração. — Nick... por favor... se você ainda não estiver pronto... preparado... ignore... não precisa responder. Mas, eu preciso ao menos perguntar. — Ela pausou. — Quanto a nós dois... você pretende tentar outra vez?

— Ah... com certeza! — Nicholas demonstrou alegria, fazendo-a abrir um sorriso de menina. — Só agora percebi... a vida passa rápido demais. E esse é o maior dos erros que pretendo consertar! Não que eu me arrependa de ter casado com quem me casei, pois foi ao lado dela que passei os anos mais felizes da minha vida. Eu me arrependo é de ter traído você.

— Tá... tudo bem... deixa pra lá. Nós éramos muito imaturos mesmo!

— Eu sei... — Nicholas murmurou, envergonhado. — Mas não justifica meus erros.

— Esquece! Eu só lamento, de fato, é esse caminho que o destino traçou para nos trazer até o dia de hoje. Se foram provações, acho que não precisavam ter sido tão cruéis, como foram — melancolizou Andréia. — Pessoas inocentes sofreram demais... principalmente, sua esposa. Elizabeth era uma mulher formidável... de boa índole... mãe digníssima! Não merecia acabar, como acabou. E digo-lhe isso, sem hipocrisia... mesmo com ela tendo roubado você de mim!

— Complicado. Também não aceito que o destino tenha traçado tal caminho. Após a sua morte, eu até passei a frequentar Centros Espíritas... mas nunca aprendi a ter resignação.

— É... resignação. É difícil, mas nós precisamos ter! Ou o sofrimento será muito pior... capaz até de nos levar à loucura... ao suicídio!

— Isso nunca passou pela minha cabeça. Seria egoísmo meu, deixar minha filha sofrendo aqui sozinha. E o pior... sem o pai e a mãe. — Ele fez uma pausa. — Preciso criá-la!

— Ainda bem que você pensa assim. Até porque, não adianta lutar contra a vontade de Deus!

— Isso é uma coisa que Albert sempre me disse, quando tentava me consolar: "cara... não adianta você ficar aí, sofrendo pelos cantos... aceita o passado, vive o presente e reconstrói o teu futuro. O templo será encontrado, mais cedo ou mais tarde. E se Elizabeth se foi, partiu para deixar que você e Andréia venham a se reconciliar um dia. Afinal... foi Deus quem quis assim. Vive sem culpa, pois nada que você fizer poderá mudar a sua vontade!" — Nicholas fez uma pausa e concluiu, ainda relembrando as palavras do amigo: — "Agora... quanto ao propósito das coisas, apenas Ele pode nos explicar. E esse momento, um dia há de chegar".

— É verdade... — murmurou Andréia — sábias palavras! Albert é um cara muito culto. Eu gosto dele... mesmo quando tenta me irritar.

— Albert sempre foi meu maior confidente. Ele sabe de tudo em relação a mim... a meu respeito. Principalmente... como é enorme o amor que sinto por você!

Dito isso e, sem mais nem menos, Nicholas se levantou. Antes que Andréia pudesse se manifestar a respeito, ele justificou-se dizendo que iria dar um pulo ao instituto, para informar a imprensa sobre a coletiva de logo mais. Então, partiu rumo à saída daquele hipostilo, desaparecendo em meio às chamas dos lampiões a óleo. Estava mais uma vez fugindo do assunto, mas, deixou, de propósito, o suficiente para que Andréia aliviasse o seu coração. A sábia senhorita sorria apaixonada, com a certeza que o teria de volta!

III

Naquele momento, estavam presentes na sala de recepções a-penas Jennifer, Alexander, Patrícia e Michelle, já que os demais membros do instituto não saíam de dentro do templo e a recepcionista estava em hora de almoço. Eles conversavam distraídos, quando Albert Marshall, como se fugisse de um ataque de zumbis famintos, irrompeu aos trancos e barrancos pela porta da frente, com a sua blusa pólo rasgada de ponta a ponta, demonstrando o caos que preponderava lá fora.

— Cambada de interesseiros! — reclamava o próprio, tentando se recompor, após trancar a porta rapidamente. — Sempre nos desacreditaram para o mundo e agora que chegamos até aqui, caem todos aos nossos pés!

— *Calm down, Mr. Marshall* — disse a Srta. O'Hara.

— É *mismo*... mantenha-se calmo. Era óbvio que isso aconteceria — emendou Patrícia, com uma risadinha. — Aquele velho interesse *de la* imprensa com *los* ricos e famosos.

— *Shit*... até parece que me tornei um astro de Rock! — esbravejava ele, irritadíssimo. — Eu vou é enlouquecer com tudo isso!

E após atravessar em largas passadas a recepção, ele adentrou pelo seu gabinete, batendo a porta bruscamente. Com certeza, Albert foi se trocar, enquanto os quatro se entreolhavam, compreendendo toda aquela fúria.

Passado o acontecimento, Jennifer pegou as suas coisas de cima do balcão, voltou-se para Patrícia e perguntou:

— Vocês vão ficar aí por quanto tempo?

— Por *mucho tiempo*... ainda temos alguns serviços por fazer — respondeu ela. — *Pero*... qual o interesse?

— Eu e Alexander vamos subir para almoçar e gostaríamos que alguém avisasse meu pai. Não sei quanto tempo ele ainda vai permanecer lá embaixo.

— Ok... pode ficar tranquila, que *yo* lhe dou o recado. — Patrícia sorriu graciosa e desejou: — "*Buen apetite*"... a gente se vê por aí!

— Obrigado — agradeceu Jennifer. — *Bye bye!*

Depois, ela e Alexander partiram andar acima.

IV

Se Jennifer tivesse esperado mais um pouco, teria dado o recado pessoalmente ao seu pai. Nicholas acabava de chegar à sede do instituto. Só que ele resolveu ir pelo estacionamento e entrar escondido pela porta dos fundos. Então, cruzou o corredor e a recepção, pediu a ajuda de Ben Ami — que havia retornado com ele da garagem, após ter levado a Mercedes que Alexander dirigia de volta à vaga dela — e apareceu para a imprensa, imponente, pela porta da frente, prestes a se pronunciar para o mundo.

Nicholas ajeitou a gola da blusa e, quando fuzilado pelos *flashes* que espocavam das máquinas fotográficas e pelos holofotes dos equipamentos de filmagem, sorriu cinicamente, dizendo em voz elevada:

— Bem... eu vim a público para informar que, logo mais, à noite, lá pelas seis horas, nós daremos uma rápida coletiva, aqui mesmo, no nosso aconchegante *hall* de conferências. Ah... e, por favor, não insistam, pois só será permitida a entrada daqueles repórteres já credenciados.

A seguir, Nicholas deu as costas para aquela algazarra toda e, protegido por Ben Ami, retornou à recepção.

— Agora é que nós vamos às forras com a imprensa... — festejou o pró-homem do instituto — esses sanguessugas miseráveis vão comer na palma das nossas mãos!

— Mas... e quanto a Andréia? — perguntou Albert, já vestindo uma nova blusa pólo. — Ela não voltou com você?

— Andréia...?! — Nicholas fez uma pausa para recuperar o fôlego e riu. — Depois que entramos no templo, sair lá de dentro será a última coisa que ela fará!

— Mas já são mais de meio-dia! — Albert olhou para o seu relógio de pulso e, depois de se certificar quanto às horas, perguntou, demonstrando preocupação: — Aquela doida está sem comer até agora?

— Não... não. Levei-lhe um sanduíche, há pouco.

— Ah... tá. — Ele fez uma pausa e concluiu: — Sinceramente... não sei como ela consegue trabalhar tanto!

Então, aproveitando a deixa, a Srta. Gibson perguntou:

— Será que Andréia está precisando da nossa ajuda, *allá embajo?*

— Não... certamente, não — replicou Nicholas. — Pois, caso contrário, ela teria mandado chamá-las.

— *Pero...* já estamos com tudo *bien* adiantado aqui em cima. Deixa a gente ir, pelo menos, conhecer *el tiemplo...* rapidinho. — A Srta. Gibson se vestia como a amiga: com uma simples combinação de calça de algodão e blusa.

— Então, tá... tudo bem — permitiu Nicholas. — Vão... mas não demorem mesmo por lá, que nós vamos precisar da ajuda de vocês duas aqui, pra preparar a coletiva que daremos logo mais para a imprensa.

— *Ok... thank you, Mr. O'Neil* — agradeceu ela, sorrindo afavelmente.

— Não precisa me agradecer. A propósito... você viu minha filha por aí?

— Acabou de sair para almoçar com seu *muchacho*.

— Seu "*muchacho*"...?! — repetiu Nicholas, arregalando os olhos.

— É... *perdón* — desculpou-se a Srta. Gibson. — *Yo* quis dizer... com Alexander.

— Ah... tá — compreendeu ele. — Mas... eles foram aqui mesmo... no instituto?

— Exatamente! — informou ela, como Jennifer lhe havia confiado.

— Ótimo, então — disse Nicholas, prosseguindo: — Ah... e se alguém perguntar por mim... ninguém sabe, ninguém viu! Eu estou cochilando lá no meu gabinete, até a hora da coletiva com a imprensa.

— Mesmo que seja Andréia? — certificou-se insinuantemente Albert Marshall.

— Mesmo que seja o Deus Eroni! A não ser, é claro, que seja um caso de extrema urgência, tipo... sei lá! Rebelião no espaço sideral! — concluiu o pró-homem do instituto, dando uma risadinha e trancando-se na sua sala.

V

Jennifer e Alexander já estavam devidamente acomodados no aconchegante restaurante do instituto. Até pensaram em passar antes no templo, para conhecerem seus corredores e aquele hipostilo o qual tanto falavam, mas a fome e o tumulto todo lá de fora acabaram exterminando — por maior que fosse — a curiosidade. Agora, sentados à mesa mais isolada de todas, eles começavam a seleção dos pedidos a serem realizados. E assim folheavam o *menu* de comidas árabes — cada região tinha o seu próprio cardápio —, quando alguém sugeriu subitamente, testando a reação do outro:

— Hum... vamos comer algo diferente! — Era Alexander, com um sorriso maroto estampado nos lábios.

— E o que você sugere?

— Que tal... arroz, com carne de cobra e salada de hortelã? — revelou ele, com empolgação.

— Você tá falando mesmo sério?

— Estou.

— Carne de cobra...? — Ela fez uma careta.

— É.

Jennifer estava receosa, mas, por fim, acabou cedendo:

— Tá... tudo bem. Pode fazer o pedido que eu lhe acompanho nessa aventura.

— Ótimo... eu estou sentindo que você não irá se arrepender!

— Assim espero. — Ela lhe sorriu. — Afinal... nós estamos ou não no Egito?!

Então, Alexander levantou o indicador direito e chamou o garçom. Ele pediu algumas torradas amanteigadas e, óbvio, o prato principal. Depois, demonstrando requinte e bom-gosto, pediu uma garrafa de vinho branco *Sauvignon* para acompanhá-los, logo servido em finas e delicadas taças de cristal. Os dois brindaram a descoberta do templo, trocaram um sorriso apaixonado e, após o tilintar dos cristais, sorveram com extremo prazer um gole daquela bebida, sentindo o nobre sabor da uva quando transformada naquele vinho tão suave. Eles fizeram um comentário ou outro em relação à bebida e, por fim, aguardaram as torradas e o almoço, que já deveriam estar a caminho.

Mais alguns minutos e a mesa foi posta. Os talheres e louças foram arrumados como manda o figurino, e a *cobra*, servida em questão de instantes. Alexander não hesitou em experimentar o prato e logo, um silêncio curioso se sucedeu, até que ele elogiou a refeição:

— Hum... delicioso!

— Eu ouvi dizer que carne de cobra tem espinhas — comentou Jennifer.

— Verdade. — Alexander saboreou de novo o prato e então acrescentou: — Aliás... é como se nós comêssemos peixe com gosto de galinha!

A jovem O'Neil deu um discreto risinho e, tomando coragem para também iniciar aquela refeição, vislumbrou a paisagem pela janela lateral do prédio. Do lado de fora, apreciavam o Nilo... a esfinge... suas pirâmides... a entrada do templo e etcétera, enquanto, do lado de dentro, um sofisticado sistema de som relaxava os funcionários e convidados com música da melhor qualidade. Por exemplo, naquele momento tocava um bolero do aclamado cantor mexicano Luis Miguel: "Contigo En La Distancia[1]".

— "O Egito é a dádiva do Nilo!" — exclamou Alexander, quando percebeu para onde Jennifer estava olhando. Ele reencheu de vinho as taças e prosseguiu: — Sem seu rio, o Egito seria um enorme deserto... aliás, igual aos que se situam a Leste e Oeste.

— Concordo... Heródoto tinha razão! — assentiu Jennifer, pedindo um brinde ao Nilo e agradecendo por toda a vida que lá fora criada.

— Tintim!

— Tintim!

E somente agora que Jennifer experimentara o prato, comprovando:

— Hum... muito bom mesmo!

— Alguma coisa estava me dizendo que você iria gostar.

— É... você acertou. — Jennifer limpou os seus lábios com o guardanapo de linho e prosseguiu, falando sério: — Mas... e quanto à Aldheron? O que você me diz sobre ela, agora que está mais próxima da realidade?

— Ah... sei lá! — Alexander bebericou o vinho. — Ainda não parei para pensar, de fato, nisso. De uns dias pra cá, eu só consigo pensar em você.

A jovem riu, mas continuou, ponderante:

— Engraçado... apesar de já terem entrado no templo, eu não consigo acreditar em Aldheron.

— Aldheron pode até existir... não acredito é nos seus poderes! — Alexander fez uma pausa. — E se essa joia existe realmente, tenho certeza que será encontrada. Andréia, nossos pais e toda a equipe, são muito competentes. E se já chegaram até aqui, o que teoricamente era o mais difícil, encontrá-la será só uma questão de tempo.

— É... — Jennifer garfou um pedaço da *cobra* e levou-o à boca. Mastigando, prosseguiu: — Acho que é mais provável o que você falou... que Aldheron exista, mas que os seus poderes, sim, não passem de uma lenda!

— Agora... me responda com sinceridade — disse Alexander, pegando subitamente nas mãos dela. Ele fitou-a com ternura e perguntou:

---

[1] – *Música dedicada à minha Querida e Adorada Mãe: – Te Amo!!!*

— Se, por acaso, você tivesse que escolher entre eu e seu pai, qual seria a sua escolha?

— Como assim?! — Ela se assustou.

— Sem perguntas. Por favor, me responde, apenas.

— Tá... tudo bem... — murmurou Jennifer, demonstrando certo constrangimento. E, depois, respondeu: — Júnior... por mais que eu esteja gostando de você, jamais poderia deixar de escolher meu pai.

— Hum... entendo.

— Mas... por que a pergunta?

— Não... por nada. — Ele deu de ombros. — São coisas da minha cabeça.

— Ahn... por acaso, vocês estão pensando em ir embora do Egito, depois que Aldheron for encontrada?

— Sim — respondeu o rapaz, tentando transmitir credibilidade. — É provável que a gente volte para a Inglaterra, quando tudo terminar.

— Ah... tá... — Jennifer ficou visivelmente decepcionada.

— Porém... — acrescentou ele, percebendo a reação dela — se o nosso relacionamento der certo, quem sabe, depois que Aldheron for encontrada, eu não decida seguir viagem com você para o Rio de Janeiro, ao invés de voltar para a Europa... para Liverpool, com meu pai.

— Mas, Júnior... isso seria loucura! — replicou Jennifer, soltando as mãos das dele em um impulso que quase derramou a sua taça de vinho por sobre a toalha da mesa.

— Me diz algo na vida, que não seja uma loucura — argumentou Alexander, degustando de mais outro gole da bebida.

— Não é assim... você sabe que não é assim. — Ela pausou, confusa. — Alex... você precisa pensar bastante, antes de tomar decisões importantes!

— Eu sei... mas é que já estou farto dessa rotina toda — justificou-se. — Faz anos que não sei o que é viver, além das pesquisas do instituto... e agora que conheci você, eu quero mudar... sabe? Mudar pra melhor!

— Hum... compreendo. Bem... acho que compreendo. — Ela sorriu sem-graça. Depois, sugeriu: — Então... vamos fazer o seguinte. Vamos ver que fim terá essa história toda a respeito de Aldheron e, depois... independente dela ter sido ou não encontrada, se o nosso relacionamento der mesmo certo, sentamos e tomamos juntos uma decisão. Combinado?

— Ok... combinado! — assentiu Alexander, com empolgação. E assim, continuaram almoçando calados até que terminassem com a refeição.

VI

O caos tinha se espalhado ao redor das pesquisas de tal modo que estava impossível transitar do instituto para o templo e vice-versa. Um tumulto insuportável reinava lá fora. Por isso que Jennifer e Alexander desistiram de ir conhecer o templo e decidiram buscar um lugar calmo e agradável para namorarem. Eles pensaram em vários pontos turísticos, mas como Jennifer fizera menção em ir conhecer a residência onde Alexander morava, em companhia do pai, foi para lá mesmo que acabaram partindo. Alexander até pensou em pegar de volta aquela Mercedes prata de antes, mas como estava se sentindo meio tonto, por causa do vinho que tomara, optaram por pegarem um táxi. Então, os dois se prepararam para encarar a imprensa e saíram pela porta da frente. Só para que você — Querido e Prezado Leitor — possa ter uma ideia da situação, a fachada do instituto mais parecia era a entrada do *Shrine Auditorium*, em noite de Oscar.

— Hei... eles estão voltando! — alertou um dos jornalistas ao seu *Câmera-Man*. E pronto... toda a imprensa correu atabalhoada para os pés da escada.

— *Please*... deem só uma palavrinha para nós. Estamos gravando ao vivo!

No entanto, foi tanta agitação por nada.

— Droga... — resmungou Jennifer — por que vocês não a-guardam até a hora da coletiva?!

— Vai... qualquer informação! Eu lhe garanto que não vai doer nadinha!

Mentira... pois logo, graças a tamanho empurra-empurra, um daqueles indecentes microfones acertou seu rosto, fazendo-a explodir de raiva. Então, Jennifer esbravejou, empurrando com força o dito cujo para trás:

— Já doeu! Anda... saiam da minha frente que eu quero passar!

Ela só não esperava que aquela atitude furiosa sua fosse protagonizar uma cena de comédia pastelão. Hilariante, pois, com a inusitada queda daquele repórter, caíram mais um monte deles ao chão... um por cima do outro! E com direito a holofotes, câmeras, microfones e gravadores despencando escada abaixo. Só mesmo daquela forma que eles conseguiram atravessar o cerco, para alcançarem a avenida principal.

E o sol prosseguia castigando o Egito. Os termômetros marcavam mais de quarenta graus... a sombra! Pior do que o calor, só mesmo aquela algazarra de repórteres e curiosos. Vinham agentes da notícia e turistas de todos os cantos do globo terrestre. E aumentando ainda mais tamanha algazarra, garotos e garotas — maltrapilhos e maltrapilhas — tentavam vender por lá de tudo um pouco: canetas, lápis — comum e de cores —, borrachas e apontadores; grampos de cabelo, pentes e escovas; vasos decorados feitos de cerâmica; balas, chicletes, amendoim e chocolate; água mineral, mates, sucos, refrigerante e mais um mundo de utilitários, de apetrechos para o lar e de iguarias para todos os gostos e de todos os sabores. Bastaria colocar a cabeça pela janela do gabinete de Andréia e poderiam comprar até, pirulitos! O difícil seria encontrar algum membro do instituto chupando um.

De longe, já à espera de um táxi, Jennifer divisava, horrorizada, a miséria que viviam aquelas crianças. Ela sentia vontade de fazer alguma coisa para poder ajudá-las, mas sabia que o melhor a ser feito naquele momento era sair já dali, antes que acabasse roubada ou molestada por uma delas. Sem nenhum tipo de discriminação! Tanto que a jovem O'Neil havia achado os egípcios um povo formidável, alegre e, em sua maior parte, cortês. Era um país enigmático — místico! —, mas que lamentavelmente tinha os seus problemas sociais e econômicos. E com o tempo de estadia no Egito, ela ia percebendo eles. Não que chegasse ao ponto de criticar tal calamidade, até porque se lembrava de casa e percebia que todos os países tinham os seus problemas.

A vida no Brasil não era muito diferente daquilo que ela presenciava... "menos pior", é claro, mas, pensando bem, nem tanto. A pobreza de lá, era a mesma pobreza de cá. Só os fatores que levavam a ela é que eram diferentes. E era isso o que tanto a revoltava! Ter que aceitar que um país grandioso como o seu, com tanto território livre e beleza natural, recursos para serem explorados sabiamente e cidades de primeiro mundo, não possuía políticos para governá-lo com competência e seriedade — entendam dignidade e honestidade! —, de modo que fizesse com que sua amada Pátria andasse para frente e não, para trás, era o cúmulo para ela! Agora... quanto ao Egito, não. A pobreza era predominante, pois o povo e os seus governantes só dependiam do Nilo e da sua antiga cultura para sobreviverem.

E foi com ar de dó que Jennifer acenou para o táxi e, assim que ele encostou, entrou, acompanhada por Alexander, pela porta traseira do veículo, deixando aquele alvoroço todo para lá. A jovem ainda espichou a cabeça para trás e viu alguns repórteres correndo atrás do carro, mas desistindo no meio do caminho. Era incrível como alguns deles chegavam a ser mais do que persistentes... chegavam a ser inconvenientes! Para Jennifer, era aceitável que eles partissem em busca de notícias — ainda mais em um caso polêmico como o de Aldheron —, mas sem que desrespeitassem o espaço do outro. E isso, a mídia não sabia fazer! Paciência. E quanto à situação daquelas crianças... bem... paciência e meia! Então, aborrecida tanto quanto inconformada, Jennifer bufou e se endireitou no assento, voltando a olhar para frente e aguardando que o táxi os levasse até o lugar designado: a residência de Alexander! Afinal... o Egito era para ser um prazer e não, um martírio!

Egito. Cairo, 16:00.

I

Devido a um grande engarrafamento, Jennifer e Alexander levaram algum tempo para atravessarem aquele viaduto. Depois, já na outra margem do Nilo, perderam a paciência e acabaram saltando antes do táxi. Pagaram a corrida e prosseguiram a pé, se perdendo em meio à multidão que transitava alvoroçada pelas ruas. Estava explicado porque o trânsito não andava... o de sempre: camelos, bicicletas, motos e automóveis se misturavam com os transeuntes, causando um salseiro só. Menos mal, pois a jovem aproveitava aquele contratempo para apreciar o povo da capital e seus estranhos costumes. Conhecia melhor a paisagem urbana do Cairo e ainda podia fazer parte daquilo.

Logo, seguiram por uma ruela de granito onde crianças pobres brincavam alegremente, com algumas correndo peladas de um lado para o outro. As moradias eram humildes e amontoavam-se umas por cima das outras, constituindo uma densa floresta de concreto. Fios haviam sido puxados dos postes, como se cada morador tivesse feito a sua própria ligação. Para piorar, músicas árabes tocavam desencontradamente ao redor, ressonando de rádios portáteis. Isso, quando essas músicas não davam espaço para os boletins, que iam ao ar de hora em hora, falando sobre a descoberta do templo.

Eles conversavam distraídos e logo, surpreendendo Jennifer, a-quilo tudo cessou, dando lugar a uma paisagem fascinante. Ambos entravam por um imenso jardim, onde cultivavam belíssimas flores de Lótus. Enquanto desciam por uma trilha feita de barro, a jovem ia se encantando com as flores azuis — postas à esquerda daquele caminho — e com as flores brancas — postas à direita daquele caminho —, bailando harmoniosamente com a brisa da tarde. Uma fragrância exótica pairava no ar e foi definitivo para que Jennifer descobrisse qual era a origem do *bouquet* que recebera, achando melhor não comentar nada a respeito.

Eles seguiram naquela estradinha de barro por mais alguns minutos e após, dobraram à direita, quase à margem do rio Nilo. Com a temperatura ficando cada vez mais agradável à medida que a noite se aproximava, eles passeavam de mãos dadas, logo chegando a um imponente portão, feito de bronze. Alexander o destrancou e empurrou-o para dentro, abrindo-o sem que fizesse a menor cerimônia. Ele rangeu estridente e ambos puderam entrar por aquela área, demarcada por um altíssimo e imponente muro de granito, decorado com abóbadas, arabescos e grades de bronze.

Agora, Jennifer via-se diante de uma construção ousada e fascinante. Toda na cor branca e pérola, aquela bela casa duplex lembrava muito a Grécia Antiga, com um quintal inspirado nos Jardins Suspensos da Babilônia. Um local onde cascatas, chafarizes e estatuetas de gesso perdiam-se em meio à natureza! E seguindo por um caminho de pedra cintada, Jennifer e Alexander cruzaram o jardim e chegaram até a porta de entrada. Estavam tão perto do Nilo que podiam ouvir perfeitamente o barulho da sua água, chocando-se vivamente contra ela mesma.

Enquanto Alexander pegava do bolso a chave de casa, Jennifer deu um giro ao redor de si própria e contemplou meio que abobalhada toda aquela beleza. De lá, ela ainda podia vislumbrar, apontando por cima do muro, na margem oposta do Nilo, o topo da pirâmide de Quéops. Era um local realmente fantástico, muito bem situado, no Cairo, longe daquele tumulto enlouquecedor que todos conheciam tão bem e a apenas alguns minutos de carro da sede do instituto. Fácil de compreender, porque David tinha escolhido aquele lugar para morar.

— É lindo! — exclamou Jennifer, maravilhada.

— Então... espera até ver o pôr-do-sol, lá da sacada!

Alexander girou a chave no buraco da fechadura e abriu a porta principal — também feita em bronze —, anunciando para as sombras a sua chegada. Despiram-se dos calçados, pisaram no tapete egípcio que cobria todo o piso da sala e adentraram pelo cômodo, preservando o silêncio de antes. Agora, Jennifer ficara ainda mais maravilhada... por dentro, era tudo tão belo quanto por fora! Alexander fechou a porta suavemente e depois, passou a chave nela. As janelas também estavam fechadas, impedindo que o deserto invadisse e empoeirasse todos os cantos. Aliás... lá de fora, só os focos solares conseguiam penetrar e mesmo porque, alguém quis deixar pequenas brechas nas cortinas de renda.

No teto, pendia-se um chiquérrimo lustre de cristal, com ventilador de teto junto, combinando perfeitamente com os quatro a-bajures, colocados nas quinas do cômodo. À esquerda da porta de entrada situava-se um confortabilíssimo sofá de cinco lugares, posto de fronte para uma enorme e incrementada estante de madeira, cor marfim, onde uma Smart TV de não sei quantas polegadas, um aparelho de som e um videogame com DVD davam um toque de modernidade. Algumas almofadas ainda decoravam aquele sofá e o tapete, que de tão colorido chegava a ofuscar os olhos nos pontos iluminados pelos raios solares. Era um ambiente tão surpreendente e agradável que Jennifer jamais i-maginara algo assim. Nem a Mansão O'Neil chegava perto em matéria de requinte e originalidade. Tanto que aquilo mais parecia era com a morada de um príncipe árabe, do que simplesmente a casa de um dos amigos do seu pai.

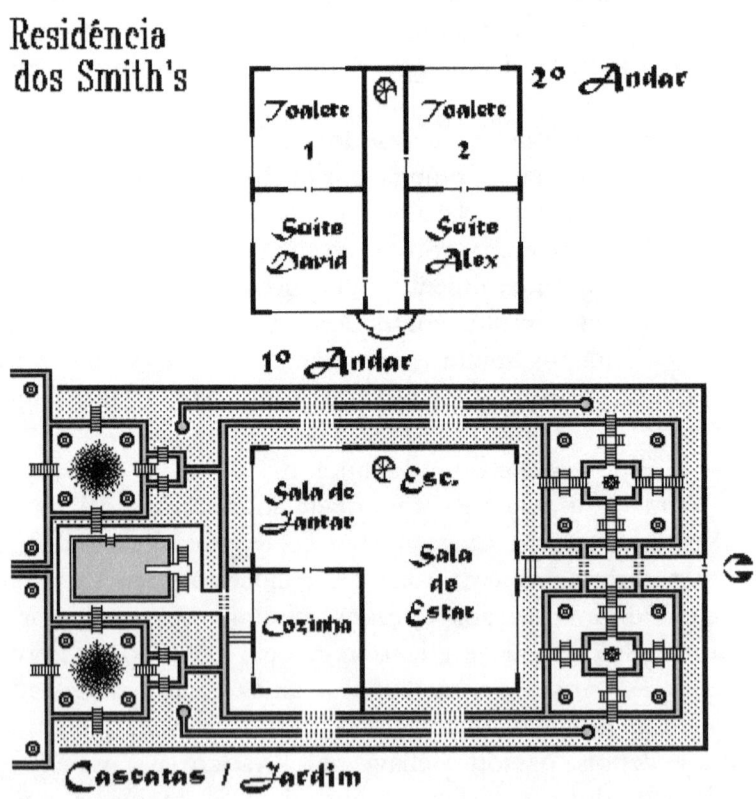

Residência dos Smith's

Sem que acendessem qualquer interruptor, Jennifer e Alexander atravessaram, às sombras, a sala de estar, passaram pela incrementada sala de jantar e foram direto para a cozinha: pequena, mas aconchegante. E ainda aproveitando a claridade natural — que era pouca, porém suficiente —, Alexander abriu o *freezer* e pegou duas latinhas de refrigerante, para que, depois de toda aquela caminhada sob sol forte, pudessem matar a sede. Ambos estavam realmente secos e por isso que, mal abriram as latinhas e deram uma boa golada na Coca-Cola, levando as bebidas com eles para a sala de estar. No caminho, os dois se abanavam com as mãos. Estava muito quente lá dentro e Alexander foi direto ligar um possante aparelho de ar. Depois, voltou-se para Jennifer e perguntou, já sentindo a melhora na temperatura:

— Bem... deseja fazer o que, agora?

— Sei lá — respondeu ela, encabulada. — Nunca um namorado meu me levou para conhecer onde ele morava.

Alexander riu e disse:

— Então... já pode começar sentindo-se em casa.

— Você é quem manda! — Ela sorriu e se sentou, timidamente, afundando na maciez do sofá. Deixou a bolsa e o refrigerante em cima da mesinha de canto e aguardou pelo próximo ato.

— Agora... um pouquinho de música, para relaxar! — Ele deixou a sua latinha em um canto qualquer e abriu a portinhola de vidro que protegia um dos compartimentos da estante, pegando lá de dentro diversos *compact disks*. Depois, voltou-se para ela e perguntou: — Alguma preferência?

— Tem o que, aí?

— Bem... aqui, na minha mão, tem: Legião, Kid Abelha e Paralamas.

— Música brasileira? Puxa, que legal!

— É... tem mais dentro do armário.

— Tipo o quê?

— Skank... Cidade Negra... Lulu Santos... e até Sandy e Júnior!

— E quanto à música internacional?

— Depende... qual estilo você prefere?

— Ah... algo que seja lá da sua terra, por exemplo.

— Hum... Pet Shop Boys?

— Beatles! Tem?

Alexander sorriu e se gabou:

— A coleção completa!

— Então, eu posso fazer um pedido?

— Mas é claro que pode!

— Põe a Real Love, do John Lennon... e senta aqui do meu ladinho!

— Bem... então, são dois pedidos. — Ele sorriu.

— E... por acaso, algum deles não será realizado?

— Ah... é óbvio que não. Principalmente, o segundo!

— Então... anda, que eu quero namorar um pouquinho. E... quem sabe... brincar com fogo!

— Ok... mas, cuidado pra você não se queimar! — Alexander riu. Depois, trocou, sorridente e empolgado, os CDs de música brasileira por alguns dos Beatles, voltou-se para ela e comentou curioso: — Eu não sabia que você gostava dos Beatles.

— Também pudera, desde pequena que eu cresci ouvindo eles — argumentou a jovem. — Meus pais sempre me induziram, ainda que sem querer, a gostar dos Beatles. Era gostar ou gostar!

— Hum... entendo.

— Mas... e você?

— Eu gosto do que é bom... e quem gosta do que é bom, canta e se encanta com canções como *Yesterday*, *Hey Jude* e *Let it be*... — respondeu Alexander, apontando o controle remoto na direção do som e abrindo a bandeja do carrossel. Ele distribuiu alguns CDs pelo compartimento e apertou a tecla *play* do controle remoto, atendendo àquele pedido. A bandeja então entrou, girou e a melodia começou a tocar, espalhando pelos ares uma saudade gostosa de se sentir. Afinal... quando se tratava dos Beatles, o passado perdia seu verdadeiro sentido.

— A vida seria muito chata sem música — comentou Jennifer, animada.

— É verdade. — Ele acabou com o refrigerante, sentou-se ao lado dela e se aconchegou nos seus braços. Depois, disse: — Mas agora que conheci você, eu até que consigo viver sem!

— Ah... eu também!

Então, ambos se beijaram gostoso.

||

O aconchego e a confortabilidade daquele ambiente estavam deixando-os tão à vontade que logo o fogo se alastrou como em palha seca. As chamas do desejo e da paixão já queimavam por todos os poros do corpo e a uma temperatura exorbitante. Tanto é que, com ambos ainda sentados lado a lado, Alexander já a agarrava com firmeza pela cintura, por dentro da blusa, enquanto se beijavam ardorosamente. E prosseguiam se pegando cada vez mais e mais, em meio a beijos, mordidas e abraços.

"Ah... essa garota é gostosa demais" pensava ele. *"Isso... vai, se incendeia aqui embaixo, que eu vou apagar teu fogo é lá em cima... na minha caminha!"* E Jennifer o puxava pelos cabelos, enquanto era, literalmente, devorada viva, tão excitada que já pensava seriamente em pedir para ele arrancar as suas roupas e possuí-la de uma vez por todas. Cama? Que nada... seria ali mesmo, em cima daquele sofá ou jogada no tapete da sala! Dana-se a sua virgindade... já estava com dezoito anos de idade. Além do mais, o seu pai confiava plenamente naquele rapaz. Era o incentivo final, para transarem logo no primeiro dia de namoro.

Então, Jennifer montou no colo dele, necessitada. E continuaram a se beijar, efusivamente. Mãos aqui, mãos acolá! De repente, a jovem puxou-o com as duas mãos pela gola e, de propósito, rasgou sua blusa, de extremo a extremo. Vendo aquele abdômen super-definido e o seu peitoral estufado, ela acabou sentindo tamanho *frisson* que seu sexo começou a pulsar voluptuosamente no meio das pernas. E passou as mãos em Alex, abusada, transbordando malícia. Foi do ventre ao tórax... do tórax ao ventre, quase mergulhando as mãos dentro da calça dele! Jennifer chegou a gemer baixinho. Depois, pensou, quase perdendo os sentidos: *"ah... que homem gostoso! Eu nunca senti uma sensação tão gostosa, vou aproveitar ao máximo!"* Gemeu de novo. *"Isso, Júnior... vai, agora só falta você apagar meu fogo. Usa e abusa desse meu corpinho... enfia esse teu pênis másculo dentro de mim e, por favor, me faça gozar como nunca!"*

E como se adivinhasse tais pensamentos, Alexander avançou com as mãos nas nádegas dela, apalpando-as com fome de mais. Apalpou seus seios também, ainda que por cima da blusa, preparando-se para despi-la. Ansiava, vê-la nua... possuí-la! Estavam deveras alucinados... devoravam-se, lábios nos lábios. Nem o impetuoso Nero teria feito melhor! Alexander arranhou levemente as costas dela e fez Jennifer gemer mais alto, dessa vez chegando a pegá-lo pelos cabelos, esfregando o seu clitóris contra aquele pênis ereto — gigantesco! — que avolumava a calça do rapaz. Ambos suspiraram profundo, descabelados... e a jovem O'Neil não resistiu, descendo as duas mãos e agarrando-lhe o sexo, a-inda que por cima das calças. Alexander gemeu! Depois, ela arrancou o cinto dele e respirou fundo, preparando-se para desabotoar sua calça. E desabotoou! Porém... no momento em que Jennifer iria começar a masturbá-lo — e sabe-se lá o que mais! —, eles ouviram o portão de bronze ranger ao se abrir.

Pronto... ambos se petrificaram. E quando ouviram o portão bater, Alexander avançou no controle remoto que estava ao seu lado e desligou imediatamente o aparelho de som. Agora, ouviram passos, fazendo Jennifer sair de cima dele com um salto. Alexander também se levantou e pararam de pé por alguns segundos, olhando assustados um para a cara do outro. *"Mas quem poderia ser numa hora dessas?"* pensavam.

Tentando responder àquela questão, Alexander chegou até a janela, de mansinho, espiou por entre uma das brechas da cortina e viu dois árabes fortes e mal encarados, já plantados ante a porta principal. Um deles era alto, robusto e de cara quadrada, e o outro, parecia que nunca tinha feito a barba na vida. Na verdade, aquilo mais parecia era com um emaranhado de pentelhos mal lavados e piolhentos. Olhou melhor e não se surpreendeu, ao ver que o seu pai estava com ambos, procurando as chaves pelos bolsos. Então, voltou-se desesperado para Jennifer e exclamou:

— Ah... droga, meu pai!

— E o que ele tá fazendo aqui, numa hora dessas?

— Sei lá... ele deveria era estar trabalhando! — Alexander pegou a bolsa dela e saiu puxando-a pelo braço. — Vem comigo, que eu não quero que a vejam aqui!

— A vejam...?!

— É... meu pai está acompanhado por dois seguranças, lá do instituto. Lonnan Hannan e Lamineses!

— Ah... que ótimo! E será que eu posso saber, para onde você está me levando?!

— Confia em mim!

— Ahã... como se eu tivesse outra opção!

Ambos subiram uma escada de ferro, em espiral, situada nos fundos da sala, e saíram em um corredor médio que dava para três portas de madeira. E sempre a puxando pelo braço, Alexander levou-a até o último cômodo da esquerda, abriu a sua porta e saiu empurrando-a para dentro.

— Perdão — disse ele. — Não era assim que eu queria levá-la para conhecer meu quarto, mas, tudo bem. Fique à vontade que eu já volto! — E, por fim, trancou-a lá dentro, deixando-a sem entender o porquê de tanto desespero.

III

Jennifer ficou ali, em pé, estática, por algum tempo, tentando digerir tudo o que estava acontecendo. Encostou-se na porta do quarto, respirou fundo e, ainda sentindo a sua virgindade latejar de excitação, apreciou aquele ambiente, não menos aconchegante que o resto da casa. Havia um tapete com almofadas espalhadas por todo ele, cama de solteiro, televisão, micro-system e uma escrivaninha de mogno com computador. Uma das paredes era pintada em um tom claro de pêssego. À sua esquerda, encontrava-se uma porta-janela de vidro fumê, que levava ao toalete, e à sua direita, existia uma ampla janela, de bronze, frontal para as três grandes pirâmides. Ventilador de teto e ar-condicionado eram utensílios indispensáveis no Cairo.

Passado o susto, Jennifer começou a relaxar. *"Nossa... mas que loucura!"* pensou ela. E assim pensando, teve a certeza que lhe bastava um beijo mais *caliente* para que aquela sua timidez se desvanecesse como em um passe de mágica. *"Meu Deus... esse rapaz tá me fazendo pensar em sexo quarenta e oito horas por dia"*. Jennifer colocou uma das mãos por dentro das calças, tocou-se e viu o quanto que estava lúbrica... ou melhor, encharcada! *"Maldita hora que David apareceu por aqui!"* resmungou mentalmente. *"Eu ia chupar ele gostoso e depois, enfiá-lo dentro de mim e cavalgar no colo dele, até fazê-lo gozar... ah se ia!"* Então, não resistindo à sensualidade do momento, fechou os olhos e acariciou seu clitóris. Pra que? Ela sentiu uma onda tão intensa de prazer subir pelo corpo que se contorceu toda, chegando a dar uma ardente gemida. Era incrível como Jennifer ainda estava em chamas, tanto que o seu ventre seguia dormente de tamanha volúpia. Sem dúvidas, Alexander havia conseguido acender o seu fogo. Mas, infelizmente, apagar que era o bom, aquele imprevisto ainda não deixara.

Logo, induzida pelas incríveis sensações que vinham de dentro da sua calcinha, ela começou a brincar com seu clitóris, ainda encostada na porta do quarto. Se masturbava meio inconscientemente. Passava nele os dedos da mão esquerda — já que era canhota —, fazendo movimentos circulares e instigando ao máximo seus desejos. Vivia uma aventura sem prescendentes em sua vida: no Cairo, trancada sozinha no quarto do seu namorado e ardendo de tesão. Para quem se limitara a adolescência inteira a casa-escola, escola-casa, aquilo era verdadeiramente o máximo. Estava à beira de um orgasmo e não havia se dado conta. Talvez, teria gozado lá no sofá, se esfregando nele... e, quem sabe, morresse de vergonha depois.

Ou então, gozasse mais tarde, após David e seus seguranças irem embora, pousada de quatro para ele naquela cama. Seria tudo de bom! E em meio a tais pensamentos maliciosos, quando se deu conta, acabou foi gozando ali mesmo. Como se despertasse de um transe, Jennifer gemeu ardentemente! Com a impetuosidade daquele orgasmo, as suas pernas começaram a bambear tanto que ela viu-se obrigada a ajoelhar-se ao chão, tentando abafar seus gemidos para não serem ouvidos lá fora! Depois, se jogou de costas ao carpete, gemendo e gemendo a se contorcer. Aquela sensação não passava de jeito algum! Alucinada, Jennifer meteu a outra mão dentro das calças, virou-se de bruços, enfiou a cara em um dos travesseiros ao chão e o mordeu, tentando se conter — não gritar de prazer! —, assim ficando, até que aquela pulsação acelerada de sua virgindade fosse se a-brandando, transformando-se em relaxamento. Por fim, suspirou e sorriu, sobrevivendo à fúria daquele orgasmo tão arrebatador... tão... tão... tão... Alexander!

Jennifer ainda encontrava-se largada ao chão, de cara enfiada no travesseiro, em puro estado de êxtase, quando ouviu som de pas-sos vindo do corredor. O susto que ela tomara foi tão grande que em instantes postara-se de pé. Jennifer viu a maçaneta girar e logo ouviu o estalo da porta sendo destrancada. *"Droga, fui descoberta!"* pensou. Então, a porta se abriu, rangendo, e seu coração chegou a mil batimentos por segundo! Jennifer quase teve um enfarto fulminante, mas se sentiu infinitamente aliviada ao descobrir que era Alexander quem entrava.

Com Jennifer se recuperando do susto, Alexander fechou a porta suavemente, trancou-a por dentro e lhe pediu silêncio, com aquele gesto típico de dedo indicador em frente aos lábios.

— Desculpa pelo susto... — sussurrou Júnior, tratando de tranquilizá-la — mas eu achei melhor meu pai também não saber que estou aqui.

— E, por quê?

— Porque, assim, eu posso lhe fazer companhia.

— Mas... aconteceu alguma coisa, lá no instituto?

— A princípio, nada — negou Alexander, prontamente.

— Ufa... graças a Deus! — Ela colocou as mãos no peito. — Eu quase morri do coração... sabia?

— Perdoe-me. Eu não poderia prever que meu pai esqueceria algo aqui, justo hoje.

— Tá... tudo bem. Esquece! — E, de repente, Jennifer se tocou de uma coisa. — Ah... droga! Eu esqueci o meu tênis, lá embaixo, no jardim!

Alexander parou, ponderou e disse, sem que demonstrasse preocupação:

— Ok! Meu pai anda tão distraído que provavelmente nem vai percebê-lo lá... por mais que esteja no meio do caminho!

— Ufa... novamente! — A jovem sorriu aliviada.

Alexander então sentou-se à cama, deu espaço para ela se sentar ao lado e perguntou malicioso:

— E... onde é que estávamos mesmo?

— Em lugar nenhum — tergiversou Jennifer, mantendo-se de pé, agora sorrindo sem-graça.

— Como assim... em lugar nenhum?

— É que eu acho bom, a gente parar por hoje.

— Não precisa ser tão radical assim — disse ele, já usando outra blusa. — Pois... pelo o que pude perceber, eles não devem demorar muito por aqui.

— Não adianta, mesmo se eu quisesse, não conseguiria. Vamos ficar só conversando, porque eu acabei apagando o meu fogo, sozinha.

— Como assim?

— Ah... deixa pra lá! — voltou a tergiversar Jennifer. Ela viu seus olhos entristecerem e resolveu acrescentar, ainda a tempo de reanimá-lo: — Mas... não precisa ficar assim... é só por hoje. Passa, a-manhã, bem cedinho, lá no hotel que eu estou hospedada, que ninguém vai perturbar a gente!

— Eu não entendi direito ou isso foi uma insinuação? — Ele se levantou.

— Não... que isso! — Ela lhe sorriu cinicamente e completou, também demonstrando malícia: — Imagina... eu só te fiz um convite inocente!

Alexander fez de conta que acreditou, sorriu de volta e, por fim, a abraçou satisfeito.

Apesar de romântico e um tanto misterioso, aquele rapaz também tinha o seu lado esportista, com as suas maiores paixões sendo: o automobilismo e o futebol. A primeira, representada por um glamoroso pôster do nosso eterno Ayrton Senna e pelas réplicas de carros de corrida espalhadas pelo quarto; e a segunda, representada por uma flâmula do Liverpool e por uma magnífica bandeira do Rubro-negro carioca. E foi isso o que mais surpreendeu Jennifer, naquele momento.

— Eu sempre tive certeza do seu bom-gosto, mas não sabia que chegava a tanto — comentou ela, soltando-se dos seus braços e seguindo até aquela bandeira que estava estendida na porta do quarto.

— Foi acontecendo aos poucos — disse Alexander, transbordando de orgulho. — E não teve jeito... acabei virando Mengão de coração!

— Interessante, mas...

— Eu sei o que você está pensando — interveio ele. — Como um rapaz inglês, que mora aqui, nesse fim de mundo, poderia torcer pelo Flamengo?

— Isso mesmo! — Jennifer riu, dando-se à liberdade de sentar-se enfim na cama dele. — Vamos, Júnior... conte-me tudo e não se esqueça ou me esconda nada!

Alexander, risonho, também sentou-se, só que na cadeira de informática. Demonstrou nostalgia e começou a contar um pouco do seu passado:

— Bem...

"Eu comecei a gostar de futebol e a torcer pelo Flamengo, graças ao meu pai... de tanto que ele falava sobre as viagens que fez ao redor do mundo, só para assistir o Liverpool jogar... time do seu coração. Em uma dessas viagens, ele foi ao Japão, a Tóquio, no ano de 1981, quando eu ainda nem era nascido, assistir a decisão do Mundial Interclubes. O jogo era entre Flamengo e Liverpool... e, segundo meu pai, todos os jornais da Europa noticiavam o Liverpool como o franco favorito! Mas o que acabou acontecendo, para a surpresa geral, foi um verdadeiro show de bola do Clube de Regatas Flamengo, colocando na roda e goleando por três a zero o poderoso time Inglês. Quando meu pai contou, não dei atenção... achei que o Liverpool havia subestimado o adversário e apenas por isso perdera. Engano meu! Mais tarde, lendo uma edição especial de uma das mais conceituadas revistas esportivas da Inglaterra, encontrei um artigo colocando aquele time do Flamengo, liderado por um craque chamado Artur Antunes de Coimbra, o Zico, como um dos dez maiores elencos de toda a história do futebol mundial. Exagero? Não sei... acho que não. O time carioca só perdia para a seleção brasileira de 70 e para o Carrossel Holandês de 1974. Ou seja: seus jogadores eram realmente os melhores! Daí, passei a olhar o Flamengo com outros olhos, com mais admiração e respeito".

— Alguns anos após — concluiu Alexander —, durante uma viagem que eu e meu pai fizemos ao Rio de Janeiro, a meu pedido, nós fomos ao Maracanã, pois eu queria muito assistir ao Flamengo jogar. Era a decisão do Carioca... o estádio estava lotado, as torcidas cantavam alvoroçadas... e não deu outra! O Rubro-negro sagrou-se mais uma vez campeão... dessa vez, vencendo o seu arqui-rival Vasco da Gama, com um gol de falta, cobrada com maestria e exímia perícia por um sérvio chamado Petkovic, aos 43 minutos do segundo tempo, quando pratica-mente todas as esperanças já haviam se esvaído. Foi algo inacreditável! Se tratando de esporte... a maior emoção que eu já senti na vida! Então, na saída do estádio, comprei essa bandeira... e passei a torcer, de fato, pelo Mengão!

— Sem dúvida, joga muito aquele gringo! — comentou Jennifer. — Mas, anda... fale-me um pouquinho mais sobre essa sua visita ao Rio de Janeiro!

— Ah... eu ainda era jovem, na época. — Seus olhos estavam cheios d'água. — Me lembro apenas das praias do litoral carioca, do Pão de Açúcar e do Cristo Redentor... o local mais lindo e especial do mundo para mim!

— Também considero o Cristo, o lugar mais lindo e especial do mundo — disse Jennifer, sorrindo maravilhada. — Agora, eu já sei, porque estou gostando tanto de você.

— E vai me contar ou pretende me deixar curioso? — per-guntou Alexander.

— É claro que vou te contar. Além de você ser um amor, nós temos um montão de coisas em comum!

— Verdade! Eu já havia percebido.

E não deu outra... ele deslizou com a cadeira até ela e ambos se beijaram de novo.

Mais alguns segundos se passaram e aquele portão de bronze voltou a ranger. Alexander foi até a janela, se certificou do que estava acontecendo e respirou aliviado, pois seu pai e companhia tinham a-cabado de sair! Depois, ele voltou-se para Jennifer e tratou de informar sobre a situação. E ela também respirou aliviada... afinal, aquele susto havia passado.

"Se saudade matasse,
eu não teria vencido na vida...
mas já que resisti à dor da sua perda,
gostaria de agradecer por ter me feito acreditar
que eu também podia chegar lá"

Valeu Ayrton!!!
21/03/60 a 01/05/94

Egito. Deserto Ocidental, 18:03.

Somente três minutos depois do horário previsto para o início da coletiva — 18 horas — que a porta da frente do Prédio de Vidro foi aberta para os repórteres credenciados. Apesar daquele pequeno atraso, Nicholas e Andréia queriam evitar tumultos, por isso que liberaram apenas a presença de dois representantes por país — ou seja, repórter e *câmera-man*. Mesmo assim, as escadas de mármore do centro de pesquisas e o corredor de acesso foram tomados, para que a imprensa do mundo inteiro pudesse desfilar, com o seu charme hipócrita, rumo ao amplo e silencioso *hall* de conferências.

Os funcionários do instituto sabiam que: todos aqueles repórteres que haviam desprezado as escavações nos últimos anos, falando um monte de bobagem quando as noticiavam pelo mundo, estariam agora lá dentro, arrastando as cadeiras circundantes da lustrosa mesa oval e sentando-se perante eles, como arrependidos pecadores, para que pudessem partir, sem restrições, em busca da verdade verdadeira. Aquela mesma que, por ironia do destino, tanto desacreditavam, há alguns dias. E que certamente continuariam desacreditando, se não tivessem dado um basta nisso.

Apesar de bastante espaçosa, aquela não era uma sala apropriada para serem realizados eventos desse porte. O *hall* de conferências do instituto abrangia apenas reuniões internas, o que limitava muito o espaço ocupado por cada correspondente. Sendo assim, aquela multidão de repórteres — tranquilos tanto quanto ansiosos — ia se acomodando do jeito que dava lá dentro. Os seus microfones e gravadores até que foram postos sem maiores problemas por sobre o púlpito de palestras. Deveria ter uns vinte aparelhos, pelo menos.

E lá permaneciam, à espera do magnata Nicholas O'Neil vir a se pronunciar.

Agora, com todos já acomodados, não tão satisfatoriamente — a maioria teve que ficar de pé por falta de assentos —, o pró-homem do instituto enfim postou-se mediante o mundo, sendo anunciado por dezenas de *flashes* fotográficos e pelos holofotes das diversas equipes de filmagem, transformando-se no centro das atenções. Praticamente todas as emissoras de rádio e tevê do planeta estavam transmitindo ao vivo naquele momento, seja do *hall* de conferências ou lá da fachada do instituto. Via-se enviados da C.N.N., da B.B.C., da Globo News, entre outras. Talvez, aquele fosse mesmo o maior acontecimento da história.

Fitavam-no calados, aguardando por suas palavras, mas prontos para fuzilá-lo de perguntas a respeito daquela incrível descoberta. No entanto, Nicholas também mantinha-se em total silêncio, recapitulando aquele seu discurso, em certa parte, enganoso... — censurado, melhor dizendo. Não que ambos — ele e Andréia — estivessem errados com aquilo que fariam... mesmo porque, em hipótese alguma os dois pretendiam iludir com mentiras a humanidade. Eles apenas achavam que ainda não havia chegado a hora do mundo ser posto diante de toda verdade. Principalmente, em relação à parte que confirmava a existência de vida inteligente alienígena. Isso seria o maior escândalo! Assim, ficou combinado que eles divulgariam as informações básicas, mescladas a alguma coisa de importante. Nada de excepcional, mas que servisse para satisfazer os repórteres momentaneamente.

— Ahn... senhoras e senhores... emissários da notícia. Agentes da verdade, boa noite! — iniciou ele. — Primeiramente, eu gostaria... aliás, todos nós aqui do International Archeology and Research Institute gostaríamos de pedir que, por enquanto, vocês apenas ouçam o que nós temos para ser comunicado. Aí sim, quando tudo tiver sido devidamente posto em pauta, nós responderemos com atenção a cada questão. — A sua voz soava ecoante, graças ao sistema sonoro do *hall* que dava potência para aquelas que seriam as primeiras palavras positivas, ditas para um mundo ainda incrédulo. Estas, sempre pronunciadas mediante a um discreto microfone sem-fio, preso como um broche à gola da sua blusa pólo. — Eu sei que sabem que nós tivemos um dia super-agitado... conturbado, com essa fantástica descoberta. Grande parte da equipe passou a noite em claro, trabalhando feito condenados... e graças a isso, vamos ser breves. Me desculpem e desde já, obrigado pela compreensão. — Nicholas pigarreou e seguiu confiante: — Bem...

"Ontem, nós finalmente encontramos aquele tão polêmico e ridicularizado templo, que procurávamos desde quando ainda éramos criancinhas. Ele que é o provável recanto dessa joia inestimável, a qual tanto falamos e que vocês jamais acreditaram. Mas... lamento informar que, até o presente momento, nós ainda não descobrimos nada que pudesse comprovar a existência de Aldheron. Nada... nada mesmo! Todavia... estaremos trabalhando vinte e quatro horas por dia, revezando as equipes em turnos diurnos e noturnos, para que, o mais rápido possível, possamos dar um parecer final quanto à existência ou não dessa joia".

"Agora, em relação ao templo... vejamos. Sem dúvida... algo fascinante! Suas paredes e pisos são constituídos por médias lajotas de pedra cor de areia e há Hieróglifos espalhados por todos os lados, em altos e baixos relevos que, até então, não nos disseram muita coisa. Até porque, noventa e nove por cento deles ainda nem foram decifrados. Também encontramos pinturas abstratas... a princípio, indecifráveis! E algumas belíssimas e inestimáveis estátuas de ouro, similares ao Deus das Areias Árabes (houve um burburinho de espanto no recinto, forçando Nicholas a falar mais alto). Nós quase perdemos a cabeça em uma armadilha, mas esta foi desarmada a tempo pelo nosso perito no assunto. (O burburinho cessou e ele pode voltar ao tom de voz normal). Quanto ao teto, todo em rochas sedimentares orgânicas... ou seja, pedra calcária... bem... não há ninguém mais apropriado para falar sobre esse assunto 'tão interessante' (sua voz soou com um ar debochado) do que o nosso Geólogo-chefe Jeremy Winters... membro da International Commission on Stratigraphy. Por isso, tenho a honra de chamá-lo perante as câmeras e microfones do mundo inteiro".

Nicholas pediu, com um aceno de cabeça, para que alguém apagasse as luzes do recinto e fechasse as persianas, permitindo que o próprio pudesse ter o auxílio do telão durante sua explicação. Então, o pró-homem do instituto deu lugar para que Winters se postasse mediante a imprensa. Aquele vídeo que agora seria exibido fora produzido em C.G.[1] pela belíssima e *sexy* Aya Yamaguishi, que estava plantada bem no patamar da porta do laboratório, vestida com um justo *jeans* lilás e com uma blusa de seda branca. Ela era uma japonesa muito da boazuda, com as curvas do corpo e os traços do rosto super-ousados, mas que foi contratada mesmo por ser *expert* em Computação Gráfica e também, formada em Antropologia, tendo como *hobby* o estudo das civilizações antigas. Aya caíra como uma luva no instituto. Tanto que

---

[1] – **Computação Gráfica.**

ela era um dos três profissionais — os outros eram Wallace e Bradford — que estavam com Nicholas, Andréia, Albert e David dês do começo de tudo. Mas, voltando à sua produção, aquele vídeo, de aproximados um minuto, demonstrava o demorado processo de formação das rochas sedimentares... além de informar como a Estratigrafia ajudava no mundo da Arqueologia.

E enquanto Jeremy Winters falava, a sua voz também soava e-coante:

— Ahn... como vocês podem ver, as rochas sedimentares se formam quando outras rochas, minerais, animais ou mesmo vegetais, pela ação dos agentes da dinâmica externa, são transportadas e depositadas num determinado lugar, se consolidando ao longo do tempo. Mas... o que isso tem a ver com Aldheron? Diretamente, nada. Apenas, tínhamos que estipular um ponto de partida, para os estudos que serão realizados lá dentro... e optamos pela Geologia. Começar por onde começamos tem um propósito, já que a Estratigrafia é a ciência do ramo da Geologia que estuda e descreve os estratos, local onde o templo foi escavado. A nossa intenção é: coletarmos o máximo de informação possível, abrangendo todas as áreas da Arqueologia, para que os segredos e mistérios que nos circundam há mais de uma década possam ser, de fato, decifrados. Principalmente... se Aldheron existe ou não... se seus poderes são ou não reias e... quando esse templo foi construído. Isso é... a qual época dinástica pertence. Agora... quais os equipamentos que foram manuseados, para que conseguissem escavar seus corredores e hipostilos? Boa pergunta! Esse é um dos mistérios que deverá perpetuar para sempre, como perpetua até hoje o mistério das construções das grandes pirâmides de Gizé e de sua criatura guardiã, a Esfinge! Porém... ao menos uma coisa, eu posso assegurar: esse templo foi construído com tamanha precisão e minúcia que surpreenderá a todos que irromperem por suas labirínticas e aterrorizantes dependências!

Em questão de segundos aquele vídeo chegou ao fim e, enquanto o telão era desligado subindo automaticamente, as luzes acesas e as persianas reabertas, Nicholas voltava a ser o centro das atenções, requerendo novamente para si todos os equipamentos de áudio e vídeo da imprensa.

— Bem... por enquanto, isso é tudo que temos para revelar — prosseguiu o pró-homem do instituto. — Entretanto, à medida que as descobertas forem sendo realizadas, nós a passaremos para vocês. Isso, durante as coletivas, que serão realizadas, dia sim dia não... sempre nesse mesmo horário. — Ele fez uma pausa, tomou coragem e completou: — Perguntas?

— Sr. O'Neil... — manifestou-se um repórter nanico que estava sentado à sua direita — corrija-me se eu estiver errado. Pelo que me pareceu, vocês passaram o dia inteiro enfurnados naquele templo e ainda não descobriram nada que seja realmente significante... Correto?

— Exatamente... nós levamos boa parte do dia apenas iluminando e avaliando a estrutura templária, visando conter o risco de novos acidentes. Havia uma armadilha também, logo na entrada, que precisou ser desarmada.

— E, você quer mesmo, que nós, da imprensa, acreditemos nisso?! — interveio com acrimônia uma jornalista, com sotaque europeu e cara invocada. — Que, até então, nada de relevante foi descoberto! E Aldheron, sequer encontrada?

— Olha... pra ser sincero, eu estou pouco me lixando com o que vocês acreditam ou deixam de acreditar — retorquiu Nicholas, devidamente à altura. — Essa foi uma das inúmeras lições que o tempo me ensinou!

— Então... Aldheron pode não passar mesmo de uma lenda? — perguntava outro agente da notícia, erguendo seu braço direito educadamente e obtendo atenção perante os seus companheiros de trabalho.

— Acreditamos que não. Duvidamos dos seus poderes malignos e não, de sua existência. Porém... ainda não paramos para debater o assunto. Há doze anos, prometi que o templo seria encontrado... e foi justamente isso o que fizemos. Durante todos esses anos, foi esse o nosso único objetivo... e somente agora, que nós vamos começar as buscas pela joia. E, consequentemente, avaliar se Aldheron existe ou não.

— E em quanto tempo nós teremos uma posição definitiva em relação a tudo?

— Bem... em menos de doze anos, eu espero. — Nicholas sorriu cinicamente. Depois, respirou fundo e indagou: — Mais alguma pergunta?

E assim, o interrogatório prosseguiu...

— Sente-se magoado, por ter sido desacreditado mediante o mundo, principalmente por nós da imprensa, *Mr. O'Neil?*

— Bastante, mas não permitirei que o fator sentimental me abale ou abale as pesquisas.

— Vocês teriam a coragem de passar por tudo isso de novo? Superariam todas as dificuldades novamente?

— Antes, não... mas agora que nós descobrimos o templo, eu acredito que sim.

— Mesmo apesar de todos os mortos, fato ocorrido há dez a-
nos, com aquela explosão?

— Sim, sim!

— Além das estátuas de ouro, mais alguma relíquia fora descoberta?

— Até o momento, não!

— E são quantas estátuas, ao total?

— Onze (o burburinho voltou, mas só por alguns segundos,
pois ninguém queria perder uma palavra do que ele dizia). Dez em pé e
outra tombada, com suas joias todas saqueadas. Há um espaço vazio,
onde teoricamente deveria existir uma décima segunda estátua. Andréia
acha que ela foi roubada por Anairda, o que comprovaria, ao menos,
uma parte da história. Aliás... nós também encontramos esqueletos,
despojados em um corredor do templo. E uma lança de guerra, com o
brasão da guarda do Faraó Quéops. Fatos que reforçam ainda mais, a
polêmica lenda de Anairda.

— Fantástico! — exclamou, pasmado, um dos jornalistas
presentes.

— E quem as estátuas representam? — perguntou um outro,
tão abasbacado quanto o primeiro. — Quéops?

— A princípio... — Nicholas sorriu com cinismo — o "Deus
das Areias Árabes". — Ele fez uma pausa, sabendo que alcançara o
limite daquilo que poderia revelar na coletiva. — Segundo Andréia, são
réplicas idênticas da primeira... aquela mesma estátua, roubada pelo
Mercado Negro, ousadamente, de dentro do Museu Faraônico do
Cairo.

— Então... teria sido Anairda, quem trouxera à tona essa
estátua?

— Exato! Talvez... jamais consigamos compará-las, mas...
segundo Andréia, seria totalmente desnecessário. Esse já é um fato
consumado!

— Ou seja... Anairda também teria saqueado do templo, a
plaqueta de Champollion?

— Muito provavelmente. — Houve uma pausa.

— E quanto à morte da sua esposa... o senhor acredita que tenha
algo a ver com Aldheron?

— Como assim...?! — Nicholas hesitou, por essa ele realmente
não esperava. — Eu não entendi, aonde a senhora, ou senhorita, pretende
chegar com essa pergunta.

— Em alguma forma de comprovar, ao menos teoricamente,
os poderes da joia — prosseguiu a própria. — Veja bem... sabemos que

a lenda refere-se a uma pedra mitológica, que armazena em si toda a maldade existente no Universo. Não seria nenhum disparate, supor que Aldheron tenha sido a responsável pela morte da sua esposa... principalmente, pelo modo trágico como tudo aconteceu. O que comprovaria, volto a repetir, ao menos teoricamente, os poderes malignos da joia.

— Não... de maneira alguma. Aliás... isso jamais passou pela minha cabeça ou mesmo, pela cabeça de qualquer membro aqui do instituto! O que aconteceu com minha esposa foi uma fatalidade e não... obra do sobrenatural!

— E quanto à Ufologia... acredita em vida alienígena, Sr. O'Neil?

— Em homenzinhos verdes, meu caro? — Nicholas riu.

— Não necessariamente verde... mas a lenda nos informa sobre a existência da joia, que, como lembrado agora pela nossa companheira, armazena em si todo o mal existente no Universo. Entende-se Universo como um aglomerado de constelações... de planetas, estrelas, etcétera... e se existe mal, não só na Terra, mas ao longo do Universo, também existe vida inteligente em outros planetas. É um raciocínio tão lógico quanto, dois mais dois, igual a quatro.

— Então... você também acredita que, por exemplo, Akhenaton seja realmente o "Filho do Sol"? — indagou Nicholas, paciente.

— Não.

— Respondida a questão? Preciso dizer mais alguma coisa? — Ele voltou a rir. — Nossa... é impressionante como vocês, repórteres, andam vendo muita televisão!

— Você está muito engraçadinho, hoje! — protestou aquela mesma jornalista, de sotaque europeu e cara invocada de antes. — Só pode estar aproveitando a oportunidade para se vingar... trepudiar em cima da gente!

— É... talvez! Nós não temos muito o que fazer por aqui. Agora, me deem licença que precisamos descansar. Amanhã, será um longo dia, repleto de nada pra fazer! — Dito isso e ele se retirou, visivelmente irritado, ao lado de Andréia, pedindo para que o ilustre Albert Marshall desse um fim àquela coletiva.

Então, Albert, que fora pego de surpresa, tirou um pirulito, sabor framboesa, da boca e o enfiou disfarçadamente no bolso da calça. Depois, postou-se meio sem-graça mediante a imprensa — que já estava alvoroçada — e concluiu, curto e grosso, sentindo-se o dono do mundo:

— Bem... por hoje é só, pessoal!

E ele também saiu de cena, deixando o abacaxi nas mãos dos seguranças árabes que estavam a serviço naquele dia. Ou seja: Haj Ben Ami, Abdul Nandir e Mohammed Mustafah, já que Lonnan Hannan e Lamineses tinham desaparecido, junto com o seu chefe: o misterioso David Smith.

Egito. Cairo, 18:49.

Enquanto isso, na residência dos Smith's...

— "Por hoje é só, pessoal"? — Jennifer caçoava de Albert, assistindo a coletiva pela tevê da sala. — Esse cara tá pensando que é quem? O Gaguinho!

— Deixa de ser boba... — Alexander desligou a televisão — esse é o jeito dele de falar.

— Eu vi... amanhã é capaz de eu encontrar algum funcionário do instituto comendo espinafre ou mesmo... rindo igualzinho ao Pica-Pau!

— Não chega a tanto. Nós temos uma equipe carismática, é verdade... mas todos também são muitíssimo competentes, pois, caso contrário, não teríamos encontrado o templo.

— Também pudera... era o último lugar de todo o deserto que ainda faltava escavar — disparou ela, gargalhando enquanto seguiam para a sacada. — Eu nem sei como não acharam primeiro... petróleo!

Ah... finalmente, o pôr-do-sol! A noite novamente se aproximava e, aos poucos, iam surgindo as luzes da cidade, presenteando o Cairo com uma beleza única e incomparável. Os refletores das três grandes pirâmides e da esfinge também foram acesos e, como já presenciaram lá das janelas do instituto, deram um toque enigmático à paisagem.

Jennifer e Alexander prosseguiram ali, na sacada, namorando em silêncio, até que a noite caiu de vez, quando a jovem comentou, encucada com a coletiva:

— Será que essa joia teve mesmo algo a ver com a morte da minha mãe?

— É óbvio que não — respondeu Alexander. — A imprensa adora um sensacionalismo barato!

— Mesmo assim... agora fiquei preocupada com meu pai. Acho que nós deveríamos ter ficado lá pelo instituto.

— Por quê? Se eles sabem se virar sem a nossa ajuda.

— Tenho medo que meu pai volte a sofrer pela morte da minha mãe.

— Teu pai é um cara forte... se chegou até aqui, não será agora que a imprensa irá derrubá-lo.

— É... você tem razão. Mas não consigo deixar de me preocupar com meu pai. Ele é, praticamente, o único parente vivo que tenho. — Jennifer acariciou-lhe os cabelos, pensativa. — Pelo visto, o melhor que podemos fazer, no momento, é... viver esse sonho, enquanto ele não se transforma em pesadelo.

— Acho que não chega a tanto. Sei que ele, o meu pai e Andréia manterão as coisas sob controle.

— Tomara... Deus te ouça! — exclamou ela, soltando-se dos seus braços. — Agora, eu preciso ir. Já está ficando tarde... e, além do mais, o seu pai pode voltar a qualquer momento.

— É mesmo... bem lembrado. — Alexander divisou as horas no seu relógio de pulso. — Vamos, que eu chamo um táxi para você.

— Ok! — Jennifer sorriu. — E não se esquece de passar lá amanhã, bem cedinho.

— Ah... com certeza! — Ele sorriu de volta.

E ambos se retiraram sorridentes daquela aconchegante residência, regressando pela plantação de flores de Lótus até a avenida principal.

Dia 06, quarta.

Egito. Deserto Ocidental, 06:13.

Quase todos que pernoitaram dentro do templo durante a-quela madrugada já haviam subido para descansar, com exceção do jovem Matheus. Foi devido à troca de turnos e à vontade de adiantar a sua parte das pesquisas que ele acabou ficando sozinho lá embaixo — naquele único hipostilo encontrado até então —, tornando-se o melhor exemplo de como andavam as buscas por Aldheron. Eram muitas as transcrições para serem realizadas e em tão pouco tempo, exigindo o máximo de dedicação de todos os funcionários. Máximo de dedicação mesmo, pois tais Hieróglifos continham informações de vital importância para as pesquisas e, principalmente, para a humanidade. Sendo assim, por mais que Matheus ralasse feito um condenado, não demonstrava cansaço. Sentia-se era orgulhoso, de poder fazer parte daquela equipe tão ilustre e — por que não? — fabulosa!

Ele se vestia rigorosamente igual aos membros da elite do instituto — blusa pólo, calça *jeans* e tênis ou botas —, no entanto, com peças de grifes mais acessíveis à sua classe social. Não que Matheus fosse pobre, ele só não era milionário como Nicholas, Andréia, Albert, David e mais alguns. Matheus também não possuía nenhuma formação profissional. Curiosamente, sua inteligência e seu esforço incalculável, além de ser querido por todos, haviam sido os maiores responsáveis por essa oportu-nidade que recebera. Só então que Matheus se aprofundou no assunto, estudando os Hieróglifos, Grego, Latim e etcétera. Assim, ele conseguiu ser considerado por seus companheiros de trabalho, um dos mais dedicados funcionários do instituto. Rótulo que ele mesmo não se dava, apesar de todo seu esforço e conhecimento. Na verdade, Matheus preferia se ver como um eterno aluno e, com isso, estava sempre aprendendo novas técnicas. Ele pensava como poucos e ia traçando seu sucesso diante de todos, mas, principalmente, para Nicholas, de quem havia se tornado um grande amigo.

E o silêncio predominava lá dentro, tão profundo que Matheus chegava a ouvir seus pensamentos berrarem na sua cabeça. Ele escutaria até se um alfinete caísse no chão, a uns quinhentos metros de distância... só não esperava era escutar aquilo! Matheus estava terminando a última das suas tantas anotações, quando a sua atenção foi desviada para o lado obscuro do templo: o mesmo que, até então, só fora explorado pela i-maginação humana e que tornara-se a fonte dos seus mais terríveis pesadelos. Aquilo que ele ouvia era tão inexplicável que chegava a lhe causar arrepios. De algum lugar, além daqueles misteriosos corredores a-nexos ao setor principal, uma belíssima canção começava a ser cantada em um ritmo de música sacra!

" Vai... se levante e anime-se,
Se aventure... deixe-se levar pelo vento.
Descubra até onde sua coragem chega,
E faça seu próprio destino..."

Era uma voz feminina, tão doce e apaziguante que dava a impressão de ser de um anjo... uma divindade celestial que, talvez, tivesse sido enviada para guiá-lo até algum lugar específico, além daquele sombrio hipostilo já iluminado pela equipe do instituto. Teria sido Matheus, o escolhido para encontrar a joia? Bem... sendo ou não, o jovem postou-se rapidamente de pé, sobressaltado, dando alguns passos na direção que parecia vir aquele cântico. Todavia, devido ao eco causado lá dentro pela própria melodia, Matheus não conseguiu ter certeza de que fora para o lado certo. Aquela voz ricocheteava como se viesse de todos os cantos, forçando-o a circunvagar pelo hipostilo, confuso... curioso... tentando descobrir de onde realmente vinha aquilo... aquele som, que o intrigava tanto quanto o seduzia!

"Anda... que a vitória não tardará,
Ela virá e junto com ela todo o mal passará.
Não perca nem mais um segundo na dúvida,
O tempo não para nem com mágica..."

Em suas mãos, nada além de uma simples caneta. Lanterna ou qualquer outra fonte de luz, nem pensar! Ele estava tão atraído por aquele acontecimento que não pensara em nada... por mais que fosse de vital importância para a sua sobrevivência. Assim, apesar de saber do altíssimo risco que estava correndo lá dentro — risco de morte! —, Matheus seguia despreparado diante das chamas tremeluzentes dos lampiões mais próximos.

" Vai... você será um herói,
Jamais duvide disso enquanto viver.
Basta acreditar em seu poder,
E ter o amor no coração..."

Herói que nada, pois sentindo o medo correndo pelas veias, aquele rapaz acabou foi hesitando, pensando em retornar e contar o estranho acontecimento a alguém. De preferência, para Nicholas ou Andréia, que certamente saberiam o que fazer. Seria essa a decisão sensata e Matheus iria tomá-la, quando aquele canto passou a soar com mais sentimento — com mais paixão! —, tocando o seu solitário coração. Também soava mais alto, ficando enfim possível decifrar de onde ele vinha. Ou seja: Matheus foi induzido a reavaliar sua decisão. *"Não... eu preciso prosseguir... de qualquer jeito. É a mim que ela está chamando e a mais ninguém!"*.

" Você será mesmo um herói,
Jamais duvide disso pra conseguir sobreviver.
Basta acreditar no poder de Deus,
E ter fé no coração..."

Matheus via-se mesmo disposto a violar as ordens, invadindo sozinho a parte ainda inexplorada do templo. Perdoe-me — Querido e Prezado Leitor —, mas, na ânsia de narrar a cena, cometi um engano gravíssimo. Matheus não era um covarde, como, talvez, tenha dado a entender no parágrafo anterior... com certeza, ele também não se tornaria um herói... na verdade, Matheus estava se saindo era um perfeito idiota! Afinal... quem ele esperava encontrar lá dentro, a Britney

Spears? E quanto mais se enfiava hipostilo adentro, mais próximo chegava daquele canto celestial, começando a sentir uma mistura de sensações agradáveis, transmitindo prazer, confrontando o medo que já não mais preponderava.

" Vai... lute pelos seus ideais,
Por seus desejos e por suas tantas ambições.
Seja bem mais do que você já foi um dia,
E não menos que sua covardia..."

Alcançando finalmente o lado oposto daquele hipostilo, ele se deparou com três dos corredores adjacentes ao local em que se encontrava. Estavam sem iluminação, pois ainda não tinham sido expedicionados pela equipe do instituto... por isso, eram tão desconhecidos quanto o seu próprio destino. E como se estivesse hipnotizado, Matheus Welch Mazzard parou diante deles. Eram idênticos! Um daqueles corredores se localizava à esquerda, outro à direita e o terceiro, bem à sua frente... todos iniciando-se com mais um magnífico portal de ouro e perdendo-se na obscuridão que reinava além daquele setor, parecendo não levarem a lugar algum. Por outro lado, aquele cântico soava em alto e bom som... não seria difícil escolher o caminho certo!

"Anda... que o prêmio só será dado,
A um guerreiro com espada e escudo nas mãos.
A alguém tão forte e destemido que não cairá,
Nem na vida e nem após a morte..."

Captando precisamente de onde vinha aquela melodia, ele deixou os lampiões para trás e irrompeu pelo corredor que ficava à sua direita, a-poiando-se pelas paredes e seguindo assim até que seus olhos se a-costumassem com tamanho breu. Porém, continuava sem enxergar um palmo, além do nariz. Andou por mais alguns metros e uma luz azul radiante começou a surgir, ao longe. Matheus teve a certeza que estava no caminho certo e, sentindo-se ainda mais em paz, acabou encorajado a prosseguir, se aproximando e vislumbrando um vulto se movendo em meio àquela luz. Parou embaixo de um novo portal de ouro, esfregou seus olhos para enxergar melhor e se surpreendeu com o que viu. Dentro daquela câmara a qual chegara, encontrava-se uma belíssima e misteriosa... mulher??? Isso mesmo, uma belíssima e misteriosa... mulher!!! Uma fêmea, exuberante, mas fantasmagórica, que, trajada em um longo vestido de seda, branco, esvoaçante e transparente, cantava e bailava, chamando-o maliciosamente com as mãos.

" Vai... você será um herói,
Jamais duvide disso enquanto viver.
Basta acreditar em seu poder,
E ter o amor no coração..."

Ela parecia suplicar para ser possuída! E de cenário para o que quer que fosse acontecer, aquela câmara, medindo uns dezesseis metros quadrados, sem saída e formada pelas mesmas lajotas de sempre. Lá atrás, o jovem arqueólogo sentia o tremular das chamas dos lampiões a óleo, entretanto, eles estavam tão distantes que não possuíam utilidade alguma. E dane-se isso, pois a equânime e mágica luz azul que rodeava energeticamente o corpo daquela mulher, além de iluminar melhor do que qualquer um dos lampiões, ainda transformava aquele ambiente tenebroso e claustrofóbico em um lugar exótico e sensual, dando realmente a entender que eles iriam se amar... por mais incrível que algo assim pudesse parecer!

" Você será mesmo um herói,
Jamais duvide disso pra conseguir sobreviver.
Basta acreditar no poder de Deus,
E ter fé no coração.

Amor e fé..."

E assim, ele prosseguiu, violando aquela câmara, partindo fissurado na direção daquela sublime criatura que bailava provocantemente bem diante dos seus olhos. Matheus, sentindo seu sexo enrijecer dentro das calças, parou próximo a ela, travando um jogo de olhares que fervia de tanta paixão. Ousou acariciar seu rosto e então, foi envolvido por determinada luz, com o que antes era um templo sinistro se tornando o paraíso! Matheus deu alguns passos para trás, perplexo, apreciando boquiaberto tudo o que se formara ao redor. Todo aquele verde circundante que perdia-se ante a linha do horizonte... as flores coloridas que perfumavam o oxigênio... a cachoeira cristalina que, despencando por debaixo de um magnífico arco-íris, desaguava em uma paradisíaca lagoa de água transparente e acolhedora... as borboletas, gaivotas e os unicórnios cavalgando alegremente ao redor. Era algo inacreditável... até o abafamento desaparecera com a brisa que a natureza soprava com tamanha ternura!

"Você será um herói...
Um dia, você será um herói."

Naquele exato instante, a cantoria chegou ao fim... com êxito: Matheus tinha sido irremediavelmente atraído até lá. Agora, apenas os pássaros cantavam, acompanhados pelo som refrescante da cachoeira. Matheus seguia abasbacado... excitado... e se pensava em fugir, quando aquela fêmea soltou seu vestido, deixando-o cair pelas pernas, ficando completamente nua bem diante dos seus olhos, mudou rapidinho de i-deia. Com seus seios fartos saltando para fora, o coração dele disparou dentro do peito. E a desejou mais que todas na vida! Seu sexo pulsava alucinadamente dentro das calças, enquanto admirava a silhueta daquele corpo tão perfeito e voluptuoso. Aquela mulher voltou a chamá-lo com as mãos, dando-lhe enfim a certeza de que estava pronta para um e-loquente gesto de amor... disposta a realizar todas as suas fantasias sexuais.

O curioso era que aquele rapaz passara grande parte da adolescência estudando a respeito de uma misteriosa mulher. Uma bruxa inebriante e sedutora que viveu na França, na época da inquisição, e que acabou sentenciada à morte pelo crime de bruxaria e luxúria. Seu nome era Anne Marie Montmartre, mas o que marcou realmente sua existência foi a frase dita pela própria, perante o povo alvoroçado, pouco antes da sua execução, na fogueira, em praça pública: *"aos amantes que acreditam em meu poder, retornarei das trevas para amá-los e satisfazê-los como a Deusa do Prazer!"*. Imagina a repercussão que causou, diante da Igreja Católica.

Graças a isso e a alguns casos inexplicáveis, que sua história resistiu até os dias atuais.

Agora... Matheus também acreditava nisso? Na verdade, nem ele sabia. Talvez, quisesse acreditar, pois, por ser tímido, além de se achar magro e feio, aquela poderia ser a melhor forma de obter o amor... a melhor maneira de aproveitar os prazeres mais intensos da vida, sem que fosse em troca de alguns míseros Dólares. Chegara, quando mais jovem, ao ponto de acender velas, em rituais estranhos pesquisados pela internet, tentando invocar seu espírito. Sempre, sem sucesso algum. Mas, naquele momento, só poderia ser a própria quem lá estava. Anne Marie Montmartre: a bruxa de Orleans, ou Deusa do Prazer, como se auto-denominou! Então... amá-la ou repudiá-la? Não tinha namorada ou esposa, valeria a pena arriscar? E por que só agora ela estava aparecendo para ele, depois de tanto tentar invocá-la? As perguntas eram inúmeras, mas sua dúvida não era tão grande assim, pois, sem pensar muito, tomou-a nos braços para si. E, vendo que fora correspondido, avançou com seus lábios de encontro aos lábios dela, beijando-a com ardor, como há tempos não fazia com uma mulher.

Instigado pelo prazer e por uma sensação de frustração sendo quebrada, Matheus ousou ir além, apalpando as nádegas dela. Eram macias... sua pele era quente... ardente! Transmitia vida, certeza de que aquela fêmea estava mesmo lá! Porém, era tudo muito surreal... a-bracadabrante até! Cego de desejo, Matheus devorou aquele belo e ar-rebitado par de seios. Ele sentia um perfume afrodisíaco a enlaçá-lo — inebriá-lo! —, talvez, impedindo que o encanto fosse quebrado. Sentia também, o calor do sol... a natureza, ao redor! E beijavam-se de novo, quando o botão da calça dele se abriu... e seu *zipper* desceu, sozinho, como mágica! Com suas calças escorregando pelas pernas, seu sexo, ereto, a-pontou ferozmente para cima. Possuí-la, seria só uma mera questão de tempo.

Aumentando as expectativas, Matheus foi derrubado de costas na grama, acomodando-se do jeito que deu. Ela se ajoelhou entre as pernas dele, agarrou aquele membro latejante, masturbou-o, curvou-se para frente e lambeu-o e chupou-o com malícia e ardor. Os unicórnios começaram a relinchar! Matheus revirou seus olhos e relaxou. Nunca havia sentido tamanho prazer. Mas, de repente, ela parou de chupá-lo. Silêncio! E antes que Matheus pudesse perceber o que estava acontecendo, sentiu seu pênis ser sorvido por algo quente, lúbrico e acolhedor. Ambos gemeram ensandecidos. Sua Deusa do Prazer já montara sobre ele, começando a cavalgar, sentada em seu colo, deixando-o enfim possuí-la! Rebolava para cima e para baixo... pra frente e pra trás... bem lentamente.

Os seios perfeitos daquela mulher dançavam no ritmo amoroso de cada vaivém. Fêmea, de infindos encantos e que gemia ardentemente, como se estivesse no cio! E desejando admirar um pouco aquela pequena tão libidinosa e deslumbrante que o saciava como nenhuma outra, Matheus a-garrou-a pelos quadris e, abrindo os olhos, ergueu a cabeça acima da linha dos ombros. *"Ah... mas que mulher alucinante!"* pensou, apreciando as caras e bocas que ela fazia, demonstrando todo seu tesão... toda a sua perícia na arte de satisfazer os seus amantes!

Sua Deusa do Prazer abusava da sensualidade e do erotismo. Atuando como uma hábil atriz pornô, arrancou a blusa dele e acelerou o ritmo das cavalgadas. Agora, sentava insaciavelmente naquele pênis, re-petidas vezes, com força, encravando-o no fundo das suas entranhas. Que performance fantástica... enlouquecedora! Ora, acariciava seus próprios seios, exibindo-se para ele... ora, acariciava o tórax daquele rapaz, presen-teando-no com novas e deleitosas sensações. E gemia... gemia... gemia! Sem que parasse de rebolar, de cavalgar, de fundir seu sexo com o dele, se debruçou para a frente, lambendo e beijando os lábios de Matheus. Agarrou os cabelos do rapaz e começou a gemer descon-troladamente rente ao seu ouvido, induzindo-o a fechar de novo seus olhos. Matheus voltou a relaxar e aquela sensação estonteante, propor-cionada pelo seu sexo que, rígido como uma tora, pulsava acelerado, se espalhou pelo corpo todo, dos pés à cabeça, fazendo os seus poros vibrarem intensamente! Sentiu-se leve... entorpecido, como se tudo girasse ao redor. Se extasiava com aquele imensurável prazer... com estímulos que já ultrapassavam o limite imposto pelo cérebro humano, fazendo a sua cabeça começar a doer.

Estavam chegando ao auge. O orgasmo se aproximava com a intensidade de uma vasta explosão nuclear. Ela ergueu o corpo, voltando à posição normal. E sobe, desce... sobe, desce... sobe, desce... Matheus se contorcia todo... ofegavam... um dueto de gemidos ecoava desavergo-nhadamente pelos corredores, câmaras e hipostilos do templo. Já sentiam os primeiros espasmos sexuais, quando não deu mais para segurar e, em meio àquelas tantas cavalgadas desenfreadas, ambos começaram a gozar! E

enquanto se fartavam daquela sensação estupenda que dominava todos os sentidos, algo aterrorizante dava-se por acontecer: uma mutação sombria, sofria a sua Deusa do Prazer! Porém... Matheus seguia de olhos fechados, inebriado, em pleno orgasmo, não vendo que presas sedentas de sangue surgiram dos lábios daquela mulher, acompanhadas por garras e chifres pontiagudos. Seus olhos tornaram-se rubros — diabólicos! —, e sua face, antes angelical, ganhou uma expressão ameaçadora. A pigmentação da sua pele ficou avermelhada, ressaltando veias roxas e grotescas. Os ossos da coluna cervical apontavam pele afora e uma longa, bizarra e asquerosa cauda surgiu, prolongando a sua última vértebra. Grandes asas, por fim, abriram-se nas costas. Ainda assim, apesar de tão horrenda transformação, continuava a cavalgar, gemendo agora com voz demoníaca, mas mantendo as perfeitas curvas que possuía, criando uma sensualidade aberradora... macabra!

E não pense que ficara por isso mesmo, pois aquele paraíso se degenerava. O ambiente se tornara quente... abafado... pestilento. Todo o verde da natureza havia se transformado em pântano e labaredas de fogo e lava incandescente começaram a emanar do subsolo, cuspidas para o alto... o arco-íris deu lugar a nuvens negras e tempestuosas, que moviam-se velozmente com o vento. Logo, começou a relampaguear e a trovejar. A água cristalina que jorrava pela cachoeira tornou-se sangue e, à medida que esse sangue desaguava na lagoa, a mesma se tornava rubra. Agora, cadáveres desfigurados e despedaçados por lá boiavam, à mercê dos pássaros, que tinham virado abutres e voavam em círculos, à espreita, à espera da farta refeição... de poderem saborear a amaldiçoada carne humana! O relinchar dos unicórnios tinha se transformado em uivos doentios e latidos ferozes, pois já não eram mais criaturas mágicas, sagradas... eram verdadeiras bestas do demônio... espécies de cães do inferno que guardeavam com devoção e brutalidade todo aquele caos mefítico.

Mefistofélico!

Matheus, em êxtase, ainda não tinha conseguido perceber que havia algo de errado. Sequer suspeitava! Naquele momento, suas rajadas de sêmen inundavam as entranhas daquela mulher, que começava a perder o ritmo das cavalgadas. Houve mais algumas contrações sexuais e ele começou a recobrar os sentidos, percebendo enfim, através da audição, trovões... uivos e latidos... sons de labaredas e os últimos gemidos de um prazer demoníaco. E, através do olfato, cheiro de enxofre! Se assustou... a-briu os olhos e descobriu, através da visão, uma realidade tão satânica que levou-o ao desespero extremo. Lá, diante dele, não mais estava a sua Deusa do Prazer e sim, a Rainha do purgatório... do Érebo! E pior que ela, só o que tinha se formado ao redor! Então, Matheus começou a se debater, tentando se desvencilhar daquilo, quando aquela estranha criatura, impedindo-o que fugisse, cravou as garras no seu tórax, aguçando o seu quarto sentido, o tato, através da dor! Matheus teve sua carne rasgada e, imobilizado, só pode berrar. E berrou tão alto que quase arrebentou os tímpanos e as cordas vocais. Se debatia com tanta força que dilacerava suas mãos, braços, pés e pernas contra o piso do templo. Chorava! Sabia que havia chegado sua hora. Houve um grunhido estranho e aquela mulher curvou-se subitamente para a frente, cravando impiedosa as presas no pescoço dele, devorando esfomeadamente sua carne. Estrebuchando, Matheus ainda conseguiu despertar o seu quinto e último sentido: o paladar! Um gosto forte, de ferro, fez-se presente... era seu próprio sangue, transbordando boca afora, enquanto tudo escurecia ao redor!

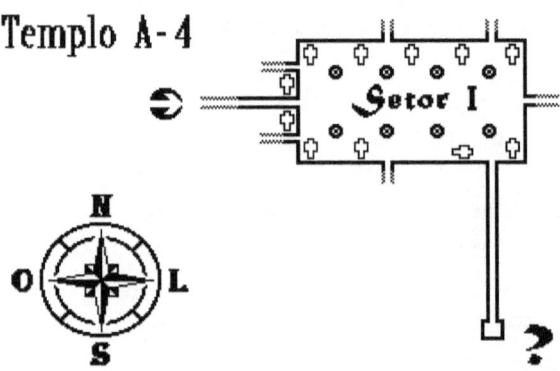

Nua e ensanguentada, sentada sobre o cadáver de Matheus, ela voltou a grunhir, como uma erótica vampira do inferno. Postou-se de quatro sobre o que restara dele e acabou de devorá-lo, saciando todos os seus desejos. Ao redor, aquela realidade alternativa se desvanecia, como uma miragem no deserto. Sua Deusa do Prazer — se é que ainda podemos chamá-la assim —, também. Mais alguns segundos se passaram e aquela luz azul de antes começou a se apagar. E foi se extinguindo, até que não restasse nada... só breu! E claro, as roupas do rapaz e uma grotesca poça de sangue, demarcando o local exato onde Aldheron fizera a sua primeira vítima.

Egito. Cairo, 09:28.

Era um noticiário local, o programa exibido na tevê da suíte número 302. E quiçá, fosse devido àquele falatório em Árabe, emitido em volume médio pelos alto-falantes do televisor, que Jennifer ignorava os repórteres. Aliás... os repórteres e uma morena linda — deslumbrante! — que aparecia junto, derrubando todos eles escada abaixo e fazendo um estrago danado perante o mundo. Até a câmera que registrava aquelas imagens despencara no chão, dando fim ao vídeo com um monte de chuviscos e outros *"tilt's"* mais. E sequer imaginando que aparecera na televisão, Jennifer assistia a sua imagem era refletida no espelho do lavabo, trajando apenas uma minúscula calcinha de renda. Ela escovava os cabelos, ainda molhados pelo banho, e cantarolava uma desconhecida canção: *"você será um herói... jamais duvide disso enquanto viver... basta acreditar em seu poder e ter o amor no coração."*

Jennifer estava como ontem — ponderante — e de novo por causa de um sonho estranho. *"Meu Deus... mas que pesadelo sinistro eu tive"* pensava a jovem, meio que achando graça daquele absurdo todo. *"Hã... sonhar com um homem e uma monstrenga transando e ainda acordar gozando... eu devo estar ficando louca, só pode ser!"* Fez uma pausa e acrescentou uma dose de sarcasmo aos seus pensamentos: *"Porém... bem que eu podia ter um orgasmo desse por dia. Ahn... pensando melhor... um não, dois! Um pela manhã e o outro, à noite, pouco antes de dormir. Ah... seria o máximo!"*. Então, rindo de si mesma, a jovem O'Neil deixou sua escova de cabelo sobre a pia e voltou para o quarto, vestindo-se com uma calça social e com um sutiã — ambos cor-de-rosa. Colocou um blusão de seda branco e foi receber o serviço de quarto, ainda abotoando seus botões. Trouxe a campânula de prata para dentro, deixou uma gorjeta considerável para aquele mesmo funcionário estabanado de antes, encostou a porta, acomodou-se à mesa e se preparou para saborear o café. E seguia cantarolando, quase que inconscientemente: *"você será mesmo um herói... jamais duvide disso pra conseguir sobreviver..."*

Estava na cara que Jennifer aguardava ansiosamente por alguém. E comprovando isso, logo o interfone tocou e a recepção avisou-a da presença de Alexander. *"Droga... já chegou?"*, resmungou. *"Ainda faltam dez minutos para às 10 horas. Ele deve estar doido para me comer... só pode ser! O quê eu faço agora?"* E apesar de ainda não saber, tratou de se a-gilizar. Largou de lado o restinho do café, desligou o aparelho de tevê, silenciando aquele repórter que tagarelava sem parar, e retornou às pressas para o espelho do toalete, onde, por puro egocentrismo, admirou-se por algum tempo. Também estava tomando coragem para o que quer que fosse acontecer. Apesar de quase ter transado com Alexander no primeiro dia de namoro, Jennifer não sabia se já estava preparada para perder a virgindade — queria, mas não queria. Entretanto, ousou soltar os dois primeiros botões de cima da blusa, criando um decote bastante provocante. Achava que, agindo assim, estimularia Alexander a tomar as rédeas da situação e tudo fluiria naturalmente!

Demorou uns cinco minutos para que aquele rapaz subisse as escadas — ele não quis esperar pelo elevador de tão ansioso que estava — e vislumbrasse Jennifer, plantada, sorridente, na fresta deixada pela porta entreaberta do seu quarto. Ela estava tão linda quanto ontem e Alexander se aproximou encantado. Se cumprimentaram, beijaram-se na boca e Jennifer logo o convidou para entrar. Alexander estava vestido impecavelmente: combinava uma confortável calça de algodão com um blusão estampado de cor clara, realçando bastante aqueles fortes músculos dos troncos e braços — ela que o diga! Alexander ainda portava um celular, preso à cintura, estava com o mesmo óculos escuros do dia anterior, posto sobre a cabeça, usava um belíssimo relógio *rolex* e tênis esporte — de novo, sem cadarços! Então, a jovem deu passagem para que Alexander entrasse e, sentindo um nervoso invadindo seu corpo, tentou puxar assunto:

— Fique à vontade.

— Obrigado — agradeceu ele.

— Você quer beber alguma coisa?

— Não... hoje, não. Bebi algo, antes de sair de casa.

— Tudo bem. — Jennifer fez uma pausa. — Agora... mate-me uma curiosidade. — Ela trancou a porta. — Por que o costume de usar tênis sem cadarços?

— Bem... não chega a ser costume. É praticidade mesmo! E, além do mais, meu pé é muito grande... machuca!

— Lá, no Brasil, isso chegou a ser moda. Principalmente, nas escolas e boates.

— É mesmo...? — Ele sorriu. — Então... eu vou lançá-la aqui, no Cairo, também! Pelo menos, ninguém mais correria o risco de cair porque pisou no cadarço desamarrado.

— Hum... ótima ideia! Uma vez, isso aconteceu comigo e eu desci rolando a escada da sala. Meu pai, até hoje, diz que eu só não quebrei a cabeça, porque sou muito cabeça-dura.

Ambos riram e depois se sentaram: Jennifer na cama e Alexander em uma das cadeiras do jogo de jantar, como geralmente costumava fazer, de frente para o seu espaldar. E assim, continuaram a conversar.

— Alguma novidade? — perguntou ela.

— Se for em relação ao templo e às pesquisas do instituto... pouca coisa... nada de extraordinário! Meu pai me disse algo sobre seus corredores e hipostilos... e também, sobre o seu valor histórico. Pelo o que pude perceber, tem tudo para ser a maior descoberta de todos os tempos, em relação ao Egito Antigo e sua cultura. Mas, novidades mesmo, provavelmente, só na reunião de logo mais. Andréia adora... ela sempre aparece com uma surpresa ou outra!

— E você já foi até lá, ver o templo?

— Ainda não... mas será a primeira coisa que eu farei, assim que chegar ao instituto.

— Então, eu vou contigo.

— Ok... vamos nós dois juntos.

— Apesar de ter desperdiçado umas duas ou três oportunidades de ir lá conhecê-lo, estou morrendo de curiosidade para caminhar pelas suas dependências. Já ouvi tanta coisa a respeito... parece ser fascinante!

— Verdade. Quero saber se aquele hipostilo é mesmo tão assustador como o meu pai disse que era.

— Deve ser... meu pai disse que sente arrepios lá dentro. — Ela suspirou, se reacomodou na cama e prosseguiu com aquele assunto:

— É... quanto mais o tempo passa, menos consigo acreditar em tudo isso.

— Eu também. — Alexander se levantou da cadeira e se sentou ao lado dela, na cama. — Por exemplo... ainda não consegui acreditar que tenho você em meus braços. A morena mais sexy e inteligente do Universo!

— Menos, Alexander... menos. — Jennifer lhe sorriu, lutando para não enrubescer.

— Estou falando sério... você é a garota mais maravilhosa que já conheci na vida — insistiu ele.

Mas quando o rapaz ia voltar a beijá-la, Jennifer interveio:

— Calma, Alexander... primeiro, nós precisamos conversar seriamente. Tem dois assuntos muito importantes que vamos ter que tratar.

— Por que... aconteceu alguma coisa?

— Não... nada. Mas... um deles, nos obriga a dar uma pausa na relação.

— Como assim...? — ele demonstrou espanto.

— É que eu estou de viagem marcada para amanhã, à tarde. Destino... Rio de Janeiro! — Ela divisou o seu rosto entristecer e e-mendou: — Mas não precisa ficar assim, tristonho, que eu não vou es-quecê-lo... e também, não vou desaparecer da sua vida para sempre. *I promise!*

— E o que você vai fazer no Rio de Janeiro? — Alexander acariciou-lhe os cabelos.

— As minhas provas de final de ano! — Jennifer exclamou, com empolgação. — Vou me formar agora... não posso perder um ano inteiro de estudos, só por causa da descoberta do templo. Nem mesmo, por ter conhecido você.

— Ok... entendo. — Alexander fez uma pausa, forçando com-preensão. — Seu pai também vai?

— Meu pai? — Jennifer riu. — Agora que descobriram o templo é que ele não volta para o Brasil, tão cedo. — Ambos riram e Jennifer acrescentou, tranquilizando o rapaz: — Não se preocupa. Você não vai nem ter tempo de sentir saudades... eu estarei de volta, segunda, pela manhã.

Alexander sorriu, aliviado.

Por fim, Jennifer beijou-o apaixonada.

II

Jennifer suspirou... Alexander mordiscou o seu pescoço e Jennifer voltou a suspirar. Revirou os olhos! Seus perfumes misturavam-se no ar... seus corpos pediam... imploravam por total satisfação. Estavam novamente envolvidos em beijos e abraços calorosos. Alexander desabotoou os primeiros três botões de sua própria blusa e depois, deu-se a desabotoar os demais botões da blusa dela. Jennifer sabia que iria acabar nua! Sentiu uma mão subindo por entre as suas pernas, sorrateira, até que alcançasse seu sexo. O teve apalpado com masculinidade. Gostou, mas tentou afastá-lo. Ele insistiu. Tentou afastá-lo de novo... não conseguiu. Alexander deitou-a na cama e Jennifer deixou-se levar. Ele abriu o blusão dela e começou a beijar seu ventre. Jennifer foi aos céus... segurou-o pelos cabelos, mas não teve coragem de detê-lo. De repente, sentiu aqueles lábios quentes, úmidos e maliciosos começarem a descer... e mãos a-fobadas desabotoarem sua calça. Porém... antes que Alexander a despisse de vez e mergulhasse com os lábios no sexo dela — o que estava óbvio que iria acontecer —, Jennifer, com um rápido movimento de pernas, conseguiu enfim se esquivar, postando-se de pé, assustada. Ela ainda precisava lhe contar outra coisa!

— Caaalma... — implorou a própria.

— Não posso... — precipitou-se ele, voltando-se para ela — eu preciso fazer amor com você.

— Eu também, mas... — Jennifer fez uma pausa que parecia ser eterna e disparou, em um impulso só de coragem: — Eu ainda sou virgem!

— Sério...? — indagou Alexander, incrédulo. Sinceramente, por essa ele não esperava. Alexander até chegou a gaguejar, sem reação, mas acabou levando aquilo na brincadeira. — Então, nós vamos nos dar super-bem.

— Como assim...? — Jennifer perguntou, ainda mais incrédula que o próprio: — Você também é virgem?

— Não... não — negou Alexander, com um sorriso maroto. — Eu sou de Capricórnio, mas o meu ascendente é Virgem.

— Droga... eu tou falando sério, Júnior! Ainda sou virgem e preciso ter certeza que é você a pessoa que eu sonho para roubar isso de mim!

E o silêncio assim reinou.

Jennifer fechou sua blusa, sem abotoá-la, e ficou ali, paradona, de pé. E Alexander, estático, no mesmo lugar. Ambos ponderavam diante daquela situação que era, no mínimo, um tanto constrangedora. Alexander estava bastante confuso, pois, apesar da sua fama de conquistador, nunca deflorara uma garota antes. Jennifer também estava bastante confusa, porque jamais revelara aquele segredo a alguém. E, provavelmente, o silêncio teria persistido por mais alguns milhões de anos, se o celular do rapaz não começasse a tocar desesperado.

Do outro lado da linha encontrava-se David, com voz aflita, perguntando para o filho se ele tinha visto ou estado com Matheus pela manhã. Alexander negou prontamente, omitindo do seu pai com quem estava e onde estava. E quando o rapaz foi informado que o procuravam porque suspeitavam que Matheus teria sumido dentro do templo, Alexander percebeu enfim a gravidade da situação. Então, ficou algum tempo calado ao telefone, ponderante, até que se certificou, visivelmente apreensivo:

— Você tem certeza disso?

— Bem... de acordo com James, o vigia noturno, Matheus foi o único que não saiu do templo na troca de turnos.

— E já procuraram direito?

— Não tem muito o que procurar. A não ser... que ele tenha ido além do permitido, é claro. Ultrapassado o limite imposto por nós e pelos lampiões a óleo.

— Ele não seria tão estúpido assim! — Alexander fez uma pausa. — Seria?

— Não sei... talvez. Ainda é muito cedo para se afirmar uma coisa dessas — disse David. — Agora, eu preciso desligar... depois, nos falamos melhor.

— Tudo bem... eu já estou a caminho.

— Vem mesmo que nós vamos precisar de você.

E se despediram curtamente.

— O que houve, Júnior? — indagou Jennifer, apreensiva, acabando de reabotoar os botões de sua blusa.

Ele suspirou, demonstrando excessiva preocupação, e respondeu:

— Matheus desapareceu dentro do templo.

— E como algo assim poderia ter acontecido?

— Ninguém sabe... mas vamos logo para o instituto que, se isso for mesmo comprovado, Aldheron pode ter feito a sua primeira vítima!

1

O turno do dia já estava no maior pique e nada do jovem Matheus. E era aquele o assunto por onde houvesse funcionário do instituto!

— Eu não consigo imaginar, o que deu nesse rapaz — dizia Nicholas, andando ao redor daquele amplo hipostilo, na esperança dele aparecer, chegando de algum lugar lá dentro. Albert estava ao seu lado, acompanhando-o a cada passo. — O que faria alguém tão dedicado e responsável como ele — seguia o pró-homem do instituto —, largar assim a sua parte das pesquisas e desaparecer misteriosamente?

— Um milhão de coisas! — falou Albert. — Mas não quer dizer que ainda esteja aqui, dentro do templo. Quem sabe, ele não precisou sair daqui às pressas... Tão às pressas que James não o viu passar!

— Saído... às pressas... mas pra onde? — indagou Nicholas, perplexo.

— Ao banheiro, por exemplo! — Ele sorriu. — Digamos que tenha dado uma puta dor de barriga nele, que fez com que fosse correndo até o instituto.

— Dor de barriga...?

— É... sei lá... suponhamos!

— Você tá falando mesmo sério?

— Sim. Quando o assunto é sério, você sabe que eu falo sério.

— Então... põe puta dor de barriga nisso, né! — Nicholas olhou para o seu relógio de pulso, calculou as horas e prosseguiu, tentando não parecer sarcástico: — Pois, daqui a pouco, estará completando cinco horas, com ele trancado no banheiro!

— É mesmo... você tem razão.

— Cara... — ele ponderava — isso não tá me cheirando nada bem.

— Não... ele não faria uma coisa dessas — disse Albert, parando repentinamente. — Ah, não... disso, eu tenho certeza absoluta!

— Mas... — Nicholas voltou-se para ele — que coisa?

— Cocô no templo!

— Albert... pelo amor de Deus, eu não estou me referindo a isso. Eu quis dizer que algo está errado!

— Ah bom, assim você me assusta.

Ambos divisaram aquelas folhas de papel que Matheus copiava as inscrições — todas jogadas e espalhadas pelo piso —, depois checaram pela segunda vez a entrada de cada um dos inúmeros corredores existentes naquele hipostilo e prosseguiram com suas cogitações, tentando chegar a alguma conclusão que fosse plausível.

— Será que ele seria tão louco e irresponsável ao ponto de ter se metido mesmo num desses corredores, como a maioria está supondo? — perguntou Albert, como se captasse os pensamentos do companheiro.

— Boa pergunta! É esse o meu maior medo. Será que ele tentou encontrar Aldheron sozinho? Mas... vamos esperar um pouco mais, para ver se ele aparece. — Nicholas fez uma pequena pausa, preparando-se para retornar ao instituto, e concluiu: — E se ele não aparecer... bem... paciência... nós veremos o melhor a ser feito.

II

Alex reduziu a velocidade da Mercedes a qual dirigia e, enquanto se aproximavam do Prédio de Vidro, ele e Jennifer espiaram para ver como andavam as coisas por lá: pra variar, o mesmo caos! Então, Jennifer gesticulou, pedindo para que ele passasse direto. Alexander obedeceu e logo dobraram à direita, entrando pelo estacionamento do instituto, sem que nenhum agente da imprensa viesse a importuná-los. Alexander freou, a cancela abriu automaticamente e ambos prosseguiram adiante. Pararam o carro em uma vaga qualquer e adentraram pela porta dos fundos. Depois, irromperam pela recepção e lá estava Nicholas, plantado à espera deles. Não que estivesse invocado por terem desaparecido daquela forma, no dia anterior... Nicholas iria apenas se impor como pai. Ainda mais a-gora que, com o desaparecimento de Matheus, todo o cuidado seria pouco.

— Por onde vocês andaram, ontem, que nem apareceram para a coletiva?

— Perdoe-nos, meu pai — disse Jennifer. — Nós fomos conhecer o Cairo.

— É verdade, Sr. O'Neil — emendou Alexander. — A sua filha estava louca para conhecer a cidade e eu levei-a para dar uma voltinha.

— Tá... tudo bem. Eu não estou zangado com vocês. Estou apenas chamando a atenção para que, da próxima vez, me avisem a respeito. Isso porque, apesar de eu estar bastante ocupado com as pesquisas e buscas, não esqueci que tenho uma filha para criar. — Nicholas realizou uma pausa para respirar e, demonstrando cansaço, prosseguiu: — Por favor... que isso não se repita. Vão visitar qualquer lugar, mas eu gostaria de ser informado primeiro!

— Desculpa, pai! Eu compreendo a sua posição. E pode ficar tranquilo que, se depender de mim, você não terá mais com o que se preocupar. Nós lhe manteremos informado de todos os nossos passos.

— Excelente! — prosseguiu Nicholas. — E, referente a você, Júnior... por favor, toma conta dela para mim, enquanto eu não puder estar presente.

— Ok — assentiu Alexander, completando, até com certa autoridade: — Pode confiar em mim, Sr. O'Neil... você não irá se arrepender.

— Eu sei! — admitiu ele, preparando-se para ir almoçar. — Agora, me deem licença, senão eu vou cair de fome.

III

E foi só terminar a hora do almoço para que recomeçasse aquele entra-e-sai danado, com todos se esbarrando pelo meio do caminho e ainda sendo importunados pelos repórteres que estavam de plantão. Por exemplo: Nicholas e Albert Marshall acabavam de voltar para o templo, acompanhados por Kurt Wallace e Lord Bradford... Frederick Spencer, a japonesa Aya Yamaguishi e o português José Maria também fizeram o mesmo, só que dez minutos depois... quando eles foram, Lord Bradford já retornava, pois esquecera suas anotações... mais alguns segundos e Patrícia veio do observatório, ao lado de Michelle... ambas desciam as escadas e um daqueles seguranças árabes subia apressado para beber água... isso, sem mencionar os funcionários de menor escalão, que eram para mais de cinquenta e, apesar de passarem a maior parte do tempo acampados no deserto, sempre arranjavam o que fazer no instituto. Os únicos que estavam quietos nos seus cantos eram: David e Alexander, trancados no gabinete do próprio David... Andréia, que revirava as gavetas da sua escrivaninha, à procura de algo... Nora Vallentine, tagarelando ao telefone... e Jennifer, sentadinha no *hall* de recepções, esperando que alguém lembrasse dela.

Lá, enquanto era deixada sozinha, a jovem O'Neil se levantou e direcionou sua atenção para uma plaqueta de bronze, presa como um quadro em uma das paredes ao lado. Esculpido nela estava um desenho de Ramsés III, marcando a ferro e fogo seus prisioneiros de guerra, como se daquele momento em diante passassem a ser propriedade sua. Jennifer sabia perfeitamente o quanto que Ramsés fora cruel com seus inimigos, a ponto de cortar uma das mãos de cada um dos mortos para que pudessem contar quantos tinham em menos tempo, antes que os despojos fossem dedicados ao deus nacional, Amon. E Jennifer inspirava-se em Ramsés para tentar imaginar essas cenas de guerra e triunfo. A jovem sabia que as suas principais armas eram o arco e a flecha, dominados habilmente pelos arqueiros, reforçados à distância por outros, presentes em carros velozes. Imaginava aqueles carros com lugares para dois homens, puxados por cavalos, atravessando a defesa inimiga e enfraquecendo-a com centenas de flechadas. Jennifer ainda imaginava o apoio, feito pela infantaria, aniquilando os seus inimigos com suas armas práticas: eram cimitarras com gumes recurvos ou retos, machados e os punhais — iguais àqueles encontrados no *hall* de conferências —, para os combates corpo a corpo.

No meio daquela sua regressão ao Novo Império, Jennifer ouviu a voz de Andréia a chamá-la e sua mente percorreu aproximados três milênios de História de volta aos dias atuais. Antes, o Egito era o país dos Faraós, mas agora ela tinha que admitir que o Egito estava nas mãos de Andréia e também, nas mãos do seu pai. E que aquele era, definitivamente, o Egito de Aldheron e daquele seu templo misterioso... diabólico!

— Jennifer... gostaria de me acompanhar em um dos meus serviços de rotina? — perguntava a sábia senhorita, metendo a cabeça para fora do seu gabinete. — Podemos aproveitar para nos conhecer melhor.

— Ótima ideia, mas... e quanto a Alexander? Ele pediu para eu esperar aqui.

Naquele exato instante, o próprio retornou, ao lado de David, respondendo:

— Ok... pode ir. É bom que eu aproveito para ajudar meu pai a procurar por Matheus.

— Beleza! — disse Jennifer, voltando-se para Andréia e completando, visivelmente empolgada: — É... acho que nós já podemos ir!

Então, a sábia senhorita pegou o seu bloquinho de anotações e ambas partiram sorridentes rumo à porta dos fundos do prédio. Iam em direção ao estacionamento, passaram pelas réplicas em miniatura das pirâmides de Gizé e entraram em uma pick´up, estacionada bem à porta, equipada com modernos equipamentos de pesquisa. Ah... e só para constar: eram as chaves deste veículo que fizeram Andréia revirar o seu gabinete de ponta-cabeça.

IV

Agora, aquela confusão era tão grande que a Srta. Vallentine, sentadinha pacificamente atrás do balcão de recepções, assistindo a tantas idas e vindas apressadas, chegou a sugerir para alguém — de brincadeira é claro — que colocassem um semáforo ali, antes que acabasse acontecendo uma séria colisão entre eles. Vinham funcionários pela porta da frente, pelos fundos, da escada que levava ao restaurante, do *hall* de conferências e até dos gabinetes situados ao lado. Depois, pensando com calma, ela percebeu que, naquele caso, seria melhor haver uma ou outra colisão do que um gigantesco engarrafamento. Nora ria consigo mesma, esperando pela próxima trombada. E continuou assim, se divertindo, até que acabou se tocando que aquilo era atitude de quem não tinha nada o que fazer. Então, se levantou envergonhada e começou a tirar a poeira dos móveis.

Enquanto isso — já com as devidas informações dos estudos que fizera anotadas em seu bloquinho —, Andréia rumava ao templo, para saber se haviam encontrado Matheus. Jennifer ainda a acompanhava e assim, ambas prosseguiam conversando bastante, com a jovem aproveitando-se daquela oportunidade para conhecer enfim as dependências da joia. Jennifer ficara impressionada, admirando o corredor adjacente ao portal de entrada. "*Meu Deus... como isso é tudo tão assustador*", pensava, caminhando em meio às chamas dos lampiões a óleo que foram postos pendurados nos cabos daquelas tochas antigas. Curiosamente, não havia mais insetos. E mesmo se houvesse, eles não impediriam Jennifer de se maravilhar com todos aqueles Hieróglifos e com as pinturas espalhadas pelo teto.

Evidente que, com certa proximidade, as duas iam mesmo se conhecendo melhor, sentindo afinidade com a outra e passando para assuntos cada vez mais íntimos e pessoais. Elas riam e se divertiam muito, como se fossem amigas há séculos. Jennifer falou sobre as suas provas de final de ano... sobre seus planos para o futuro, principalmente em relação ao instituto... sobre os seus desejos por Alexander e sobre a vontade de levá-lo consigo na viagem que faria ao Rio de Janeiro, naquele final de semana. Andréia apoiou a ideia, ficou empolgada e acabou falando de amor. Na verdade, primeiro ela não perdeu tempo em elogiar Alexander... e dizendo que o amor era o sentimento mais nobre do ser humano, induziu Jennifer a continuar o diálogo com uma curiosa e inesperada pergunta:

— Andréia... me responde com sinceridade. O que você realmente sente pelo meu pai?

A própria, visivelmente surpresa, arregalou os olhos, estacando ante àquele círculo numérico que dividia o templo em dois e, sem saber como reagir, precisou pensar um bocado antes que lhe respondesse alguma coisa.

— Um carinho muito grande... — Ela respirou fundo e indagou: — Mas... por que o interesse?

— Não... por nada. — Jennifer fez uma pausa. — É que tenho andado muito preocupada... preocupada, com meu pai. Não quero que ele passe o restante da vida, sozinho. Sei lá! Tenho medo que, depois que Aldheron for encontrada, meu pai comece a perecer de solidão.

— Hum... entendo — disse Andréia, pensativa, quase não a-creditando naquilo que ouvia de tão bom que lhe era. — E... onde eu entro nisso?

— É que eu acho que vocês dois formariam um belíssimo casal!

Pronto, agora sim, Andréia só faltou dar pulinhos de alegria. Tentava conter tamanha euforia, enquanto Jennifer tratava de se justificar:

— Desculpa... eu só toquei nesse assunto, porque vejo reluzir dos seus olhos um sentimento muito especial pelo meu pai. Um sen-timento que, acredito eu, vai além desse carinho que você disse sentir por ele. Um sentimento tão forte que, se espalhou até mesmo para mim. — Jennifer fez outra pausa e não teve como não perceber. — Caramba... essa sua cara de felicidade... de apaixonada, acabou de me entregar o jogo!

Andréia ficou totalmente desconcertada... vermelha! E, sem ga-guejar, admitiu de uma vez:

— É... você tem razão... eu amo imensamente o seu pai. Sempre amei, desde antes dele se casar com sua mãe! — Andréia sentiu um alívio tão grande naquele momento. E acrescentou: — E, que fique bem claro uma coisa... não estou sendo hipócrita, quanto ao sentimento que nutro por você. Não tem nada a ver com querer agradar seu pai. Acho você, de verdade, uma garota maravilhosa. Uma garota que, aliás... podia ter sido minha filha.

— Então, você e meu pai já tiveram alguma coisa?

— Sim... namorávamos... quando ainda éramos adolescentes. Mas... terminamos, por causa de uma briga... e ele acabou se casando com sua mãe.

Dito isso e Jennifer preferiu se calar. Não necessariamente confusa, ela desviou seu olhar para as lajotas de pedra que constituíam o piso e as paredes daquele corredor, admirando um ou outro conjunto de Hieróglifos. Era muita coisa... muitos acontecimentos para o seu cérebro computar, de uma só vez. Então, a jovem se afastou um pouco —

silenciosamente — e aproveitou para apreciar aquele círculo desenhado ao chão, alguns detalhes dos portais e a placa de madeira, posta ante ao caminho da esquerda e onde podia-se ler "DANGER", escrito em letras garrafais. Enquanto isso, Andréia aguardava pacientemente, feliz por terem tido aquela conversa. Afinal... só uma opinião importava — além da de Nicholas, é claro —, a respeito da sua reconciliação com o homem que amava: a de Jennifer que, a princípio, fora positiva.

Reiniciando o trajeto rumo ao setor principal, Jennifer — agora com Andréia ao seu lado, lhe explicando o que era visto — vislumbrara os ossos caídos e espalhados por toda aquela área. Ela apreciara também as armas de guerra que lá foram deixadas, as abomináveis teias de aranha e as ranhuras do fim do terceiro corredor. Dobrando à direita e chegando ao próximo portal, Jennifer se maravilhou com aquelas estátuas de ouro que lá montavam guarda. Ela tocou-as impressionada, Andréia comentou alguma coisa em relação a ambas e, quando satisfeitas, irromperam finalmente pelo único hipostilo até então descoberto: o Setor I do templo, onde Jennifer atingiu o grau máximo de excitação. Ela se sentia pequenina — mesmo sendo mais alta do que Andréia —, diante de tanta grandeza. Chegou a se arrepiar... teve os olhos banhados pelas lágrimas... sentiu um tremendo orgulho do seu pai... e, o mais importante, percebeu que não gostava do Egito à toa... o mundo da arqueologia corria pelas suas veias... estava no seu DNA! Jennifer finalmente se descobria de verdade... se via dentro dos livros de História, que se empilhavam pela cômoda do seu quarto, lá no Rio de Janeiro. Definitivamente... aquela era a vida que tanto pedira a Deus!

Egito. Deserto Ocidental, 19:37.

Já era quase noite quando Andréia, auxiliada por Patrícia e Michelle, encerrara os preparativos para aquela que seria a primeira reunião geral, marcada após a descoberta do templo. Reunião que obviamente seria de portas fechadas para a imprensa e já iria dar-se início. Assim, todos aqueles mais importantes estudiosos envolvidos nas pesquisas, preenchiam as cadeiras vazias ao redor da mesa oval do *hall* de conferências — cada um no seu lugar de sempre. Andréia conferiu os papéis que estavam enfiados dentro de uma pasta transparente, acomodou alguns sobre o púlpito de palestras e, com tudo em ordem, deu boa noite e começou a colocar os assuntos em dia:

— Bem... vamos começar do começo. Primeiro... gostaria de parabenizar a todos que aqui estão, e também, aqueles que não estão, por mera falta de espaço — ela riu —, pela descoberta do templo. Aquela magnífica e aterrorizante construção está mesmo lá embaixo, nas nossas mãos, e a imprensa, aqui em cima, rastejando aos nossos pés. Mas, apesar disso, a realidade poderia ser ainda melhor, se não fosse pelo sumiço do nosso companheiro Matheus Welch Mazzard que, misteriosamente, não foi mais visto, dês da manhã de hoje. Temos quase certeza que ele desapareceu dentro do templo, porém... a princípio, não podemos fazer nada. Não vamos sair invadindo à sua procura, pois, além da probabilidade de não o encontrarmos, vamos acabar colocando tudo a perder.

E assim, a reunião prosseguiu, com Andréia discursando para todos os pesquisadores ali presentes. Os doze membros que constituíam a elite do instituto, eram: Nicholas O'Neil e Andréia Rosselly; Albert Marshall, David Smith e seu filho Alexander Morgan Smith; o arqueólogo-chefe Lord Bradford, o arqueógrafo-chefe Steinman Petkovic, o egiptólogo-chefe Kevin Renault, o geólogo-chefe Jeremy Winters, o geógrafo-chefe Frederick Spencer, e mais, o explorador de túmulos Kurt Wallace e a japonesa e antropóloga Aya Yamaguishi. Ainda estavam presentes Jennifer O'Neil e as garotas Patrícia Gibson e Michelle O'Hara, acomodadas em cadeiras postas improvisadamente na última hora.

E Andréia continuava, firme e forte:

— Vejamos... Hoje à tarde, eu e a Srta. O'Neil, que aqui está e não me deixa mentir, realizamos alguns estudos referentes ao templo. — Enquanto falava, Andréia descia do pequeno palanque, dava a volta ao redor da mesa oval e parava justo atrás da cadeira que Jennifer estava sentada. Ela apoiou as mãos no espaldar daquele assento e continuou, quebrando o suspense de forma inesperada: — Foram estudos importantes, mas... por favor, aguardem que ela própria explicará o que concluímos a respeito.

— Eu...?! — surpreendeu-se Jennifer.

— Exatamente, minha cara — sussurrou Andréia, no ouvido dela. Depois, lhe sorriu e disse, perante todos: — Seja bem-vinda ao instituto!

A sábia senhorita entregou-lhe o pequeno microfone sem-fio e sentou-se, morta de cansaço, com os demais membros da sua equipe, para apenas assistir. Jennifer fitou-a surpresa, a retribuiu com um sorriso meio sem-graça e, depois de respirar fundo, tomando coragem para se impor diante de tanta gente importante, levantou-se da cadeira, a qual tinha sido posta entre seu pai e Alexander, e se dirigiu àquela espécie de palanque.

E ela começou, ainda que bastante tímida:

— Ahn... é.... — Jennifer prendeu o microfone na blusa e tentou fazer de conta que estava presente perante a sua turma do colégio. — Bem... procurando colher o máximo de informação possível, a respeito daquela fantástica construção que temos lá fora, eu e Andréia... ou melhor, Andréia e eu, saímos para medir a profundidade do Setor I em relação ao nível do mar... e também, para localizá-lo, em relação ao Deserto Ocidental. Assim, a partir daquele hipostilo, conseguimos fazer um mapeamento perfeito de todo o templo já explorado até então. Isso... a-lém do mais importante... ter noção do que encontraremos pela frente! Ou seja... para qual destino cada um daqueles tantos corredores poderá nos levar.

— Hum... interessante — interveio seu pai, tentando dar uma forcinha à filha. — E, pelos meus cálculos, ou seja, pelos passos que

contei quando violamos o templo, aquele setor deve estar a aproxima-
damente dez metros da superfície.

— Exato! — confirmou ela. — Acertou em cheio!

— Nicholas, dês do tempo de escola, sempre foi muito bom
nisso — acrescentou David. — Ele sempre teve boa percepção de tempo
e espaço.

— Agora... só para encerrar — prosseguiu Jennifer, mais
confiante do que nunca. — Ao esboçar um mapa da parte que já fora
explorada, chegamos à conclusão que, apenas dois daqueles corredores
ainda inexplorados nos levarão adiante nas buscas por Aldheron. O
primeiro, anexo ao Setor I... e que, provavelmente, nos guiará ao
Livro dos Mandamentos. E o outro... o lado Oeste do círculo numérico.
Esse, porém... somente quando toda a ala Leste for devidamente
vasculhada!

— E os outros corredores? — indagou seu pai.

— Andréia acha que eles servem apenas para nos confundir.
E para tornar tudo ainda mais difícil... pois, devem estar repletos de
armadilhas!

— Obrigada, Jennifer... — agradeceu Andréia — você foi
excelente! Eu já conversei com seu pai... a partir de amanhã, terá
uma cadeira cativa, entre ele e Alexander. Patrícia e Michele, também.
Vocês são jovens... inteligentes... vamos prepará-los para formarem o
futuro do instituto. — Dito isso, Andréia se levantou, pegou de volta
aquele pequeno microfone sem-fio e, enquanto Jennifer sentava-se no seu
devido lugar, deu fim ao assunto: — Bem... antes que me façam qualquer
pergunta, não tenho nada a acrescentar quanto ao que foi passado pela
Srta. O'Neil.

Andréia, então, postou-se de novo perante o púlpito de palestras
e pigarreou, chamando ainda mais a atenção de todos para si. Ela iria
iniciar o segundo assunto a ser debatido... a questão mais importante
da reunião!

— Bem... graças a alguns Hieróglifos descobertos hoje, nas
anotações esquecidas por Matheus, nós fizemos uma transcrição, no
mínimo, preocupante. Aliás... preocupante e aterrorizante! — Andreia
olhou para todos e prosseguiu, demonstrando tamanha seriedade que
chegou a assustar: — *Please*... prestem atenção no que eu vou dizer. Ainda
não sei se é verdade, admito... se acontece de fato, ou se é apenas para nos
intimidar... mas a vida de vocês poderá depender disso. — Ela fez uma
pausa. — Ilustres membros do instituto... pelo o que consegui desvendar
da inscrição, Aldheron tem mesmo poderes sobrenaturais. E um deles
me deixou temerosa... muuuito temerosa, pois atinge o psicológico... o

emocional... usando de forma diabólica o lado mais obscuro do nosso próprio subconsciente.

Todos a fitavam atentamente.

— "Mas como?" Sei que vocês devem estar se perguntando. Calculo eu que, tudo aconteça da seguinte maneira: primeiro, Aldheron, por intermédio da nossa própria imaginação, dá vida a algum acontecimento curioso, misterioso, sombrio, capaz de atrair-nos até algum lugar isolado do templo. Talvez, um grito de socorro, vindo do meio do nada. Qualquer coisa capaz de deixar o dito cujo tão cismado, que ele acabaria indo correndo averiguar. Então, como em um desses sonhos sinistros que de vez em quando temos durante a noite e que, aos poucos, vai se tornando cada vez mais e mais assustador, tudo se transformaria em seu pior pesadelo, torturando-o e levando-o de uma forma cruel e grotesca à morte.

— E como nós podemos evitar que isso aconteça? — indagou Patrícia, a pedido de Michelle, que não conseguia esconder seus temores.

Andréia tentou responder:

— Boa pergunta! Na teoria, a melhor forma de se evitar pesadelos é não sonharmos com nada. Agora, na prática... e acordado ainda por cima, não sei! Nossa mente vaga muito, sem qualquer controle. Alguém lembra do Mr. Stay Puft, o monstro de marshmallow dos Caça Fantasmas? Então... é mais ou menos isso o que acontece. Ou seja: Aldheron pode ser fatal para qualquer um de nós.

— Ah... fala sério! — interveio Frederick Spencer, fazendo um gesto com as mãos, como se ela tivesse falado besteira. — Isso é pura baboseira. Como vocês, brasileiros, falam... conversa para boi dormir! Se todas as lendas egípcias fossem verdadeiras, as pirâmides já teriam levantado voo e ido embora, como um disco voador! — Então, ele abaixou a cabeça displicentemente e abriu com força excessiva um pacote de amendoins, deixando cair um monte deles para todos os lados.

— Eu estou falando sério! — bronqueou Andréia, bastante irritada. — A propósito, Sr. Gordão... isso aqui não é lugar de se fazer piqueniques! Desde quando a reunião começou, você não parou de mastigar! E ainda faz a maior sujeira!

— Ah... é... perdão, senhorita — desculpou-se ele, totalmente sem-graça. — É que esses amendoins com cobertura de chocolate são redondinhos e muito saltitantes... pulam para todo lado! Nem por um milhão de Dólares, eu conseguiria mantê-los, quietos, guardados dentro do saquinho.

— Um milhão de Dólares era quanto eu lhe daria para você fazer um regime. Vai acabar entalado em um dos portais do templo!

— Que seja! — Ele riu. — Melhor do que fazer regime. Preciso alimentar a minha solitária!

— Solitária?! — debochou Albert, com uma inesperada gargalhada. — Do jeito que você anda comendo feito um rinoceronte, ela já deve estar acompanhada há muito tempo!

No final, todos acabaram rindo bastante... inclusive Andréia, que se viu mais uma vez vencida pelo clima de alegria que reinava entre os membros do instituto.

— Bem... — voltou a se pronunciar ela, alguns segundos após. Se aproximou, risonha, pegou um daqueles amendoins perdidos sobre a mesa, colocou-o na boca e, mastigando-o, deu sequência à reunião: — Vamos deixar a brincadeira de lado e voltar a falar sério agora, pois eu ainda quero debater aqueles assuntos que já não são mais novidades pra ninguém.

E assim, lá continuaram por mais uma hora.

Egito. Deserto Ocidental, 23:28.

Fazia frio nas noites egípcias e ainda assim o vigia noturno James Sanderson Czinski — um simpático senhor de meia idade — cumpria com benevolência e responsabilidade a função em que estava encarregado. Ele era visto sentado solitário em um pedaço de granito, caído ao deserto, vigiando a entrada do templo. E à sua volta o silêncio reinava... o breu também. Todos dormiam tranquilamente, abrigados pelos acampamentos espalhados ao longo daquela área ou hospedados nos hotéis da região. Graças ao sumiço de Matheus, Andréia decidira que não haveria mais turno da noite, o que lhe possibilitara passar aquela madrugada sem precisar ficar checando quem entrava e saía daqueles corredores sombrios. Afinal... não havia uma viva alma lá embaixo! Sendo assim, bastaria ao Sr. Czinski montar guarda ante sua entrada e lá ficar, até o raiar do dia.

Bem... e isso ele conseguiria se, desastrosamente, não tivesse deixado a sua lanterna escapulir das mãos e rolar pela encosta, caindo lá embaixo, em direção à entrada do templo. Então, mediante àquele maldito imprevisto, o Sr. Czinski, bramindo alguns palavrões, apoiou-se com as mãos no chão e, se ajoelhando, curvou-se para a frente, à beira daquela encosta, tentando enxergá-la lá embaixo. Lá estava a dita cuja, ainda acesa, caída justo perante o seu portal de acesso, com o foco de luz direcionado templo adentro. Começou a piscar e se apagou. Soltou um novo palavrão... esse, furioso! Sem nenhuma alternativa — além de ir lá embaixo apanhá-la —, James deu a volta até a rampa de descida que os escavadores haviam esculpido no próprio deserto e partiu ao encontro dela. Lá chegando, ele pegou-a, irritado pelo seu descuido. Mas... não resistindo à curiosidade, ligou-a e mirou seu foco de luz para o interior do templo.

Nele, o silêncio predominava. James não notara nenhum movimento estranho. Até porque, teoricamente, o templo estava vazio! Tudo encontrava-se assustadoramente calmo, quando um dos lampiões a óleo, inexplicavelmente, se acendeu, tornando-se referência em meio a tamanho breu. Aquele era o primeiro de uma sequência de quase cem lampiões, espalhados pelo templo, e era visto a uns cinco metros portal adentro. Confuso, James colocou os seus óculos e forçou um pouco as vistas, tentando ver melhor. Ele procurava por algo ou alguém que pudesse ser o responsável pelo acontecimento... só que não conseguia enxergar nada, além daquela luz, por uma óbvia questão de óptica. Então, James ameaçou ignorá-la, afinal, o lampião se apagaria sozinho quando acabasse o combustível que o alimentava. Mas, pensando melhor, levando em consideração Nicholas, Andréia e a confiança que todos lhe depositara, decidiu ir até lá checá-lo. Que mal teria? Seria só apagá-lo e retornar ao seu banquinho improvisado.

Assim pensou e assim o fez, invadindo solitário pelas dependências de Aldheron. E quando James apagou enfim aquela chama tão misteriosa, percebeu que o próximo lampião, uns dez metros adiante, também estava aceso. *"Mas o que está acontecendo aqui?"* pensou. E assim pensando, partiu em direção ao próximo lampião. *"Quem foi o infeliz que não apagou isso direito?"* continuava James, resmungando mentalmente, forçando-se a acreditar naquela possibilidade. O óbvio, já que — apesar do templo lhe causar arrepios — dizia não acreditar em forças sobrenaturais. E como fizera, instantes atrás, também o apagou. A chama se desvaneceu e, vendo que só restara como fonte de luz o foco da sua lanterna, respirou aliviado. James ainda desligou a lanterna, certificando-se que não havia mais nenhum lampião aceso. Depois, deu as costas para o interior do templo e, reacendendo a sua lanterna, partiu satisfeito em direção à saída. *"Pronto... está tudo resolvido por aqui"*, pensou o vigia do instituto. *"Missão cumprida!"*.

Porém... antes que pudesse dar três passos em direção a céu-aberto, o vigia noturno foi surpreendido por um clarão que surgira abruptamente das suas costas. Voltou-se sobressaltado para trás e pasmou diante da situação: era o terceiro lampião que agora estava aceso.

— *Shit*... alguém só pode estar de brincadeira comigo! — resmungou James, começando a ficar tenso. — Não acredito que aquele adolescente idiota passou o dia todo escondido dentro do templo, causando o maior alarde, só pra zombar da minha cara. Isso não é brincadeira que se faça. Ok... deixa comigo, vou mostrar a esse filho da mãe que eu não tenho medo de nada!

Então, James foi até lá e, depois de apagá-lo, com certa austeridade, sentiu uma sensação de pavor que jamais imaginara. Todos os demais lampiões começaram a se acender, sucessivamente, um após o outro, como se um caminho macabro estivesse lhe sendo traçado! Chamas e mais chamas delgadas e tremeluzentes pareciam guiá-lo em direção ao hipostilo do templo. E induzido por aquela necessidade estúpida de provar que não tinha medo de nada ou ninguém, James engoliu o pavor, forçando-se a acreditar na hipótese de Matheus estar pregando-lhe uma peça, e começou a apagar lampião por lampião, sem que percebesse o que estava, de fato, acontecendo. Enquanto isso, em sua retaguarda, o breu ia engolindo seu rastro, apagando o seu passado e dificultando o seu retorno à superfície.

No seu caso, não chegava a ser um ato total de estupidez, entrar e sair andando sozinho pelos corredores do templo. Até porque, o que ele ouvia a respeito daquela construção eram meros comentários... conversas secundárias, jamais direcionadas à sua pessoa. Ele não possuía ideia alguma, por mais vaga que fosse, dos perigos que o espreitavam por aqueles caminhos. E nem poderia, pois não havia participado da última reunião. Sequer imaginava, os poderes demoníacos que Andréia havia revelado. Sabia, por alto, da existência de armadilhas, mas achava que estaria totalmente seguro, se não fosse além daqueles locais já averiguados pela equipe do instituto. Seria só não fazer nenhuma burrada lá dentro! Até que aquela sua forma de pensar não estava errada... tinha lógica, se vista pelos olhos dele próprio ou pelos olhos de qualquer outra pessoa que não acreditasse no sobrenatural. Todavia... lógica era o que menos existia naquilo tudo e só por esse motivo que jamais Aldheron deveria ser subestimada.

Ou seja: se nem a sábia senhorita sabia realmente com o que é que estavam lidando, James, muito menos. Ele que, quando enfim entrou por aquele único hipostilo, se surpreendeu, ao ver que apenas um dos mais de quarenta lampiões, presentes naquele setor, estava aceso, chamando sua atenção justamente para o outro lado do *hall*, lá longe. James Sanderson então parou, perplexo e meio aterrorizado, vislumbrando aquele foco filho da puta de luz a tremeluzir solitário bem no meio do nada, como se zombasse da cara dele. E enquanto os demais lampiões sequer pareciam existir, pois o breu ao seu redor engolia a tudo e a todos, ele partiu por entre as colunas de pedra, abóbadas e estátuas de ouro, como se estivesse hipnotizado pela joia, rumo àquela chama delgada e alaranjada que queimava, alimentada pelo óleo. Por incrível que pareça, James Sanderson sentia-se até satisfeito, já que bastava apagar aquele último lampião e poderia regressar são e salvo à superfície. Havia definitivamente provado que não temia nada e nem ninguém!

E assim seguia o vigia, a passos largos, com o foco da lanterna tentando banir o breu do seu caminho. Ele se aproximou daquela tênue chama e enfim apagou-a, sem pestanejar. Porém... quando voltou-se para trás, desejando sumir daquele "lugar satânico" — como costumava chamar —, se deparou com uma fumaça estranha que começava a emergir do piso. Então, o Sr. Czinski caiu na real e se desesperou. Para onde quer que direcionasse o seu mísero foco de luz, via fumaça... um tipo de neblina, densa, nebulosa, que o impossibilitava de enxergar o piso... e seus próprios pés! *"Shit... o que eu estou fazendo aqui embaixo... e sozinho, ainda por cima?"* Um tremendo calafrio percorreu sua espinha dorsal e ele estremeceu, lá ficando, estacado como se fosse uma daquelas inestimáveis estátuas do templo. Via-se perfeitamente o terror brotando dos seus olhos, enquanto, trêmulo, esquadrinhava, com o foco da sua lanterna, o ambiente deveras severo — demoníaco! — que ia se formando ao redor.

Agora, despertado daquele estado de transe, James enfim percebeu que, enquanto apagava os lampiões a óleo, apagava também o seu caminho de retorno. Ele não conhecia aqueles corredores como a palma da sua mão... nem mesmo, como a sola dos seus pés. Nunca tinha estado ali. Era vigia, trabalhava na entrada do templo E, para piorar, estava escuro... muito escuro... e eram todos iguais. Naquele momento, só a sua lanterna ainda produzia luz. Uma iluminação pra lá de insuficiente e que só aumentava a sua angústia... o seu temor! A sua situação era tão desesperadora que ele chegou a implorar para que os lampiões voltassem a se acender. E nada! Como única alternativa, James tentou voltar, vagarosamente, forçando-se a lembrar o caminho, que desaparecera como na estória de João e Maria. Mas aquilo não era um conto de fadas e desconhecendo o fato de que o último que lá esteve, sozinho, acabou sendo vítima da própria imaginação, o Sr. Czinski deixava-se levar pelo seu subconsciente. James temia o pior... temia se deparar com algo aberrador... temia um acidente... uma armadilha... temia a sua própria morte!

De repente, ab-rogando todo aquele silêncio, um ruído, repetitivo e ecoante, estranho, mas que parecia ser de passos, começou a se manifestar lá dentro. Sobressaltado, James direcionou, de forma imediata e apavorada, o foco da lanterna para onde achou ter ouvido aquele som. E logo, vislumbrou um vulto, de altura média, passar apressado entre duas daquelas colunas, dando a impressão que dera a volta, perdendo-se por detrás dele. Então, gelou! Virou-se para trás, procurou-o e o viu passar novamente por entre outras duas colunas. Ou seja: corria, ziguezagueando por entre as colunas de pedra. James tentava acompanhá-lo com a luz de sua lanterna e, por uma fração de segundos, conseguiu iluminá-lo com precisão, não acreditando naquilo que viu. Por incrível que pareça, se o vigia não fora enganado por algo ou alguém de proporções físicas semelhantes, o vulto era feminino... feminino e infantil! E não apenas corria pelo templo, mas sim, brincava molequemente por entre aquelas colunas de pedra. James começou a ouvir risos alegres e teve certeza que se tratava de uma criança... mas como? Como ela havia burlado a sua vigilância?

James, vestindo uma desbotada calça *jeans*, velhas botas de couro, a camisa branca do instituto e um chapéu de pano, persistia em tentar acompanhá-la com o foco da lanterna. Estava incrédulo, meio curioso, meio alarmado, quando reencontrou-a, brincando perante um daqueles corredores inéditos. Ela estava bem ao lado do maldito lampião a óleo, tocou-o com a pontinha do dedo indicador e ele voltou a se acender misteriosamente. Chocado, a observava melhor. Assim, James constatou que ela deveria ter uns doze anos de idade. Trajava um vestido vermelho e branco, de lacinho na cabeça e sapatinhos a combinarem com sua roupa. Em uma das mãos, carregava uma boneca de pano, com seu vestidinho todo esfarrapado, como se a própria boneca tivesse sido violentada. *"Oh my God... eu não consigo entender, como essa pobre criancinha veio parar aqui dentro?"*.

Foi quando James percebeu que indagar para si mesmo de nada adiantaria. Então, tomou coragem e perguntou para quem realmente deveria perguntar:

— Garota... como você chegou até aqui? — Ele fez uma pausa, aguardando por sua resposta. E vendo que ela nem lhe dera atenção, continuou impaciente: — Vem comigo... vou levá-la de volta para cima.

Porém, aquela jovem, aparentemente meiga e ingênua, além de continuar sem lhe dar a menor atenção, dessa vez, largou a boneca ao chão e se enfiou por aquele corredor, cantarolando alegremente a fazer de conta que pulava amarelinha.

— Ah... não! Não faz isso comigo, não... — suplicou ele. James quase que enlouqueceu. — Por favor... volta, vai... Pelo amor de Deus... não entra aí dentro, não!

Todavia... tarde demais. Aquela garota desaparecera perante os seus olhos, deixando para James apenas uma opção, se quisesse honrar a sua profissão: ir buscá-la! E infelizmente, foi o que ele fez. — *Oh damn it!* — resmungou e se precipitou até a entrada daquele novo corredor. Lá parando, aflito, apoiou-se com uma das mãos naquele portal de ouro e iluminou tal caminho com o foco da lanterna, voltando a enxergá-la, ao longe, bem no meio de lugar algum. De repente, a garota virou-se para James, cruzou os braços e se encostou, de cara emburrada, em uma daquelas frias paredes de pedra. Parecia birrenta, como se o vigia estivesse atrapalhando a sua brincadeira.

— Vem... vem comigo! Vem que eu vou levá-la lá pra fora — insistia James, tentando transmitir confiança. — Você não precisa ter medo, que eu não lhe farei mal algum! — Ele, apesar da distância, estendeu a mão para ela. — Vem comigo... já é tarde, você deveria estar em sua casa... dormindo!

— Eu não quero ir com você, seu feio! Quero brincar aqui dentro! Além disso, eu não tenho casa!

— Mas aqui é muito perigoso, querida. Prometo que te pago um sorvete.

— Sorvete...? — Ela esboçou um sorriso. — Hum.... de chocolate?

— Sim... daqueles bem grandões, cheinhos de cobertura.

— Oba!

E quando James achou que estava conseguindo convencê-la a voltar em sua companhia, aquela jovenzinha acrescentou:

— Mas só depois que eu acabar de brincar. Tem uma joia que brilha muito lá embaixo! — Ela fez uma pausa e concluiu: — É tão legal aqui dentro. Até logo, papai! — Acenou para ele e saiu correndo ainda mais para o interior do templo, dobrando à esquerda, ao final daquele primeiro corredor, e sumindo novamente diante dos olhos do vigia.

Uma expressão de terror estampara-se na sua face. Agora que a ficha havia caído, James ficou demasiadamente confuso, entrando em desespero ao pensar: *"oh my God... como a minha filha veio parar aqui dentro?"* Trêmulo, deu três passos corredor adentro. *"Isso não pode estar acontecendo!"* E em um impulso de loucura, voltou a esbravejar e saiu correndo a-trás dela.

— Filha... volta, pelo amor de Deus!

O vigia ignorou a esfarrapada boneca de pano, caída ao chão, e prosseguiu até o final daquele primeiro corredor. Chegando lá, ofegante, ele apontou o foco da lanterna para o corredor adjacente e voltou a localizar a jovem, já no final do segundo corredor. Porém, não mais brincava. Estava sentada ao chão, encostada em uma das paredes do templo, com as pernas em ângulo agudo e braços apoiados nos joelhos. De cabeça baixa, enfiada por entre os joelhos, chorava copiosamente.

James Sanderson a vislumbrava solitária e logo prosseguiu ao seu encontro... entretanto, não mais correndo alucinado. Muito pelo contrário, indo a passos lentos, tentava não assustá-la, além de averiguar onde estava pisando. Ele sabia que, lá sim, por ser um corredor ainda inédito às expedições, poderia se deparar com alguma armadilha. James demonstrava preocupação: se aquela menina continuasse invadindo templo adentro, não saberia o que fazer. Ele precisava detê-la, a qualquer custo, mas a-quela neblina misteriosa se intensificava, omitindo dos seus olhos as lajotas de pedra que constituíam o piso e que, provavelmente, poderiam levá-lo à morte.

Logo, o Sr. Czinski perguntou:

— Caroline... é mesmo você?

— Sai daqui, papai! — replicou ela, erguendo a cabeça. — Eu não quero mais falar contigo!

— Por que, minha filha?

— Você sabe muito bem o porquê!

— Filha... — ele fez uma pausa — não chora. Fica aí quietinha, que eu vou levá-la de volta para casa! Aí, nós sentamos e conversamos. Aquilo já passou.

— Não, papai... não passou e nunca vai passar. Me deixa a-qui em paz! Você já teve a sua chance de me salvar e não fez nada... NADA!

— Mas você está bem agora, querida. — James fez outra pausa. — E eu não vou mais deixar que mal algum lhe aconteça... eu juro por Deus!

— Eu não acredito em você! — Ela soluçou, fitando-o com revolta. — Você é um covarde... mentiroso!

— Caroline... *please*, confia em mim. Eu estou falando a verdade, dessa vez.

— Duvido!

— Estou, sim!

— Então... prova! Vem me pegar, que eu estou com saudades do vovô e da vovó.

— *All right*... aguenta só mais um pouquinho!

James Sanderson precipitou-se alguns passos à frente e, de repente, começou a pisar em algo fofo, sendo forçado a parar. Seus pés afundaram um pouco e ele direcionou a sua lanterna inutilmente para baixo: a neblina o impossibilitava de avistar o piso. Raspou a sola do seu calçado no chão e percebeu que aquela parte do piso estava coberta por uma substância granulosa. Então, se agachou receoso. Sumiu por alguns segundos em meio a tão intensa névoa e logo se levantou, pegando do chão um punhado de alguma coisa. Apontou o foco da lanterna para determinados grãos, que enchiam a palma da sua mão a ponto de transbordarem pelos cantos, e descobriu que aquilo era simplesmente... areia do deserto!

"*Ora essa... mas que estranho*", raciocinou o vigia. Ele largou de volta ao chão a areia e quando averiguou as paredes, encontrou um fato ainda mais estranho: ao invés de dezenas de Hieróglifos, elas possuíam centenas de profundas e arredondadas fendas, como se algum lunático tivesse esculpido ali uma... "adega de vinho?" Isso mesmo... uma adega de vinho! Apesar da situação calamitosa, James não pode deixar de imaginar algo assim. Afinal, era enomaníaco. Porém, não se preocupou tanto quanto gostaria com o seu *hobby*. Limitou-se a iluminar rapidamente uma daquelas fendas, passando curioso a mão em sua extremidade, e voltou as atenções para a filha. Salivando, pois imaginava-se a degustar um bom cálice de vinho para tentar omitir seus temores, o vigia redirecionou o foco de luz da lanterna para adiante, certificou-se que Caroline ainda estava sentadinha no mesmo lugar e começou a caminhar sobre a areia fofa, indo em sua direção.

— Eu já estou chegando, minha filha!

— Vem logo, papai... Vem logo! — dizia a própria, demonstrando ansiedade.

—*All right*... aguenta firme, que eu já estou chegando!

— Anda mais depressa. Estou com medo, papai! — Ela chorava e soluçava, passando as mãos nas vistas, tentando enxugar suas lágrimas.

— Não precisa ter medo, querida. Dessa vez, eu vou salvá-la... custe o que custar! — James fez uma pausa e acrescentou: — Nem que para isso, eu precise sacrificar a minha própria vida!

—Jura, papai?

— Sim, eu juro!

— Você não está mentindo novamente para mim?

— Não, minha filha... não! Você não sabe o quanto estou arrependido, dos erros que cometi. Sou capaz sim, de me sacrificar para salvar você! De sacrificar a minha vida, para salvar a vida dessa garotinha sapeca que eu tanto amo.

— Então... eu te perdoo, papai!

Na mesma hora, Caroline parou de chorar. Ela sorriu radiante e James Sanderson pisou em uma armadilha! Houve um estalo ensurdecedor. Com o susto, ele chegou a se mijar todo nas calças. Sabia o que tinha acontecido. E como se aquela situação não pudesse piorar, a sua lanterna começou a falhar. Piscou diversas vezes, até que se apagou de vez, deixando o vigia, no escuro, sem que pudesse vigiar nem mesmo a ponta do seu nariz. De fato, desesperado, batia com a lanterna na palma da mão, tentando fazê-la voltar a funcionar, xingando barbaridades no meio de todo aquele breu e sem que pudesse tirar seu pé daquela maldita lajota de pedra, caso contrário, o pior aconteceria. James retirou as pilhas e as colocou de novo, tentou religar a lanterna inúmeras vezes, futucando o seu botão, mas a única coisa que conseguiu foi aumentar ainda mais o seu desespero... se é que era possível.

— Mas que maldita hora para acabar a porcaria das pilhas! — bramiu James, voltando a abrir, trêmulo, o compartimento da lanterna, trocando aquelas pilhas gastas por outras sobressalentes que levava consigo no bolso da calça. — Pronto... espero que agora essa merda funcione!

James reacendeu a lanterna e um clarão surgiu em meio ao nada: sinal que as pilhas estavam novas. Porém, naquelas condições, ele só teria iluminação para ficar ali parado. Não podia tirar seu pé de onde estava, por outro lado, também não poderia ficar ali para sempre, pois aquelas pilhas não durariam a vida toda... ou, até que as pesquisas alcançassem aquele local do templo. Então, buscando sua salvação, tentou usar o celular e pedir ajuda, mas não havia sinal lá embaixo. Pensou em algo diferente e só conseguiu chegar a uma alternativa: recorrer àquela garotinha que julgava ser sua filha! James apontou o foco de luz da lanterna para a frente, buscando-a, e voltou a enxergá-la em meio a tamanho breu: Caroline ainda encontrava-se lá, sentadinha no seu canto, a observá-lo atentamente.

James sentiu-se aliviado em vê-la. Respirou fundo e retomou o diálogo com ela.

— Caroline... fala comigo, *please!*

— Eu estou aqui... papai.

— Eu sei, querida... estou vendo você.

— Então... o que você quer comigo, papai?

— Filha... agora, é a sua vez de salvar a minha vida!

— E o que você quer que eu faça?

— Vá pedir ajuda... *please!*

— Mas... eu não posso!

— Pode sim, filha... você consegue. E só ir lá em cima e chamar por alguém. Qualquer um, vai saber o que fazer, para me tirar daqui.

— Não, papai... eu não posso. Você não entende, não posso fazer mais nada por você.

— E... por que você não pode, querida?

— Porque, eu perdoei você, papai. E agora, você terá que cumprir com o combinado.

— Mas que combinado...?

— Papai... você já se esqueceu? Ou estava mentindo novamente para min? — Ela alterou a voz. Foi severa. — Agora, não tem mais jeito. Não resta mais escapatória, você terá que pagar com a própria vida.

— Do... do... do que você está falando, minha filha? — James chegou a gaguejar de tamanho espanto. — Eu realmente não estou entendendo.

— Ora, seu velho estúpido... não se faça de idiota! — Caroline perdeu a paciência, se levantou e, com voz demoníaca, começou a falar: — Eu nunca vou perdoá-lo pelas coisas que você fez comigo e com a mamãe. Muito pelo contrário... voltei para me vingar... para vê-lo queimar no fogo do inferno!

James se horrorizou tanto com aquela reação que quase tirou o pé da armadilha.

— Mas você acabou de dizer que me perdoou — alegou ele.

— Eu menti! — E debochou, forçando a sua voz infantil. — Aprendi com você, papai.

— Por favor, querida... ajuda o papai! — James fez com as mãos um gesto de piedade, como se fosse rezar. — Só você pode me salvar dessa!

— Assim como só você poderia ter me salvado "daquela"! — Voltou a falar com uma voz grave, como a de alguém possuído pelo demônio. — Mas, pela sua falta de caráter, me deixou lá, sendo torturada e violentada, até morrer com hemorragia interna, de tanto que fui estuprada por aqueles seus três parceiros de jogatina!

— Não... quando eu soube, já era tarde demais!

— Mentira... seu verme, escroto! — Caroline começou a caminhar na sua direção, cada vez mais furiosa e com a voz mais demoníaca. — Desde que a mamãe se matou, enforcada no ventilador de teto, cansada de ser vendida por você, como se ela fosse uma droga de mercadoria sexual, que você tentava me usar no lugar dela, para pagar as dívidas que arranjava no jogo quando enchia a cara e jogava, jogava, jogava até perder as calças!

— Você sabe que isso não é verdade!

— É verdade sim, seu merda... LÚCIFER ME CONFIRMOU TUDO!!!

— Não... não pode ser. Isso não é verdade... você sabe que não é verdade. — E James caiu em prantos, levando as mãos ao rosto. Então, acabou admitindo: — Me perdoa, minha filha! *Please*... perdoa esse pobre homem! Álcool e jogo sempre foram meus vícios... minha ruína! Mas agora eu estou curado! Acredite... tenho sofrido horrores com isso! Desde que você se foi, que o remorso vem dilacerando o meu coração!

— FODA-SE!!! Bem-feito, você tinha que ter era se arrependido antes... muito antes deu ter as mãos e pés amarrados nas cabeceiras daquela cama fedorenta, passando dois dias inteiros de pernas abertas e tendo até o meu espírito arrombado por aqueles pés-de-cana miseráveis! — Ela parou a alguns centímetros apenas daquela parte em que o piso estava coberto de areia, sua voz parecia com a voz da garotinha do filme "O Exorcista". — Esse foi o resultado daquilo que você fez comigo! Eu reneguei o caminho da luz e acabei vendendo... não, melhor... eu dei... dei a minh'alma para o demônio, só pra poder fazê-lo pagar por ter desgraçado a nossa vida... a minha vida e a vida da minha mãe! Você é um monstro!

E James ajoelhou-se ao chão, tão desestabilizado emocionalmente que esqueceu que não poderia retirar o pé da lajota a qual pisava. Então, um estrondo ensurdecedor ecoou por aqueles corredores... o templo começou a tremer e ele, se tocando que havia acionado a armadilha, postou-se de pé e tentou correr em direção contrária à filha, buscando fuga, não só daquela armadilha miserável... mas do templo! Porém... uma porta de rocha maciça se fechou rapidamente bem no meio do caminho, obstruindo a saída. Foi tão abrupto que James Sanderson não conseguiu parar de correr a tempo e acabou indo de encontro àquela porta, chocou-se contra ela e, voltando cambaleando para trás, desabou ao chão arenoso daquele corredor. James, ainda caído, atordoado, mirou o foco da sua lanterna para o outro lado do corredor e não viu mais Caroline, pois uma segunda porta de rocha tinha se fechado também daquele lado.

O vigia logo percebeu que estava preso em sua adega imaginária. Correu até uma daquelas portas que acabara de se fechar, tentou empurrá-la e descobriu que seria impossível abri-la. Qualquer esforço que fizesse, por maior que fosse, seria em vão. Recomeçou a chorar. Ao menos, ainda havia luz... uma luz que não era a do fim do túnel. Era uma iluminação que na verdade só serviria para que pudesse assistir — e de camarote — o que aconteceria consigo próprio nos próximos segundos. Seu fim seria cruel... cruel até para os crimes que cometera! Pressentindo isso, começou a socar aquela porta de rocha maciça e a berrar, chamando por alguém. Ouvia gargalhadas satânicas vindo de algum lugar e calafrios lhe percorriam o corpo. Isso, quando, de dentro daquelas fendas circulares, centenas de espetos de ouro começaram a apontar parede afora. James os percorreu com o foco da lanterna, identificando que armadilha era aquela. Estava ferrado! Um novo estrondo foi então ouvido, anunciando que as paredes começavam a se fechar... uma contra a outra! Ele já não tinha muito o que fazer, a não ser... aguardar.

Esperar pelo fim horrendo que teria!

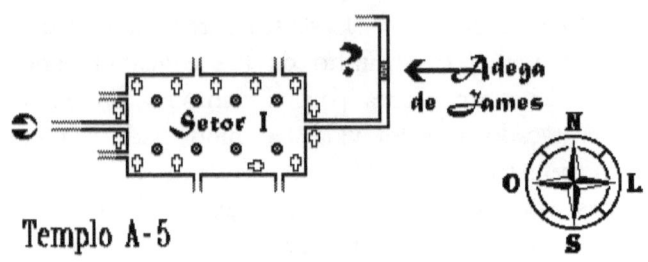

Templo A-5

O Sr. Czinski seguia gritando desesperado, pedindo inutilmente por socorro, comprovando o quão covarde era. Aqueles espetos se a-proximavam cada vez mais dele, do seu corpo franzino, trêmulo e pegajoso de suor. O templo rangia! O pavor era tanto que seu choro se tornara uma mistura de gemidos desafinados com súplicas de perdão a Deus. James estava arrependido e disposto a pagar por todas as a-trocidades que cometera, mas não queria morrer daquela forma, como um pedaço de carne em um moedor gigante. Foi se encolhendo... se encolhendo... se encolhendo... até que não teve mais como se esquivar e os espetos começaram a perfurá-lo... a destroçar seu corpo, em diversos pontos diferentes: nas pernas... nos braços... no abdômen... no tórax. James ainda conseguiu emitir um último grito — esse, de dor! —, mas foi calado enfim por um dos espetos, que irrompia por sua boca, esfacelando a sua cabeça.

Naquele instante, houve um momento de silêncio. A engrenagem que movimentava tal armadilha havia parado de funcionar. James estava morto, esmagado, despedaçado... não sobrara muito dele, nem para contar a história. Aquela dor que sentira foi insuportável, mas não chegara nem perto da dor que causara nas pessoas que dizia amar. Quanto à sua adega, ela era falsa e o vinho que acabou derramado foi o seu próprio sangue, escorrendo pelos espetos de ouro e envelhecendo para toda a e-ternidade. Um último estrondo ainda se manifestou pelos corredores do templo, eram as paredes voltando à sua posição normal. Logo, os pedaços do vigia caíram ao chão e foram engolidos pela areia que camuflava determinadas lajotas. Um tipo de sistema que servia para encobrir qualquer vestígio do que ocorrera ali dentro. Engenhoso, porém diabólico! E, ao longo daquele corredor, nem sinal de Caroline: ela havia simplesmente desaparecido! Por sorte — se é que podemos considerar assim —, a sua lanterna acabou ficando onde seria facilmente encontrada pela equipe do instituto. Estava destruída, mas se manteria no mesmo lugar, esquecida em meio à areia, dando a todos pista do seu paradeiro. Dessa vez, quando sentissem a sua falta, acabariam o encontrando... ainda que pedaço por pedaço.

Egito. Cairo, 07:32.

Nicholas acordara quase com um pulo, pouco antes do horário programado por ele próprio para que viesse a acordar: era o seu celular, tocando sem parar. Ele até que tentou resistir, mas aquela melodia a qual escolhera como campainha — Serenade "Eine Kleine Nachtmusik" — prosseguia berrando como em um alucinante concerto sinfônico: *"pan... pan, pan! Pan, pan... pan, pan... pan, pan!!!"* Então, Nicholas rolou sonolento pela cama, atendeu o aparelho e soube quem era que se encontrava ao telefone. Albert estava bastante tenso e preocupado do outro lado da linha, tanto que nem perdeu tempo em avisar que o vigia também tinha desaparecido.

Logo, Nicholas se sentou sobressaltado. E demonstrando preocupação, fez algumas perguntas ao amigo. Ele sentiu que o caso era realmente sério, viu as horas e se levantou em um impulso só, informando que iria para o instituto o mais rápido possível. Feito isso e Nicholas desligou o telefone, tratando de se agilizar. O pró-homem do instituto tinha que admitir, ao menos para si mesmo, que foi surpreendido com aquela notícia. Ele não esperava por um novo desaparecimento misterioso — na verdade, ninguém esperava — e agora que isso acontecera, precisaria tomar alguma providência. No caso de Matheus Welch Mazzard, ficara por isso mesmo... mas, mediante àquela nova ocorrência, Nicholas teve a certeza que o jovem arqueólogo não abnegara a sua parte das pesquisas. Algo estava realmente acontecendo pelos bastidores... pelo interior do templo! Eram as vidas dos seus companheiros que estavam em jogo... e não havia motivo mais importante do que esse para induzi-lo a fazer alguma coisa.

Mas... fazer o quê? Apressar o reinício das expedições, abdicar de tudo, ou, simplesmente, agir com mais prudência? Se optasse pela primeira, a sua equipe poderia não estar suficientemente informatizada para vencer os possíveis obstáculos que ainda viriam. E se optasse pela segunda, eles jogariam fora os doze anos de pesquisas e escavações, trocando a ascensão e todo aquele sucesso o qual desfrutavam pelo maior fiasco da história... tão imensurável que poderia levar o International Archeology Research Institute à ruína. Quiçá, o certo fosse agir com mais prudência. Mas isso seria possível, se tratando daquilo que estavam lidando? Nicholas estava ponderante, tentando resolver aquela questão sozinho. De repente, largou o restinho do café às moscas e partiu enfim para a sede do instituto. Ele havia chegado ao menos a uma conclusão: aquele era um assunto para ser tratado em equipe e não, individualmente!

Nicholas parecia prever o dia que teria pela frente. Até porque sabia que se alguém da imprensa descobrisse a respeito daquele desaparecimento, em questão de tempo o sumiço de Matheus também viria à tona, desencaminhando de vez todas as pesquisas. Sendo assim, Nicholas atravessara como um tanque aquela intensa barreira de repórteres, irrompendo pela porta da frente do Prédio de Vidro, à procura de maiores informações... ou, na esperança de que tudo não se passara de um engano. Entretanto, quando alcançara a recepção, encontrara apenas Nora Vallentine — a recepcionista —, que logo informara o paradeiro deles. *"Oras... Mr. O'Neil... até parece que o senhor não conhece a equipe que tem. Estão todos desde cedo metidos no templo"* tinha dito ela, na ocasião. E agora, o pró-homem do instituto já se dirigia em largas passadas para lá.

Nicholas jamais havia percorrido tão rápido a distância entre o instituto e a entrada do templo. Bufava de cansaço, mas não parara nem para respirar. Era como se ele estivesse ligado no botão de 220, prestes a entrar em curto! E Nicholas só não prosseguiu alucinadamente por aqueles obscuros corredores, porque deu de cara com Albert Marshall, saindo lá de dentro.

Ambos quase se trombaram e antes que Nicholas lhe perguntasse qualquer coisa a mais sobre o acontecimento, o próprio se precipitou dizendo:

— Ah... graças a Deus! Ainda bem que você chegou! — Albert entregou-lhe algo e prosseguiu, com uma expressão bastante séria: — Toma... isso foi encontrado, caído, num dos corredores adjacentes àquele hipostilo.

— E... que porra é essa? — indagou Nicholas, checando aquela sucata.

— O que é, não... o que foi — disse Albert. — Esse pedaço de alumínio é o que sobrou da lanterna do nosso vigia.

— Mas...

— Eu sei... eu sei — continuou ele. — Você e Andréia tinham proibido qualquer funcionário, fosse quem fosse, de ir além daquele hipostilo.

— Exatamente... o que ele foi fazer lá?

— Sei lá... mas eu, se fosse você, também faria outra pergunta.

— Qual?

— O que seria capaz de fazer tamanho estrago, numa lanterna de alumínio?

— É mesmo... — Nicholas coçou o queixo. — Alguma espécie de armadilha?

— Bem... é o que acham Andréia, Wallace e Bradford.

— E quanto a David?

— Ah... está tão puto que, até agora, só conseguiu xingar o pobre coitado do vigia!

— Também pudera.

— É... esse é o normal dele.

— Mas como vocês encontraram os restos da lanterna do vigia, se você mesmo acabou de ressaltar que estava estritamente proibida a ida de qualquer funcionário, seja ele quem fosse, além daquele maldito hipostilo?

— Nós não podíamos perder tempo, cara! — explicou ele, sobressaltado. — O Sr. Czinski havia acabado de sumir... e o que era ainda pior, da mesma maneira que Matheus desaparecera, na manhã de ontem! Perdoe-nos... mas nós não tivemos outra alternativa, que não fosse, vasculhar por conta própria além daquele hipostilo... por um ou outro corredor, pelo menos! Eu e Wallace só não esperamos você e Andréia chegarem porque, depois, já poderia ser tarde demais! Afinal... tínhamos a esperança, por mais vaga que fosse, de conseguir encontrá-lo ainda com vida.

— Calma, meu amigo... vendo por esse lado, vocês agiram certo. Foi mesmo o melhor a ser feito. Aliás... nós já devíamos ter tomado essa atitude, ontem, com o desaparecimento de Matheus. Teria sido mais certo ainda! Eu só não consigo entender é... o que levou-o até lá?

— Bem... Andréia acha que esse acontecimento pode ter ligação com aquilo que ela mesma disse, ontem, durante a reunião.

Aí, sim... estaria tudo explicado. Inclusive... o desaparecimento de Matheus!

— Com o quê? Com aquela história de pesadelo?

— Isso mesmo — assentiu Albert, prosseguindo: — E, se tratando de Andréia, talvez ela já deva ter descoberto mais alguma coisa a respeito do caso, nesse meio tempo.

— Então, vamos logo procurá-la que a situação está querendo ficar preta.

— Ela está conosco, lá embaixo. Também acabou de chegar! Eu só subi, para te ligar e saber se você já estava chegando.

— Ótimo... excelente! Por mais que eu pense, preciso da opinião de todos vocês, para tomar alguma decisão. Principalmente... de Andréia.

E assim, ambos irromperam apressados pelo templo, desaparecendo perante as chamas daqueles lampiões a óleo.

Egito. Cairo, 08:58.

Jennifer também acordava com o barulho de uma campainha telefônica... só que, no seu caso, era o aparelho do próprio hotel que berrava sem parar. Então, virou-se de bruços na cama, entremeada ao cobertor, e atendeu, ainda sonolenta, a ligação: — Alô! Na mesma hora, a recepção informou que Alexander aguardava lá embaixo, no saguão principal. Jennifer lhe deu permissão para subir, desligou o telefone e pensou: *"o que será que ele faz aqui, tão cedo?"* Olhou para o despertador e viu que ainda iria dar nove horas. Ela achou muito estranho o fato. Logo, tratou de se levantar e correr, sem roupas, para o toalete. *"O combinado era ele me pegar às dez... será que aconteceu alguma coisa, lá no instituto?"* prosseguia Jennifer, demonstrando demasiada preocupação enquanto lavava o rosto e escovava os dentes.

Jennifer saiu do toalete, já vestida — *jeans* e blusa — e aos tropeções. Abriu a cortina e a porta-janela que levava à sacada e, deixando os primeiros raios de sol entrarem pelo quarto, tratou de arrumar a cama. Um ato bem superficial, pois apenas desamarrotou o lençol e dobrou o cobertor, guardando-o em um canto qualquer. Também demonstrava ansiedade. Sabia que havia tido outro sonho estranho, mas não conseguia se lembrar do que se tratava. De repente, foi surpreendida por um ruído alto e estridente. A jovem chegou a dar um pulo de susto, voltou-se para trás em um impulso só e lembrou-se que não tinha acordado com o despertar do despertador. E era justo ele, marcando nove em ponto. Se recuperando do susto, a jovem desligou o aparelho, silenciando-o. Feito isso e bateram levemente na porta. Então, Jennifer partiu em disparada, afoita para saber se estava tudo bem com seu pai e companhia.

Olhando rapidamente pelo olho mágico, ela certificou-se que era Alexander, abriu a porta, convidou-o para entrar e, sem que sequer lhe desse um beijo, abraço ou qualquer outro tipo de cumprimento, foi logo perguntando:

— Alex... aconteceu algo de errado no instituto?

— Calma, Jenn... calma — falou Alex, tentando tranquilizá-la. — Se você está preocupada com o seu pai e com Andréia, fica tranquila que ambos estão bem.

— Ufa... graças a Deus! — Jennifer respirou aliviada, trancando a porta. — Mas... então... por que você veio aqui tão cedo, se o combinado era às dez?

— Bem... — hesitou Alexander — você se lembra do que aconteceu com Matheus, ontem?

— Se você está se referindo ao sumiço dele... é claro que eu lembro.

— Exatamente!

— Então... o que foi? Acharam ele?

— Não... muito pelo contrário. Houve um novo desaparecimento, essa madrugada. O vigia noturno James Sanderson, um senhor de cinquenta e dois anos de idade, simplesmente também sumiu dentro do templo. — Alexander tomou coragem e completou: — E o pior... especula-se que...

— Que ele foi morto por uma armadilha qualquer! — se precipitou Jennifer.

— Isso mesmo. — Alexander fez uma pausa. — Mas... como você soube? Seu pai já havia lhe contado?

— Bem... — ela sentou-se na cama, assustada. Estava começando a se lembrar de tudo. — Na verdade, ninguém me contou. E se eu disser, como soube a respeito, você não irá acreditar.

— Tenta.

— Tá... tudo bem. Não tenho outra alternativa mesmo. — Jennifer fez uma pausa, demonstrando medo, e revelou: — Eu sonhei com a morte dele!

— Ahn... como assim...?! — Alexander também se sentou, confuso.

— É... estou falando sério — continuou ela, tentando passar seriedade. — Essa madrugada, eu sonhei com a morte do vigia. E foi horrível!

— Mas... isso é impossível! Deve ter sido só uma coincidência.

— Foi justamente o que pensei, ontem, pela manhã, quando também sonhei com a morte de Matheus!

— Ah... fala sério, meu amor! — Alexander estava perplexo. — Você só pode estar brincando comigo.

— Não... pior que estou falando sério. — Ela fez uma pausa. — Eu disse que você não iria acreditar em mim!

— Mas como você pode ter sonhado com a morte de alguém que sequer conhecia?!

— E eu sei lá! — Jennifer estava ficando nervosa. — Vai perguntar pra Andréia, que é a sabichona do instituto!

— Não... não é preciso. — Ele procurou ser lúcido. — Sei que foi só coincidência.

— Não... não foi! — exclamou Jennifer. Ela se levantou impulsivamente e, tentando se acalmar, voltou a insistir: — Liga para o celular do meu pai e pede para vasculharem o corredor que fica exatamente do lado oposto à entrada daquele hipostilo... foi lá, o local onde o vigia morreu!

— Isso já foi feito!

— E encontraram os restos da sua lanterna?!

— Encontraram! Mas... — Alexander gaguejou — como algo assim pode ser possível?

— Já disse que não sei! Mas que eu sonhei com a morte dele, disso, agora, eu tenho certeza! Vai... anda, liga para o meu pai e conta que James foi atraído para dentro do templo por uma garotinha que pulava amarelinha e que ele acabou mutilado por duas malditas paredes de espetos! Aliás... iguaizinhas àquelas dos filmes de aventura! E diz também que a lajota a qual aciona tal armadilha, está submersa em meio a toda a areia que tem naquele corredor!

Pronto... agora, sim, Alexander bolara de vez, calando-se como se não conseguisse mais contradizê-la. Ele sabia que parte das coisas que Jennifer lhe contara batia perfeitamente com o que tinham lhe informado, mais cedo: o que restara da lanterna e, principalmente, que aquele corredor estava repleto de areia. E quanto às informações ainda não confirmadas por Andréia e por sua equipe de renomados cientistas, como: aquela maldita parede de espetos e a lajota que acionava tal suposta armadilha, bem... seria pagar para ver! Então, Alexander aceitou a sugestão, pegou o celular da cintura e telefonou imediatamente para o pró-homem do instituto.

Ele temia a veracidade dos fatos.

Alguns segundos de extrema expectativa se passaram e assim que Nicholas ficou ciente dos fatos, que foram mencionados com certa descrença pelo rapaz, silenciou-se do outro lado da linha, surpreendendo Alexander. Alexander esperava que Nicholas fosse ter a mesma reação que ele e dizer que tudo não se passara de uma incrível coincidência... mas não foi isso o que aconteceu. Se não foi impressão sua, Nicholas parecera bastante transtornado... tanto que se emudecera ao telefone. O que se passava pela cabeça do pró-homem do instituto? Haveria algo obscuro por trás dessas possíveis premonições? Se sim... quais os segredos que poderiam ainda estar guardados, dês da morte de Elizabeth? E quais as surpresas que ainda viriam com o avanço das expedições? As perguntas eram muitas... e, pelo visto, continuariam sem respostas por mais algum tempo.

— Alô... alô... alô... — repetia Alexander. Depois, lamentou-se, fechando o celular: — Desculpa, meu amor... mas... caiu a ligação... ou então...

— Ou então, o quê?! — inquiriu a jovem.

— Seu pai estava tão transtornado que desligou o telefone, na minha cara.

— Merda!!! — esbravejou Jennifer, furiosa. Ela pegou os seus pertences pessoais e completou, arrastando afoita Alexander pelo braço: — Anda... vem comigo... estou indo agora mesmo para o instituto, saber direitinho o que o meu pai está escondendo de mim!

I

Nicholas estava realmente transtornado. Ele ficou tão aturdido com o que Alexander lhe contara que atirou o celular contra o portal Leste — aquele demarcado com o algarismo romano um —, espatifando-o em milhares de pedaços. Xingou horrores! Após, tentando se controlar, colocou as mãos no rosto, prendendo com bravura o choro que já lhe ardia os olhos e narinas. Albert tentava acalmá-lo, angustiado ao lado, sem que soubesse o que estava se passando. De repente, Nicholas a-cabou foi explodindo, gritando protestantemente como se afrontasse Aldheron:

— Deixa a minha filha em paz, sua joia miserável!

— Do que você está falando, cara? — indagou Albert, com a voz mansa, persistindo em acalmá-lo.

— Está acontecendo de novo!

— O que, está acontecendo de novo?

— Aquelas premonições que a minha esposa estava tendo, pouco antes de morrer!

— Não, Nick... não está! — Albert elevou seu tom de voz. — Elizabeth nunca teve premonição alguma... aquilo foi uma sucessão de coincidências!

— Eu também achava... mas Júnior acabou de contar que Jennifer sonhara com a morte do vigia!

— Ah... — Albert fez uma pausa, quase recuando com a sua opinião. Então, gaguejando, exclamou: — De... deve ter sido só mais uma coincidência!

— Impossível! Júnior também disse que a minha filha sabia onde a lanterna dele foi encontrada!

— Você está falando mesmo sério...? — Albert Marshall enfim depositou-lhe credibilidade.

— É claro que estou... não sou que nem você que leva tudo na sacanagem!

— Ok... calma, cara. Mantenha-se calmo! — Albert apoiou uma das mãos sobre o ombro do companheiro e concluiu: — Estamos indo mesmo falar com Andréia... conta a ela sobre o caso. Vamos ver o que ela acha a respeito.

II

Logo, ambos irromperam pelo hipostilo do templo. Nicholas apontou o foco da lanterna para a frente e enfim localizou Andréia e Wallace, ainda debatendo a respeito do caso. Eles estavam de pé, com a sábia senhorita encostada em uma daquelas colunas de pedra e Kurt Wallace voltado para aquela bela mulher, de braços cruzados e depositando o peso do seu corpo sobre uma única perna, descansando a outra da fadiga muscular.

Nicholas e Albert Marshall se aproximaram e o pró-homem do instituto já chegou indo direto ao ponto.

— Eu estou muitíssimo preocupado. Pessoas estão desaparecendo e eu não quero que a minha filha seja a próxima! Precisamos tomar sérias providências.

— Então, Nick... você pode ir se tranquilizando, porque as sérias providências já foram tomadas — rebateu ela, curtamente. — A partir de hoje, mais ninguém andará sozinho pelo templo. — Andréia desencostou-se daquela coluna e concluiu, autoritariamente: — Nem eu... nem você e muito menos... o... o... o Chapollin Colorado! Onde um for, quero, ao menos, outros dois juntos.

— Ótimo... melhor assim! — disse Nicholas, ainda não tranquilizado totalmente. Ele fez uma pausa e perguntou: — E então... mais alguma descoberta fabulosa?

— Tipo...? — Andréia olhou para o seu relógio de pulso, preocupada com as horas.

— Tipo... — Nicholas fez outra pausa e disparou: — Freddy Krueger e a hora do pesadelo!

— Se você está se referindo aos poderes que Aldheron possui de brincar com a mente da gente, a resposta é não.

— Isso! — E acrescentou: — Só não sei que tipo de brincadeira é essa, onde a gente sonha com a Juliana Paes pelada e acaba de garganta cortada!

— Bem... então, sinceramente, eu prefiro brincar de cabra-cega — Albert abriu a boca, sempre tentando descontrair seus companheiros em hora errada.

— Ou... de amarelinha! — emendou Nicholas, curto e grosso. — Como, segundo Júnior, a minha filha disse que James foi atraído para a morte.

— Como assim...?! — indagou Andréia, arregalando os olhos.

— É — explicou por ele Albert. — Jennifer também começou a ter premonições.

— Exatamente — confirmou Nicholas.

— Iguais àquelas que Elizabeth teve, pouco antes de morrer? — indagou a sábia senhorita.

— Ahã... aparentemente, sim — respondeu Nicholas, demonstrando toda a sua preocupação.

Andréia, então, calou-se por alguns segundos. Estava ponderante, com uma das mãos apoiando o queixo. Por incrível que pareça, vê-la assim, pensativa, o tranquilizava bastante. Nicholas sabia da sua competência para resolver os problemas... por pior que fossem. Confiava tanto nela e na sua capacidade de tomar decisões que, talvez, fosse capaz de deixar a segurança da filha nas suas mãos.

— Nick... conte-me melhor essa história — disse enfim Andréia, reencostando-se na mesma coluna de pedras. Ela dobrou o joelho esquerdo, apoiando a sola do tênis naquela coluna, cruzou os braços e aguardou que ele se desse início.

— Eu não sei direito... ainda nem tive chance de conversar com minha filha — admitiu o próprio. — Mas... baseando-me no que Júnior me contou, ela sonhou que uma garota... uma jovenzinha... o atraiu até o interior do templo, para que uma armadilha diabólica o matasse.

— Hum... faz algum sentido — raciocinou Andréia. — O Sr. Czinski perdeu sua filha, assassinada, há uns quinze anos. Na época, Caroline tinha somente doze anos. E ontem, se ela ainda estivesse conosco, completaria vinte e sete anos de vida. As coisas estão ficando complicadas... tenho que admitir. Mas... por outro lado, se Jennifer realmente sonhou com a morte do vigia, a minha teoria em relação à "Aldheron e seus poderes de invadirem nosso subconsciente" acaba de ser comprovada. O que nos dará, na pior das hipóteses, uma real possibilidade de defesa contra o inimigo.

— E... você acredita mesmo, nessa história de... premonições? — perguntou Albert Marshall.

— Bem... se tratando de Aldheron, é evidente que sim!

— E ainda tem mais! — exclamou Nicholas, dando sequência àquele assunto: — Jennifer sabia até, da lanterna destruída! E pode descrever com precisão, todo o mecanismo de funcionamento da tal armadilha. Segundo Alexander me contou, James teria sido acuado, dilacerado e massacrado por duas paredes repletas de espetos.

— O que justificaria a lanterna destruída! — comentou o perito em armadilhas.

— E onde estaria seu corpo? — perguntou Andréia.

— Num compartimento secreto, abaixo do piso — respondeu Nicholas, sem pestanejar.

— Bem... por enquanto, as peças se encaixam — constatou a sábia senhorita.

— Perfeitamente, até! — assentiu Nicholas. — E nós ainda temos uma chance, de comprovar definitivamente, a veracidade dessas premonições.

— Mas... como? — perguntou Andréia. — Se formos xeretar e Jennifer estiver certa, acabaremos que nem ele.

Nicholas continuou, não conseguindo conter certa empolgação:

— Não, se soubermos onde fica a lajota que aciona tal armadilha.

— Onde?! — inquiriu Kurt Wallace, ansioso para ir até lá averiguar.

— Escondida... submersa na areia do corredor.

— Então... — também se empolgou Albert — o que nós estamos fazendo aqui parados?! Andem... vamos logo até lá, tirar a prova-real dos fatos!

III

Jennifer estava realmente certa, Kurt Wallace havia encontrado, em meio à areia, a lajota que acionava determinada armadilha. E quando checaram outra vez as fendas circulares da ilusória adega de James, a-cabaram confirmando que se tratava mesmo de diabólicas paredes de es-petos. Era incrível e inacreditável como algo assim poderia ser possível, mas já estava mais do que provado: Jennifer sonhara com a morte do vigia! Era algo tão sério que Nicholas e Andréia deixaram Albert Marshall e o perito lá embaixo e voltaram imediatamente para a sede do instituto, pois precisavam encontrá-la, ainda naquela manhã, para apurarem melhor os fatos.

Aproveitando que a imprensa já não perturbava mais tanto quanto perturbava antes da primeira coletiva, Nicholas e Andréia ir-romperam pela porta da frente do Prédio de Vidro. E para a surpresa de ambos, lá estavam Jennifer e Alexander, impacientes, à espera deles pró-prios. Porém, Jennifer encontrava-se tão exaltada e indignada que nem deu tempo de Nicholas ou Andréia cumprimentá-los, pois saiu bradando como se estivesse perante qualquer outro que não fosse o seu próprio pai.

— Anda... desembucha... por que você desligou o telefone na cara da gente?! E eu exijo uma explicação que seja convincente!

— Calma, Jenn — tentou apaziguar Alexander. — Você precisa manter a cabeça no lugar.

— Mas a minha cabeça ainda tá no lugar! Eu só não sei até quando ela vai continuar aqui, encaixada no pescoço, com as desgraças que ainda acontecerão, se ninguém se prontificar de fazer alguma coisa! — rebateu a própria. Depois, voltou-se novamente para o pai e prosseguiu, furiosa: — Aproveita e me responde também... o que você está escondendo da gente?!

— Nada! E eu não desliguei o telefone na cara de ninguém — mentiu Nicholas. — Foi o sinal da operadora que caiu, quando eu entrei no templo!

— Ah tá... que ótimo... como sempre, uma desculpa esfarrapada! E quanto aos pesadelos que eu tive... o que você sabe a respeito?!

— Calma, minha filha. É sobre isso mesmo que nós queremos lhe falar.

— Então, anda logo... desembucha!

— Claro... assim que você se lembrar da educação que eu e a sua mãe lhe demos.

E ela enfim se acalmou, percebendo que estava exagerando.

— Desculpa, pai... é que eu tou muito assustada com o que aconteceu.

— Tá... tudo bem, é compreensivo — perdoou ele. — Agora... deixa Andréia lhe falar algumas coisas. Ela tem mais jeito com "esses assuntos" do que eu.

— Jennifer... — disse a própria, pegando em suas mãos — nós já temos a confirmação que você estava certa. Nós averiguamos as informações que nos dera e concluímos que, infelizmente, o Sr. Czinski foi realmente massacrado por duas paredes, repletas de espetos. Nós ainda não podemos explicar qual a razão desses seus pesadelos... mas eu prometo que vou descobrir. Porém... primeiro, você precisa nos contar tudo o que houve lá dentro... desde como James foi atraído para aquele corredor, até quem... ou o que, levou-o para lá. Você acha que consegue?

— Sim, consigo.

— Ok... então, vamos nos sentar.

Os quatro se dirigiram ao *hall* de conferências e se acomodaram ao redor da mesa oval.

Logo, Andréia prosseguiu:

— Jennifer... você se importaria, se eu colocasse pra gravar?

— Não — respondeu a jovem.

— Ok... perfeito — disse Andréia. Então, a sábia senhorita postou um gravador de bolso sobre a mesa, ligou-o e pediu para que a jovem narrasse, do princípio ao fim, os acontecimentos que, segundo ela, levaram o vigia à morte.

Jennifer respirou fundo e então deu-se início, dizendo que James Sanderson deixara a sua lanterna cair e rolar em direção ao templo... Os três ouviram atentamente a recapitulação daquele terrível acontecimento, pausaram-na uma vez ou outra para discutirem um determinado ponto, mas, ao término, a única conclusão que chegaram foi que o uso de armas de fogo, talvez, fosse necessário dentro do templo. Aldheron estava provando o quanto era: leviana e perigosa! E olha que Jennifer achara melhor guardar para si, tudo o que sabia a respeito da trágica morte de Matheus.

— Bem... eu acho que não me esqueci de nada — encerrou Jennifer, sentindo-se aliviada por ter transformado aquele relato em um verdadeiro desabafo.

— Ao menos... — disse Andréia, desligando o gravador — agora nós já sabemos o que está acontecendo, de fato, lá dentro.

— Verdade. Mas... o que faremos a respeito? — indagou Alexander. — Concordo plenamente com Jenn... nós precisamos tomar alguma providência, antes que sejamos os próximos a acabar daquele jeito!

Andréia divisou-os ponderante, mas não demorou para se manifestar convincentemente:

— Primeiro: qualquer sonho, pressentimento ou premonição, avise-nos imediatamente. Segundo: não quero vê-los mais zanzando sozinhos pelo templo. Meus caros, prestem bastante atenção... se vocês tiverem alguma coisa para fazer lá dentro, não façam... ou então, se for de real importância para as pesquisas, não desgrudem de mim, dos seus pais ou mesmo, um do outro... nem por um momento sequer! Essa decisão vale para todos os funcionários do instituto. E terceiro: Nicholas... em relação àquele assunto... opção "A"! Nós recomeçaremos ainda hoje, logo após o almoço, as buscas pelo Livro dos Mandamentos. Quanto mais rápido Aldheron for encontrada e revertida, melhor para a segurança de todos nós!

— Combinado! — empolgou-se o próprio.

— As coisas estão ficando mais sérias do que eu poderia imaginar. Essa joia não está de brincadeira e nós não vamos mais subestimá-la. — Andréia colocou aquela fita para rebobinar e concluiu, também não conseguindo conter tamanha empolgação: — Chegou a hora de jogar pesado! Vou tirar a minha Taurus PT 100[1] da maleta e exterminar qualquer criatura sinistra e horrenda que cruzar conosco dentro do templo. E digo mais... seja ela, do sexo masculino ou do sexo feminino... maior ou menor de idade!

---

[1] – *Pistola semi-automática, fabricada no Brasil, com carregador para doze tiros.*

I

O ambiente estava bem agitado no Prédio de Vidro, pois, apesar da equipe de expedições ter sido formada por apenas oito dos quase oitenta estudiosos em ativa, todos eles — sem nenhuma exceção — estavam empolgados, à espera do início das buscas pelo inaudito Livro dos Doze Mandamentos. E enquanto parte da equipe acabava de se a-prontar, Andréia polia a sua semi-automática, ainda fazendo questão de separar alguns pentes sobressalentes. Nicholas e Albert também decidiram se armar, incentivados pela sábia senhorita. David achou um baita e-xagero, argumentando que somente ele e os seus homens deveriam usar armas. E ainda quase teve um piripaqui, ao imaginar o trapalhão do Albert com uma arma de fogo na mão. Mas Andréia logo rebateu, lembrando que, daquela vez, nenhum dos árabes iria com o grupo, pois eles precisavam conter a euforia da imprensa. E que, sendo assim, seria prudente que eles também se armassem. Isso havia bastado para calá-lo. David ficou sem palavras... sinal de que Andréia tinha mesmo razão. Afinal, depois das mortes de James e Matheus, sabe-se lá o que mais a mente humana seria capaz de criar!

Apesar de tanta precaução, Kurt Wallace se limitou a uma faca de caça, e Lord Bradford, a nada além de uma caneta vermelha, pois estava mais preocupado era em fazer as suas anotações do que enfrentar, sabe-se lá o que. Patrícia e Michelle também foram convocadas para a expedição, mas para irem na retaguarda, responsáveis apenas pela parte burocrática: anotações, cálculos e coisas do gênero. E ainda levariam aquela mesma filmadora de antes, acoplada no capacete de operário que Bradford cos-tumava usar. A maioria deles trajava a blusa do instituto, mas a novida-de eram os coletes negros de couro vegetal que Andréia mandara fazer, dias atrás. Fora realmente uma grande ideia da sua parte, criar um acessório que pudesse transportar comodamente todos os outros acessórios que precisariam levar templo adentro. Além das inscrições — idem às das camisas do instituto, só que na cor laranja florescente —, os coletes possuíam compartimentos para: bússola, lanterna, faca, boticão e etcétera. Isso... fora o coldre e o porta-munições, que vinham escondidos pelo lado de dentro. Aquela foi uma ideia tão brilhante que todos estavam usando, inclusive o próprio Nicholas que detestava andar uniformizado.

Bem... depois de muito debaterem, devido às circunstâncias, eles decidiram partir pelo corredor o qual James Sanderson desaparecera. Parecia o óbvio mesmo, levando-se em conta que já tinham invadido até o local cujo encontraram a lanterna do vigia. Além do mais, aquele caminho possuía um detalhe extremamente suspeito. Afinal... para qual finalidade colocariam uma armadilha tão complexa, guardeando um corredor que não levaria a lugar algum? Então, como insanos corajosos, ultrapassaram o ponto onde James morrera e pararam adiante. Devido local já estava iluminado pelos lampiões a óleo e a lajota que acionava tal armadilha, demarcada com uma placa de madeira, onde podia-se ler: "se você pisar aqui, não venha reclamar depois!" Apesar da brincadeira um tanto sarcástica, tudo ali tinha sido resolvido de forma séria e com extrema cautela, para que pudessem irromper, sem maiores problemas, por aquele corredor, que se perdia na escuridão, além das chamas dos lampiões a óleo. Haviam dobrado novamente à esquerda e, com Nicholas e Kurt Wallace na frente, Andréia e os demais na retaguarda, desbravavam o novo caminho. A tensão era grande... os riscos também. Eles não sabiam, mas... daquele ponto, nem a imagem de Caroline foi capaz de passar!

II

Jennifer e Alexander estavam debruçados em uma das janelas do observatório, de onde conseguiam acompanhar, pelo menos, toda a movimentação na entrada do templo. Conversavam sobre coisas bobas, quiçá, tentando controlar o medo que sentiam... medo que parecia ser incontrolável e que surgira após a confirmação das mortes de James e Matheus. Eles sabiam dos riscos que seus pais e toda a equipe estavam correndo, contavam as horas e elas se tornavam infindas... eternas! Ainda faltava muito para o sol se abrigar atrás da linha do horizonte, o que provavelmente daria um intervalo naquela maldita expedição. Seria o suficiente para que eles se sentissem aliviados. Mas... até quando? Jenn e Alex sabiam que, se Aldheron não for encontrada naquela tarde, as buscas se reiniciarão na manhã seguinte... ou, dentro de alguns dias. Era o mesmo que tampar o sol com a peneira... e no Egito ainda por cima! Nicholas, Andréia, Albert, David e companhia não abririam mão de tudo... a não ser que acontecesse uma tragédia horrenda. Não agora, que estavam tão pertos de assinarem seus nomes do *hall* da História!

Não pense que não — Querido e Prezado Leitor —, mas Jennifer e Alexander estavam tão bem preparados psicologicamente quanto os demais... talvez, até mais! O medo que sentiam não era de Aldheron ou mesmo da morte... eles temiam era pela segurança dos seus pais e daqueles que com eles estavam. Ambos eram muito corajosos e só estavam esperando um convite, uma oportunidade para poderem fazer parte das expedições. Jennifer já cogitava até a hipótese de não viajar para fazer as suas provas de final de ano. Queriam estar bem próximos daqueles que amavam e assim, poder protegê-los... independente do quão diabólico era os poderes da joia e da possibilidade das pesquisas e buscas durarem semanas inteiras de suspense e de agonia. Por algum motivo, Alexander parecia mais tenso que a jovem O'Neil, acompanhando frequentemente as horas como se aguardasse pelo momento de entrar em ação. Aquele rapaz tinha algo em mente, estava na cara... mas o que importava realmente era que tudo corria bem... Graças a Deus! O que não amenizava o temor que sentiam de verem alguém saindo desesperado do templo, pedindo por ajuda ou gritando por socorro... machucado ou ferido gravemente, sendo carregado pelos companheiros sem algum pedaço do corpo... ou, pior... morto! Ambos não suportariam a dor de perderem outra vez, de forma cruel e injusta, alguém que amavam de verdade.

III

E a equipe de expedição já estava bem no meio daquele corredor, inédito, mas idêntico aos demais. Kurt Wallace prosseguia na frente, iluminando o caminho a ser vencido, em busca de possíveis armadilhas. Nicholas vinha sempre acompanhando o perito, auxiliando-o naquela arriscada missão. Depois, vinham Andréia, Lord Bradford, Albert Marshall e David... e, por último, Patrícia e Michelle. Na verdade, a ordem sempre seria essa, por causa da função em que cada um estava encarregado.

Patrícia e Michelle conversavam bastante entre si, tranquilas, apesar da tensão que reinava lá na frente. De onde estavam, parecia ser fácil o trabalho de averiguar o piso, à procura de novas armadilhas. Teoricamente, muito mais simples do que decifrar aquelas centenas de inscrições que se perdiam pelas paredes, portais, colunas e tetos daquela hedionda e nefasta construção. Porém... ambas não levavam em consideração o fato mais importante de todos: as suas próprias vidas também estavam correndo risco, lá na frente. Se, por qualquer descuido, Wallace ou Nicholas cometessem algum erro, as suas cabeças também poderiam rolar lá atrás.

E assim, suando frio, preocupados com a segurança de todos, Wallace e o pró-homem do instituto deram o próximo passo, iluminando o caminho adiante com o foco das lanternas. Não se enxergava muito, a-penas o essencial para que fosse possível se locomoverem lá dentro. Às vezes, alguém fazia um comentário ou outro. Com exceção de Patrícia e Michele, os diálogos eram quase monossilábicos. A atenção era enorme lá na frente, mas acabou sendo tanta para nada. Bastou o perito apoiar seu pé no chão, em uma determinada lajota de pedra, para a própria descer e causar um repentino e aterrorizante estalo, igual a quando David pisara naquela primeira armadilha. O susto foi tremendo... e a reação imediata: Wallace deu um pulo, não mantendo seu pé pressionado contra aquela lajota de pedra.

Então, exclamou:

— *Shit...* protejam-se!!!

E enquanto seguiam o seu conselho, totalmente na base do desespero, ouviram um som de lâminas cortando velozmente o vento: ZAAAPPP!!!!! Kurt Wallace e Nicholas se jogaram imediatamente ao chão, pois encontravam-se bem embaixo delas. Andréia e Lord Bradford, por também estarem atentos, conseguiram se esquivar a tempo. Albert Marshall e David, idem, se abaixaram em um canto qualquer. No entanto... Patrícia e Michelle, distraídas por causa de tanto bate-papo, ficaram plantadas, atônitas, exatamente onde estavam. Olharam na direção daquele som e viram duas foices de ouro atravessando o corredor, uma contra a outra, na transversal, como se fossem os pêndulos de um gigantesco e demoníaco relógio antigo!

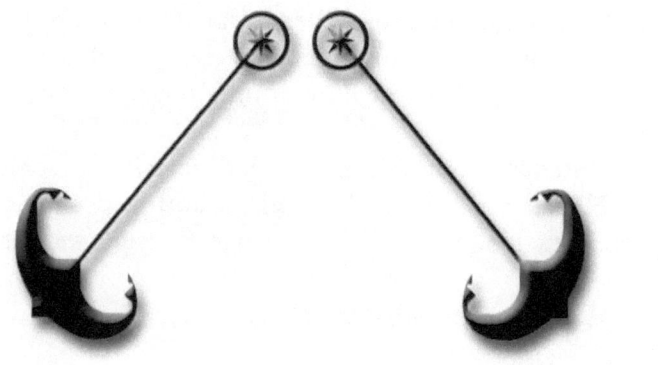

— AAAHHH!!!!! — gritou uma mulher.

IV

De repente, Jennifer teve uma terrível visão, tão chocante que chegou a perder suas forças. O observatório girou ao seu redor e a jovem só não foi de encontro ao chão porque Alexander agarrou-a primeiro. — O que houve, meu amor?! — perguntou ele, mas Jennifer só conseguia ouvir aquele grito de desespero, ecoando em sua mente. Sabia que era de uma mulher, mas não havia identificado quem. Estava na cara que algum acidente gravíssimo interrompera a expedição! Algo tão assustador que a deixou extremamente abalada. Jennifer tentou sair dos braços dele, mas aquela vertigem que a afligia não permitiu, jogando-a de volta aos cuidados do rapaz. A imagem das duas foices assassinas também não saía da sua mente... e ela só não entrou em desespero porque Alexander prosseguia ali, amparando-a com todo o carinho do mundo.

— Alex... — murmurou finalmente ela.

— O que houve, meu amor?! — repetiu Alexander, fitando-a nos olhos.

— Alguém foi atingido por uma armadilha... por lâminas que pareciam em um pêndulo!

— E como você pode afirmar isso?!

— Eu tive uma visão! — exclamou ela, ainda à beira do desespero. — Pelo o que pude perceber, pisaram em outra lajota daquelas! Eu também ouvi um grito! Meu Deus... acho que alguém teve uma das mãos decepada! Alex... estou com muito medo... acho que foi meu pai!

— Tem certeza do que está dizendo?!

— Não... pior que não! — Ela soltou-se dos braços dele e foi cambaleando para longe. — Aliás... eu não consigo ter certeza de mais nada!

— Então... mantenha-se calma... *please!* Logo, nós vamos saber das novidades.

— Mas... estou com muito medo, meu amor!

— Eu também — admitiu Alexander, indo até ela.

Jennifer voltou-se para o rapaz e prosseguiu temerosa:

— Alex... estão todos correndo risco de morte lá embaixo!

— Eu sei. — Ele fez uma pausa. — Mas... o que você sugere que eu faça?

— Me abraça... simplesmente, me abraça!

E Alexander acalentou-a, atendendo ao seu pedido.

V

Aquele grito havia saído da garganta de Michele. No entanto, ela não foi a única a berrar, foi somente quem berrara mais alto. Todos haviam dado o seu gritinho... mas agora o silêncio reinava angustiante. E envoltos por ele, iam se recompondo do susto. Postavam-se de pé e averiguavam se alguém tinha se ferido. Andréia estava ilesa, assim como

Albert Marshall e Lord Bradford. David, Patrícia e, inclusive, Michelle, também... tanto que já iluminavam os seus companheiros com o foco das lanternas. Viram Kurt Wallace vivo e ileso, apesar de ainda caído ao chão. Porém... se desesperaram logo que contemplaram Nicholas, agachado e encolhido exatamente abaixo daquele par de lâminas douradas que só agora paravam de oscilar.

Será que Jennifer estava realmente certa...
E seu pai fora a próxima vítima de Aldheron?

— Fala comigo, Nick! — exclamou Andréia, avançando sobre ele.

Albert também se aproximou, dizendo angustiado:

— Pelo amor de Deus, cara... diz que você está bem!

Nicholas segurava uma das mãos, dando a impressão que fora atingido. E todos ficaram na expectativa, enquanto Andréia o abraçava por trás, procurando por possíveis ferimentos. Mas não havia sangue derramado pelo piso, apenas os pedaços da sua lanterna espalhados por todos os cantos. E isso fez com que ela percebesse que o pró-homem do instituto só estava assustado, começando a se recompor. Ele abriu enfim a mão e pode constatar que até seus dedos estavam no lugar. Ergueu a cabeça e respirou aliviado, quando viu que ninguém havia se ferido. Nicholas então contemplou Andréia e aconchegou-se nos seus braços, ainda abalado emocionalmente.

— Puxa... foi por pouco! — disse Nicholas, saindo enfim dos braços de Andréia e se postando de pé.

— Por muito pouco mesmo! — emendou Wallace, também se levantando.

— Nossa... foi tudo tão rápido que achei que tivesse me ferido — admitiu Nicholas. — Essas lâminas passaram tão próximas de mim que chegou a ventar contra o meu rosto. Olha só o fim que teve a minha lanterna! — Ele apontou para o chão.

— É... — disse Bradford, se agachando e filmando, incrédulo, os restos da lanterna — da pra ter noção do que aconteceria com você, se essas malditas lâminas tivessem lhe atingido!

— Verdade! Foi um milagre vocês dois terem saído dessa com vida! — disse Andréia, também se referindo a Kurt Wallace que, além de perito em armadilhas, era explorador de túmulos.

— E põe milagre nisso! — emendou Patrícia.

— Eu não vi a lajota, me perdoem! — desculpou-se o perito.

— Não tem do que se perdoar... foi um acidente e acidentes acontecem — disse Nicholas, se limpando com tapinhas pela roupa. — Não existem grandes diferenças entre uma lajota e outra... assim como você pisou eu também poderia ter pisado. Além do mais, todos nós sabemos dos riscos que estamos correndo.

— Verdade — falou Albert Marshall, caçoando dele em seguida: — Mas, assim, um dia, você vai acabar é explorando o seu próprio túmulo!

— Albert... cala-a-boca! — bronqueou Andréia.

— Calma... — tergiversou o próprio — não está mais aqui quem falou!

— Eu acho bom mesmo! — encerrou ela.

— E, depois dessa, nós ainda vamos prosseguir? — Patrícia perguntou.

— Bem... eu, pelo menos, vou! — replicou Nicholas, com toda convicção. — Mas... se você quiser voltar, diga agora ou cale-se para sempre!

— *Yo*...? É ruim, hein! — rebateu a própria, corajosamente.

— Então, vamos todos?! — perguntou Andréia, apesar dos pesares, visivelmente empolgada. E como quem cala consente... Andréia prosseguiu: — Bem... agora vamos deixar de lado o bate-papo e continuar adiante. Nós não sabemos o quanto que ainda teremos para percorrer!

— É verdade — manifestou-se Patrícia, com certa ironia. — *Pero... yo* espero que vocês prestem um pouquinho mais de *atención*, antes que a gente acabe virando presunto... e o pior, daqueles que já vem fatiado!

— Sabemos disso, Srta. Gibson. Você não precisa se preocupar. — E quando Andréia pensou melhor, corrigiu-se: — Aliás... se preocupa sim... e muito! Quanto mais nos preocuparmos com a nossa segurança, melhor!

— Ela tem razão... — reforçou Nicholas, encerrando: — E se alguém está pensando em voltar, aproveite agora porque essa pode ser a última chance!

VI

Apesar daquela visão, Jennifer começava a sentir que todos estavam bem. Embora, também sentisse que algo de ainda pior não tardaria a acontecer. Porém, não conseguia decifrar que mal seria esse. Fechava os olhos e procurava ter outra visão reveladora, mas não enxergava nada além de um breu angustiante e persistente. E quando ela abria os olhos então, via menos ainda. Aquelas paredes frias do observatório, não lhe diziam absolutamente nada! Temendo pela segurança de todos, Jennifer saiu um pouco de perto de Alexander e foi até as janelas, vislumbrando, confusa e absorta, a entrada do templo. Estava muito angustiada, pois sem mais nenhuma visão ambos ficariam incapacitados de agir. E olha que a jovem estava com o mesmo pressentimento que teve, na noite passada, pouco antes de deitar para dormir e sonhar com a morte do vigia.

Alexander percebeu toda aquela sua aflição e foi até lá, só para voltar a abraçá-la. Acalentou-a com todo seu amor, mas aquele singelo gesto de carinho de nada adiantou. Jennifer estava muito inquieta. Soltou-se dele e foi em direção à cozinha do instituto, pedir um sorvete. Entrementes, acabou desistindo. Parou no meio do caminho e se dirigiu ao bebedouro, se contentando com algumas goladas d'água. Ainda estava um pouco cambaleante, como alguém que acabara de acordar. Alexander a vislumbrava receoso, sentou-se na borda da janela e lá ficou, aguardando que ela voltasse. Queria poder ler a sua mente e descobrir o que realmente estava se passando. Saber o que ele não sabia... sequer suspeitava! A jovem O'Neil encontrava-se naquele estado, porque tinha certeza que, nos próximos minutos, um integrante da expedição abnegaria a vida para seguir os passos da morte!

VII

O clima no interior do templo, após o ocorrido, ficara bem estranho... pesado. Aquela tinha sido a terceira armadilha que se deparavam, em três dias de expedições. Ou seja: uma por dia! Isso estava começando a abalar a confiança de que encontrariam Aldheron em breve. Estavam mais temerosos do que nunca, mas precisavam continuar. E quando iriam recomeçar as expedições, outro imprevisto ocorrera: Patrícia percebeu que Michelle havia simplesmente desaparecido. Logo, ela comentou o fato com quem postava-se ao seu lado. Era David que soltou um palavrão. Andréia ouviu um *"damn it"* ecoar lá atrás, voltou-se para o chefe de segurança e soube do desaparecimento de Michelle. Contou para Nicholas e ele sentiu um calafrio lhe subindo pelo corpo. O pró-homem do instituto temeu pela segurança dela e imediatamente adiou o recomeço das expedições.

— Bem... estamos com um grave problema — alertava e-le. — Não sei quem falta perceber, mas... a Srta. O'Hara sumiu... escafedeu-se!

— *But...* ela estava aqui, agora a pouco! — falou Albert Marshall, perplexo.

— É... só que não está mais! — rebateu Nicholas, curtamente.

— *Bien* que *yo* achei ela *mucho* insegura de vir conosco! — comentou Patrícia, visivelmente preocupada. — Ela deve ter voltado para o instituto.

— Sozinha? — indagou Nicholas. — E sem nos avisar?

— É... deve ter ficado constrangida de admitir que estava com medo — disse Patrícia. — Aí... saiu de fininho.

— Que ótimo! — resmungou Nicholas. — Mesmo assim... precisamos tomar alguma providência. Só vou ficar tranquilo, quando nós a encontrarmos.

— E o que você sugere? — perguntou Patrícia.

— Hum... deixa-me ver — Nicholas ponderou um pouco e, em meio às lanternas acesas, chegou a uma decisão: — David, Patrícia e Bradford, vocês se importariam se voltassem daqui e procurassem por ela?

— Não! — respondeu David.

— É claro que *no* — reforçou a Srta. Gibson.

— Mas... e quanto à filmadora? — perguntou Bradford.

— Pode levá-la contigo. Gravar os acontecimentos tornou-se a menor das minhas preocupações — admitiu Nicholas. Porém, apesar dele estar sinceramente preocupado, não conseguiu conter tamanha em-polgação quando prosseguiu: — Andem logo... está ficando tarde. Vão se adiantando que eu, Andréia, Albert Marshall e Kurt Wallace prosse-guiremos até onde for possível. Ahn... isso é, até onde esse caminho nos levar!

— E se vocês quiserem nos alcançar, após encontrarem-na e a deixarem num local seguro... — acrescentou Andréia — podem vir que nós estaremos à espera.

— Ok — assentiu o chefe de segurança, com cara de poucos amigos.

— E tragam uma nova lanterna para mim... — pediu Nicholas — senão, fica complicado!

— Toma... fica com a minha — interveio Patrícia, entregando-lhe o aparato. — Você vai precisar dela mais do que *yo*. Os lampiões estão logo aqui atrás.

— Obrigado, Srta. Gibson — encerrou Nicholas. — Agora... vão, antes que seja tarde demais!

VIII

Até o presente momento, Michelle estava bem. Apavorada, mas ciente daquilo que faria: voltar o mais rápido possível para a sede do instituto! Então, passou pelo corredor onde James foi morto e dobrou à direita... só que quando retornou ao setor principal, estacou naquele hipostilo tenebroso, se tocando que não havia mais ninguém lá dentro. Diante disso, a meiga Srta. O'Hara se desesperou. Correu até o centro daquele *hall*, parou e mirou o foco da lanterna para todos os lados. Procurava alucinadamente por alguém... por qualquer um que fosse. Mas... à esquerda, nada! À direita... menos ainda! Só avistava os lampiões a óleo, que clareavam precariamente todo aquele setor. Porém, quando Michelle i-luminou adiante, se sentiu bastante aliviada, encontrando um dos arqueólogos, trabalhando próximo a um dos tantos portais de ouro. "*Ah... graças a Deus!*" pensou, dirigindo-se até lá, em busca de ajuda. Ela apressou seus passos e quando procurou novamente por ele... não mais o encontrou!

O pânico iria dominá-la de novo, quando Michelle voltou a vê-lo, entrando pelo corredor, adjacente ao portal o qual concentrava seus estudos. Ela não pensou duas vezes e se precipitou atrás daquele solitário membro do instituto. Irrompeu por determinado caminho, onde ainda não haviam colocado um único lampião, e vislumbrou um foco de luz, provavelmente de outra lanterna, dobrando à direita e desaparecendo, lá no extremo oposto daquele corredor. Michelle, sabendo que era o funcionário o qual perseguia, prosseguiu em largas passadas atrás dele, mergulhando na mais profunda escuridão. E quando também dobrou à direita, apontou o foco da lanterna para o caminho que abria-se à frente, não vendo nada além de um outro tenebroso corredor. *"Mas que droga... nunca vi alguém andar tão depressa!"* pensou, conversando mentalmente consigo mesma. *"Tudo bem, srta. cagona. Vai... admite que você está se borrando de medo e que prefere ir atrás desse cara, do que ter que voltar sozinha daqui"*. E assim pensando, Michelle a-pressou ainda mais seus passos, acreditando que logo alcançaria aquele funcionário.

Porém, chegou ao final do segundo corredor, dobrou novamente à direita e não encontrou ninguém. *"Shit... esse infeliz deve estar com algum motorzinho enfiado no rabo!"* Tentando se acalmar, colocou uma das mãos ao lado da boca e chamou por aquele indivíduo, com sua voz retumbando assombrosamente ao longo daquele terceiro corredor que se iniciava dali:

—Alooo-ô! Alô... quem está aí?!

E de resposta ao seu chamado, um estrondo ecoou, vindo de além do fim daquele terceiro corredor. Era como se aquele cara tivesse derrubado alguma coisa barulhenta para despertar a sua atenção. E isso funcionara perfeitamente, pois Michelle partiu até lá, em direção a um novo portal de ouro. Pensando que determinado caminho a levaria de volta ao Setor I — afinal, era essa a impressão que dava, duas curvas de quarenta e cinco graus para o mesmo lado, no meio de tamanho breu —, a Srta. O'Hara começou a correr. Atravessou desembestada aquele portal e se surpreendeu, quando percebeu o seu equívoco. Então, e-la parou atônita, descobrindo que tinha saído era em uma câmara mórbida e diabólica, formada pelas mesmas lajotas cor de areia de sempre.

— Hei! Sou eu... Michelle! Onde você está?! — dizia ela, cir-cunvagando o foco da sua lanterna pelo *hall*, procurando por aquele funcionário, mas se horrorizando cada vez mais, à medida que ia obser-vando melhor onde havia parado. — Fale comigo... *please!* Eu estou perdida e preciso saber como sair daqui!

Entretanto, apesar da certeza que ele entrara ali, a Srta. O'Hara não encontrou uma mísera alma naquela câmara, claustrofóbica e sinistra, repleta de Hieróglifos, inscritos em tinta vermelha pelas paredes! Atordoada, nervosa, trêmula, perguntava-se: *"onde será que se meteu esse homem?"* Ainda assim, percebendo que aquela câmara não possuía saída, a jovem investiu na possibilidade de encontrar alguma passagem secreta... a única ex-plicação plausível, para que justificasse o sumiço daquele funcionário.

Voltou alguns passos para trás e, com sua lanterna apontada sempre para onde olhava, acabou foi se deparando com algo que conseguiu ser mais aterrorizante do que tudo o que já encontrara lá dentro... do que tudo o que já presenciara na vida! Ali, preparado bem diante dos seus olhos, estava um abominável e demoníaco altar para sacrifícios humanos, com outra inscrição, também em tinta vermelha, mas em Inglês, dizendo: *"morte aos pecadores!"* Por fim, se tocou que aquilo não era tinta... era SANGUE!

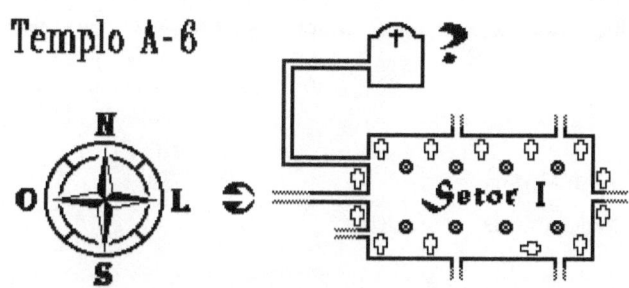

Michelle se sentiu como se tivesse invadido a sala de tortura de algum tirano sanguinário, logo imaginando que estava sendo espreitada pelo próprio. Então, voltou-se para o portal, louca para sair daquele lugar macabro e asqueroso. Ela deu dois passos à frente e quando ia começar a correr, vislumbrou uma sombra, passando imponente e solitária pela parede, perante o foco da sua lanterna. Com isso, a Srta. O'Hara acabou desistindo de sair correndo, apontou a lanterna para todos os lados, na esperança que fosse o tal pesquisador do instituto, mas novamente não encontrou ninguém... a não ser, a mesma sombra, girando e girando ao seu redor, enquanto passava de parede em parede rumo a lugar nenhum.

Mas... como algo assim poderia ser possível? Bem... Michelle não sabia e, por isso, travou como uma tábua. Havia mesmo, lá dentro, uma sombra, sem corpo físico? Diante dessa hipótese, a jovem empalideceu... suava frio... esfregou as vistas, como se quisesse acordar daquele terrível pesadelo! Então, tentando controlar o seu pavor, tomou coragem e inquiriu, transmitindo agressividade:

— Hei... quem está aí?! Pare... quero vê-lo, onde quer que esteja!

Porém... como resposta, a Srta. O'Hara ouviu um sinistro rugido de touro... e ruídos de passos, mas como se fossem de brutas patas raspando ao piso. Estranhou! Até porque, aquela sombra, pela sua silhueta, parecia pertencer a um homem, muito alto, forte e musculoso. O que estaria, de fato, acontecendo? Lembrou-se da Mitologia Grega, direcionou sua lanterna para a parte superior da sombra e percebeu que a cabeça era desproporcional ao corpo... e o pior, possuía longos e curvos chifres. Encontrava-se praticamente em um labirinto... sua ficha começava a cair. Apavorada, continuou a acompanhá-la, esquecendo-se do assunto principal da última reunião. Michele girava e girava no eixo, até que começou a se sentir tonta, como se hipnotizada pelo próprio subconsciente. Aí... ao invés de acordar daquele pesadelo apavorante, acabou adormecendo, repousando graciosamente no piso daquele templo maldito.

Bizarro? Então...
Aguarde até ela acordar!

IX

Será que conseguirão encontrá-la a tempo?

— Michelle... onde você está?! — gritava David, procurando-a pelo hipostilo do templo. — *Please*... diga alguma coisa, se estiver me ouvindo!

— É, querida... nós estamos preocupados com você! — emendava Patrícia, vindo logo ao seu lado, aproveitando a luz da lanterna dele.

— Viemos acompanhá-la até a saída!

— Srta. O'Hara... onde você se meteu?! — agora era Bradford, procurando-a pelo outro lado daquele *hall*. — Fale conosco... *please!* Estamos preocupados... precisamos saber se você está bem!

Só que, talvez, já fosse tarde demais!

X

Michelle estava acordando. Movia a cabeça, mas não conseguia mexer o resto do corpo. Na verdade, não conseguia era se desprender... libertar-se das correntes de ouro que acorrentavam seus punhos e tornozelos naquele altar de sacrifícios, em uma posição semelhante a qual Jesus morreu na cruz. Estava descalça e sem o colete negro do instituto. Sua blusa encontrava-se com os botões de cima abertos, tornando à mostra o sutiã e parte dos seios. Seus pés estavam a uns dois palmos do chão, suas pernas foram deixadas meio que abertas e sua calça desabotoada, de braguilha abaixada, mostrando insinuantemente parte de sua calcinha. E quando ela abriu finalmente os olhos, apesar de ainda com a visão turva, se deparou com a mesma sombra que antes vagueava pelas paredes... só que presente em carne e osso! Aquela era uma criatura realmente muito forte, mas encontrava-se coberta por um manto encapuzado preto. De fato, possuía um par de chifres, como dois berrantes, apontando capuz acima. Sua visão foi se tornando nítida e Michelle conseguiu observar também, que as mãos daquele ser misterioso possuíam garras... que os pés dele não eram humanos, eram de animais, brutos e a-vantajados... e que seus olhos reluziam as chamas de todas as quinhentas velas que lá foram acesas.

"*Velas?*" pensou.

Aquela criatura logo se aproximou e Michele pode ver um focinho medonho, escondido por debaixo do capuz. E ferozes dentes também! Ela teve o rosto acariciado e começou a se debater de pânico, recebendo uma bofetada bem no meio da cara. Michelle se desnorteou ainda mais, sentindo a face direita arder como se marcada com brasa. Tentou erguer a cabeça e então, teve a blusa e o sutiã rasgados e arrancados em um único golpe. Seus belos seios saltaram para fora e ela chegou a gemer de dor, pois, naquela ocasião, seu tórax acabou sendo arranhado pelas garras daquela criatura hostil... bestial! Agora, filetes de sangue escorriam pelo seu ventre, contornando o umbigo, de encontro ao aconchego de sua calcinha. Michelle persistiu em tentar se soltar, na vã esperança de que ainda conseguiria se salvar... libertar-se! Fugir do castigo imposto por sua fraqueza, por sua covardia... pelo medo que se apossara dela e que, de forma impiedosa, estava prestes a exterminá-la... a extinguir a doce vida que reinava nela e que ainda fazia pulsar o seu pobre coração apaixonado. Apaixonado pelo mundo, lá fora... pela natureza... pelos parentes e amigos... por Patrícia! Mas, acima de tudo, por Deus que, infelizmente, não poderia ajudá-la.

Não contra Aldheron!

Sua única esperança era que fosse encontrada a tempo, o que seria pouco provável, levando-se em conta o buraco que ela se metera. Cruelmente acorrentada, Michelle só podia rezar... rezar, pelo visto, para ter uma morte rápida e sem sofrimento! De dor, já lhe bastava aquele par de quatro arranhões, queimando no peito como o fogo do Érebo. Meio que delirava! E quando aquela criatura retirou o capuz, Michelle já não soube mais se estava acordada ou sonhando. Ela se encontrava realmente perante a um dos mais aberradores e tiranos seres da mitologia grega: o Minotauro — criatura, metade homem, metade touro, personagem de uma pesquisa a qual fizera no último ano da Faculdade de Arqueologia. Aquela imagem grotesca despertara nela tamanho pavor que a fez se debater ainda mais, como se fosse obter força suficiente para quebrar as correntes. Desesperada, xingava-o de "monstro escroto", em meio a gritos histéricos de: solte-me! Mas logo teve os ânimos contidos, com uma segunda bofetada na cara, que explodira na outra face do seu rosto.

Mais calma, Michelle teve os seios acariciados. Depois, recebeu uma única lambida pegajosa, que estendeu-se do ventre ao rosto. Fechou os olhos enojada e, enquanto lutava para não vomitar, teve a cintura agarrada avidamente. Abriu os olhos, logo sentindo um par de mãos abrutalhadas mergulhar por suas calças e apertar as suas nádegas. Michelle gemeu... de dor! As garras daquela criatura haviam encravado até o fundo da sua carne! Semi-nua, sentia-se covardemente violada... não por um tarado, pervertido... mas por aquilo que ali estava. As paredes do templo e as chamas daquelas quinhentas velas giravam ao seu redor... e tal criatura continuava baforando em seu cangote, lambendo-a, naquele momento, o pescoço. Um cheiro de podre exalava do hálito do Minotauro. O desespero que Michelle sentia se tornara tão extremo

que ela começou a chorar... a chorar e a soluçar... a suplicar miseri-
cordiosamente pela própria morte!

Mais alguns segundos se passaram e aquelas garras desencra-
varam-se das suas nádegas. Michelle voltou a gemer, desafinadamente, de
dor. Até tentou gritar por socorro, mas foi agarrada pelo pescoço...
sufocava-se, mas foi poupada a tempo. Ofegando, teve as calças
arriadas, até a altura das canelas. Com o sexo de fora, seu monte
de Vênus acabou inundado por rios rubros de sangue. Ela sentia um
melado quente escorrendo pelas pernas. Foi lambida de novo... agora, do sexo aos seios, em uma mistura depravada de saliva e sangue!
Toda lambuzada, não sentia prazer algum... só repulsa. Tentava manter
a cabeça de pé e enxergar o que estava acontecendo... talvez, com o
intuito de se preparar para o pior... ou, de torcer para que o pior não
acontecesse. Uma atitude que exigia muito esforço, pois, fragilizada, parecia
drogada... anestesiada! Coitada, aguardava pelo próximo ato, sem que
pudesse fazer praticamente nada. Michelle, no fundo, sabia que seria
assassinada em breve, mas não conseguia quebrar as correntes que a
aprisionavam àquele maldito altar.

Indefesa, sentiu as garras daquela criatura encravarem novamente
em sua carne... dessa vez, nas coxas, começando a rasgá-las, em um
movimento que estendia-se penosamente de baixo para cima. Michelle
estava quase se desvanecendo de tanta dor. Gemia... se contorcia toda...
cerrou seus olhos e contraiu os lábios para tentar suportar tamanho
sofrimento. Tentava entender, o porquê daquele castigo, injustamente
merecido. De repente, algo rompeu seu sexo e, de suas entranhas, nasceu
uma dor ainda pior... aguda! Seu gemido fez-se presente como um grito,
lastimante, ecoando à distância. O Minotauro havia penetrado-a com os
dedos, indicador e médio, da mão direita, dilacerando-a por dentro.
Michelle suspeitara que aquele seria o início do golpe de misericórdia.
Teve a boca tampada pela outra mão da criatura e, em um estado de
desespero que jamais havia imaginado sentir na vida, foi rasgada... estripada,
da vagina ao tórax, com um movimento brusco e impiedoso. A dor
que sentia se tornou inenarrável. Ela ainda conseguiu murmurar alguma
coisa, mas engasgou-se. Era o seu próprio sangue, subindo quente pela
goela, ao mesmo tempo que jorrava à distância, pelo rasgo grotesco
feito em seu ventre. Com as tripas penduradas para o lado de fora,
tossiu... tossiu novamente e seu sangue espirrou, também pela boca.
Michelle, agonizando, vivia o seu último instante de consciência, sabendo
que estava morrendo. Estrebuchava, enquanto um oceano rubro formava-se bem abaixo dos seus pés. Então, tudo ao redor começou a

escurecer, como um filme de terror que chegava, sem pé nem cabeça, ao seu final.

Desvanecendo-se, o último contato que Michelle teve com aquele mundo ordinário, foi o rosnar da criatura, que chegou indistintamente aos seus ouvidos. E a terrível sensação de que seria devorada, como um pedaço de carne qualquer, tão logo o silêncio viesse a reinar lá dentro.

XI

De repente, Jennifer começou a chorar.

— O que houve, meu amor?! — perguntou Alexander, preocupado, voltando a acalentá-la com o calor do seu corpo.

— Alex... não sei, ao certo, mas acho que Michelle acabou de ser assassinada!

— Como assim...?! — se desesperou ele, pegando-a pelos ombros e a afastando um pouco dos seus braços para que pudesse divisá-la nos olhos. — Por quem?

— Por um... um... — ela tergiversou, com medo de não ser levada a sério. — Sei lá... é só isso o que posso dizer! Me perdoa... por favor!

Tendo em mente a dolorosa morte de James, Alexander deixou-a momentaneamente de lado, enfiou a cabeça por uma das amplas janelas do observatório e viu seu pai e Patrícia, visivelmente tensos, seguindo apressados em direção à sede do instituto. Logo atrás ainda vinha o arqueólogo-chefe Lord Bradford, dando uma corridinha para que pudesse alcançá-los. Bastante assustado, Alexander avançou no seu celular, preso à cintura da calça, e telefonou imediatamente para o pai, procurando não desgrudar os olhos dos três, que vinham alvoroçados lá embaixo.

— *Hello...* pai — disse ele, assim que David atendeu a ligação. — Aconteceu alguma coisa aí embaixo?!

— Eu acho que sim, filho — respondeu David, em tom melancólico. — A não ser, é claro, que vocês tenham visto a Srta. O'Hara por aí?

— Não — negou Alexander. — Eu pensei que ela tivesse ido com vocês?

— E foi... — David fez uma pausa, ofegante — mas houve um pequeno contratempo dentro do templo. Então, assustada, ela acabou voltando sozinha.

— E onde vocês estavam com a cabeça, para deixarem-na voltar sozinha?!

— Nós não deixamos... ela simplesmente voltou, sem que nos avisasse.

— *Shit!* — xingou Alexander. — Eu não acredito que aquela garota tenha ignorado as recomendações de Andréia, colocando todas as pesquisas e a própria vida em risco!

— Nem eu... mas agora, não adianta mais chorar pelo leite derramado.

— Você quis dizer, pelo sangue derramado! — corrigiu Alexander, antes que desligasse o telefone, se voltasse para Jennifer e, irritado, concluísse: — Parabéns, você acertou mais uma... Michelle desapareceu!

Logo que David fechou o seu Motorola, ele irrompeu, ao lado de Patrícia e de Lord Bradford, pelo instituto. Os três tentavam parecer calmos, para não despertarem a atenção daqueles repórteres que lá estavam. Entraram pela recepção e assim que a Srta. Vallentine informou que Michelle não voltara para o Prédio de Vidro, Jennifer e Alexander entraram em cena, descendo alvoroçados do observatório e chegando a eles. Então, o silêncio reinou. Jennifer e Patrícia se fitaram — ambas com os olhos cheios d'água — e, mesmo sem nunca terem tido um contato mais íntimo, se abraçaram com ardor e debulharam-se em lágrimas.

— Michelle está *muerta*, Jennifer! — dizia ela, desesperando-se. — *Yo* sei que aquela *muchacha* se foi! *Yo* sinto isso, aqui... dentro de *mi corazón!*

— Calma, amiga — Jennifer acariciou-a na cabeça. — Vamos aguardar por novidades... Michelle pode ter ido direto para o hotel.

— *No... no* precisa mentir para mim. *Yo* sei que ela está *muerta!*

Então, Jennifer calou-se. E ambas continuaram ali, aos prantos, abraçadas uma na outra.

Apesar dos pesares — a mando de David —, Lord Bradford ficara encarregado de organizar uma equipe para que pudessem procurar pela Srta. O'Hara, por onde quer que fosse necessário... inclusive, dentro do templo. Até porque, as suspeitas ainda não passavam de suspeitas. Michelle desaparecera havia pouco tempo, sendo assim, na cabeça da maioria, existia a possibilidade de encontrarem-na bem... de tudo não ter se passado de um susto.

Mais alguns minutos se passaram e David voltou sozinho para o templo. Ele estava visivelmente ansioso para retornar à expedição.

XII

Sem que soubessem da morte de Michelle, Nicholas, Andréia, Albert Marshall e Kurt Wallace prosseguiam naturalmente com a expedição. E depois de perderem um bom tempo debatendo sobre aquela armadilha e, principalmente, como evitar que outro imprevisto semelhante viesse a acontecer, alcançaram enfim o final do corredor o qual cruzaram com o pêndulo. Sem muita cerimônia, eles dobraram à direita, entrando por um novo corredor. Porém... se depararam com uma estranha ornamentação. As paredes e piso daquele corredor eram idênticos ao resto do templo, mas lá, a equipe do instituto encontrou uma misteriosa e sombria sequência de sarcófagos, postos de pé e encostados na parede da esquerda. Cada um daqueles inúmeros sarcófagos era feito do mais puro ouro e lembrava o sarcófago do faraó Tutancâmon. Para piorar, aquele corredor parecia ser bem mais longo do que os demais, só não sendo maior do que a imaginação humana. Os sarcófagos enfileirados desapareciam, além do alcance do foco de suas lanternas, multiplicando por mil a tensão que sentiam dentro do templo.

— Inestimável, mas um tanto bizarro, não acham? — comentou Nicholas, apontando o foco da sua lanterna para os primeiros daqueles sarcófagos.

— Acho — assentiu Albert. — Mas não consigo entender, o que esses sarcófagos fazem aqui — seguia ele. — Afinal... estamos em um templo extraterrestre. Eles eram alienígenas e não... faraós do Antigo Egito!

— Verdade — assentiu Kurt Wallace, mascando um palito de dente.

Então, Albert Marshall voltou-se para Andréia e perguntou-lhe:

— E você, Srta. Sabichona... também concorda comigo?

— É claro que não! Antes de chegar a qualquer conclusão, eu precisaria comparar a cultura de ambos os povos: a egípcia e a de... sei lá onde! Quem me garante que esses "prováveis" alienígenas não cultuavam a vida pós a morte e que, também, não usavam as mesmas técnicas egípcias de embalsamação?!

— Então... talvez, saiam daí homenzinhos verdes — concluiu Nicholas, com um sorriso mórbido.

— Você quis dizer... marcianos...?! — certificou-se Kurt Wallace, temeroso.

— Ou melhor... múmias marcianas, né?! — emendou Albert, mais temeroso ainda.

— E que diferença faz, o que eu quis dizer? Múmia, é tudo igual... aqui, ou lá em Plutão! — falou Nicholas, acrescentando debochado: — Isso, é claro, se elas estiverem cobertas até a cabeça, de ataduras!

— Com certeza! Mas obviamente que esses são só sarcófagos vazios — interveio Andréia. Os três então fitaram-na com acrimônia e ela achou melhor retificar: — Ok... ok! Na pior das hipóteses, com alguns corpos mumificados! O que não quer dizer que essas criaturas vão sair por aí, atacando os outros!

— Os outros, não... — interveio Wallace — nós!

— Tudo bem, que seja! — assentiu ela. — E daí? Por acaso, você já ouviu falar de alguém que tenha sido atacado por uma... "múmia"?!

Diante das palavras de Andréia, o próprio perito teve que admitir:

— Não. Concordo... — envergonhado, fez uma pausa — disso a senhorita tem razão.

— Então? Qual é o problema de vocês, afinal?! — prosseguiu Andréia. — Gente... não há o que temer. Podem confiar em mim!

— Nó... nós não estamos co... co... com medo — gaguejou Nicholas.

— É... pe... pe... percebe-se! — debochou Andréia, perdendo a paciência. — Mas... aguardem e assistam. Eu vou provar que ninguém aqui precisa ter medo dessas... ahn... dessas... dessas... dessas... "peças decorativas!"

Porém... Andréia estava errada, absolutamente equivocada! E assim que caminhou displicentemente em direção ao primeiro daqueles tantos sarcófagos, sua tampa se abriu, rangendo de forma aterrorizante. Todos se sobressaltaram e inacreditavelmente uma repugnante criatura mumificada avançou sobre ela. Aquela múmia voou direto no pescoço de Andréia, a fim de estrangulá-la. Com o susto, a sábia senhorita não conseguiu se esquivar, e ambas, como se dançassem uma valsa mortal, bateram contra a parede oposta aos sarcófagos e voltaram desequilibradas para o centro do corredor. A múmia estava com as duas mãos agarradas ao pescoço dela... e Andréia, com as duas mãos tentando impedir que fosse enforcada. Kurt Wallace logo empunhou sua faca... queria ajudá-la, mas o desespero que sentia era tão grande que estacou no mesmo lugar. Então, Nicholas e Albert Marshall sacaram suas semi-automáticas e apontaram-nas, junto com o foco das lanternas, para aquele ser disforme e, até, um pouco engraçado. Entretanto, devido às circunstâncias, também ficaram impossibilitados de agir. Poderiam acertar Andréia!

Sendo assim, seguiam só as duas — Andréia e a múmia —, confrontando-se asperamente. Batiam contra a parede da esquerda, voltavam e batiam contra a parede da direita... batiam de novo contra a parede da esquerda, voltavam e batiam novamente contra a parede da direita... de vez em quando, davam um rodopio, sempre a se engalfinharem! Daquele jeito, dificilmente Nicholas e Albert Marshall conseguiriam puxar os gatilhos. Até apontavam as armas, junto com o foco das lanternas, aparentemente para o alvo certo, mas o problema maior não era o fato de ambas estarem "agarradinhas"... era que nunca tinham dado um tiro sequer na vida! Como se Wallace adivinhasse isso, ele se *desestacou* do chão e se aproximou, tentando fazer alguma coisa para ajudá-la. Mas Andréia conseguiu se soltar, mirou um socão na múmia e acabou a-certando em cheio foi a cara do perito. Kurt Wallace voltou cambaleando para trás e caiu sentado, nocauteado, encostado em uma das paredes do corredor.

A múmia então a agarrou de novo pelo pescoço e bateu-a contra a parede da direita. Tentava mordê-la! Andréia, desesperada, pegou-a pela cabeça, enfiando os seus polegares naqueles olhos profundos e negros, procurando, a qualquer custo, se desvencilhar. Rodopiaram de volta para o meio do corredor e a sábia senhorita acabou indo parar direto dentro do sarcófago que estava aberto. Logo, aquele ser errante fechou a sua tampa, trancando Andréia no ataúde, voltou-se para os demais e, assim que bramiu enfurecido, abrindo os braços para também atacá-los, foi fuzilado por Nicholas e Albert Marshall. As balas saíam das agulhas de suas semi-automáticas fazendo um barulho ensurdecedor e só tinham as trajetórias interrompidas quando perfuravam aquele corpo decadente e coberto de ataduras. A múmia cambaleava para trás. Houve um último grunhido e aquela criatura tombou, literalmente morta, ao piso, deixando o silêncio atenuar o susto.

— Caramba... essa foi por pouco! — disse Nicholas, respirando aliviado, após tanta adrenalina. — Cheguei a achar que não fôssemos conseguir!

— Eu também. — Albert fez uma pausa e exclamou: — Nunca pensei que fosse usar uma arma de fogo... e contra uma maldita múmia, ainda por cima!

— Verdade. — Nicholas recolocou a sua arma dentro do coldre e sugeriu, ainda ofegante: — Agora, vamos tirar logo Andréia desse sarcófago medonho.

— Ok — assentiu Albert, soltando um risinho maroto. — Mas... por mim, eu deixava ela aí. Andréia é muito chata... adora pegar no meu pé. Ninguém merece!

— Ah... não seja tão cruel assim!

Ambos acabaram rindo daquela situação e depois, abriram finalmente a tampa do sarcófago.

Andréia estava uma arara e já iria sair reclamando: *"não pensem que eu não ouvi a gracinha de vo..."* mas Nicholas e Albert se entreolharam e trancaram-na rapidamente de novo lá dentro.

— Pensando bem — disse Nicholas, risonho —, acho que vou concordar com você.

— Sábia decisão! — concluiu Albert.

E ambos foram ver se Wallace estava bem.

Albert deu uns tapinhas na cara do perito, mas ele continuou desacordado. Então, pegou o seu cantil e derramou um pouco d'água na cabeça dele. Aí sim, Kurt Wallace começou a recobrar a consciência. Ele sacudiu a cabeça de um lado para o outro e, ainda meio grogue, procurou se levantar, apoiando nos seus companheiros. Quando de pé, Wallace pegou o seu próprio cantil e jogou um pouco de água no rosto. Ele encostou-se em uma das paredes daquele corredor, deu uma recapitulada nos fatos e perguntou, se tocando da ausência de alguém:

— Ué... cadê a Srta. Rosselly?

— Ela foi ao toalete — precipitou-se Albert, com muito cinismo.

— Mas... numa hora dessas?! — indagou surpreso o perito.

— É... — Albert lutava para não rir — dor de barriga é coisa séria!

— E a múmia? — O perito a iluminou, estirada ao chão. — Que fim levou?

— Nós a enchemos de azeitonas! — respondeu Nicholas, sorridente.

— Bem... menos mal — disse Wallace, muito confuso. — Mas... vamos continuar sem Andréia?

— Vamos — respondeu Nicholas. — Não vejo problema nenhum nisso.

— A não ser, é claro... — acrescentou Albert, risonho — que você não esteja se sentindo bem, por causa da porrada que levou.

— Não... — massageou o maxilar — estou bem.

— Então... qual é o problema? — perguntou Nicholas.

— Estou preocupado com a segurança dela. E se precisar de ajuda para chegar ao...

— Ao toalete?! — precipitou-se Albert, fazendo pouco caso. — Ah... ela sabe o caminho!

— Não... — corrigiu Wallace. — Eu ia dizer, ao instituto. Pelo o que sei, estava proibido de qualquer funcionário andar sozinho pelo templo. Tanto é que vocês fizeram David, Bradford e Patrícia voltarem atrás de Michelle.

— Estava proibido, não... está! — disse Nicholas, também lutando para se manter sério. — Mas Andréia já é bem grandinha... ela não tem medo de nada. Para pra pensar... nós, se borrando todo por causa desses sarcófagos... e ela, para nos tranquilizar e provar que não devemos ter medo de nada, resolveu tirar justo uma das múmias pra dançar!

— É... — emendou Albert, quase deixando escapulir uma baita gargalhada — não se preocupa, não, cara... ela já sabe até se limpar sozinha!

— Então, tá... se é assim, vamos só nós três mesmo! — concluiu Wallace, ainda confuso.

Logo, o perito tomou de novo a liderança da equipe, apontou sua lanterna para o primeiro sarcófago daquela sequência e quando foi examiná-lo, a sua tampa começou a se abrir, bem devagar, rangendo tenebrosamente! Kurt Wallace tomou tamanho susto que deu um berro, saltando para trás com o coração dando cambalhotas dentro do peito. Um par de mãos saiu lá de dentro e ele correu desesperado para trás de Nicholas e Albert Marshall, na esperança que os dois fizessem alguma coisa. Porém, ambos estavam no meio de um acesso tão histérico e incontrolável de gargalhadas, que Kurt Wallace logo desconfiou. Mirou de novo o foco da sua lanterna para aquele sarcófago, que já tinha a-cabado de se abrir, e se deparou com Andréia, saindo furiosa lá de dentro.

— Andréia...?! — indagou incrédulo Wallace.

— Não... é o coelhinho da Páscoa! — rebateu ela.

— O que você estava fazendo, trancada lá dentro? — seguia o perito, mais confuso do que antes.

— Oras... botando ovinhos de chocolate!

— Eu não estou entendendo... — Kurt Wallace era só dúvidas — eles falaram que você tinha ido ao toalete... que estava com uma tremenda dor de barriga!

— Não, não... eu resolvi fazer cocô dentro do sarcófago mesmo! — disparou Andréia, tão furiosa que voltou-se para Nicholas e Albert Marshall, ambos que ainda gargalhavam bastante, e ameaçou: — Aguardem que essa vai ter troco... ah, eu juro que vai... vocês não perdem por esperar!

— Ok, ok... falamos disso depois — tergiversou Nicholas, não demonstrando a menor importância àquela ameaça. Então, forçando-se para conter o riso, prosseguiu: — Agora... que tal falarmos sério? — Ele fez uma pausa e, de repente, indagou: — Meu Deus, o que foi aquilo, afinal?!

— Uma múmia — respondeu Andréia, com tamanha natura-lidade.

— A mesma que você disse que não atacaria a gente? — cer-tificou-se Wallace, com certo desdém.

— Não. Essa, foi outra — respondeu a própria, sorrindo, total-mente sem graça.

— Ah... que ótimo! — exclamou Albert. — Admite, ao menos uma vez na vida, que você estava errada.

— Tá! Eu estava errada... e daí? — esbravejou Andréia. — Como eu iria adivinhar? Sou uma arqueóloga... trabalho com registros históricos e não... com cartas, tarot e búzios! Quem, em sua sã consciência, iria supor isso?

— Andréia tem razão — tentou apaziguar Wallace. — Esses malditos cadáveres mumificados devem estar mortos há, pelo menos, três mil anos! Não podem sair por aí, atacando os outros... mesmo que os outros sejam, nós!

— Exato! — Andréia catucou aquela criatura com o pé, i-luminando-a. — Agora... ao menos, esse, já era! — Iluminou o resto do corredor, engoliu em seco e prosseguiu: — O problema maior é que deve haver mais uns vinte sarcófagos aqui... pelo menos... e nós precisamos continuar.

— Não necessariamente — interveio Nicholas. — Podemos voltar e arranjar reforço. Falamos com David e traremos um exército inteiro, amanhã!

— Não, Nick... eu preciso encontrar esse livro ainda hoje — disse Andréia, até com certa urgência. — Nós estamos lutando contra o tempo e você sabe disso. Quanto mais rápido revertermos Aldheron, melhor! Mais seguro será para todos nós... inclusive, para a sua própria filha.

— Ok... paciência — resmungou Albert. — Se você prefere assim, vamos só nós quatro mesmo.

— Nós quatro e, claro... — acrescentou ela — a ajuda de Deus!

— Com certeza! — debochou Wallace. — Como se Ele fosse idiota, para se enfiar aqui embaixo!

— Não subestime os Poderes de Deus! — bronqueou a sábia senhorita.

— É você que está subestimando a Sua Inteligência, minha cara! — rebateu Wallace, prontamente. — Deus pode ser poderoso, mas não é burro. Aliás... os burros somos nós, que estamos aqui embaixo sem ter poder algum!

— Não... a burra sou eu, por ter vindo em companhia de três desmiolados como vocês! — exclamou Andréia, perdendo mais uma vez a paciência. — Agora, quanto ao poder, bem... — ela sacou sua Taurus, mostrou-a para ele e disse, provocante: — Aqui está ele... *made in Brazil*, ainda por cima!

— Estou vendo — resmungou Kurt Wallace, acrescentando, temeroso: — Mas toma cuidado na hora de fazer pontaria, tá? Se você errou a mira de um soco, não quero nem imaginar o estrago que seria capaz de causar com uma arma de fogo nas mãos.

— Pode deixar, vou pensar no seu caso — concluiu Andréia, engatilhando sua arma e voltando a iluminar aquela sequência de sarcófagos. A sábia senhorita então respirou fundo e, tentando não demonstrar medo, disse, enquanto se aproximava do segundo daqueles sarcófagos: — Anda... venham atrás de mim... chegou a minha vez de brincar de tiro ao alvo!

Nicholas e Albert Marshall se entreolharam curiosos, como se quisessem pagar para ver tamanha valentia, e, por não levarem a menor fé nela, postaram-se atentos na retaguarda. Kurt Wallace também ficou a postos, caso precisassem de uma mãozinha. A tensão chegou ao nível máximo naquele momento e, como Andréia já estava prevendo, mais dois sarcófagos se abriram, com duas múmias avançando sobre e-la. Era a hora de agir! Porém... Andréia ficou tão apavorada diante da situação, que a arma encrencou na sua mão. Ela apertou várias vezes o gatilho, mas como nada aconteceu, Wallace teve que puxá-la para trás, pelo colete do instituto, abrindo espaço para que Nicholas e Albert Marshall atirassem nelas também, aniquilando-as até que os seus carregadores chegassem ao fim! Andréia tapava seus ouvidos com as mãos e logo sentiram um cheiro de pólvora queimada empestear o ar que respiravam.

— O que houve, Andréia? — perguntou Nicholas, após ambas as criaturas despencarem em pedaços ao chão. — Por que não atirou?

— É mesmo... — emendou Albert — o que aconteceu com aquele seu poder?

— E eu sei lá! — respondeu ela, amostrando-lhes a sua arma e fazendo uma careta.

Wallace, então, pegou a arma das mãos dela, averiguou-a e sugeriu:

— Que tal, da próxima vez, a senhorita experimentar tirar a trava de segurança primeiro? — Ele mostrou como é que se faz e devolveu-lhe a arma, já destravada. — Toma! Agora... vê se preserva a vida de todos nós e aponta isso pra lá. As múmias estão dentro dos sarcófagos.

Andréia, para não xingá-lo, forçou-lhe um sorriso, e voltou a apontar a sua Taurus, junto com o foco da lanterna, para a frente, se preparando para o próximo ato. Divisaram o sarcófago de número quatro e, sem que pronunciassem mais um monossílabo sequer, foram se aproximando dele. Nicholas e Albert também fizeram mira, um de cada lado da sábia senhorita. Então, deram juntos mais um... dois... três passos e aquele novo sarcófago finalmente se abriu. E com a arma já devidamente destravada, Andréia saiu puxando desesperadamente o gati-lho, descarregando quase todo o pente contra o tórax daquela criatura bizarra. Foram oito disparos ao todo, levando a múmia de encontro ao chão!

— Calma, Andréia! — disse Nicholas, colocando a mão sobre o ombro dela, tentando tranquilizá-la. — Quatro tiros bastam, para matar cada criatura!

— Ah, tá! Como se essas coisas tivessem vida! — rebateu ela, chutando com força o abdômen daquela múmia, estirada ao piso. Após, procurando encorajá-los e, principalmente, tomar coragem, exclamou, furiosa: — Andem... vamos prosseguir que esse templo filho da mãe não irá me derrotar!

— Tudo bem... — concordou Albert Marshall — já estamos aqui mesmo.

— Faremos o seguinte — sugeriu ela, visivelmente nervosa. — Contamos até três, damos alguns passos à frente e, quando o próximo sarcófago se abrir, atiramos juntos. Assim, não lhes daremos a menor chance. Combinado?

Os três assentiram com um leve gesto de cabeça e Andréia a-briu contagem:

— Um... — parou, respirou fundo e... — três! — Deu sozinha alguns passos à frente e disparou por quatro vezes, direto contra o sarcófago mencionado. Seu desequilíbrio emocional era tão grande que, após a arma se esvaziar, ela ainda apertou por mais algumas vezes o gatilho, ao som de "clic, clic, clic!". Por fim, Andréia caiu na real. Nicholas, Albert Marshall e Kurt Wallace contemplavam-na curiosos, pois ela tinha gasto munição à toa.

Nenhum sarcófago havia se aberto!

— Desse jeito... — implicou Albert — quando chegarmos na metade desse maldito corredor, você já terá gasto mais balas do que o "Silvester Stallone" gastou nos quatro filmes da série "Rambo"! Eu não sei o quanto que você trouxe de munição... mas eu só tenho mais dois carregadores aqui, comigo! Ou você maneira um pouco, ou nós vamos acabar é tendo que exterminá-las na base da porrada! — Fez uma pausa. — Está me ouvindo?!

Andréia esforçava-se para não xingá-lo.

Preocupado, pois todos estavam muito nervosos, Nicholas deixou Albert um pouco para trás e se aproximou dela, tentando apaziguar as coisas.

— Onde foi parar o número dois? — perguntou ele, sendo simpático.

— Sei lá! — replicou ela, procurando se acalmar. — Me des-culpa... foi impulsividade minha!

E quando ambos voltaram as atenções para Albert, o próprio cegou-os com o foco da sua lanterna, fez pontaria e atirou quatro vezes contra eles. Houve outro momento de pavor. Nicholas e Andréia se estremeceram e foram de encontro ao chão... atordoados! Foi tudo tão rápido e inesperado que nem sentiram dor. Não conseguiam acreditar que Albert era um traidor. E, muito menos, que Kurt Wallace estava mancomunado com ele. Estirados ao piso, sentiam a morte os abduzindo. Albert aproveitou que ambos estavam caídos, sem a menor condição de defesa, e realizou mais quatro disparos, como tiros de misericórdia. Por fim, sorriu, sabendo que tinha agido da maneira certa.

— Você está ficando louco?! — bramiu Nicholas, ainda estirado ao chão, sem que entendesse nada... principalmente, o porquê de ainda estar vivo.

Andréia, vendo que não estava sangrando, apoiou-se nos cotovelos e divisou Albert com apreensão. Apesar dos seus constantes desentendimentos com o próprio, sempre confiara plenamente nele. Então, em busca de respostas, olhou para trás, respirando aliviada. Andréia se deparara com mais duas múmias, despojadas ao chão: uma por cima da outra. Tranquilizada, mostrou-as para Nicholas, tranquilizando-o também. Albert era muito querido por todos, não podia ser um traidor.

Passado o susto, Nicholas se levantou, agradecendo, mas resmungando bastante:

— Obrigado! — Ele se limpou com as mãos. — Mas, dá próxima vez, nos avisa primeiro, antes de sair atirando na nossa direção! Você quase nos matou com elas!

Andréia também postava-se de pé, se limpando.

— Ok... — disse Albert, recarregando a sua arma. — Eu prometo que peço licença.

— Não precisa, engraçadinho — prosseguia ele, a resmungar. — Basta gritar um "sai da frente!" que ninguém aqui corre o risco de virar peneira! — Então, tentando se acalmar, Nicholas voltou-se para os sarcófagos restantes e começou a contá-los, lá, de onde estava mesmo: — Um... dois... três... quatro... cinco... seis... sete... oito... nove... dez... onze... doze... treze. Ah... fora, esse, aqui, fechadinho ao nosso lado. E... — Nicholas não aguentou e deixou escapulir uma risadinha — cheio de buraco de bala!

— Andréia deve ter matado a pobrezinha da múmia ainda dentro do sarcófago! — disse Kurt Wallace, dando uma tremenda gargalhada.

— Verdade — assentiu Nicholas. — Agora, vamos prosseguir que ainda faltam bastante. O décimo terceiro sarcófago que eu contei, pelo visto, não deve ser o último. Não consigo ver além, mas, parece, que a sequência continua, superando aqueles vinte sarcófagos que Andréia havia calculado.

— É... acho que você tem razão. Há uma sombra, logo após, que parece ser de um novo sarcófago — concluiu Wallace, empurrando Andréia para ir na frente.

Andréia balançou a cabeça negativamente, como se indagasse: *"meu Deus, por que eu não vim com uma equipe da S.W.A.T.?"*, e se preparou para prosseguir adiante. A única coisa que realmente a irritava nos seus companheiros, era esse excesso de brincadeiras. Albert, principalmente, sempre passava dos limites. Mas, lá no fundo, Andréia não trocaria sua equipe por nenhuma outra... por mais competente e destemida que esta fosse.

Logo, os quatro deram mais alguns passos à frente e, inesperadamente, aquele sarcófago que permanecera fechado, ficando para trás, se abriu, fazendo com que eles se voltassem assustados para o próprio. Apontaram as suas armas, iluminaram-no e viram uma múmia, repleta de buracos de bala, sair cambaleante lá de dentro, desmontar e ir direto de encontro ao chão. Riam da situação... e da cara de Andréia. Porém, distraídos, não viram que outros dois sarcófagos abriram-se, na sequência do corredor. Então, as múmias que vinham pela retaguarda, agarraram Albert e Kurt Wallace pelo cangote. Nicholas e Andréia, por puro reflexo, deram um pulo para longe. Após, apontaram as armas, junto com os focos das lanternas, para os acontecimentos. Estavam muito assustados. Angustiada, Andréia hesitara por diversas vezes puxar o gatilho. Nicholas pedia calma, temendo uma precipitação por parte dela. Sabia que a única coisa que realmente podiam fazer, naquele instante, era esperar ambos conseguirem se desvencilhar. Até porque, apesar das múmias serem tão impertinentes, não eram tão fortes assim. Depois, aí sim, balas nelas!

— Nicholas... *please*... não deixa ela atirar! — gritava Wallace, mais preocupado com Andréia do que com a própria múmia. — Eu não quero morrer!

Então, movido por tamanho desespero, Wallace conseguiu dar um balão na múmia, arremessando-a ao chão. Sem pensar duas vezes, Nicholas tomou a frente de Andréia e depositou naquela criatura asquerosa as quatro balas de sempre: foram três tiros no tórax e um na cabeça. Outro grunhido estranho foi emitido, ela estrebuchou e lá ficou, *morta*.

Ainda faltava a outra, que agarrava-se às costas de Albert, tentando mordê-lo. Porém, Albert bateu aquela criatura contra a parede e, quando se soltou, voltou-se para ela, prestes a dar um soco em sua cara. Mas... vendo uma pontinha pendurada da sua atadura, acabou optando por dar um puxão nela, fazendo com que a múmia girasse feito um desajeitado pião humano.

— Anda... sai da frente, Albert! — gritava Nicholas, mirando a sua arma e iluminando o alvo com o foco da lanterna: — Sai logo da minha frente, droga!

Albert jogou-se rolando pelo piso, mas Nicholas aguardou até que aquela criatura desengonçada parasse de girar. Ela parou de girar e, persistindo bravamente de pé, colocou as mãos na cabeça. Por incrível que pareça, parecia tonta. E, como se de pileque, partiu de novo para cima deles. Nicholas já estava prestes a puxar o gatilho, mas a pobre múmia encontrava-se tão desorientada que acabou dando de cara na parede, perdeu a cabeça e voltou cambaleando para trás. Bateu contra a outra parede e se desmoronou, como um prédio sendo implodido por uma carga de dinamite!

— Viu como é que se faz? — Nicholas sorriu molequemente e prosseguiu, risonho: — Primeiro... espera-se que os amigos saiam da frente... e depois, puxa-se o gatilho! Nesse caso, só não atirei mesmo, porque não houve necessidade.

— Valeu! — Albert Marshall agradeceu, retribuindo ainda com um sorriso generoso. Por fim, se cumprimentaram como dois Bad Boys: — Toca aqui, cara!

— Ah... com todo prazer!

Logo, Kurt Wallace divisou-os e comentou:

— Essa foi por pouco... ainda bem que a múmia estava meio alcoolizada!

— Verdade... — concordou Nicholas, voltando a falar sério — mas, ainda faltam muitos sarcófagos! — Iluminou-os. — Continuo sem enxergar o seu final. Sugestões?

Andréia não decepcionou as expectativas:

— Bem... que tal se atravessássemos esse corredor correndo a toda velocidade e, depois, voltássemos para trás e saíssemos matando uma a uma?

— Você ficou louca? Pode haver milhares! — exclamou Wallace, quase tendo um chilique.

— Acredito que não... — seguiu Andréia — já devemos estar quase lá. — Ela fez uma pausa e acrescentou, tentando convencê-los: — Além do mais, essas múmias não são tão perigosas quanto parecem. Tudo propaganda enganosa! Basta darmos um cobertura para o outro, que tiramos isso de "letra".

— Hum... — ponderou Albert — e, por acaso, temos alguma escolha melhor? É claro, que não seja voltar e pedir ajuda... afinal, essa já foi descartada por Andréia.

— Melhor... tirando voltar e pedir ajuda, eu acredito que não — disse Nicholas, sorrindo amarelo. — Uma coisa é certa... se continuarmos agindo assim, avançando um sarcófago ou dois por vez, só vamos terminar isso amanhã.

— Então, vamos! — exclamou Andréia, saindo em disparada cor-redor adentro!

— Impulsividade feminina... — resmungou Nicholas. E os três partiram alucinados atrás dela.

Andréia, Nicholas, Albert e Kurt Wallace passavam correndo pelos sarcófagos, que iam se abrindo, mas ficavam para trás... o que, a-lias, estava dentro do previsto. Eles só não previram foi, um pequeno detalhe: aquele corredor, da sua metade em diante, estava repleto de armadilhas! Assim, sem que pudessem parar de correr, viram-se obrigados a se esquivarem das flechas e dos pêndulos que cruzavam o caminho... e a passarem entre labaredas de fogo que emanavam das paredes e por debaixo de bolas de ouro que despencavam sobre suas cabeça, repletas de pontas afiadas.

Iam aos trancos e barrancos, parecendo competidores de u-ma modalidade nova e suicida de esporte, na qual, além de fugirem de ad-versários mortais, ainda tinham que se proteger de terríveis obstáculos! Por sorte, algumas múmias ficavam pelo caminho, decapitadas pelos pêndulos, incineradas ou destroçadas pelas reluzentes bolas de ouro. Outras, persistiam de pé, repletas de flechas enterradas pelo corpo ou sem um braço ou outro. Eles passaram alucinados pelo décimo terceiro sarcófago contado por Nicholas e nada mesmo daquela sequência medonha terminar. Porém... olharam adiante e começaram a enxergar o seu final: uns dez sarcófagos à frente!

— Falta pouco! — exclamou Andréia, ofegante. — Vamos conseguir... parece que as armadilhas já terminaram!

E conseguiram. Voltaram-se então para trás e recomeçaram a atirar, sob a luz das lanternas, aniquilando a primeira daquelas múmias sobreviventes. Logo, a segunda também foi aniquilada, mantendo-as ainda a uma distância bastante segura deles. Naquele instante, o pró-homem do instituto segurou a sua lanterna com os dentes e trocou o carregador da arma, voltando a atirar em seguida. Mais alguns segundos se passaram e outra múmia ficava pelo caminho. Isso, enquanto as cápsulas vazias saltavam para todos os lados, batiam contra as paredes e rolavam pelo piso.

E elas vinham se aproximando... cada vez mais! Eram muitas, amontoando-se pelo corredor, fazendo-os recuarem para continuar mantendo uma distância segura. Kurt Wallace protegeu-se atrás deles e, com Nicholas na cobertura, Andréia e Albert Marshall também recarregaram as suas armas. Feito isso e Nicholas gesticulou, avisando que a sua munição estava chegando ao fim. Ele não havia derrubado nenhuma criatura, enquanto fazia a cobertura dos amigos, porque precisou dividir as balas, dando dois disparos por múmia, para mantê-las devidamente afastadas, já que o espaço que ainda tinham para recuar começava a chegar ao fim, devido ao término do corredor, às suas costas. Sabia que tinha apenas a bala da agulha, mirou na múmia que encontrava-se à sua frente — toda em chamas — e puxou o gatilho. Havia atirado no joelho, amputando sua perna, derrubando-a ao chão. Ainda se mexia, mas estava fora de combate. Nicholas então chutou sua cabeça, arrancando-a. Após, recuou, a-brindo espaço para que Albert e Andréia pudessem continuar com aquela matança sozinhos.

O fogo ameaçava se alastrar pelos demais corpos mumificados: *vivos e mortos!* Desesperados, ambos voltaram a atirar, também sendo forçados a dividir as balas entre as múmias. A prioridade teria que ser, mantê-las distantes, para evitarem um contato corporal... principalmente agora, que corriam o risco de se incendiarem também. A cada tiro que tomavam, as múmias recuavam dois passos. E caíam mortas, quando e-ram alvejadas pela quarta vez. Porém, àquela altura, já tinham percebido que possuíam balas de menos, para adversários de mais. A situação se complicava! No meio daquela confusão, Nicholas e Kurt Wallace tentavam conter as chamas, jogando nelas as águas dos seus próprios cantis. O som dos disparos das armas de fogo ecoava longe, enquanto a pólvora queimada ajudava a intoxicar o oxigênio, tornando-o quase irrespirável. Mais duas criaturas despojadas ao chão, uma por cima da outra, e Albert sentiu-se impotente, saindo de cena, recuando sem munição. Só sobrou Andréia a atirar... justo a que gastava mais balas. Nervosa, até que se saiu bem, conseguindo aniquilar duas daquelas seis criaturas que ainda restavam. Persistiu em puxar o gatilho e comprovou sua desconfiança: também tinha ficado sem munição.

— Não!!! — exclamou ela, jogando a sua arma contra uma daquelas múmias. — Mas que merda, acabaram as balas e ainda faltam quatro criaturas asquerosas!

— Ok... — disse Albert, rindo de nervoso — já que não tem mais bala, alguém aceita um chocolate?!

— Cala a boca, Albert! — Com certeza, era Andréia.

Sem se intimidar com a situação, Nicholas procurou agir, ao invés de ficar batendo boca com os companheiros. Enfiou sua arma no coldre, situado do lado interno do colete, deixou a lanterna ao chão, direcionada para as múmias de modo que pudesse vê-las se aproximando e, correndo até um daqueles hastes de ouro das tochas que ficavam presas nas paredes, exclamou:

— Vamos, cambada... precisamos de quatro... rápido... me ajudem!

Kurt Wallace argumentou que pegaria a sua na facada mesmo e então, apenas Albert e Andréia foram se armar, com aquelas barras de ouro. As múmias já estavam muito próximas — em posição de sonâmbulo —, quando Albert Marshall conseguiu arrancar o primeiro dos hastes. Nicholas logo arrancou o segundo e ajudou Andréia a arrancar o terceiro. Enquanto isso, Wallace tratava de já ir cuidando de uma daquelas quatro criaturas. Ele mirou a faca de caça e lançou-a certeira contra a testa da múmia, a qual escolhera para matar. Sua lâmina de aço cravou no crânio dela... mas, surpreendentemente, não causara efeito algum. Muito pelo contrário... a criatura desencravou-a da sua própria cabeça e lançou-a de volta contra todos.

— *Oh shit*... cuidado!!! — berrou Wallace, alertando os companheiros. E sua faca passou zunindo rodopiante no meio deles, por sorte sem acertar ninguém.

— Ótima ideia! — bronqueou Albert. — Que tal, dá próxima vez, você guardar essa maldita faca para o café da manhã?!

— Vou pensar no seu caso! — rebateu ele, pulando em um pé só, tirando uma das botas e arremessando-a desesperado contra aquela criatura.

Nicholas, Albert Marshall e Andréia tamparam o nariz, mas, apesar do fedor que logo empestou o ar, o pé direito daquele calçado também não surtiu efeito... só desequilibrou a múmia. Sorte que Kurt Wallace ainda possuía o segundo pé daquela bota chulezenta! E sua pontaria foi tão certeira que o calçado desmontou a criatura, derrubando-a ao chão.

Faltavam apenas três!

— E eu, que não tenho chulé... faço o quê?! — inquiriu Andréia, revoltada.

— É fácil... — explicou Nicholas, com extrema naturalidade — a-guarde ela chegar bem pertinho e... pau... ou melhor, ouro, na cabeça dela!

— É fácil...?! — protestou Andréia.

— Sim, é fácil! — rebateu ele, curtamente. — Você soube negar um exército inteiro, agora vai ter que se virar sozinha!

— Ah... é assim?! — Ela ficou furiosa. — Tudo bem... eu vou mostrar como é que se faz! — E partiu alucinada para cima de uma daquelas múmias.

Nicholas e Albert Marshall logo arrancaram as cabeças dos seus respectivos adversários, como se fossem hábeis batedores de um time de beisebol. Depois, com as múmias despojadas ao chão, voltaram as suas a-tenções para Andréia, mas quando ela iria golpear a última das criaturas, a-pesar de tanta disposição, acabou errando o alvo e acertando o vento. A sábia senhorita tentou pela segunda vez e nada, só conseguiu desequilibrá-la. E quando iria tentar pela terceira vez, foi ainda pior, deu um passo em falso para trás, tropeçou e se esborrachou de costas no chão, deixando que a barra de ouro escapulisse das suas mãos e rolasse para longe. Os três se aproximaram para tentar ajudá-la, mas acabaram não fazendo nada... a não ser, torcer por Andréia!

Assim, no momento exato em que a múmia partiu para cima dela, visando atacá-la, Andréia, caída, apoiou-se com os cotovelos no piso e, com a sola do pé direito, golpeou-a com um chute bem no meio das pernas. Porém, quando viu que nada aconteceu, se tocou que múmias não possuíam testículos... ou, não sentiam mais dor no que restara deles. Então, desesperada, pois só havia conseguido fazê-la recuar um mísero passo, teve que apelar para o plano "B" — ou já seria o plano "C"? Ainda caída ao chão, de barriga voltada para cima, começou a chutá-la desordenadamente, em um acesso extremo de nervoso. Gritava... quase se esperneava! Por fim, rolou astutamente para o lado, postou-se rapi-damente de pé e... e... e... tratou de correr para trás dos seus compa-nheiros!

— Nossa... quanto cavalheirismo da parte de vocês — disse Andréia, afoita. — Anda... o que estão esperando? Façam alguma coisa por mim!

— Ué... o que aconteceu? — indagou Albert, zombando da cara dela. — Você estava se saindo tão bem!

— Vai à merda! — xingou Andréia.

Nicholas e Albert Marshall então se entreolharam, trocaram um sorriso maroto e, enquanto a múmia vinha se aproximando desajeitadamente, deram juntos um socão na cara dela, arremessando a sua cabeça longe! Seu crânio voou à distância, foi de encontro ao chão e saiu quicando e rolando pelo piso, como se fosse bola de futebol, desenrolando-se da atadura e se desfazendo até que só restasse pó. Só depois que o corpo daquela criatura despencou ao chão, como se fosse um boneco de trapo.

Empolgado, Albert voltou-se para o pró-homem do instituto e cumprimentou-o. Ambos agiram novamente como se fossem dois Bad Boys.

— Uhuuu... toca aqui, cara!

— Ah... com todo prazer!

— Eu deveria era ter aceitado aquela sugestão — resmungava Andréia, meio sem-graça, meio irritada —, de retornar com um exército inteiro.

— Agora, já era... quem quer continuar somos nós — manifestou-se Nicholas, tirando onda com a cara dela. — Não é mesmo, "Garoto Prodígio"?

— Exato "Homem Morcego"! — rebateu Albert Marshall, tentando imitar a voz do Robin. — Afinal... o crime precisa ser varrido da cidade de "Metrópoles"!

— "Metrópoles", é a cidade do "Superman" — corrigiu Kurt Wallace, secamente. — A cidade do Batman é "Gottan City", seu burro!

— Verdade... — assentiu Albert — são tantos super-heróis que eu fiz confusão!

— Vocês estão mais é para John Hancock e Ralph Hanley... pra quem não lembra desse outro, era o protagonista do clássico seriado "O Super-Herói americano" — seguia Andréia, com sarcasmo. Por fim, voltou a resmungar: — *Oh my God*... eu devo ter jogado pedra na Cruz, pra ter que aturar a "Dupla Dinâmica" da meia-idade!

Ainda se recuperavam de tudo o que haviam passado, quando ouviram um barulho estranho, vindo lá do começo do corredor. "*Mais múmias?"* pensaram. Então, como se fossem marginais — membros delinquentes de uma gangue de rua — reapossaram-se dos hastes de ouro, armaram a guarda e se prepararam para a briga! Mas, viram o foco de uma lanterna, surgindo ao longe, o que tranquilizou-os. Abaixaram a guarda, largaram os hastes ao chão e confirmaram, pelos cabelos grisalhos e por sua estatura mediana, que era o chefe de segurança do instituto, retomando a sua posição nas expedições. Agora — Querido e Prezado Leitor —, eram inenarráveis as caretas que David fazia, à medida que atravessava aquele corredor, em seu estado caótico, repleto de sarcófagos abertos e vazios, de armadilhas acionadas e de múmias mutiladas ou em chamas, despojadas pelo caminho... fora, as dezenas de cartuchos de munição, espalhados pelo chão.

— *But...* o que andou acontecendo por aqui? — inquiriu ele, ainda à certa distância, passando por cima de algumas daquelas criaturas e se esquivando de alguns pêndulos que já haviam parado de oscilar. — A Terceira Guerra Mundial?!

— Tenha cuidado, David! — alertou Nicholas.

— Verdade... — emendou Andréia — ainda pode haver armadilhas preparadas!

— Ah ha-ha... acho meio difícil — disse ele, se aproximando com um risinho sem-graça. — Pelo visto, vocês conseguiram a proeza de acionar todas! — Voltou-se para o perito e prosseguiu, dando-lhe tapinhas nos ombros: — Tenho que lhe dar os parabéns. Wallace... realmente, foi um belíssimo trabalho que tu fizestes por aqui! Tão bom que eu nem sei como ainda estão todos vivos... e sem nenhum pedaço faltando!

— Ele não teve culpa — disse Andréia. — A culpa foi minha, que quis dar uma festinha de arromba!

— E eu acho bom... — emendou Nicholas, dando uma gargalhada — você nem perguntar quem eram os convidados!

— Nem precisa... já deu pra perceber! — encerrou David, rabugento como sempre.

Então, entre risadas e preocupações, Andréia caminhou adiante, pegou a sua Taurus do piso e, sabendo que David estava munido de carregadores, pediu alguns para ele, ficando com um para si e distribuindo os outros dois para Nicholas e Albert Marshall. Enquanto isso, Kurt Wallace recuperava a sua faca de caça e calçava, todo desajeitado, suas botas. E assim... os cinco iam se preparando para continuarem templo adentro. Eles estavam mais tranquilos, afinal... depois de todas aquelas múmias e armadilhas, tinham a certeza de uma coisa... de que o pior já havia passado!

XIII

Agora, todos se postavam perante a um novo portal de ouro, dando fim àquele corredor. Atravessaram ele, sem terem a menor noção do que encontrariam pela frente, e saíram em uma câmara enorme, onde um inesperado raio de luz solar descia do alto, despertando a curiosidade de todos. Aquilo a tornava um pouco mais iluminada que o resto do templo, mas ainda dependiam dos focos das lanternas para enxergarem razoavelmente melhor. Kurt Wallace seguia na frente, seguido de perto por Nicholas — à sua direita — e Andréia — à sua esquerda. Mais atrás, vinham Albert e David, auxiliando na busca por possíveis armadilhas. À distância, eles vislumbraram uma espécie de altar sagrado, posto no centro daquela câmara. E foi para lá mesmo que Wallace, Nicholas, Albert Marshall e David se dirigiram, desviando a atenção daquele foco solar. Andréia, não, caminhava firme e forte em direção àquela luz misteriosa que descia por uma fresta no teto.

Andréia chegou até onde caía aquele foco de luz — na lateral esquerda da câmara — e viu que havia uma espécie de disco prateado, colocado bem abaixo dele. Porém, virado para trás, de modo que não conseguisse refleti-lo. Demonstrando intelectualidade, a sábia senhorita deu uma observada, de onde estava mesmo, no resto do *hall* e encontrou mais alguns daqueles discos prateados, espalhados pelos cantos. Eram parecidos com grandes espelhos de parede e quando Andréia percebeu isso, se tocou do que era para ser feito. Esticou o braço, levando sua mão até o disco que estava voltado para trás, e girou-o em seu eixo para a frente, de modo que este pudesse refletir o solitário foco solar. E não deu outra... bingo! Ricocheteando de um espelho para o outro, em milésimos de segundo aquela luz iluminou toda a câmara. Um show de efeitos especiais!

— Vejam... — exclamou Albert, olhando para Andréia — a Srta. Sabichona achou o interruptor que liga a luz!

— Ótimo... — Kurt Wallace desligou a sua lanterna — agora ficou muito mais fácil de eu poder averiguar se existem armadilhas por aqui!

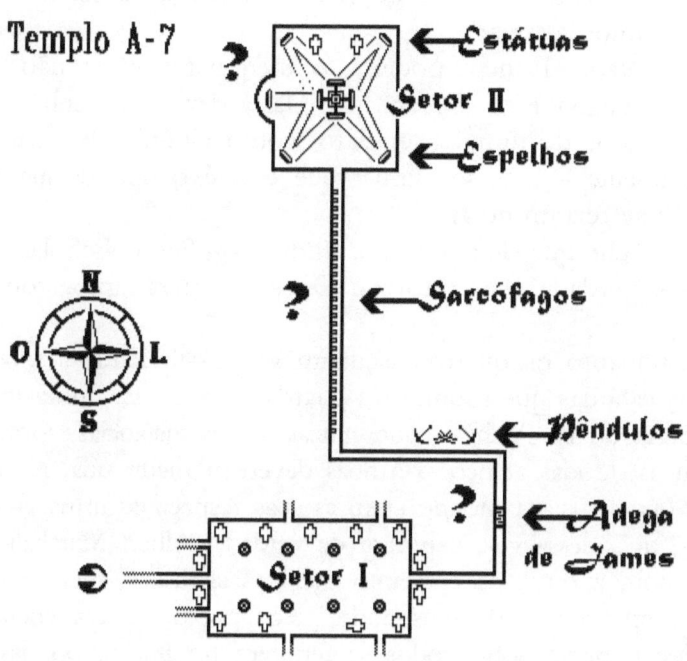

Então, os demais também desligaram as suas lanternas. Mais alguns segundos se passaram e Andréia chegou até eles. Agora, checavam enfim aquele altar — esculpido em algum tipo de cristal negro — e encontraram lá em cima, para a alegria geral, o que estavam procurando: o misterioso e enigmático Livro dos Doze Mandamentos — todo feito em plaquetas de ouro e protegido por uma capa de couro com algum tipo de lacre secreto! Em meio a tamanho basbaque, apreciavam também o altar — mais uma espécie de bancada — que portava tal relíquia, repleto de inscrições e desenhos em alto relevo. Literalmente, o cercavam... rodeavam-no! Era incrível como aquele achado estava ali, bem diante dos olhos de todos e sem nenhuma armadilha em vista. Seria só pegar e levá-lo embora! Porém, tamanha facilidade despertara a desconfiança em Kurt Wallace, deixando-o com um vira-lata pulguento inteiro atrás da orelha.

— Muito estranho... — comentou o próprio — mas muito estranho mesmo!

Andréia fitou-o e perguntou:

— Muito estranho? Afinal... o que é, muito estranho?!

— Tudo! — respondeu Wallace. — Eu não acredito que seja tão fácil assim!

— Fácil...?! — retorquiu ela. — Você já se esqueceu daquilo que nós passamos lá atrás?!

— Não... E nem poderia, o meu nariz ainda não parou de doer — resmungou Kurt Wallace. — Mas... devido à minha experiência como explorador de túmulos e, claro, como cinéfilo de carteirinha — riu morbidamente —, posso afirmar que esse é o tipo de lugar perfeito, onde todos se ferram no final!

— Acho que ele tem razão, Andréia — falou Nicholas.

— Verdade... — reforçou David — precisamos tomar muito cuidado.

Enquanto os quatro discutiam as possibilidades, Albert foi a-veriguar as estátuas que montavam guarda lá atrás. Era uma imagem de Eroni e outra do rei Aldhion, que, graças às circunstâncias, somente agora receberiam as devidas atenções. Ambas deveriam medir uns três metros de altura e o que assustava mesmo eram as suas respectivas armas — cajado e espada —, que, dessa vez, pareciam de verdade! Albert Marshall averiguou uma e, depois, a outra. E enquanto meio as analisava, meio as apreciava, Andréia se aproximou, demonstrando preocupação. Estava encucada com o que disse o perito sobre todos se ferrarem no final e por isso que foi até lá averiguá-las pessoalmente. Comparou as diferenças evidentes entre elas e as demais estátuas do templo — altura, armas que pareciam reais, etcétera —, checou os textos inscritos nelas, suas fisionomias... e acabou percebendo algo além.

— Que engraçado... — matutou ela. — Existem rachaduras es-palhadas por todo o piso, como marcas de pegadas de alguma criatura bem grande.

Albert arregalou os olhos e indagou:

— É... você não está insinuando que, essas estátuas... ahn... de vez em quando... só, de vez em quando, saem por aí para darem uma voltinha... está?!

— Não sei... sinceramente, não sei. — Andréia fez uma pausa. — Wallace me deixou muito confusa. Por que essas rachaduras, se o gordão do Spencer ainda nem passou por aqui?

— Xi... — Nicholas também se aproximou — acho que ela pirou de vez! — Voltou-se para a sábia senhorita e prosseguiu: — Ahn... Andréia, veja bem... isso seria totalmente impossível. — Ele chutou levemente uma daquelas estátuas douradas e concluiu confiante: —

Olhe... elas são feitas de puro ouro... e não, de carne, ossos e algumas ataduras!

— É... eu realmente devo estar ficando louca! — admitiu Andréia.

— Não... não está — interveio Kurt Wallace. — Depois do que aconteceu naquele corredor — ele apontou em direção ao portal da câmara —, eu acho bom nós considerarmos plausível todas as hipóteses!

— Wallace está mais uma vez com a razão — assentiu David, asperamente. Depois, concluiu: — Se vocês foram atacados por múmias, qualquer coisa, ao menos aqui dentro, seria possível!

Estavam ponderantes... e muito temerosos. Debatiam, quase discutiram. E assim, acabaram de explorar tal câmara. Vasculharam o piso, paredes, teto e até as estátuas, mas não encontraram evidência alguma de armadilhas naquele setor. Nada, além de todas aquelas rachaduras!

Então, Kurt Wallace caminhou até onde repousava o Livro dos Doze Mandamentos e disse, passando certa expectativa para a equipe:

— Bem... agora, saberemos se não cometemos erro algum! — E assim que o perito pegou aquele artefato, tirando-o de onde estava repousado, todo o *hall* começou a tremer. Com o susto, Wallace largou o livro ao chão, aos pés daquele altar, e gritou apavorado: — *Oh my God*... o que está acontecendo?

Imediatamente, o quinteto do instituto olhou para as estátuas guardiãs. O ouro do pescoço e, principalmente, das junções dos membros daquelas imagens, havia amolecido, dando articulação para que ambas pudessem se movimentar. Então, aquelas estátuas fizeram uma hábil demonstração com suas armas e deram um salto à frente, pulando de cima das suas bases e caindo de pé ao chão... bem diante deles! O impacto foi tamanho que os cinco saíram do chão, a ponto de quase serem derrubados. O templo inteiro estremeceu! Nicholas e companhia se entreolharam incrédulos e começaram a andar de costas para trás, preparados para saírem correndo dali! Era inacreditável... o que a sábia senhorita havia suposto, estava realmente acontecendo: aquelas estátuas gigantescas encontravam-se prontas para exterminarem com a vida dos nossos heróis!

Sabendo disso, Andréia exclamou:

— O último que sair daqui é mulher do padre!

E pronto... todos partiram ensandecidos em direção à saída. Porém...

— *Oh Shit!!!* — xingou Albert. Isso porque, o portal que os levaria à salvação havia se fechado. Então, não conseguindo parar a tempo, ele foi de cara contra uma porta de ouro, cambaleou de volta para trás e trombou contra os seus próprios companheiros, jogando-os ao chão.

Com Albert caído sentado e os demais esparramados ao chão, sacudiram as cabeças e postaram-se rapidamente de pé. Ainda perplexos, olharam para as estátuas, tentando acreditar nos fatos, e perceberam que ambas já partiam enlouquecidas em suas direções. "TUM!!! TUM!!! TUM!!!" era o barulho que ecoava pelo *hall*, sempre que aqueles pés a-brutalhados pisavam no chão. E era com esse acorde demoníaco como tema de fundo que Nicholas e companhia precisariam sobreviver... escapar de um ataque que seria mortal, pois elas já encontravam-se com as armas erguidas acima da cabeça. Estava enfim explicado: aquele cajado e aquela espada não apenas pareciam ser de verdade... ambos eram realmente de verdade!

— Quanto será que elas calçam?! — inquiriu Wallace, rolando para a esquerda e fugindo do primeiro ataque.

— Eu diria... uns quarenta e oito... no mínimo! — respondeu Albert Marshall, rolando para a direita e fugindo de um ataque da outra estátua guardiã.

— Quarenta e oito?! — protestou o perito, indignado. Ele se reposicionou e prosseguiu, protestando: — Só se for, no dedão do pé!

— Parem de tagarelar e se preocupem em sair dessa com vida! — bradou David, sem que rolasse para lado algum. Ele apenas havia dado alguns passos para trás, aguardando pela sua vez de ser atacado. — Isso não é brincadeira!!!

— Ah... com certeza! — berrou de volta Albert, já sacando a sua arma e começando a dispará-la contra a estátua que estava mais próxima da sua pessoa.

Nicholas foi o máximo possível para longe e ainda saiu puxando Andréia consigo. Ambos também começaram a fuzilá-las, mas aquelas imagens eram de ouro maciço e, por isso, nada sofriam, além de pequenos e inofensivos arranhões. Desesperado, Kurt Wallace tentou uma cartada diferente. Sacou a sua faca de caça e começou a amolá-la ameaçadoramente no chão, desafiando uma das criaturas. Ele berrava: *"não mexe comigo, que eu sou o último discípulo do Bruce Lee!"* e saiu correndo alucinado contra a estátua de Eroni. Agia como um verdadeiro guerreiro ninja, quase convencendo os seus companheiros que iria aniquilá-la... sabe-se lá Deus como! Se aproximando, deu uma voadora na barriga da criatura, tentando jogá-la ao chão. Mas Wallace acabou foi tomando uma traulitada fortíssima, voltando desgovernado contra David, que nada pode fazer para se proteger. Aquele encontrão foi brutal... tanto que acabaram inconscientes, estirados ao chão, enquanto que a estátua, nada sofrera.

— *Oh shit!!!* — esbravejou Albert. — David era um dos nossos!

— Eu também tinha essa impressão — emendou Andréia, lá do outro lado daquela câmara.

— Bem... — tentou consolar Nicholas — pelo menos, ainda estamos em maior número!

De repente, a estátua do rei Aldhion partiu para cima do casal, separando-os. Nicholas foi para um lado e Andréia para o outro, com a criatura no meio, enfurecida! Ela deu uma espadada em Nicholas, que conseguiu se esquivar ileso. Andréia aproveitou a oportunidade e se aproximou, pela retaguarda da estátua, voltando a atirar. Porém... não esperava ser pega de surpresa. Sem que a estátua sequer se voltasse para ela, a atacou, levando-a a nocaute com um golpe certeiro do seu escudo. Nicholas até tentou socorrê-la... mas nada pode fazer, além de continuar desviando das espadadas, que recomeçaram impiedosamente, uma após a outra.

Agora, só persistiam de pé Nicholas e Albert Marshall: um, atirando contra a imagem do rei Aldhion, e o outro, atirando contra a imagem de Eroni. Sempre, sem resultado algum! Pior... davam um, dois disparos e... — "pernas pra que te quero?" — corriam para longe, tentando não acabarem fatiados. Albert esquivou-se de uma poderosa cajadada, desferida por Eroni... sentiu o vento soprar em seu rosto, cambaleou e foi de encontro ao chão, fazendo um rolamento e postando-se rapidamente de pé. De olhos arregalados, mas ileso, voltou a atirar. Enquanto isso, Nicholas prosseguia se esquivando dos ataques mortais da outra estátua guardiã: sua espada devastadora, dessa vez, chegou a rasgar sua roupa, na altura do abdômen. Ambos se entreolhavam à distância e demonstravam total estado de desespero.

Tentando confundi-las, Nicholas e Albert Marshall fizeram um xis, ao correrem em diagonal um contra o outro... mas o que conseguiram apenas, foi trocar de estátua com o companheiro. Como se programadas com uma inteligência artificial impecável, Eroni passou a caçar Nicholas, e o rei Aldhion, a caçar Albert. Por sorte — se é que podemos considerar assim —, apesar daquela sucessão de golpes fulminantes e da capacidade de raciocinarem, Nicholas e Albert Marshall levavam um ponto muito importante de vantagem, pois, graças ao fato dos seus adversários serem altos e robustos, também eram consideravelmente lentos, devido ao peso monstruoso que precisavam carregar. Apenas por isso, ainda estavam vivos. Entretanto... havia um agravante, prestes a ser revelado aos berros pelo ilustre Albert Marshall.

— Nicholas... lamento informar, mas estou ficando sem munição!

— Legal! — rebateu o próprio, do outro lado do *hall*. — Por quê você acha, que eu já parei de atirar?

— *Oh damn it* — resmungou Albert, exclamando a seguir: — *All right*... aguenta firme aí, que eu tive uma ideia!

Então, fitando Nicholas — que estava prestes a ser encurralado em um canto, esquivando-se de inúmeros golpes de cajado, ora por baixo, ora por cima —, Albert Marshall tratou de executar o plano que tinha em mente. Todo desengonçado, partiu correndo de encontro a David, visando pegar o carregador da sua arma, sabendo que o próprio não havia conseguido dar um tiro sequer. E até que estava se saindo bem, quando foi interrompido ainda no meio do caminho por alguém muito invocadinho: a estátua do rei Aldhion havia parado bem na sua frente, armou a guarda e ainda lhe sorriu debochado!

— Mas que criatura simpática — murmurou Albert, freando e voltando alguns passos para trás. Trêmulo, divisou a arma de David caída à distância e pensou: *"eu preciso chegar até ela, custe o que custar"*. E quando encontrou uma alternativa, gritou, apontando para Nicholas: — Por que você não pega ele, sua estátua xurumbamba? Foi ele quem chutou a tua canela!

Seria o tempo necessário para Albert driblá-la, pegar o carregador e jogá-lo para o companheiro... isso, se aquela sua ideia absurda tivesse surtido efeito. Como não, tentar dialogar foi a única coisa que lhe veio à mente.

— Tá... ok, ok! — seguia o ilustre Albert Marshall, desesperado, dando mais alguns passos para trás, enquanto a estátua erguia sua espada à altura da cabeça, prestes a fatiá-lo como se fosse uma peça de salame. — Me desculpa, se eu lhe insultei! Eu não quis, em hipótese alguma, faltar com respeito à "Vossa Majestade"! Prometo que pego os meus amigos e vou embora daqui, com o rabinho enfiado no meio das pernas.

Dito isso e a imagem do imperador, como se estivesse ainda mais invocada, desceu a espada em sua cabeça. Porém, Albert Marshall por mais uma vez conseguiu se esquivar a tempo, rolou pelo piso, postou-se de pé e correu por longos metros, se atirando enfim ao chão, próximo a David — que ainda jazia inconsciente. Apesar de tremendo de nervoso, conseguiu retirar o carregador da semi-automática que o companheiro usava, fez mira e, sem que tivesse sequer tempo para pensar, pois a estátua do rei Aldhion já vinha endemoniada em sua perseguição, jogou-o rasteiro para Nicholas.

— Toma, Nicholas! — gritou Albert, confiante de que conseguiria sucesso.

O carregador capotava pelo chão, mas precisava passar por entre as pernas daquela estátua para chegar ao seu destino. Divisando os acontecimentos com apreensão e medo, Nicholas agiu rápido, desviou-se da outra estátua e se preparou para pegá-lo. Fez pose e tudo... mas acabou no vácuo. A estátua do rei Aldhion, que havia parado abruptamente, de propósito, desferiu um pisão no carregador. Houve uma pequena explosão, Nicholas e Albert chegaram a gemer e foi-se o carregador pelos ares.

— Valeu a intenção, Albert! Teria dado certo, se não fosse esse mal-humorado dos infernos! — berrou Nicholas, não conseguindo esconder a frustração.

— Ok... deixa pra lá! — rebateu Albert, tendo outra ideia. — Cara, tenta pegar a arma da Andréia!

Nicholas olhou para a própria, ainda caída inconsciente ao chão, e respondeu:

— Tá... vou ver o que consigo fazer! — E saiu correndo em direção a ela.

Logo, Albert Marshall apontou a sua semi-automática para a estátua do rei Aldhion e recomeçou a atirar. Realizou mais um... dois... três disparos e também ficou sem munição. Atônito, voltou a fitar o companheiro, vendo-o driblando a estátua de Eroni e chegando até Andréia. Era, de fato, um jogo de gato e rato. E enquanto Nicholas se agachava para saber se Andréia estava bem, Albert, em um ato impensado de bravura, correu para longe e passou a distrair ambas as estátuas, tentando dar tempo para que Nicholas pudesse agir. Ele havia acendido um sinalizador e subido em cima do altar, dançando, falando um monte de besteira e rodando aquela intensa luz vermelha e chamuscante acima da cabeça. Definitivamente, não tinha como não ser notado.

— Andréia... — chamava Nicholas, sacudindo-a até com certa brusquidão — por favor, fala comigo! Diz que você está bem... anda... pelo amor de Deus! — Nicholas seguia a sacudindo, como se ela fosse um fantoche qualquer. — Anda, acorda... nós estamos precisando muito de você.

— Caramba... será que você poderia me deixar um pouco em paz?! — bronqueou ela. — Tou tentando me fingir de morta... sabia?!

— Ahn... você ESTÁ O QUÊ...???!!!!!

— Isso mesmo que acabou de ouvir... estou tentando me fingir de morta!!!

— Se FINGIR DE MORTA...???!!!!! — inquiriu Nicholas, tão perplexo que perdeu-se na imagem das estátuas caçando impiedosamente o seu companheiro. Naquele instante, Albert Marshall corria ao redor do altar de cristal, como se ele e as estátuas brincassem de pique-pega. — Que ótimo! — prosseguiu Nicholas, pela primeira vez perdendo a paciência com ela. — Mas... e quanto a nós...?!

— Eu sei lá... por que vocês não experimentam chamar o "Bat-Movel"?

— Que "BAT-MOVEL"...???!!!!!

— O teu, oras! Vocês não são o Batman e Robin? — debochou Andréia. — Falando nisso, cadê a "Liga da Justiça"?! Pelo o que sei, o templo não é feito de criptonita... vocês poderiam convocar o "Superman"! A "Mulher-Maravilha", se ela lembrar onde foi que pousou seu avião invisível... o "Aquaman", que chegaria nadando pelas águas do rio Nilo... e os "Super-Gêmeos" que, aliás, poderiam se transformar em uma fornalha gigante e fazer dessas estátuas, inofensivas moedinhas de ouro! E de sobra, ainda trariam aquele macaquinho ridículo, que só faz merda! — Ela deu uma risadinha e concluiu sarcástica: — Sabe... até que não seria uma má ideia... vocês três formariam uma belíssima "dupla"!

Pronto, foi o suficiente para Nicholas explodir em fúria.

— Pra mim, basta... eu vou resolver isso sozinho! — bradou ele, se levantando, chamando a atenção da estátua do rei Aldhion, fazendo mira com a arma dela e puxando impiedosamente o gatilho. "BANG!" cuspiu aquela Taurus e, em seguida, veio uma decepcionante sequência de: "CLIC... CLIC... CLIC!" Foi de levá-lo ao desespero extremo, descobrir que só havia uma mísera bala naquele carregador.

— Maldição! — bramiu Nicholas. — Desesperada, como só ela é, quantas balas eu achei que encontraria nessa maldita arma?

— Mas que bela pontaria a tua, cara! — festejou Albert Marshall, ao longe. — Nem o Jack Bauer teria feito melhor... você acertou a quina do teto!

— É... a bala fez uma curva estranha! — justificou ele, com i-ronia e desespero, enquanto a estátua do rei Aldhion se preparava para dar o ataque de misericórdia. — Obrigado, Albert, por tudo o que você já fez por mim!

— De nada... foi ótimo ter trabalhado contigo! — rebateu o próprio, também sendo encurralado, só que pela estátua de Eroni.

Então, com todas as alternativas e esperanças esvaídas, ambos, se borrando de medo, começaram a agir assim...

— Ahn... me desculpa, estatuazinha tão bonitinha — esse era Nicholas, que andava para trás com as mãos postas à frente, em sinal de trégua. Em uma delas, segurava sua arma e, na outra, a arma de Andréia. Enquanto isso, a estátua vinha se aproximando, lentamente, de espada erguida e prestes a golpeá-lo na cabeça. — Eu não queria ter chutado você... acredite em mim!

Albert estava em uma situação idêntica e o pior... usando e abusando da mesma técnica:

— Eu juro que não quis atirar em você, minha arma disparou sozinha!

Pelo visto, Andréia teria que arrumar rápido alguma solução mirabolante... senão... tadinho deles! Afinal... não era para se vingar dos seus companheiros que ela estava lá, deitada, se fingindo de morta, e-ra para ter tranquilidade de pensar... de arranjar algum meio de liquidá-las!

— Vamos ser justos um com o outro... — prosseguia Nicholas, colocando as armas ao chão e recuando mais alguns passos — eu deixo você me chutar e ficamos por isso mesmo!

Albert também perdia-se no seu próprio desespero.

— Vamos fazer as pazes? Eu tenho um montão de figurinhas de baseball para trocar contigo — dizia ele, também andando para trás. — Ah tá, tu não gosta de baseball! *All right...* que tal, música?! Isso... vamos falar de música, então! — E a estátua seguia encurralando-o em um canto. — Eu posso te emprestar a minha coleção do Elvis... hein?! Rock'n Roll, cara... YEAH!!! Também não?! — Albert engoliu em seco. — Já sei! — E seguia andando para trás, prestes a não ter mais para onde ir. — Mas como você é safadinho... quer dizer que seu negócio mesmo é revista de mulher pelada! Peitinhos, bundinhas, xoxotin... não?! — Ele encostou na parede, em uma das quinas do hipostilo. Desesperado, como nunca antes na vida, viu a estátua erguer seu cajado para golpeá-lo e a-pelou às últimas consequências: — Desculpa eu perguntar, mas... você é gay ou só está de sacanagem com a minha cara?! Porque, quem sabe, eu não consigo arranjar para você alguns *poster's* do Tom Cruise ou do Brad Pit, peladões!

Realmente, já estava mais do que na hora de Andréia arrumar um belo fim para aquela história. Teria que ser naquele momento — naquele segundo! — ou choraria para sempre a morte dos seus companheiros: de Albert, que considerava como um irmão mais velho, e de Nicholas, o amor de sua vida. Então, se levantou abruptamente, chamou a atenção das estátuas com um berro de: *"hei... larguem a mão desses dois manés e venham me pegar"* e partiu a toda velocidade em direção ao Livro dos Doze Mandamentos. Ambas fitaram-na e, ignorando-os, saltaram alucinadas para cima dela. Andréia já tinha desvendado o mistério... sabia o que fazer para liquidá-las... porém, antes de mais nada, precisaria esquivar-se daquele ataque. E com uma vindo de cada lado, pelo alto, de armas em riste, Andréia saltou para frente, passando heroicamente com uma cambalhota no meio daquele ataque duplo. Postou-se de pé e alcançou o seu objetivo.

Sem pensar duas vezes, pegou o Livro dos Mandamentos — que ainda estava caído ao chão — e, quando voltou-se para trás, procurando pelas estátuas, só teve tempo de se proteger com o próprio de uma poderosa cajadada que receberia na cabeça. O estrondo foi tão assustador que o *hall* chegou a tremer. E quando ciente de que ainda estava viva — apesar de estar também com os seus braços dormentes por ter absorvido a pancada —, Andréia jogou-se para longe, fugindo de mais um ataque. Agora, a espada do outro guardião pegou em cheio em cima do altar dos Doze Mandamentos, que permanecera inabalado. Aquele segundo estrondo foi ainda mais assustador — avassalador! —, fazendo o *hall* voltar a tremer! E enquanto tudo ao redor ainda trepidava, Andréia passou entre as estátuas, se aproximou do altar e deu fim ao jogo, recolocando o livro em seu local de origem. — Xeque-mate!!! — ainda berrou ela. Pronto... feito isso e aquelas estátuas voltaram a ser somente estátuas, no momento exato em que executavam simultaneamente um poderoso golpe contra a sua cabeça.

Andréia foi salva pelo gongo!

— Como é que vocês não pensaram nisso antes? — indagou Andréia, saindo ilesa de debaixo daquelas estátuas. — Se esses guardiões miseráveis ganharam vida quando tiramos o livro do seu local de origem, é lógico que somente o inverso poderia nos salvar. — Ela respirou fundo para recuperar o fôlego, se limpou com as mãos, foi até ambos e completou, abusando do sarcasmo: — Eu só não achei que fosse tão fácil!

— Muito bem pensado, Andréia... muito bem pensado! — disse Albert. — Mas, se não fosse isso, agora, você seria duas: metade da direita e metade da esquerda! E ainda poderia ter virado carne-moída, com o cajado do outro grandalhão.

Andréia virou-se para trás e, depois de observar melhor a situação, a posição daquelas estátuas, voltou-se para os companheiros e prosseguiu:

— Que coisa, né? — Sorriu debochada e provocou-os mais um pouquinho: — Agora... cá pra nós. Dialogando, como vocês estavam, dificilmente nós chegaríamos em algum lugar que não fosse as portas do Céu!

— Mas... nós estávamos seguindo o seu conselho. — Nicholas riu aliviado. — Você não costumava dizer que é conversando que a gente se entende.

— Claro... eu só não pensei que usariam essa técnica com duas estátuas! — replicou curtamente ela.

— Mas eram duas estátuas com vida! — argumentou Albert Marshall.

— Não... não eram — bronqueou Andréia. — Eram duas estátuas, possuídas por um poder medonho... e até figurinhas você quis trocar!

Bem... e depois daquela pataquada toda, o melhor que ambos poderiam fazer era ir ver como estavam David e Wallace. Não tinham mesmo qualquer justificativa para aquela comédia pastelão que fizeram... a não ser, o desespero! Então, com tudo calmo outra vez, puderam constatar que seus demais companheiros estavam vivos. Um pouco tontos, mas vivos! Nicholas e Andréia logo ajudaram David a se postar de pé. Após, os quatro se dirigiram até Kurt Wallace. O perito já havia se erguido sozinho. Reclamou um pouco de dores pelo corpo e ficaram alguns minutos conversando a respeito do ocorrido. Estavam incrédulos... não conseguiam acreditar nos fatos. Ainda assim, voltaram a se preocupar com o objetivo principal: o Livro dos Doze Mandamentos. Que sorte, porque bastou tirarem os olhos do ilustre Albert Marshall para ele já ir aprontando das suas.

— Hei, Albert... o que você está fazendo? — indagou Andréia, não conseguindo acreditar naquilo.

— Estou pegando o livro, pra irmos logo embora daqui. Esse lugar me dá arrepios!

— Você está fazendo o quê...?! — inquiriram os quatro ao mesmo tempo.

— Estou pegando o livro, pra...

— ALBERT... se você tirá-lo daí, juro que peço emprestada a espada da estátua do imperador e eu mesmo te mato... entendeu?! — se esgoelou Andréia. — Não sei se você percebeu, mas as estátuas voltarão à vida, sua anta!

— Eu sei... calma — disse ele, sem graça. — Só estava brincando.

— Duvido! Do jeito que você é tapado, é bem provável que esteja falando sério.

— Ué... — se tocou Nicholas — então, como faremos?

— Verdade... nós não podemos deixá-lo aqui — assentiu David. — Até porque, precisamos levá-lo, para estudá-lo e, consequentemente, traduzir todos os mandamentos.

— Tudo bem... eu acho que já resolvi o problema — disse Andréia, demonstrando toda a sua inteligência. — Andem... ajudem-me a arrastar as estátuas!

— Mas pretende fazer, de fato, o quê? — perguntou Wallace, curioso.

— Aguarde que você verá! — encerrou Andréia, tratando logo de agir

Então, sob as orientações da sábia senhorita, todos viraram uma estátua de frente para a outra. E com ambas posicionadas segundo a vontade de Andréia, finalmente perceberam qual era a sua intenção.

— Vão pra bem longe — alertou ela —, que eu vou remover o livro agora!

Todos se distanciaram e depois que Andréia contornou aquele altar, procurando por uma posição segura, deu conclusão ao seu plano genial! Ela tirou de novo o Livro dos Doze Mandamentos do seu altar e as duas estátuas guardiões voltaram à vida do ponto o qual haviam parado. Sendo assim, exatamente como ela havia previsto, uma atacou a outra, destruindo-se mutuamente. O estrondo causado foi tamanho que fez aquela câmara voltar a tremer... pedaços de ouro foram atirados longe, mas ninguém havia se ferido. Isso porque, Andréia era fantástica!

XIV

Andréia fitou as estátuas, totalmente destruídas, e respirou com veemência. Estava exausta, mas satisfeita com o desfecho daquele complicado dia de expedição. Então, já que o portal se reencontrava aberto, todos deixaram aquela câmara para trás e partiram vitoriosos rumo à sede do instituto, levando junto o artefato conquistado. Tinham superado mais um difícil obstáculo... todavia, sabiam que o pior ainda estava por vir. E que venha... naquele momento, os cinco só queriam era celebrar a conquista do Livro dos Mandamentos! O setor I acabava de ser concluído. Agora, seria retornar ao começo do templo e prosseguir pelo caminho de número dois, onde eles alcançariam o objetivo principal... Aldheron!

— E quanto à Michelle... — perguntou Nicholas — vocês conseguiram encontrá-la?

— Não... pior que não — respondeu David, cabisbaixo. — Sinto muito.

— Droga... — Andréia se calou por um momento, ponderante, em uma mistura de frustração e preocupação. — Será que ela se perdeu aqui dentro?

— Não sei... — seguiu David — sinceramente, não sei. Mas, se foi isso o que aconteceu, acho que eu já posso preparar a baixa dela.

— Triste fim — murmurou Albert, engolindo toda aquela alegria. — Aldheron deve ter feito com ela, o mesmo que fez a James e Matheus.

Todos sentiram um arrepio macabro, mas sabiam que ele tinha razão.

— E Patrícia? — prosseguiu Andréia, com os olhos cheios d'água. — Como ela reagiu a respeito?

— Como você reagiria, se perdesse um grande amigo? — respondeu David, curtamente, gemendo e reclamando de fortes dores nas costas.

Na verdade, todos estavam com escoriações pelo corpo. E quanto aos desentendimentos que tiveram, bem... no final, ficaram por isso mesmo. Eles se consideravam muito, sabiam que estavam agindo sob forte pressão emocional.

— A propósito, Sr. Wallace — disse Andréia. — Desculpa pelo soco que lhe dei.

— Não... tudo bem — falou o próprio. — Deixa pra lá... pegou de raspão!

Wallace lhe sorriu sem-graça e, apesar do ocorrido com Michelle, todos riram um bocado. Uma terapia, após aquele dia tão conturbado.

1

Jennifer, Patrícia e Alexander conversavam cabisbaixos na recepção, quando Nicholas e companhia retornaram do templo com o artefato recém-conquistado. Os cinco estavam bastante agitados, falavam alto em uma mistura de alegria e tristeza difícil de ser descrita. Por que tinha que ser assim? Por que não podia ser diferente? Outra vez pagavam com a vida de alguém, pelo triunfo alcançado. Estava começando a ficar caro... qual seria o preço pela conquista de Aldheron? Quais as próximas vidas que tal joia tomaria para si?

Eram perguntas e mais perguntas, aguardando para serem respondidas... mas, pelo menos, uma resposta Jennifer já tinha: seu pai estava vivo! E aliviada por vê-lo de novo — ileso! —, a jovem foi ao encontro dele, beijou-o na testa, abraçou-o bem apertado e começou a chorar.

— Pai... o senhor não sabe o quanto eu fiquei preocupada com a segurança de vocês — dizia ela, tentando conter toda aquela e-moção.

— Nós estamos bem, minha filha — tentou tranquilizá-la seu pai. — Passamos maus bocados lá embaixo, mas estamos todos bem.

— Eu quase tive um treco, aqui em cima.

— Me perdoa... — Nicholas acariciou os seus cabelos — eu não queria que você passasse por tudo isso. — Seu pai suspirou, fez uma ligeira pausa e continuou: — Porém... nós não podemos desistir.

— Pior que eu sei... e é isso o que me preocupa. Não quero perder você, como eu perdi a minha mãe.

— Você não vai me perder... eu prometo. — Nicholas também beijou-lhe a testa. — Não falta muito agora, minha filha. O Livro dos

Mandamentos já foi encontrado, logo-logo tudo estará acabado... você vai ver.

— Tomara que o senhor tenha razão... — ela suspirou, segurando o choro — e que Deus permita que não haja mais desaparecimentos.

Dito isso e, mais calma, a jovem O'Neil soltou-se dos braços dele.

Então, Nicholas voltou-se para Patrícia, dizendo:

— Eu sinto muito por Michelle... mas a sua amiga também estaria bem, se não tivesse cometido a imprudência de voltar sozinha do templo.

— É mesmo — confirmou Andréia.

— *Yo* sei disso... — admitiu Patrícia, tristonha — por mais que ela seja minha amiga, o senhor tem toda a razão. *No* custava nada, ela nos avisar que estava com medo e que queria voltar. *Yo* teria vindo com ela e nada disso teria acontecido. *Pero... no*, ela tinha que complicar tudo! Por em risco mais de uma década de pesquisa e trabalho duro!

— Calma, Patrícia — falou Andréia, colocando o Livro dos Doze Mandamentos acomodado em cima do balcão da recepção. — Agindo assim, você está dando a entender que Michelle foi a vilã da história... e não, mais uma vítima de Aldheron. Nós ainda nem sabemos, o que aconteceu, de fato, lá embaixo.

— *Yo* sinto que ela tá *muerta* — disse a Srta. Gibson. — *No* quero mais falar sobre isso... ao menos, por enquanto. Já chorei tudo o que tinha pra chorar. Só *no* aceito, a atitude dela... voltar sozinha, lá de dentro... por quê?! Só *Dios* sabe, o que deve ter acontecido com ela! — Patrícia fez uma pausa, demonstrou bravura e prosseguiu: — *Pero*... tudo *bien*! Aconteça o que for, *yo* só preciso desse final de semana, para recolocar a cabeça no lugar. Na segunda, pela manhã, *yo* já estarei pronta para encarar de novo o batente!

— Tem certeza disso? — certificou-se Nicholas.

— Tenho... gosto do que faço e *no* tenho medo de nada.

— Excelente! — continuou Nicholas. — Se é assim, por mim tudo bem. Só devemos recomeçar os trabalhos dentro do templo, lá pela segunda-feira. Todos os funcionários estão exaustos... inclusive eu!

— Graças a Deus! — disse Jennifer, respirando aliviada. — Pelo menos, agora eu vou poder ir fazer as minhas provas de fim de ano bem mais tranquila.

— Caramba... tinha me esquecido, de novo! — exclamou Nicholas. — Você volta hoje para o Rio de Janeiro. Tem prova amanhã e sábado de segunda chamada.

A jovem O'Neil olhou para o seu relógio de pulso e confirmou:

— É... e eu já estou super-atrasada. Eu só estava esperando vocês voltarem com segurança de dentro do templo, para ir me adiantando. Foi bem em cima da hora... meu voo sairá daqui a duas horas!

— Então, é melhor vocês dois se apressarem — interveio Andréia, lhe entregando sorridente uma segunda passagem de avião. — Toma... eu já falei com seu pai e ele deu a maior força. Tanto é que ele mesmo fez questão de ligar para o aeroporto e comprar mais uma passagem pra você.

— Como assim? — perguntou Jennifer, confusa. — Eu não entendi.

Mas Andréia nem respondeu, voltou-se para Alexander e completou molequemente:

— Vai logo arrumar as suas coisas, Júnior. Você ouviu ela... o voo para o Rio de Janeiro sai daqui a duas horas! Você não vai querer atrasá-la, né?

E quando a ficha enfim caiu, Jennifer e Alexander comemoraram muito. Trocaram um grande abraço e, após, foram juntos abraçar Andréia. Afinal... depois de tanta aflição, eles mereciam uma retribuição como aquela: um fim de semana inteiro de romance na Cidade Maravilhosa! Jennifer, Alexander e mais, o Cristo Redentor... o Pão de Açúcar... o Maracanã... a Ponte Rio-Niterói e as praias do litoral carioca. Seria o máximo... o momento perfeito para consolidarem a relação.

David, porém...
Saiu de cena irritado!

II

Alguns minutos após Jennifer e Alexander se despedirem de todos e se retirarem pela porta dos fundos do instituto, se preparando para a viagem que fariam, começava a segunda coletiva com a imprensa, realizada depois da descoberta do templo. Dessa vez, os repórteres chegavam bem menos exaltados do que da vez anterior. Estavam pacientes e dispostos a colaborarem, o que ajudou em muito o evoluir da coletiva. Nessa ocasião, Nicholas revelou para a imprensa a verdadeira origem do Deus das Areias Árabes, ao contar sobre os esqueletos encontrados no templo e os assimilando à lenda de Anairda. Depois, Andréia explicou detalhadamente como os saqueadores retiraram tal estátua lá de dentro. Haviam decidido revelar boa parte das descobertas. Porém, ambos omitiram os três desaparecimentos, qualquer ligação do templo ou de Aldheron com civilizações de outro planeta e, também, a conquista do Livro dos Doze Mandamentos. Como a imprensa já estava satisfeita, Nicholas e Andréia acharam melhor revelar tal relíquia em outra oportunidade... talvez, para desviarem a atenção do mundo mediante um outro acidente grave, ou então, no caso de vir à tona, as mortes de Michelle, James e Matheus. Seria um grande trunfo que teriam nas mangas, se usado na hora certa.

Com o término da coletiva, todos os repórteres se retiraram, sem maiores problemas. Estavam mais agitados do que quando entraram, é verdade, certamente que surpresos com algumas daquelas revelações, mas continuaram se comportando com respeito ao estabelecimento e, principalmente, a toda equipe de pesquisadores do instituto. Não houve sequer uma piadinha de mau gosto ou comentário debochado, na hora que foram liberadas as perguntas da imprensa. Muito pelo contrário... empolgados, um ou outro agente da notícia ainda aproveitava para entrar ao vivo, seja da porta do instituto ou da entrada do templo, para um último boletim informativo. Nicholas deu uma exclusiva de quase oito minutos para uma repórter do Fantástico, da Rede Globo, e após, esperou Andréia e Albert acabarem de arrumar o *hall* de conferências. Agora, já eram dez da noite... não havia mais ninguém, além dos três, lá dentro. Então, Nicholas foi até o disjuntor principal, apagou todas as luzes do prédio, deixando apenas as luzes da fachada acesas, ligou o sistema de segurança, situado no mesmo painel, e saiu pela porta dos fundos, acompanhado por Albert Marshall e Andréia. Os três estavam tão cansados que logo se despediram. Cada um foi para um lado, mas o destino, de certo modo, não deixava de ser o mesmo: a cama! Dormir se tornara tão essencial quanto o ar que respiravam.

III

Nicholas caminhava solitário, à procura de um táxi. Ele olhou para o céu estrelado e pediu para que Deus levasse e trouxesse de volta sua filha com segurança. Sabia que a veria de novo, pois não sentia dor no peito alguma, como sentira no dia em que perdera sua esposa. Porém... encontrava-se visivelmente preocupado. Ter enfrentado múmias e duas estátuas de ouro, estava muito além daquilo que ele esperava da joia... se é que esperava alguma coisa. Nicholas temia o futuro, apressou os passos sob as estrelas e se sentiu estranhamente vigiado. Havia mais... com certeza que havia mais. Aquele Universo todo acima da sua cabeça não estava lá à toa. O pró-homem do instituto começava a pressentir que tinham descoberto apenas a pontinha do *iceberg*... e o pior, pressentia também que esse *iceberg* era, no mínimo, do tamanho do Alasca... senão, maior que a Groenlândia. Ele acenou para o táxi... o veículo encostou... Nicholas entrou pela porta traseira... sentou-se e ficou a vislumbrar pela janela o seu império a se distanciar, cada vez mais e mais, até desaparecer na escuridão noturna.

Enquanto isso...
Em algum lugar do espaço...

— *As tropas já estão posicionadas conforme a minha vontade?* — *perguntava um forte guerreiro, vestido em uma belíssima armadura dourada que lembrava em muito aquelas estátuas do templo. Em suas mãos, uma imponente espada de ouro se amostrava, reluzente, apoiada com sua ponta ao chão.*
— *Sim! Invadiremos a Terra dentro de poucas horas* — *respondeu uma atraente mulher, de cabelos cor de fogo que iam quase até seus tornozelos. Ela estava vestida com uma extravagante armadura de cristal, vermelha, que ressaltava voluptuosamente todas as curvas de seu corpo. Não portava arma de es-*

pécie alguma. — *Basta apenas traçarmos o curso para a viagem em Velocidade da Luz.*

— *Excelente! Tenho pressa, muita pressa. Não vejo a hora de estar com Aldheron de novo em minhas mãos!* — exclamou aquele guerreiro, plantado de pé no meio de uma ampla sala de comando, repleta de equipamentos futurísticos. Ao fundo, um tipo de monitor energético gigantesco mostrava o táxi que Nicholas estava, seguindo calmamente pelas margens do rio Nilo... e com som, em volume baixo, e também, com legenda, em Hieróglifos, da conversa entre ele e o taxista.

— *Isso será só uma questão de tempo, mestre.* — Ela foi até ele e lhe deu um tênue beijo nos lábios. Depois, acariciou-lhe o rosto e prosseguiu, fazendo questão de demonstrar confiança: — *Chegamos... pegamos a joia e vamos embora.*

— *É assim que se fala... quanto mais rápido, melhor!* — Ele sorriu friamente. — *O povo terráqueo evoluiu muito no último século. Se Aldheron for revertida, todos os meus planos de reconquista do Universo irão pelos ares. E aquele intrometido, metido a Deus, não vai vencer só mais uma batalha... Ele vencerá é a guerra!*

— *Você não precisa se preocupar* — disse ela, diabólica, levando-o pelo braço até uma ampla janela, de onde podiam admirar grande parte do Universo. No caminho, aquele guerreiro guardou sua espada na cintura. Então, ambos pararam diante do negro abracadabrante do céu de Aldhemon e aquela mulher lhe mostrou uma coisa. — *Veja por si mesmo...* — prosseguiu ela, apontando seu dedo indicador esquerdo para o lado de fora da janela. — *Não encontraremos nenhuma resistência dos terráqueos... nem se todos os exércitos do planeta resolverem se juntar contra nós. Nós... "Os Visionários do Apocalipse", estamos com força máxima. Convoquei todas as tropas para essa missão!*

— *Excelente... mais uma vez, excelente!* — exclamou o imperador do mal, eufórico, olhando pela janela e vendo uma gigantesca nave espacial, passando suavemente diante dele, escoltada por outras cinquenta naves de porte menor. — *Vejo que você realmente não poupou esforços... dou-lhe meus parabéns!*

— *Só fiz aquilo que deveria ser feito.* — Sorriu, maquiavélica.

— *Por isso que, além de ser minha preciosa filha caçula e minha esposa, você também é uma espécie de braço direito para mim. Sem você na liderança do meu exército, tudo teria sido muito mais difícil. Eu diria... impossível!*

— *Eu servirei eternamente ao senhor* — disse ela, ao seu pai, amante e marido.

— *Juntos, nós dominaremos o Universo!*

— *Me dou por satisfeita se estiver apenas ao seu lado, durante sua regência.*

— *Outra coisa...* — *acrescentou Aldhion, voltando-se para aquela bela mulher com os seus olhos relampagueando de tanta crueldade* — *aconteça o que for, lembre-se disso... eu quero Jennifer morta! Ela ainda não sabe, mas tem sangue nobre correndo pelas veias... e isso a torna tão poderosa quanto eu e quanto você.*

— *Eu mesma darei um jeito nela, meu mestre* — *concluiu ela, ansiosa, virando-se de costas e partindo em direção à saída.* — *Aquela fedelha traidora não triunfará duas vezes contra o senhor! Mas não triunfará mesmo!*

Continua...

GUSTAVO DRAGO

RELÍQUIA

CAMINHOS DE UM TEMPLO EGÍPCIO

VOL 2

DRAGO
EDITORIAL

RELÍQUIA

Poderia mesmo existir submerso em pleno Deserto Egípcio, um templo gigantesco, repleto de mistérios e segredos, de riquezas e armadilhas mortais... o recanto de uma joia diabólica, capaz de aterrorizar a mente humana e revelar até a origem de nossa existência?

Bem... essa é a pergunta que fazem Nicholas e a sua filha Jennifer, quando embarcam para o Egito, prestes a viverem a maior aventura de todos os tempos.

Inspirado nos grandes sucessos do cinema (Indiana Jones e Tomb Raider) e na aclamada série de tevê (Relic Hunter), RELÍQUIA – "Caminhos de um Templo Egípcio" – traz para a Literatura Brasileira o verdadeiro espírito Hollywoodiano, em 2 volumes recheados de ação e aventura... fantasia e ficção científica... muito humor, suspense e terror... romance e erotismo.

Um enredo sensacional, baseado na teoria dos Antigos Astronautas, misturando religião, egiptologia e ufologia com extrema inteligência, nos fazendo refletir sobre a grandeza do Universo e sobre a possibilidade de Deus não ser como imaginávamos.

Sem dúvida... diversão e entretenimento até para os leitores mais exigentes!

Leia Autores
NACIONAIS